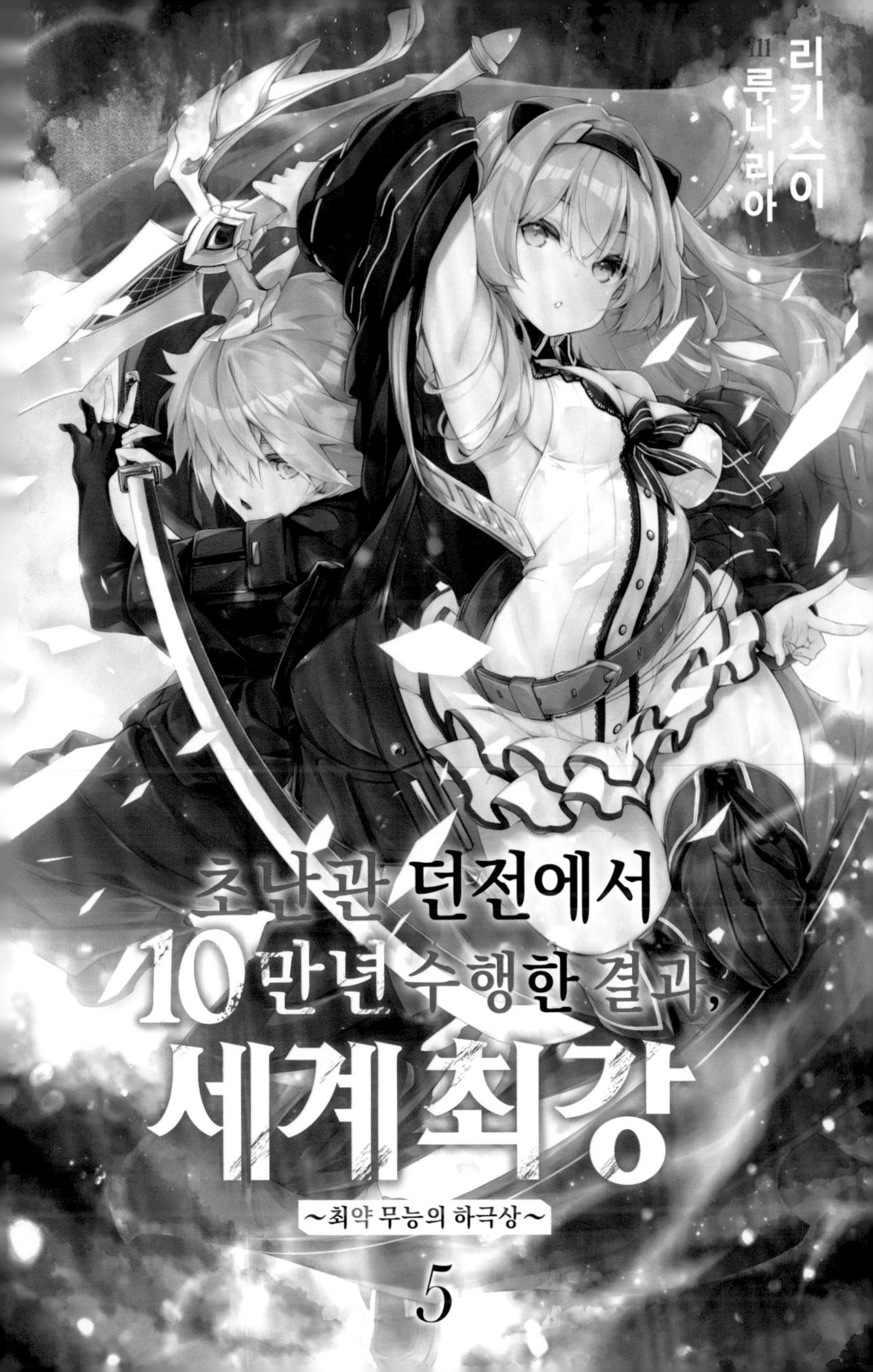
리키스이
ill 루나리아
초난관 던전에서
10만년 수행한 결과,
세계최강
~최약 무능의 하극상~
5

로제마리
로트 아멜리아

타르타로스

루미네 헤르너

CONTENTS

리키스이

루나 리아

초난관 던전에서
10만년 수행한 결과,
세계 최강

~최약 무능의 하극상~

5

커버 그림, 본문 일러스트 | **루나 리아**

프롤로그

이스트엔드── 정령 도시 '이츠치'.

그 데보아 사건으로부터 약 넉 달이 지났다. 앨리스가 이끄는 로스트 포레스트에 의한 정령 도시의 개발도 꽤 순조롭게 진행되고 있다. 조만간 완성된다는 말에 시찰을 겸하여 새로운 도시 이츠치에서 정기 회의를 하기 위해 방문하였는데──.

새하얗고 높은 돌로 만든 성채로 둘러싸인 도시의 성문을 지나자, 색다른 광경이 펼쳐졌다.

"흐음, 제법 괜찮은데."

흰색 돌바닥이 깔린 통로를 따라 아름다운 유선형 건물이 규칙적으로 늘어서 있다.

"뭐, 뭡니까? 이건?"

옆에서 로제가 볼을 움찔거리며 주변 건물을 이리저리 두리번거렸다.

"사토리가 개발에 관여하고 싶다고 해서 허락했는데 설마 그 녀석에게 이런 재능이 있을 줄이야."

같은 정령이기 때문인가 사토리는 정령들을 상당히 신경 쓰고 있어서, 나에게 이 도시의 개발에 참여하고 싶다고 부탁하길래 허락했다. 마침 미궁에서 획득한 건축계 책이 산처럼 쌓여 있었기에 그 책들을 공개하여 건축 등 토목 작업이 특기인 토벌 도감의 주민들에게 협력을 지시했다. 그 뒤엔 방치했었는데, 설마 이런 식으로 만들었을 줄이야……. 사토리 녀석, 아마 건축계 도감 동료들에게 울며 매달렸을 것이다. 모두 사토리에게는 약하니까.

"흐흥흐—응♬"

잠시 하얀 돌이 깔린 통로를 걸어가자, 녹색 로브에 고깔모자를 쓴 앨리스가 콧노래를 부르며 광장에서 작업하고 있었다. 그리고 광장의 나무 상자 위에는 의기양양하게 앉아 있는 새끼 고양이. 아마 이 고양이를 모델로 석상이라도 만드는 모양이다.

그러고 보니 요즘 각 도시의 방어 시스템에 대해 기리메칼라가 상담해왔다. 도시의 입구에 설치한 석상을 핵으로 삼아 도시에 허락 없이 침입한 자에게 악질적인 저주를 발동시키려는 듯하다. 세상에는 강자가 넘쳐나기에, 이 안건 자체는 바로 허락했다. 문제는 기리메칼라가 그 석상을 나를 본떠 만들고 싶다고 한 것이다. 정말 그것만은 사양하고 싶다. 따라서 관광객도 좋아할 만한 각 도시의 마스코트 같은 존재를 만들자고 강하게 주장한 결과, 리버티 타운은 에르딤의 수호 새라고 여겨지는 참수리가, 이곳 이츠치는 정령 켓이 선택되었다. 지금은 그 모델 작업을 하는 것이다.

"아, 주인님!"

나를 발견한 새끼 고양이가 품으로 뛰어들어 뺨으로 문질렀다. 이 새끼 고양이가 정령 켓이다. 그녀는 페리스가 자신의 기프트 '이터 소녀'를 사용하여 권속으로 만든 고양이 귀 소녀로, 이처럼 새끼 고양이의 모습으로도 변할 수 있다. 이 정령은 나를 아주 잘 따르게 되어서 마주칠 때마다 이렇게 복슬복슬한 털로 스킨십을 한다.

"음, 켓, 넌 털결이 항상 좋구나."

새끼 고양이의 머리를 살며시 쓰다듬자, 옆에서 로제가 헛기침을 했다.

"왜 그래?"

미간을 찡그린 것을 보니 로제 녀석, 기분이 상당히 안 좋은 모양이다.

"아니요, 그냥……."

거짓말. 불만이 있는 게 훤히 보이는데. 뭐, 유감스러운 왕녀의 변덕은 늘 있는 일이지.

"앨리스, 고생이 많아. 그건 물 마법이지?"

화제를 바꾸기 위해 앨리스를 격려했다. 이 나른한 모습과는 대조적으로 물 계통 마법을 고속으로 사출하여 석상을 만드는 등, 앨리스는 생각보다 재주가 많다.

"응! 물 마법은 쓰기 편하거든! 선처럼 가늘게 해서 고속으로 쏘면 나무는 물론이고, 돌이며 금속마저 장식하는 게 가능해! 그 외에도──."

눈을 빛내며 질겁할 만큼 빠른 어조로 떠들어대는 앨리스를 오른손을 들어 제지했다.

"알겠어. 새로운 마도서가 필요하면 말해줘."

"아직은 없어도 돼. 이 마법을 충분히 물고 늘어진 다음──."

크흐흐, 앨리스가 앳된 모습과는 어울리지 않는 미소를 지으며 망상에 빠졌다. 이 녀석, 점점 이상한 방향으로 폭주하는 것 아닌가. 뭐, 딱히 문제를 일으킨 적은 없으니 괜찮지만.

"으, 음, 그럼 잘 부탁해."

"응! 맡겨줘!"

켓이 작은 앞발을 들었다.

"맡기시라!"

앨리스도 오른손을 들어 인사하고, 작업을 개시했다.

도시 중심에 있는 새하얗고 유달리 커다란 돔 형태의 건물로 들어갔다. 아마 이곳이 정령 도시의 행정부일 것이다. 건물 안에는 역시 흰색으로 통일되어 있고, 기발한 형태의 소파며 계단에 이르기까지 다양한 장식물로 꾸며져 있다.

"이만한 시설, 우리 나라에서는 도저히 만들 수 없어요! 어째서 카이가 관여하면 이렇게 비상식적인 결과가 나오는 거죠?"

손톱을 딱딱 깨물면서 혼잣말을 하는 로제를 무시하고 잠시 기다리자, 토끼 정령이 나타나 건물 중심에 있는 반구 형태의 홀 같은 장소로 안내해주었다.

참고로 현재 파프와 뮤, 펜 세 사람은 마리를 데리고 가까운 숲으로 놀러 가서 이곳에 없다. 기리메칼라에게 아이들을 지키라고 명했으니 안전할 것이다. 뭐, 어린이는 어려운 회의보다 노는 것이 일이다. 그걸로 됐다.

홀에는 원형으로 의자가 배치되었고, 그 중심에는 커다란 흰색 돌로 만들어진 원탁이 있었다. 내가 그 원탁으로 다가가자,

정령들이 일제히 일어나 가슴에 손을 대고 깊숙이 머리를 숙여 인사했다.

"제법 좋은 도시가 되었는데?"

내가 솔직한 감상을 말했다.

"음, 그렇지, 우리도 열심히 했네!"

페리스가 기쁜 듯이 크게 고개를 끄덕였다.

그리고 참석자 중 하나인 오보로가 이끄는 '아케가라스'가 내 앞으로 와 일제히 무릎을 꿇고는, 목소리를 높여 외쳤다.

"우리 위대한 왕에게 절대적인 충성을!"

이 녀석들까지…… 분명 나만 이렇게 생각한 것이 아닐 것이다. 그보다 로제! 뭐냐, 그 어처구니가 없다는 얼굴은! 나도 이렇게 될 줄은 몰랐어! 애초에 이렇게 되는 게 싫어서 기리메칼라가 아니라 네메아에게 수행을 맡겼다고.

"뭐, 예정대로네."

잭의 말에 아스타도 조용히 동의했다. 로제는 깊고 깊은 한숨을 내쉬었다.

"그럼 어서 정기 회의를 시작합시다."

회의 시작을 선언했다.

"맡겨준 하급 포션은 지난 옥션에서 100억 올에 팔렸어!"

브이 사인을 하며 의기양양하게 보고하는 링링의 말에 로제의 옆에 앉은 페리스가 마시던 차를 뿜었다.

"100, 100억이라고?!"

떨리는 목소리로 반복하는 페리스와 달리 이미 예상했던 로제는 안색 하나 바꾸지 않고 차를 마셨다. 잭에 이르러서는 관심조차 없는지 크게 하품하고 있다. 정말 너는 전투 외에는 관심이 전혀 없구나. 뭐, 아스타도 책을 읽고 있으니 비슷하려나. 아무튼 페리스는 차를 뿜어낸 탓에 얼굴이 엉망진창이 되었다.

"100억인가. 타오 가문에 지불할 돈과 인건비며 유지비를 빼더라도 가볍게 50억은 새로운 사업에 쓸 수 있겠어. 그럼 남은 과제는 맨파워인가."

맨파워── 인적 자원. 경제에서 가장 중요한 점이다. 그것이 이곳 이스트엔드에는 치명적으로 부족하다. 물론 쿠사루 영지를 병합한 아키나시라면 3만 가까운 인원수가 되겠지만, 그래도 이전의 쿠사루 영지는 지금 케처의 막무가내식 영지 운영으로 영지민이 아사 직전이다. 그곳에서는 잉여 인원을 보낼 만한 여유가 없다.

앞으로 이 영지를 발전시키려면 새로운 사업이 필요하다. 그 사업은 이미 몇 가지 구상해두었고, 그 외에도 하고 싶은 일이 많다. 그러나 공교롭게도 중요한 노동력이 부족하다.

"네, 리버티 타운과 이곳 정령 도시 이츠치를 합쳐도 약 2천 명쯤. 아케가라스는 방위, 로스트 포레스트는 도시 개발의 중심이므로 새로운 사업에 할당할 인원이 없습니다. 즉, 새로운 사업을 추진하기에는 압도적으로 인원이 부족합니다."

영주가 무능한 것만큼 불행한 일은 없고, 이상만으로는 아무것도 이룰 수 없다. 따라서 로제에게는 매일 내가 엄선한 경영

에 관한 던전산 책을 주어 읽게 하고 있다. 그 결과 로제는 마른 천이 물을 흡수하듯이 경제에 관한 지식을 획득하였다.

"맞아, 신규 주민을 늘려야만 해."

나의 계획에는 최소한 수십만 단위의 인원이 필요하다. 어떻게든 확보해야겠지만, 애초에 주민이 없는 것이야말로 이스트 엔드의 가장 큰 문제이기에 쉽게 해결될 리가 없다.

"카이, 생각해둔 게 있나요?"

"미안하지만, 없어."

나의 부정적인 말에 로제가 차가운 눈길을 보냈다.

"그거 진짜예요?"

의심이 가득 담긴 말투로 묻는다. 아니, 나는 너희가 믿는 전지전능하다는 수상쩍은 신이 아니야. 모르는 건 몰라.

"이번엔 진짜야. 아쉽게도 일반적인 방법으로는 생각나는 게 없어. 어떻게 해야 하려나."

양쪽 손바닥을 위로 향하고 어깨를 으쓱했다.

"저들처럼 뒷세계 사람들을 보충하는 것은 어떤가?"

삼대 세력을 엄지손가락으로 가리키며 페리스가 제안했다.

"기각이야."

그것은 바로 거부했다.

"이유가 뭔가? 나는 묘안이라고 생각하네만?"

"이미 상황이 격변하고 있으니까."

"맞아. 이번 포션 판매로 지금 이 도시는 전 세계의 뒷세계에 주목을 받고 있어. 덤으로 이미 우리 타오 가문이 손을 잡고 있다는 말이 퍼졌을 거야. 그런 노름판 같은 상황에 리스크를 각오하고 영지민이 되는 것은 다른 조직의 첩자거나 욕망으로 얼룩진 쓰레기뿐이겠지."

링링의 말대로 이미 이 도시의 정보는 정보상을 통해 뒷세계로 퍼져 나갔다. 뒷세계와 연결된 거상들의 귀에도 들어갔을 것이다. 즉, 여기서 뒷세계 사람을 받아들이는 것은 내부에 다른 조직의 스파이를 품고 있는 꼴이 된다. 그것은 무엇보다 어리석은 짓이다.

"같은 이유로 노예상들을 통해 노예들의 몸값을 치르고 데려오는 것도 안 돼. 세상과 인연을 끊고 세상을 버린 것이나 마찬가지인 집단이 아니면 안 돼."

"그건 확실히 아주 어려운 일이군요."

루카스가 진지한 목소리로 우리 앞에 놓인 깊은 골을 입에 담았다.

"그래, 어렵지. 어느 조직에도 속하지 않고, 누구와도 얽히지 않은 채 사는 인간은 없어. 혹시 있었더라도 금세 객사해 버렸겠지."

"하지만 주인님은 아까 '일반저인 방법'이라고 말씀하셨죠. 그렇다면 특수한 방법이라면 뜻하신 바가 있는 것 아닙니까?"

루카스는 입꼬리를 올리고 지금 내가 막 입에 담으려고 한 것을 물었다.

"아니, 그런 거창한 방법은 아니야. 다만 조금 색이 다른 자들일 뿐이지."

"그것은?!"

다그치는 표정으로 몸을 내미는 로제를 보며 약간 움츠러들었다.

"북쪽에 있는 마족들을 권유하는 거야. 그곳은 사대 마왕 애쉬메디아의 세력 범위지만, 아무래도 요즘 그들 사이에 큰 움직임이 있던 듯하니까. 지금이라면 권유를 받아들일지도 모르겠지만, 정세상 어려우려나."

알려줘도 될 부분만 골라 설명했다. 이것이 지금 애쉬가 이 회의에 참석하지 않은 이유이기도 하다. 애쉬는 다음번 큰 무대의 주요 등장인물 중 하나다. 지금은 아직 주인공을 결정하지 못했지만, 조만간 찾아내면 된다.

"당연하죠! 지금 아멜리아 왕국은 그 마왕 애쉬메디아와 전쟁을 벌이고 있다고요. 이 타이밍에 애쉬메디아의 지배 영역의 마족을 영지민으로 맞이한다면, 아멜리아 왕국 정부, 아니 모든 인류를 적으로 돌리게 됩니다!"

정말 재미있다. 타이밍이라는 말을 보니 미래에 마족을 받아들일 생각은 한 모양이다. 광신적인 아멜리아 왕국의 왕족이라고는 생각할 수 없는 사고방식이다.

"맞아, 그래서 색이 다른 자들이라고 했잖아. 아무튼 지금 단계에서는 생각하지 마."

지금 북쪽에 사는 어둠의 마족들이 우리 동포가 될지는 그들의 선택에 달렸다. 지금은 아직 보류 단계다.

로제는 잠시 경계심으로 가득한 표정으로 나를 응시하였으나,

내가 이 안을 논외로 삼고 있다 판단했는지 그제야 안도했다.

"기존의 어느 조직에도 속하지 않고, 연을 끊고 사는 인간이란 그리 쉽게 찾을 수 없군요."

한숨 섞인 말투로 중얼거린다.

"'인간이란 없군', 그 말이 맞아. 그럼 아예 마물을 주민으로 받아들일까?"

"마……물?"

로제는 잠시 입을 뻐끔거리며 앵무새처럼 간신히 말을 쥐어짜냈다.

"음. 애쉬메디아의 지배 영역 아래에 있는 '노스그랜드'에는 고블린이나 오크 같은 마물 부족이 다수 집락을 형성하는 듯하니까 솔직히 영지민 후보로 괜찮지 않아?"

이곳 이스트엔드는 높은 벼랑 밑으로 펼쳐진 밀림지대인 심마의 숲과 벼랑 위로 펼쳐진 노스그랜드로 나뉘어 있다. 노스그랜드의 북부는 사대 마왕 중 하나인 애쉬메디아의 지배 영역이나, 그 구획을 나누는 단층절벽의 존재에 의해 기본적으로 마왕군, 인류군 모두 대규모 침공을 벌일 수 없다. 따라서 크게 북서부 쪽으로 돌아가는 형태로 항상 양쪽의 전선이 형성되어 왔다.

게다가 노스그랜드는 그 대부분이 밀림과 습지, 황야로 구성되어 있어서 거의 미개척지다. 또 이 땅에는 용의 일족과 환수종 등 흉악하고 강력한 존재가 많은 반면, 이 지역 특유의 자원도 없기 때문에 위험을 감수하면서까지 지배할 의미가 없다. 따라서 전략적 의의가 부족하므로, 지금까지 이 노스그랜드는 방치 상태로 마물들의 낙원이 되어 왔다.

스파이에게 조사를 시키자, 여기 노스그랜드에는 고블린, 오크, 코볼트 등의 다양한 마물이 존재하며 밤낮으로 세력 다툼을 벌이는 그야말로 군웅할거의 상태라고 한다. 보통 이성과 지성이 없는 마물은 무리를 짓기는 해도 타인을 지배하려는 욕구는 없다. 그저 일상을 본능에 따라 살아갈 뿐이다. 그런데 이곳의 마물은 일상적으로 치열한 전쟁을 벌이고 있다. 이유는 확실하지 않지만, 이곳에 서식하는 마물은 최소한의 이성과 지성을 지니고 있다는 것을 의미한다. 그렇다면 식민화도 가능할 것이다. 만약 이성과 지성이 없는 인류의 적이 될 수밖에 없는 존재라면 없애면 되니까. 제법 괜찮은 생각 같다.

"응? 뭐야?"

주위에서 보내는 마치 신기한 생물이라도 보는 듯한 무례한 시선에 의아하여 물었다.

"저기, 카이, 그건 늘 하는 질 나쁜 농담이죠?"

로제가 굳은 표정으로 확인하였다.

"아니, 의외로 진심인데."

"이상해! 진짜 이상해! 어떻게 저런 생각을 해?!"

로제가 어두운 눈으로 머리를 싸매고 입에서 중얼중얼 주문 같은 말을 내뱉었다.

"푸하하! 어둠의 삼대 세력 다음은 고블린에 오크를 주민으로 삼겠다니! 과연 사부, 여전히 발상이 미쳤어!"

잭이 웃음을 터뜨리면서 두 손으로 테이블을 탕탕 두드렸다.

"그렇게 기이한 생각인가?"

동의하며 고개를 끄덕이는 일동을 보며 깊은 한숨을 내쉬었다.

"반대하면 어쩔 수 없지."

그렇게 말했지만, 이대로는 새로운 사업을 착수할 수 없다. 인원 확보는 당면한 최우선 사항이다. 무엇보다도—— 노스그랜드는 다음에 벌일 큰 게임의 무대이기도 하다. 출연진이 모이면 게임을 시작할 생각이다.

싱긋 웃으며 그런 계획을 머릿속으로 구상하기 시작했다.

"마스터는 전혀 포기하지 않았군."

아까부터 계속 침묵을 지키던 아스타가 처음으로 비아냥거리는 감상을 밝혔다.

*

***

"카이, 당신은 바벨에 입학해야만 해요."

아침 식사 후, 단란한 자리에서 로제가 갑자기 선언했다.

"뭐? 이 내가 바벨에 입학? 왜 그래야 하는데."

놀라서 외치는 나에게,

"로열 가드는 원칙적으로 기사예요. 기사는 미성년일 경우엔 왕국이 지정한 교육 기관에 소속될 의무가 있습니다."

로제가 의기양양한 얼굴로 크게 고개를 끄덕였다. 보아하니 알면서 일부러 말을 안 한 듯하다.

"아니, 나는 어디까지나 임시 로열 가드야. 기사 따위가 아니라고. 따라서 교육 기관에 다닐 필요도 없어."

이 나이가 되어 학생 놀이라니 말도 안 된다. 뒤늦은 감이 절실하게 든다. 일단 나는 미성년자가 아니라 엄연한 10만 살이다.

"제 로열 가드로 왕국이 인정한 이상, 사실이야 어떻든 대외적으로는 기사예요. 그리고 왕족과 로열 가드가 모두 미성년자인 경우에는 둘 다 같은 교육 기관에 소속되어야 합니다. 그런 규칙이 있어요."

"같은 교육 기관이라. 즉, 바벨에 있는 네가 소속된 학교에 내가 입학해야 한다는 건가? 너는 마법을 쓰지 못하는 내가 그게 가능하다고 생각해?"

세계 마도원이라고도 불리는 바벨은 그 이름대로 마도를 탐구하는 젊은이들을 위한 배움터로, 그 도시 안에는 여러 개의 학교가 존재한다. 그리고 그 학교에는 랭크가 있는데 입학시험 성적으로 나누어진다. 로제가 소속된 학교는 밀푀유도 다니는 꽤 상위 학교다. 나는 마법은 전혀 못 쓰니, 마법을 중시하는 바벨의 상위 학교에 합격할 리가 없다.

"현행 시험 시스템이라면 상위 학교에 입학하기란 어려울지도 몰라요."

"흠, 그럼 넌 지금 다니는 학교를 퇴학당하게 될 텐데?"

"네, 지금 학교에는 전혀 미련이 없습니다. 게다가 여러 가지가 있어서 지금, 저는 장기 휴학 중인 몸이에요. 결국 지금 다니는 학교에서 퇴학당하는 것은 정해진 일이죠."

퇴학 처리가 되면 지금까지 한 로제의 노력은 헛수고가 된다.

그렇기에 나에게 시험을 치르게 하려는 것이다. 그렇게 생각하였으나, 로제의 말로 보아 아닌 모양이다.

"너는 이미 내가 바벨 입시 후에 입학할 학교로 전학할 생각을 해둔 거구나?"

대충 왕위 계승전이 시작되고, 길버트에게 방해를 받는 등 이런저런 일 때문에 로제는 장기 휴학을 할 수밖에 없는 상태였을 것이다. 항상 결과를 요구하는 상위 학교라면 장기 휴학은 퇴학하기에 충분한 이유가 된다. 아마 그것을 예상하고 로제는 내가 입학할 바벨 내의 학교로 자발적으로 전학하려는 것으로 보인다. 확실히 퇴학당하는 것과 자주적으로 전학하는 것은 다르고, 같은 결과라도 대외적으로는 후자가 더 손해를 입지 않는다.

"어느 쪽이든 카이가 관여한 이상, 바벨 내에서 기존 학교의 평가 따위는 전혀 가치가 없어질 거예요. 제가 아무리 막아도 그런 고정관념에 따른 가치 기준 따위는 억지로 산산이 부수고 말 테니까요."

로제가 단정적인 어조로 지극히 무례한 악담을 퍼부었다.

"이봐, 넌 나를 무슨 파괴주의자라고 착각하는 거 아냐?"

비꼬듯 물었다.

"착각이 아니라, 틀림없는 사실이오."

"맞아."

아스타와 잭이 이구동성으로 그런 불쾌한 말을 했다.

"이미 모든 절차는 마쳤습니다. 마차도 준비해두었어요. 아침을 먹으면 바로 바벨로 떠나죠."

"뭐야, 이야기는 아직 안 끝났어!"

나의 항의에는 전혀 귀를 기울이지 않고, 로제는 서둘러 식당에서 나갔다.

"나 참……."

뭐, 로제가 바벨 학생인 이상, 당분간은 바벨에서 생활하기는 해야 한다. 그리고 바벨은 각국 왕족의 권위가 영향력을 미치기 어려우므로, 적이 습격하기에는 절호의 장소다. 특히 길버트파 녀석들의 얕은 생각은 한심할 정도니까. 언제 어디서 공격할지 모른다.

만약 로제가 죽으면 십중팔구 이스트엔드는 탐욕스러운 귀족들에게 접수될 것이다. 그 땅의 성립에는 내가 깊이 관여하였으니, 쓰레기들에게 넘어가는 일이 있어서는 안 된다. 당분간 로제의 곁을 떠나지 않는 것이 좋을 듯하다.

게다가 오랜만에 마차에 흔들리며 떠나는 여행도 나쁘지 않다. 최근 생각과 달리 영지 경영이란 것에 너무 몰두했던 것도 사실이다. 마침 좋은 휴가라고 생각할까.

나도 바벨로 가는 여행을 준비하기 위해 방으로 걸음을 옮겼다.

***

???

끝이 보이지 않는 거대한 공간. 바닥은 피처럼 붉고, 머리 위로도 새빨갛게 물든 끝없이 넓은 하늘이 펼쳐져 있다. 거기에 놓인 하나의 원탁 앞에 다섯 명의 초월자가 앉아 있다.

빨간색 피부에 얼굴이 셋인 귀신.

등에서 머리가 둘인 용이 돋아난 수염 난 얼굴에 거구의 노인.

온몸에 붉은 기하학적인 무늬가 새겨진 소년.

여섯 개의 칠흑 같은 날개가 달린 아름다운 검은 머리 여성.

그리고──.

"모두 이곳에 모여주어 고맙군."

마지막으로 기발한 화장을 하고, 화려한 복장을 입은 광대 같은 남자, 로프트가 입을 열었다.

출석한 일동이 로프트를 의심스러운 눈으로 응시했다. 그것도 그렇다. 로프트는 평소의 가벼운 태도와는 전혀 다르게, 지금까지 한 번도 본 적이 없는 진지함 그 자체였기 때문이다.

"로프트, 무슨 일이죠? 당신답지 않은데요?"

두 눈을 검은색 천으로 가린, 여섯 개의 검은 날개를 지닌 여성이 미소를 지우지 않고 로프트에게 지금 일동이 동시에 생각한 것을 질문했다.

"이미 너희도 어느 정도 눈치챘겠지? 바로 그거야."

"이봐, 로프트? 너 진심으로 마라가 죽었다는 말을 하고 싶은 거야?"

얼굴이 셋인 귀신이 웃는 얼굴로 농담처럼 물었다.

"그래, 십중팔구 마라는 소멸했어."

"키히히! 그 녀석, 그만큼 허세를 부리더니 이토록 쉽게 졌단 말인가. 그야말로 육대장, 아니 악군의 수치로군."

등에서 쌍두룡이 돋아난 거구의 노인이 퍽 재미있다는 듯 비웃었다.

"흥! 티폰, 그렇게 따지면 네 쪽의 그 티아마트와 파즈즈도 간단하게 제거되지 않았던가? 나의 군단에서도 제법 소문이 자자하던데. 의기양양하게 어떤 세계로 대군을 이끌고 내려간 것까지는 좋았지만, 사이좋게 소식이 끊기고 말았다면서."

얼굴이 셋인 귀신이 무시하는 말투로 지적했다.

"그것은—— 마라 녀석이 임시방편으로 뒤에서 손을 썼기 때문이 아닌가!"

티폰이 입에서 불을 내뿜으며 격노하여 일어났다.

"그만둬. 티아마트만이 아니야. 아까 중장 아지 다카하가 소멸되었다는 보고가 들어왔어. 맞지? 안라?"

로프트가 안라라고 불린 온몸에 붉은 기하학적 무늬가 새겨진 소년에게 확인하였다.

"맞아."

안라가 불쾌한 듯 팔짱을 끼며 고개를 끄덕였다.

"농담이지? 너네 그 삼두룡은 얼마 없는 구세대 생존자잖아? 그게 소멸됐다고?"

지금까지 마라 소멸에 대해서는 전혀 진지하게 받아들이지 않았던 모양이다. 얼굴이 셋인 귀신은 아까 웃는 얼굴로 가벼운 농담조로 말했었다. 그러나 아지 다카하가 소멸했다고 듣자마자, 엄격한 표정으로 뒤바뀌며 옆에 앉은 안라를 추궁하기 시작했다.

"진실이야. 특수한 방해라도 받았는지 현계한 장소도 누구에게 당했는지도 불명확하지만, 그저 마지막에 그 녀석의 엄청난 공포만이 들어왔어. 아무래도 상당히 철저하게 당한 모양이야."

"공포? 그 아지 다카하가 말입니까? 그의 불사 속성은 아무리 저러도 상당히 성가신 것인데요. 대체 어디의 누가 그를 공포 속에서 없앨 만큼 압도할 수 있단 말입니까?"

두 눈을 검은색 천으로 가린 여성이 지극히 당연한 질문을 했다.

"몰라."

안라가 무뚝뚝하게 대답했다.

"모른다니 당신, 일단 아지 다카하의 주인이잖아요? 당신의 측근이 공격당했다고요. 적은 당신과 대립하는 인물일 가능성이 크죠. 게다가 그 불사의 용을 소멸시킬 만한 힘을 지녔어요. 짐작 가는 곳 정도는 있어야 할 텐데요."

다시 두 눈을 검은 천으로 가린 여성이 집요하게 추궁했다.

"아까부터 전혀 모른다고 말했잖아!"

안라가 결국 짜증스럽게 화를 내며 고개를 돌리고 말았다.

안라의 이러한 태도를 보고 사태가 심상치 않음을 느꼈는지 일동의 얼굴에서 여유가 완전히 사라졌다.

"아니, 망할 피에로. 정말 마라가 소멸한 거야?"

"내 예상이 맞는다면. 이미 현계했던 육천신에게 당했겠지."

"젠장! 천군 놈들이 선수를 친 건가!"

로프트의 말에 얼굴이 셋인 귀신이 분노한 얼굴로 왼쪽 손바닥을 오른쪽 주먹으로 때리며 호통쳤다.

"아무래도 일의 중대성을 이해한 모양이군. 그래. 이번 게임은 이미 시작되었어. 우리 악군끼리 다툴 시간이 없다고."

"로프트. 그 말투를 보니 이번 게임판에 짐작 가는 곳이 있다고 생각해도 될까?"

두 눈을 검은 천으로 가린 여성의 물음에 로프트가 크게 고개를 끄덕였다.

"세계 레무리아. 그 천군 육천신 최강, 데우스의 손녀 아레스의 관리 세계야. 아무튼 우리는 더 이상 패배가 용납되지 않아. 그건 알지?"

"…………."

로프트가 빙 둘러보며 그렇게 확인하자, 모두가 씁쓸한 얼굴로 고개를 끄덕였다.

"육천신인가! 상대로 손색이 없겠어! 답답한 건 성미에 안 맞아! 다음엔 내가 직접 나서서 죽여버리겠어!"

얼굴이 셋인 귀신이 자리에서 일어나 목을 뚝뚝 울렸다.

"낙천적인 녀석이군. 그리 쉽게 우리 육대장이 현계할 수 있었으면 고생할 일도 없었겠지."

티폰이 한심하다는 듯 귀신의 말을 바로 부정했다.

"아니, 게임판에는 지금 재미있는 게 있거든. 아수라, 네가 가는 것도 불가능하지 않아."

로프트가 말을 정정했다.

"오호라, 가능하단 말인가?!"

기대로 가득 찬 표정을 감추려고도 하지 않고, 귀신 아수라가 로프트에게 물었다.

"그래, 잘하면 우리 모두 현계하는 것도 가능할지도 몰라."

로프트가 확신에 찬 어조로 자신의 예상을 말했다.

"흠, 전원 가능하다니. 아주 구미가 당기는데! 어떻게 하면 되지?!"

아수라가 재촉했다.

"자자, 너무 재촉하지 마. 지금부터 자세히 말할게. 빈틈 하나 없는 계획을 말이야."

피에로가 얼굴을 추악하게 일그러뜨리고 흉계를 말하기 시작했다. 그것은 그야말로 옛날이야기에 나오는 악신 그 자체였다.

제1장 바벨을 향한 여로

이번에 바벨까지 가는 여행길에 동행한 것은 내가 없으면 안 되는 파프와 마리, 뮤, 그리고 보호자 역할로 애쉬, 안나, 따라오는 이유가 불분명한 잭, 아스타였다.

이 쓸데없이 개성적인 멤버로 2주일 동안 마차에 흔들리며 가다 보니, 멀리 구름을 뚫고 우뚝 솟은 탑이 시야에 들어왔다. 저것이 바벨탑이다. 세계적인 교육 기관—— 바벨의 중추다. 전 세계의 마도사와 검사가 저 탑에 들어가기를 갈망하며 이 땅을 찾는다.

물론 **지금의** 나는 저런 하찮은 탑에 들어가고 싶다고는 꿈에도 생각하지 않는다. 검사의 본질은 투쟁 그 자체에 있다. 사욕을 버리고 얼마나 검을 휘두르는지가 중요하다. 권위와 명예란 강함과는 가장 멀리 위치한 것이다. 없는 편이 훨씬 낫다. 뭐, 무능한 나 따위는 탑에서도 사양하겠지만.

마차가 바벨 도시 안으로 들어갔다.

"사람이 많네."

"가득해요!"

"가득해오!"

파프와 뮤가 마차에서 몸을 내밀고 두 눈을 빛내며 주위를 두리번거리며 확인하자, 마리도 안나에게 안겨 두 사람의 흉내를 내며 감탄했다. 이 길을 다니는 사람의 수는 이런 나라도 예상하지 못했다. 상당한 수였고, 심지어 약 절반이 젊은이였다. 아이들이 흥분하는 것도 당연할지도 모른다.

"그럼 숙소를 잡으면, 식사하기로 하죠! 바벨의 맛있는 가게로 안내할게요."

로제가 양손을 허리에 대고 파프와 뮤에게 한쪽 눈을 찡긋했다.

"와아! 밥이야! 밥!"

"와아, 신나요! 밥이에요!"

"맘마, 맘마예오."

"맛있는 거!"

"맛있는 거예요!"

"맘마예오!"

마차 안에서 신나게 떠드는 아이들을 보며 모두 쓴웃음을 지으면서도 마차에서 내릴 준비를 시작했다.

로제의 안내로 도착한 숙박 시설은 이 도시의 남서부에 있다. 늘어선 가게는 휘황찬란한 중심부와 비교하여 매우 서민적이었다. 아마 이 남서지구는 일명 왕후 귀족과 거상 이외의 일반 학생이 사는 구획일 것이다.

로제가 이 구역을 아주 잘 아는 것으로 보아, 평소에도 이곳에 머물렀던 모양이다. 로제는 일단 왕족이다. 본래 바벨에서 제공하는 장소는 이 구역이 아닐 터였다. 분명히 그녀가 원하여 이곳을 직접 바벨에서의 거점으로 삼았을 것이다. 여전히 권위주의의 화신 같은 국가 왕족이라고는 생각할 수 없는 발상이다.

뭐, 건물만이 아무리 호화롭더라도 고귀한 자들만 있는 장소는 숨이 막힌다. 나로서도 이 구역에 있는 쪽이 훨씬 편하다.

로제와 함께 숙소로 들어갔다. 로제가 숙박 절차를 마치는 동안 나는 숙소 입구 근처에 있는 목제 기둥에 등을 대고 주변 상황을 살피고 있었다.

"어, 카이 하이네만!"

여자가 외치는 소리에 시선을 옮기자, 금발을 단발머리로 자른 소녀가 나에게 손가락질을 하고 있었다. 이 녀석은—— 라일라의 사촌 동생, 루미네다. 나처럼 하찮은 기프트의 홀더로, 상당히 핍박받곤 했다. 라일라는 '이 세상 제일의 무능'이라는 최악의 기프트를 보고도 나에 대한 태도를 바꾸지 않은 소녀다. 당연히 루미네에게도 태도를 바꾸지 않고 무척 귀여워했다.

"그래, 오랜만이네."

오른손을 살짝 들고 싱긋 미소를 짓자, 루미네가 어이가 없는 듯 잠시 나를 응시했다.

"뭐야 그 가짜 웃음. 너무 기분 나빠!"

그녀는 질색한 얼굴로 한 걸음 물러나며 그런 악담을 했다. 이 녀석의 표정을 보니 진심이다. 확실히 요즘 야수 같은 잭조차도 내가 미소를 짓는 모습이 악마나 마왕으로만 보이니 남들 앞에서 웃지 말라는 농담을 빈번하게 해댔다. 혹시 그건 진심이었던 건가? 아니, 그럴 리가 없다. 루미네나 잭의 감수성이 이상할 뿐이다. 분명 그럴 것이다.

"그런가? 아무튼 너는 왜 여기 있어?"

나에게 불리한 화제는 빠르게 넘어가기로 했다.

"그런 건 너랑 상관없잖아!"

고개를 돌리고 팔짱을 낀다. 이 녀석도 변함이 없다. 루미네는 라일라를 신뢰한다. 아니, 라일라 이외의 모든 인간을 신용하지 않는다고 말하면 좋을까. 혼자 이 도시에 올 리가 없다. 루미네가 이 도시에 있다는 것은 분명히 라일라도 있다는 것이다. 라일라인가, 오랜만이네. 한번 만나러 가도 좋을지도 모르겠다. 마침 그런 생각을 한 순간.

"카이 하이네만! 절대 언니와 얽히지 마!"

루미네는 내가 고향에서 몇 번이나 들은 말을 내뱉고, 숙소 계단을 뛰어 올라갔다.

흠, 아무래도 로제도 접수를 마친 모양이니 나도 갈까.

숙소를 잡은 뒤, 로제가 추천하는 레스토랑에서 맛있는 식사를 했다. 과연 혀가 예민한 왕족인 로제가 추천한 가게답다. 먹보 자매 파프와 뮤는 물론이고, 요리사 지망인 애쉬조차 맛있어서 참고가 된다고 말할 정도였다.

먹고 나서 바벨의 동서로 뻗은 메인 스트리트를 따라 있는 종합 잡화점, '라스쿠르트'를 방문했다. 이곳에서는 바벨에서 사용하는 각 학교의 교복 제작부터 학교에서 사용하는 무기와 방어구 등의 무구, 그리고 생활용품 전반을 판매한다고 한다. 8층짜리 상업 시설은 아멜리아 왕국 왕도에서도 본 적이 없다. 과연 바벨이라고 해야 할까.

파프와 뮤는 1층의 디저트 가게에 빠진 듯하였기에 마찬가지로 디저트를 먹고 싶은 듯한 애쉬에게 마리와 함께 아이들을 맡기고, 그사이에 우리는 할 일을 마치기로 했다.

우리는 로제에게 안내를 받아 최상층인 8층으로 올라갔다. 최상층은 아래층과 비교하면 소규모 가게들뿐이었는데 무구, 옷 등 다양한 물건이 진열되어 있었다.

로제가 8층의 가장 안쪽 가게로 걸어갔다. 그 가게 앞까지 도착하자, 가게 입구부터 학생들이 길게 줄을 서 있었다. 그 줄의 가장 끝에서 기다리기를 한 시간, 간신히 우리 차례가 되었다.

"로제마리입니다. 주인장에게 부탁한 것은 완성되었나요?"

"그래요, 잠시 기다려요."

접수처의 체구가 좋은 여성이 명부 같은 것에 오른쪽 집게손가락을 대고 잠시 확인하더니, 금세 안쪽 방으로 안내해주었다.

안내받은 안쪽 방은 공방이었다. 로제가 공방으로 들어가, 소리 높여 주인을 불렀다.

"주인장, 로제입니다."

안에서 철을 두드리던 턱수염을 길게 기른 몸집이 작고 귀가 긴 중년 남자가 손을 멈추지 않고 대답했다.

"그래, 잠깐 기다려."

그렇게 지시했기에 기다리기로 했다.

10분 뒤, 남자가 철을 다 두드리고 옆방으로 들어가 새하얀 검집에 든 장검을 가져왔다. 그리고——.

"자, 이게 부탁한 물건이지?"

그 새하얀 검집에 든 장검을 로제에게 건넸다.

"감사합니다!"

그 검집에는 아름답고 독특한 장식이 되어 있었다. 아멜리아 왕국의 국장이다. 즉, 왕가의 문장이라는 거다. 물론 왕족 이외에 마음대로 그 문장을 넣는 것은 허락되지 않는다.

"그 모습을 보니, 자네가 원하는 기사가 발견된 모양이군."

그는 우리를 둘러보며 마지막으로 잭에게 시선을 고정하고는 몇 번이나 고개를 끄덕이고 그런 말을 꺼냈다.

"네, 아마, 주인장의 상상과는 다르겠지만요."

로제가 나를 보며 새하얀 장검을 건넸다.

"이봐, 설마 그런 약해 보이는 남자애가 네 기사라고?!"

주인이 경악한 목소리로 물었다.

"네. 이 남자가 제 로열 가드입니다."

로제가 바로 대답했다. 주인이 놀란 얼굴로 나를 응시했다.

"둔하다는 것은 무서운 것이기도 하군. 이 괴물을 보며 설마 약해 보이는 남자애라고 칭할 줄이야……."

아스타가 어깨를 으쓱하고 한숨 섞인 목소리로 말하더니 고개를 가로저었다.

"맞아. 실제로 사부를 보면 옛날이야기 속의 세계를 멸망시키는 마왕도 바로 도망칠 텐데."

잭도 아스타에게 동의했다.

"자네들──."

마음대로 떠드는 아스타와 잭에게 상황을 이해하지 못한 주인이 입을 열려는 순간, 밖에서 살짝 소란이 일었다.

"라스쿠르트, 들어가요."

그 목소리와 함께 귀가 긴 은발 소녀가 공방으로 들어왔다. 보라색과 흰색을 기조로 한 플리츠스커트와 조끼. 그리고 이 조끼 위로 화려하게 장식된 로브를 걸치고 있다.

"아니, 공주님!"

한쪽 무릎을 꿇고 신하의 예를 다하는 주인의 태도를 보아, 역시 외모로 판단한 대로 라스쿠르트는 엘프인가. 게다가 라스쿠르트는 이곳 종합 잡화점의 이름이기도 하다. 대체적인 사정이 파악되기 시작했다.

"카이 님, 오랜만입니다."

은발 소녀가 인사하며 치맛자락을 잡고 예의 바르게 인사했다. 이 여자, 아마 밀푀유라고 했던가. 로제가 말하기를 이곳 바벨에 재적한 학교에서 같은 반이라고 했다.

"음. 서로 잘 지낸 것 같아 다행이네."

"로제도 반가워요."

로제에게도 살짝 오른손을 들어 인사한다.

"네, 밀피, 반가워요. 그런데 오늘은 무슨 일이죠?"

감정이 풍부한 로제답지 않게 인형 같은 미소로 대답하는 모습에 은발 소녀, 밀푀유는 미소를 지으며 말했다.

"근처에 온 김에 라스쿠르트에게 인사하러 왔더니, 우연히 카이 님을 만나게 된 거예요!"

그녀는 그러면서 나의 오른팔을 끌어안는다. 음. 이 여자, 전에는 상당히 겁에 질려 있더니, 이번에는 전혀 그런 느낌이 없다. 오히려 과장되게 친하게 군다.

"저기요, 밀피, 내 기사에게 무슨 짓을 하는 거죠?"

더욱 목소리가 낮아지며 미소가 한층 더 짙어진 로제. 아무래도 좋지만, 로제, 지금 너 내가 봐도 너무 무서운걸. 파프와 뮤가 없어서 다행이다. 있었다면 분명 몸을 떨었을 것이다.

여기 밀푀유라는 여자와 로제는 별로 사이가 좋지 않은가? 전에 로제에게 들은 느낌으로는 사이가 나쁘게 보이지는 않는데. 그래도 안나가 태연한 것을 보면 이상 사태는 아닌 모양이다.

밀푀유는 로제의 말에 대답도 하지 않고 나를 올려다보더니 격려의 말을 건넸다.

"카이 님, 다음 주에 치를 통일 시험, 응원하겠습니다! 카이 님이라면 틀림없이 수석으로 합격하시겠지만."

대충 겉치레로 하는 말이 아니라 진심으로 나의 합격을 확신하는 듯하다.

이곳은 세계 마법사들의 낙원, 바벨이다. 시험 내용도 분명히 마법에 특화되었을 것이다. 로제도 밀푀유도 왜 마법을 쓰지 못하는 내가 합격할 수 있다고 단정 짓는 것일까?

소박한 의문을 해소하기 위해 내가 입을 열려는 순간, 밖에서 한층 더 큰 소란과 호통이 들려왔다. 곧바로 공방으로 뛰어 들어오는 점원 같은 엘프 청년.

"어르신, 테토루 씨 이름으로 예약했습니다만, 그게 아무래도 아멜리아 왕국의 길버트 왕자의 의뢰였는지 기다릴 수 없으니

당장 처리하라고 합니다!"

"지금 손님이 있지 않나. 순서대로 처리할 테니 잠시 기다리라고 전해!"

"그, 그렇게 말했지만, 받아들이지 않고 호위 기사 쪽이 난동을 부리는 바람에 밖에선 완전히 난리가 났다고요!"

울 것 같은 얼굴로 엘프 청년이 외쳤다.

"나 참, 듣던 것보다 더 대단한 바보 왕자인 모양이로군."

주인은 불평을 한 뒤 접수처 쪽을 확인하기 위해 공방에서 나갔다.

흠. 길버트 왕자란 로제의 동생인 그 바보 왕자겠지. 조금도 기다리지 못하고 난동을 부린다? 설마 그런 아이가 떼쓰는 것 같은 짓을 공개된 장소에서 설마 왕족이 한다고?

왕족이란 필요 이상으로 체면을 신경 쓴다고 생각했던 터라 도저히 믿을 수 없다.

"길……"

"우리도 가자."

얼굴에 강한 분노를 드러낸 로제를 재촉하여 우리도 접수처로 향했다.

접수처에는 주인, 라스쿠르트와 금발 미남 그룹이 말다툼하고 있었다. 그 중심에 있는 금발 미남은 왕위 계승전을 고지하는 자리에서 한 번 본 적이 있다. 아멜리아 왕국의 왕자 길버트다.

"만들 수 없다니 무슨 소리냐!"

길버트의 옆에 있는 빨간 머리 소년이 화를 냈다.

"만들 수 없다는 게 아니야. 그 조건을 모두 만족하는 무구를 만들려면 많은 공정이 필요해. 그걸 사흘 만에 완성하는 것은 불가능하다는 말이다!"

지극히 당연한 의견이다. 무구의 단련이란 무인의 영혼을 만들어내는 행위다. 그리 쉽게 만들어진다면 고생할 일도 없다.

"흥! 완전히 삼류 대장장이 아냐! 뭐가 바벨 최고의 대장장이냐! 이봐, 테토루, 이거 어떻게 수습할 거야?!"

빨간 머리 소년이 테토루라 불린 콧등에 주근깨가 난 얌전해 보이는 소년에게 따지며 그의 멱살을 잡고 화를 냈다.

"하, 하지만 정말 주인어른은 훌륭한 대장장이고……."

불쌍할 만큼 위축되면서도 테토루가 반론했다.

"말대꾸하지 마!"

빨간 머리 소년이 테토루의 명치를 무릎으로 찍어 쓰러뜨렸다. 주위에서 터지는 작은 비명.

"네 무능함이 우리는 진심으로 지긋지긋해! 특히 이번에 손에 넣어야 하는 무기는 전하가 다음 대회에서 사용하실 물건이다! 그 대회에는 학교의 명예도 걸렸어! 알고 있는 거냐?! 너는 전하와 학교, 양쪽의 명예를 모두 해칠 지경이야!"

빨간 머리 소년이 멍청한 망언을 외쳤다. 무기 하나로 투쟁에 이길 수 있을 리가 없다. 무기는 자신의 분신임과 동시에 거울이다. 그것을 쥐는 자에 따라 명검도 되지만, 고철도 된다.

그런 무기를 주문할 시간이 있다면, 검을 휘둘러야 한다. 그게 훨씬 승리에 가까워지는 길이다.

"미, 미안해, 하, 하지만, 나는 전하께서 최고의 무기를 얻으시길 바라서……."

새하얀 옷을 입고 눈이 처진 호위 남자가, 기어들어가는 목소리로 그렇게 말하는 테토루의 어깨에 손을 얹고 귓가에 속삭였다.

"뭐, 여기 주인은 만들 수 없다고 하니 네가 책임지고 주인을 설득해. 혹시 안 되면 어떻게 책임져야 하는지 알지?"

본래 나무라야 할 어른 호위가 아이를 협박하다니. 역시 아멜리아 왕국의 귀족들에게는 혐오감밖에 들지 않는다.

"알겠……습니다."

작은 목소리로 승낙하는 테토루.

"길!"

그야말로 악귀 같은 형상으로 끼어들려는 로제를 붙잡았다.

"카이, 왜——."

"여기는 나에게 맡겨."

상황은 지나칠 만큼 충분히 이해했다. 꼴 보기 싫은 짐승들의 행위를 보는 것에도 질렸다. 아니, 너무 불쾌하다.

"사부, 너무 지나치게 하진 마. 고생도 안 해본 애들에게 사부의 조교는 좀, 자극이 심할 테니까."

한 걸음 앞으로 나서려고 하자, 잭이 터무니없는 충고를 하였다.

"그렇소. 불쌍한 버러지에게 물벼룩 정도의 자비를 베푸는 것도 좋겠지. 뭐, 1일 1악이라고도 하니 마스터가 아니라 본인이그 조교를 맡아도 좋을 것이오."

아스타가 이해할 수 없는 진언을 했다.

"아니, 무슨 말이야! 1일 1선이겠지! 아스타 누님, 진심으로 애원할게! 부탁이니 누님만은 그러지 말아줘!"

잭이 서둘러 얼굴 앞에서 손을 휘두르며 절실한 소원을 말했다.

"카이 님이 저것들을 혼내주시는군요. 무척 관심이 생겨요!"

신나는 얼굴로 밀푀유가 몸을 내밀었다.

"카이, 잭 같은 소리지만, 너무 심하게 하진 마."

어깨를 으쓱하며 안나가 옛날의 그녀라면 상상할 수 없는 말을 했다.

"안나, 너, 일단 왕족을 지키는 수호 기사잖아? 막지 않아도 돼?"

"어차피 카이가 하는 일이니 막아도 소용없어."

"그럴지도 모르지만…… 아니, 그럼 안 되지!"

"그리고 로제 님을 속인 원한, 나는 잊지 않았거든!"

안나도 꽤 이상한 사람들 사이에서 달라지고 말았다. 얼마 전까지는 좀 더 뭐랄까——.

"아무튼. 카이, 해치워!"

안나가 웃으며 엄지손가락을 세웠다. 너희들 분명 즐기고 있는 거지? 그렇지?

"후우……."

뭐, 아무럼 어때. 크게 한숨을 내쉬며 나는 천천히 그들에게 걸어갔다.

"앗?! 네놈은——."

하얀 갑옷을 입은 눈이 처진 기사의 외침은 완전히 무시하고,

길버트의 뒷덜미를 잡았다.

"네, 네 이놈, 무례하다! 나는——."

시끄럽게 소란을 피우는 길버트를 가게 밖으로 내던지고 나도 가게에서 나갔다.

무슨 일인가 싶어 많은 사람이 우리를 멀리서 지켜보았다.

"네 이놈! 지금 자신이 무슨 짓을 저질렀는지 알고 있는 거냐!"

길버트를 따르는 처진 눈의 기사가 검을 뽑아 나를 겨누었다.

"왜? 안 덤벼?"

왼쪽 손바닥을 위로 향하고 손짓을 했다.

"애송이가! 전하 앞에서 무례하다! 손발을 잘라내 사법관에게 넘겨주마!"

도저히 기사라고는 생각할 수 없는 말을 외치며, 기사가 나의 오른쪽 어깨를 노리고 검을 휘둘렀다. 아마 진심인 모양이다. 적어도 일반인인 소년, 소녀라면 사법관에게 넘겨질 것도 없이 치명상을 입을 것이다.

"완전히 쓰레기 같은 녀석이군."

나는 그의 검을 오른손으로 막아냈다.

"앗?!"

경악하여 눈을 크게 뜨는 그의 다리를 후려쳤다. 그는 공중에서 깔끔하게 몇 차례 회전하고는 얼굴부터 바닥으로 떨어졌다. 코뼈가 뽀각 부러지는 소리. 신음하는 청년 기사를 발로 뒤집어 괴로워하는 그 얼굴을 짓밟았다. 그리고 아이템 박스에서 요리용으로 준비해둔 일회용 목제 꼬치를 꺼내 오른손으로 빙글빙글 돌리다 그의 볼에 찔러 바닥에 고정하고 밟았다.

울려 퍼지는 절규 속에 길버트에게 몸을 돌려 그를 향해 천천히 걸어갔다. 단지 그것만으로 빨간 머리 소년을 비롯하여 길버트를 따라온 소년들이 작게 비명을 지르며 옆으로 물러나 길을 터주었다. 이 녀석들은 항상 말뿐이다. 입으로는 충성이니 목숨을 걸겠다느니 거창한 말을 하지만, 자신의 몸이 위험할 듯하면 그 순간 도망치다니 고작 그 정도인가. 유일하게 아까 그 주근깨 소년 테토루만이 떨면서도 나의 앞을 가로막았다.

"비켜, 저 짐승에게는 조교가 필요해."

뒷세계의 인간이라도 비명을 지르는 나의 위협에도, 테토루는 이를 딱딱 부딪치면서 두 팔을 벌리고 길버트를 감싸려고 했다. 그의 눈은 진심이다. 끝까지 비키지 않을 것이다.

"미안하지만 소년, 너의 기개는 충분히 칭찬할 만해. 그래도 역시 책임은 져야 하거든. 잠깐 자고 있어."

나는 그렇게 전하고 테토루의 뒤로 이동하여 오른손으로 목을 살짝 때려 의식을 빼앗았다. 쓰러지는 테토루를 조심스럽게 바닥에 눕혔다.

"자, 그럼."

길버트를 향해 시선을 보내자, 그는 곧바로 등을 돌리고 도망치려고 했다.

"목숨을 걸고 지키려던 부하를 버리고 혼자 꼬리를 말고 도망치려고 하다니. 진심으로 불쾌한 녀석이군."

나는 바닥을 박차고 순식간에 그와 거리를 좁혀 그 멱살을 잡고 높이 들어 올렸다.

"이, 이거 놔! 무례한 놈! 이 나를 누구라고 생각하는 거냐! 아멜리아 왕국 제1왕자, 길버트 로트 아멜리아다!"

"그래서?"

"뭐라고?! 네놈은 왕족을 공격한 거다! 이것은 죽어 마땅한 죄! 당장 아버님께 보고하여——."

짜증 나기 시작한 나는 길버트를 바닥에 내던졌다.

"으악!"

공처럼 바닥에 부딪히고 위로 튕겨 오른 탓에 고통에 차 신음하는 길버트에게 나는 발밑에 있던 호위 기사의 검을 그의 눈앞으로 걷어찼다.

"그 검으로 나에게 덤벼라. 잠깐 훈련시켜 줄 테니. 핸디캡은 있어. 나는 내 두 주먹만 쓰마. 그러니 너의 모든 것을 걸고 덤벼봐. 아니면 무능하고 맨손인 내가 무서워서 도망칠 거냐?"

"시, 싫어……."

나의 도발에도 길버트는 그저 고개를 가로저으며 거절했다.

"검을 들지 않을 셈이라면 그것도 상관없어. 그냥—— 실컷 때릴 뿐이니까."

오른쪽 주먹을 왼손으로 뚝뚝 꺾으며 길버트에게 다가갔다.

"으아……."

떨리는 손으로 길버트가 발밑의 장검을 집었다.

"으아아아아아아아아악!"

한심한 소리를 내며 나를 향해 덤벼드는 길버트. 가볍게 피하고 그의 얼굴을 주먹으로 때렸다.

　울든 비명을 지르든 전혀 개의치 않고 길버트를 계속 때렸다. 결국 넝마처럼 된 길버트의 얼굴에 나의 라이트 스트레이트가 깔끔하게 꽂히며 그는 바닥에 엎어져 정신을 잃었다.

　처음에는 이런 짐승의 조교 따위 간단히 끝낼 생각이었다. 한 가지 나에게 오산이 있었다면, 이 녀석은 잭이나 지그닐처럼 무의 신에게 사랑받고 있다는 것이다.

　"카이 군, 또 폐를 끼치고 만 것 같군."

　뒤에서 들리는 미안해하는 목소리에 돌아보자, 대검을 진 푸른 머리에 수염을 덥수룩하게 기른 남자가 서 있었다.

　"어, 아르, 너도 여기 있었구나."

　얼굴만 돌려 오랜만에 재회에 왼손을 들며 대답했다.

　"그래, 중요하고 귀찮은 회의가 여기서 열리고 있거든."

　아르놀트도 어깨를 으쓱했다. 아르놀트의 등장으로 지금까지 울면서 떨던 길버트를 따르던 소년들이 일제히 그의 뒤에 숨었다. 주인이 두들겨 맞는 것을 가만히 구경만 하다 그 뒤에는 자신의 안전을 바라는가. 정말 구제 불능인 녀석들이다.

　뭐, 예외는―― 지금도 잠들어 있는 주근깨 소년이다. 그만은 끝까지 길버트를 지키기 위해 나에게 저항하였다.

　"그럼 이제 끝났나?"

　"응, 짐승의 조교로는 충분해."

　바보 왕자가 의외로 전투 센스를 보여주었기에 나도 모르게 흥이 올라서 지나치게 하고 말았으나, 슬슬 물러날 때라고 생각했다. 이만큼 아프게 했으면, 당분간 바보 왕자의 교육으로 충분할 것이다.

길버트와 지금도 고통에 울부짖는 눈이 처진 기사에게 꽂은 꼬치를 뽑은 뒤, 상급 포션을 꺼내 뿌려주어 모두 회복시켰다. 상급 포션이라면 이 정도 상처는 완치된다. 뭐, 이런 부류의 인간들은 나중에 상처가 어쩌고 시끄러울 것 같으니까. 길버트는 기절한 채였으나, 예상대로 회복된 기사는 자리에서 일어나 떨리는 손으로 나를 가리켰다.

"아르놀트 기사장님, 이 자는 저희를 공격하고, 심지어 길버트 전하까지——."

필사적인 얼굴로 아르놀트에게 호소한다.

"상처? 어디가?"

"여기를 방금 꼬치로 찔렀단 말입니다! 기사장님도 보셨잖아요!"

"글쎄, 난 못 봤는데. 군무경(軍務卿)은 어떻습니까?"

"나도 못 봤다만."

아르놀트가 뒤에서 멋들어진 카이저수염을 쓰다듬고 있는 신사적인 남자에게 묻자, 그가 단언했다.

"뭐?! 여, 여러분은——."

"그보다 타무리 상급기사, 여기서 자네들의 행동은 이미 보고받았어. 애초에 이곳은 아멜리아 왕국이 아니지 않나! 자네들의 행위는 조국의 얼굴에 먹칠을 하는 짓이야! 창피한 줄 알아야지!"

그렇게 쏘아붙인 아르놀트가 정신을 잃은 길버트를 등에 업고 군무경에게 눈짓을 보내자, 군무경도 테토루 소년을 업었다. 그리고──.

"너희도 따라와!"

길버트를 따르던 빨간 머리 소년을 비롯한 소년들에게 명령하자, 그들도 허둥지둥 그 뒤를 따라갔다.

"그럼 카이 군, 다음에 또."

아르놀트는 손을 들어 인사하고 먼저 떠났다.

***

──바벨 북부 고급 주택가.

세계 각국의 왕후 귀족과 부유한 상인의 자녀들. 그곳은 바벨에서도 일부 선택받은 자만 들어가는 것이 허락된 '초'가 붙는 고급 타운이다. 그 휘황찬란하고 커다란 저택 중 한 곳에서 아멜리아 왕국 제1왕자 길버트 로트 아멜리아는 원형 테이블을 걷어차 쓰러뜨렸다.

"젠장! 젠장! 빌어먹을! 나는 왕자야! 이 나를── 무능한 주제에────!!"

분노를 마구 표출한다. 왕자 길버트가 대중 앞에서 일방적으로 맞기만 하는 굴욕을 당한 것이다. 카이 하이네만은 당연히 사형에 처해야 한다.

그러나 카이 하이네만은 너무 지나쳤다는 이유로 그의 주인인 로제와 함께 주의를 받은 것으로 끝났다. 반대로 일련의 소동에는 길버트 측에 주로 문제가 있다며 일주일의 근신 처분을 받고 말았다.

"로제 왕녀의 로열 가드 카이 하이네만인가. 네 상급기사, 으음, 그게…… 아, 타무시, 아닌데── 맞아! 타니시 군이야!"

빨간 머리를 투블록으로 다듬은 곱상한 남자가 손가락을 딱 튕기며 외쳤다.

"타무리 상급기사입니다. 팔라딘 히지리 님."

곧바로 긴 머리를 뒤로 묶은 금발 여성이 정정했다.

"맞아, 맞아, 타무리 군. 그는 일단 길의 마음에 든 편이고, 나름대로 강했지? 그럼 **역시** 그를 압도한 카이 하이네만이 강했구나."

묘하게 단정적인 히지리의 지적에 호기심이 자극된 다른 멤버가 멋대로 떠들기 시작했다.

"카이 하이네만은 '이 세상 제일의 무능'이라는 웃기는 기프트 홀더 맞지?"

"그래, 신에게 가장 외면당하고 버림받은 무능한 배신자. 그가 무려 상급기사를 이긴다? 도저히 믿을 수 없군."

"아마 비겁한 수라도 썼겠죠?"

"나라면 그런 수를 쓰더라도 무능 따위에겐 지지 않아. 즉, 타무리가 너무 무능하단 소리야."

히지리가 손뼉을 짝짝 치고 뒤를 돌아보았다.

"그래서? 사토루, 너는 어떻게 생각해? 한 번 그와 만났잖아?"

검은 머리 미소년에게 흥미진진하게 묻자 그가 대답했다.

"허접해! 왕에게 게랄트와 싸우라는 지시를 받고 아무것도 하지 못하고 떨기만 했을 정도니까."

입을 삐죽이며 외친다.

"으음, 게랄트 군보다 약하다…… 더욱더 모르겠네. 그럼 그는 그 에르딤 건과 무관하다는 뜻? 그렇다면 에르딤의 백성을 저런 괴물로 바꾼 새로운 흑막은 달리 누가 있지? 아니면……."

평소 장난스러운 모습과 대조적으로 눈을 번뜩이는 짐승 같은 히지리의 모습에 동석한 자들이 인상을 찡그렸다.

"히지리? 카이 하이네만에 대해 뭔가 아는 거야?"

히지리의 얼굴을 들여다보며 탐스러운 검은 머리를 길게 기른 미소녀가 그렇게 물었다.

"아니, 딱히 아무것도. 그보다 마시로, 네가 데리고 있던 사성 길드도 이번 데보아 부활 건으로 완벽하게 소멸되었어. 너는 앞으로 어떻게 할 셈이지?"

룰렛의 보스, 마다라가 배반했다는 정보는 왕도 제일의 정보상을 통해 마시로의 귀에도 들어왔다. 그 직후 마다라를 비롯한 룰렛은 악룡 데보아의 부활에 타격을 받아 괴멸하고 말았다. 이렇게 용사 사성 길드인 코인, 카드, 다이스, 룰렛은 이 세계에서 완전히 소멸해버렸다.

"아무렇지도 않아. 손에 든 말이 다소 없어진 정도로 계획이 변경되진 않아. 이대로 속행해."

검은 머리 소녀 마시로가 그렇게 조용히 선언했다. 사성 길드를 잃은 것 때문에 조금이라도 감상에 젖은 듯하게는 보이지 않았다.

"그렇겠지. 그게 너다우려나. 그런데 카이 하이네만은 어떻게 대처하지?"

히지리는 잠시 허탈한 미소를 지었으나, 표정을 진지하게 다 잡고 확인했다.

"물론——."

"그냥 놔둬."

길버트가 입을 열려고 하였다.

그를 가로막듯이 마시로가 단언했다.

"무슨 소리야! 녀석은 이 나에게 아주 큰 무례를 범했어! 반드 시 죽여야 해! 안 그러면 제후에게도 위엄이 서지 않아!"

"안 돼. 카이 하이네만은 레나와 키스의 소꿉친구야. 우리가 그를 죽일 경우, 자칫하면 두 사람을 적으로 돌리게 돼."

"그럼 암살이든 뭐든 하면 될 거 아냐!"

마시로는 어이가 없다는 듯 크게 한숨을 내쉬었다.

"아니, 너희들 독단적인 행동으로 재상에게 찍힌 거 잊었어? 이 타이밍에 카이 하이네만을 암살해도 십중팔구 실패해. 만약 그랬다간 진상이 공개되어 레나와 키스의 신뢰를 결정적으로 잃고, 두 사람은 우리 팀을 떠나겠지."

마시로는 아이를 이해시키는 것처럼 말을 걸었다.

"젠장!"

길버트는 분노하여 소파에 앉아 바닥에 몇 번이나 발을 굴러 대기 시작했다.

"레나와 키스는 마족과의 싸움에서 핵심적인 역할을 맡았어. 절대 잃어서는 안 될 인재야. 사적인 감정이라면 네가 왕위를 계승하고 마족을 없앤 뒤, 마음껏 청산하도록 해. 그때라면 우리도 얼마든지 힘을 빌려줄게."

마시로는 그렇게 말하고 일동을 빙 둘러보더니 허리에 양손을 대고—— 목소리를 높였다.

"우리의 목적은 마족과 마물의 절멸, 오직 하나뿐. 그것이야 말로 인류 공통의 사명!"

일제히 가슴에 손을 대는 기사들.

"마족을 죽여라! 마족의 도시를 부수고, 논밭을 태워라! 마족이라면 여자든 아이든 상관없이 하나도 남기지 말고 없애라! 정의는 우리에게 있다!"

마시로의 목소리에 기사들이 포효했다.

***

바벨의 최상층.

"다시 봐도 정말로 이상하군."

바벨탑 최상층의 학교장실에서 바벨의 통괄학교장 이네아 렝 렝 로렐라이는 자료를 확인하며 벌써 몇 번째인지 모를 감상을 입에 담았다.

카이 하이네만은 앞으로 이 세계의 중추가 될 인물이다. 강함은 물론 그 성격 등 인물의 자세한 면을 가능한 한 파악해두고 싶었다. 이 자료는 첩보부에 조사를 맡긴 것이다. 그 조사 자료에 쓰여 있는 것은 도저히 믿을 수 없는 무서운 것뿐이다.

아멜리아 왕국의 왕위 계승전이 발단이 되어, 이스트엔드의 영주로 로제마리 왕녀가 취임했다. 물론 이스트엔드에는 사람이 별로 살지 않는다. 그야말로 주민이 제로인 상태에서 출발했기에 새로운 주민을 확보할 필요가 있었다. 이에 카이 하이네만이 쓴 방법은 중립국 에르딤을 로제의 진영으로 끌어들인 것이었다. 물론 에르딤은 바벨과 동쪽 대국 부토에 레어 메탈인 오리하르콘의 독점 판매권을 인정하는 대신에 간신히 중립국으로 보호받던 것에 불과하다. 로제 진영의 제안을 받아들였다는 것은 그 자치를 잃는다는 것을 의미한다. 보통은 절대 받아들이지 않을 선택을 카이 하이네만은 힘으로 이루어냈다.

에르딤을 노리던 아멜리아 왕국 고위 귀족의 대군을 에르딤의 백성에게 힘을 주어 반격하는 데 성공한 것이다. 무력한 자들에게 대군을 물리칠 힘을 준다. 이것이 인간이라면 있을 수 없는 일이지만, 카이 하이네만은 초월자다. 그런 엄청난 일이 가능할 것이다.

결국 에르딤의 백성은 자신의 자치권을 포기하고 로제 진영에 합류하게 되었다. 그때 오리하르콘의 채굴권을 포기한 것을 바벨의 상층부 자들은 꽤 기이하게 느낀 듯했다. 그러나 그것은 실로 어리석은 생각이다. 애초에 근간에 있는 전제가 잘못되었다. 이번에 에르딤이 얻은 것은 초월자가 준 엄청난 힘이다. 그에 비하면 오리하르콘의 채굴권 따위는 하잘것없다. 에르딤이 초월자의 가호를 선택한 것은 지극히 당연한 선택이니까.

카이 하이네만은 초월자다. 여기까지라면 초월자의 압도적인 힘이라는 것으로 어떻게든 이해했을 것이다. 그러나 이어서 그가 주목한 것은 아키나시에 잠든 악룡 데보아와 정령 마을의 정령들이었다. 그는 고의로 데보아를 부활시켜 이번에는 정령들에게 힘을 주어 토벌해버렸다. 그때 정령들을 돕기 위해 고른 것이 범죄 조직의 왕이라고도 불리는 타오 가문, 로스트 포레스트, 아케가라스라는 세 조직이었다.

뒷세계 삼대 세력은 대국조차 애를 먹는 무뢰한들이다. 이 무뢰한들과 정령들에게 명하여 아멜리아 왕국의 아키나시령 광산에 잠든 재액의 악룡 데보아를 토벌하고 말았다.

아키나시의 악룡 데보아 봉인에 대해서는 수명이 짧은 종족에는 전해지지 않았으나, 엘프족과 마족, 용족 등 수백 년 단위의 수명을 지닌 종족 사이에서는 잘 알려진 사실이다.

그 악룡이 출현한 곳은 아멜리아 왕국의 동쪽이다. 데보아는 그 도시들을 철저하게 불태웠다. 그 절대적인 힘을 본 당시 로렐라이 정부는 데보아와 계약을 시도하기 위해 접촉하였으나, 그 임무를 맡은 팀이 전멸하고 말았다. 그 뒤 로렐라이 정부는 데보아를 '특급 위험 영해(靈害)'로 정하고 일절 접촉을 금했다.

결국 아멜리아 왕국의 영웅 코테츠와 정령왕 타이탄의 말 그대로 목숨을 건 싸움 끝에 데보아는 봉인되어 긴 잠에 들었다. 카이 하이네만은 그런 초월자와 비견되는 힘을 지닌 데보아를 고의로 부활시켜 정령들에게 힘을 주어 토벌하게 한 것이다.

물론 정령들의 힘은 인간과 비교하면 강대하다. 그러나 데보아는 당시 최강의 정령왕이라 칭해지던 타이탄도 봉인하는 것이 고작이었던 괴물이다. 로렐라이를 대대로 수호하는 바람의 정령 진도 데보아는 이 세계로 잘못 온 이레귤러라고 단언했다. 애초에 정령들이 토벌할 수 있는 존재가 아니라는 말이다. 보고에 따르면 정령들은 진화하여 인간형이 된 데보아와도 시종일관 호각 이상의 싸움을 펼쳤다고 한다. 즉, 카이 하이네만에게 초월적인 힘을 받았다고 보는 것이 자명하다.

게다가 이네아가 가장 무섭게 느낀 것은 이번 데보아 부활 계획은 즉흥적인 것이 아니라 치밀하게 계획된 것이라는 점이다. 데보아를 정령들에게 토벌시키는 계획을 세웠던 것만 봐도 카이 하이네만에게 데보아는 하찮은 상대라는 것을 의미한다.

이것이 그저 과신에 불과하다면 얼마나 좋았을까. 그러나 데보아의 사체를 제물로 삼아 출현한 거대한 삼두룡을 카이 하이네만은 압도적인 힘으로 쓰러뜨렸다. 이번 일련의 소동은, 아이러니하게도 밀푀유의 기프트 '해명하는 자'의 정확함을 증명하는 결과가 되었다.

즉, 그는——.

"이 세계가 조우한 역사상 최강의 초월자……."

초월자—— 정령, 용조차도 뛰어넘는 초월적인 존재. 그들은 불가사의하게도 누구도 본 적이 없지만, 옛날이야기나 신화에는 반드시 등장한다. 그런 인간이라는 종의 이해를 거부하는 거친 영혼.

솔직히 밀푀유의 말은 그녀의 허세라고 생각했다. 그야 그렇지 않은가? 본래 뵙는 것조차 불가능한 역사상 최강의 초월자가 진심으로 자신을 인간이라고 생각하고 있다. 그런 것은 질 나쁜 농담이다. 그렇기에 인간족의 어리석은 왕자가 이처럼 엄청난 불경을 주장하는 마음도 이해가 가지 않는 것은 아니다. 다만——.

"카이 하이네만을 사형에 처하라니…… 정말 우습군요."

아무리 마음이 이해되더라도 공감은 전혀 할 수 없지만. 밀푀유의 말이 진실이라면, 카이 하이네만은 자신을 인간이라 보고 있다. 불쾌하고 어리석은 바보 왕자를 죽이지 않은 것이 그 증거이기도 하다. 따라서 인간의 규칙 범위 내에서 행동하는 한, 카이 하이네만과 직접 적대하는 일은 있어서는 안 된다. 이거라면 당초 계획대로 진행할 수 있고, 그것으로 카이 하이네만의 분노를 사는 일은 절대 없다. 오히려 아주 자연스럽게 그를 당초 계획으로 유도할 수 있다.

"설마 이렇게까지 아슬아슬하게 신경을 갉아 먹는 계획이 될 줄은 생각도 못 했습니다."

이네아는 크게 숨을 내쉬었다.

"하지만—— 재미있어!"

그리고 표정을 완전히 바꾸며 눈을 희번덕거렸다.

제2장 바벨 통일 시험 개시

길버트의 조교를 마친 뒤, 로제를 통해 엄중한 주의를 받았다.

다소 지나쳤다는 자각은 일단 있기는 하다. 바벨탑의 지배자들에게 어느 정도 페널티를 받을 것이라고 생각했으나 맥이 빠졌다. 뭐, 로제에게는 미안하지만, 그들이 실력 행사에 나서도 전력으로 저항할 생각이었는데 말이다.

왕족이자 심지어 친동생을 일어서지도 못할 만큼 흠씬 두들겨 팼다. 다소 복잡한 표정을 지을 것이라 예상하였으나, 로제는 묘하게 후련한 얼굴로 "길에게는 아주 좋은 약이 될 거예요"라고 말했다.

본래 로제는 저런 식의 행위를 싫어하는 타입이다. 상대가 아무리 전과가 있는 나쁜 인간이라도 똑같이 행동하면 책망하곤 했다. 그런데 오히려 잘했다는 듯한 반응이라니. 그만큼 그녀의 인내심이 끊어지기 직전이었다는 뜻일지도 모른다. 뭐, 제국에 팔릴 뻔하고, 변태의 장난감이 될 뻔하기도 했으니 당연하다고 하면 당연할지도 모르겠다.

그렇게 바벨에서의 생활이 시작되었다.

숙소를 바꾼 모양인지 우리가 묵는 숙소에서 라일라와 그 사촌 동생 루미네는 한 번도 마주치지 않았다. 분명히 루미네가 떼를 썼을 것이다. 루미네는 옛날부터 나에게 라일라를 빼앗길 것이라고 믿는 경향이 강했으니까.

그리고 일주일을 빈둥빈둥 보낸 결과, 시험 당일이 되었다.

왕위 계승전의 성가신 규칙에 의해 어쨌든 나는 로제와 같은 학교에 다녀야 한다. 물론 본래 로제를 도울 이유가 없는 나로 서는 그런 왕국의 규칙에 따를 필요가 없다. 밀쳐내고 관계를 끊는 것도 가능하지만, 애초에 그 정도로 로제를 버릴 생각이었 다면 진작에 그랬을 것이다. 게다가 이것도 이것대로 심심풀이 로서 제법 재미있다.

어차피 학생 흉내를 내야만 한다면, 본래 관심이 있던 이곳 바 벨에서 보내는 편이 다소 나을 것이다. 아멜리아 왕국의 고위 귀 족 사이에 섞여 수업을 받는 것은 진심으로 사양하고 싶으니까.

"카이, 모쪼록 너무 지나치게 행동하지 않도록 하세요. 무난 한 게 제일이에요."

로제에게 너는 우리 어머니냐 하는 반발을 하고 싶어지는 말 로 숙소 앞에서 배웅을 받으며, 바벨 중심에 우뚝 선 마천루로 향했다.

탑의 광대한 1층 바닥에는 새빨간 양탄자가 깔려 있고, 벽에 는 신조를 본뜬 장식이 걸려 있다. 어딘가 헌터 길드를 연상케 하는 구조였는데, 애초에 헌터 길드의 창설자가 이곳 바벨탑의 초대 학교장이었다고 들었다. 이쪽이 원조일 것이다.

그나저나 엄청난 인파다. 이 끝없이 넓은 공간이 수험생으로 보이는 학생으로 넘쳐난다. 접수처 앞에 길게 늘어선 줄의 가장 뒤에 서서 하염없이 기다린 끝에 겨우 나의 차례가 되었다.

"수험표를 제시하도록."

접수처에서 검은 머리를 7대 3으로 나눈 남성 직원에게 로제에게 받은 수험표를 건네자 '20456'이라는 번호가 쓰인 금속판과 시험 프로그램 같은 것을 주었다.

"그 플레이트를 들고 시험장으로 가거라."

이어서 남성이 그렇게 지시했다.

시험장이라. 이 팸플릿에 여러 가지가 쓰여 있는 것 같다. 몇 장의 양피지를 확인하자, 예상대로 시험에 대한 자세한 내용이 기재되어 있었다. 오전 중에 적성 시험, 오후에는 실기 시험을 치른다고 한다.

로제의 말에 따르면 적성 시험은 어디까지나 바벨에서 배우기에 적합한 최소한의 적성을 보기 위한 것이라고 한다. 시험에서 중점을 두는 것은 압도적으로 실기 시험으로, 적성 시험은 그저 최소한의 기준에 불과한 듯하다. 뭐, 나의 기프트는 '이 세상 제일의 무능'이다. 또한 나는 마법을 쓰지 못한다. 혹시 적성 시험에서 떨어질지도 모르지만, 그때는 그때다. 만약 그렇다면 다른 방법을 생각하면 된다.

지시한 장소로 향하기 위해 움직이려고 한 때였다.

"왜 너까지 있는 거야!"

낯익은 목소리가 들린 쪽으로 고개를 돌리자, 금발을 단발로 자른 소녀 루미네가 당장이라도 물어뜯을 듯한 기세로 용모가 수려한 갈색 머리의 소년에게 따지고 있었다.

"그건 내가 할 말이야!"

갈색 머리 소년도 지지 않고 노려보았다. 저건 루미네와 로만이다. 이 상황도 손바닥 보듯이 훤히 알겠다. 루미네가 여기 있다는 건 분명 라일라도 이 시험을 받으러 왔다는 뜻이다.

라무르를 떠나기 전에 나의 편지가 필요 없다고 말한 것은 그런 의미였나. 그 던전에 빨려 들어가기 전에 나는 여기 바벨을 행동 거점으로 삼을 생각이었다. 그야 바벨에서 학교생활을 하다 보면 언젠가 만날 수 있으니 편지는 필요 없을 것이다.

"나는 언제나 언니와 함께야! 따라오는 게 당연해!"

"나도 수행을 위해 여기 바벨에 왔어! 네가 뭐라고 할 일이 아니야!"

정말 두 사람은 많이 닮았다. 비슷한 수준으로 싸운다. 그런 소박한 감상을 떠올리며 멀리서 말다툼을 벌이는 두 사람을 지켜보았다.

"카이?"

그때 몹시 반가운 목소리가 들려 얼른 돌아보았다. 그곳에서는―― 10만 년 전과 다름없는 월로우그린색 머리의 아름다운 소녀가 놀란 얼굴로 이쪽을 보고 있었다.

"라일라……인가?"

무심코 입 밖으로 질문이 튀어나왔다.

"정말! 그럼 누구로 보이는데요?!"

샐쭉하게 볼을 부풀리는 라일라.

"미안, 미안, 나도 모르게."

오랜만에 느낀 아주 작은 동요를 얼버무리듯이 먼 옛날에 했던 것처럼 라일라의 머리를 살며시 쓰다듬었다.

"…………."

라일라는 잠시 가만히 올려다보더니,

"카이, 조금 어른스러워졌나요?"

그런 어머니와 똑같은 말을 하였다.

"그럴지도. 여러 일이 있었으니까."

쓴웃음을 지으며 대답했다. 그나저나 큰일이다. 어머니를 만났을 때와 똑같이, 예전 같은 어조로 말할 수가 없다.

"앗, 카이 하이네만, 언니에게서 떨어져!!"

"카이! 왜 네놈이 여기 있지?!"

두 사람이 거의 동시에 나를 발견하고 비슷한 말을 외쳤다.

정말 너희는 닮은꼴이구나.

"그럼 나는 당분간 이 도시에 있을 거야. 기회가 있으면 또 만나자."

오른손을 가볍게 들고 라일라에게서 몸을 돌리며 정말 나답지 않은 말을 남기고 수험생 사이로 모습을 감췄다.

오전에는 적성 시험. 다행인지 불행인지 수험생의 수가 많은 탓인 듯하다. 주위에 루미네와 로만의 모습이 보이지 않아서 성가신 접촉도 없이 실로 평화로웠다. 다만 그중 아주 일부는 멀리서 이쪽을 바라보며 소문을 소곤거리느라 신이 나 있었다. 십중팔구 바보 왕자에 대한 일일 것이다. 나도 사람들 앞에서 꽤 눈에 띄는 짓을 했으니, 상당히 위험한 인물이라고 여겨지고 있겠지. 뭐, 누구에게 어떻게 인식되든 알 바 아니지만.

첫 번째 적성 시험은 마력량의 시험이다. 마법을 쓸 수 없는 이상, 적성 시험은 아마 불리하다. 만약 이 시험에 불합격한다면 로제와 아멜리아 왕국의 왕도에서 다른 귀족들 사이에 섞여 학교생활을 보낼 수밖에 없다. 그것만은 피하고 싶다. 로제는 실기에서 만회할 거라며 대수롭지 않게 말했지만, 실기가 순수한 전투라고는 단정할 수 없다. 마법 중심의 실기라면 마법을 쓰지 못하는 나는 끝장이다. 점수를 딸 수 있는 곳에서 따는 게 좋다.

따라서 부자연스럽지 않을 정도로 봉신 장갑으로 D급 헌터 정도의 마력으로 조정하기로 했다.

학생들의 긴 줄을 따라 함께 서기를 한 시간, 그제야 나의 차례가 되었다.

"다음 '20456'번, 그 수정에 손을 대고 마력을 주입하세요."

아무래도 이 수정을 건드리며 마력을 주입하면 색이 변하여 마력의 보유량을 측정할 수 있는 모양이다.

"음. 알겠어."

오른쪽 손바닥을 수정에 대고 마력을 천천히 주입하기 시작했다. 그 중심이 검게 물들더니 점차 수정 전체로 침식해나갔다.

"뭐, 뭐야, 이게?!"

젊은 여성 시험관이 자리에서 벌떡 일어나 뒤로 물러나더니, 놀란 소리로 크게 외쳤다. 이어서 검은색으로 물든 수정이 주르륵 용해되어 검은색 액체가 되고 말았다.

"이게 왜 이러지?"

마력을 주입하면 색이 변하는 구조가 아니었나. 설마 녹아내
릴 줄은 꿈에도 생각하지 못했다.

"…………."

폭포처럼 땀을 줄줄 흘리기만 하며 미동하지 않는 갈색 머리
의 여성 시험관에게,

"이거 어떻게 되는 거지?"

단적으로 물었다.

"측정기에 문제가 있었어. 그래, 그게 분명해……."

자신을 납득시키려는 듯 몇 번이나 고개를 끄덕인다.

"20456번, 측정기의 고장으로 다시 실시를——."

갈색 머리 여성 시험관이 나에게 재시도를 지시하려고 한 때
였다.

"실격으로, 0점이다."

옆에서 보던 역시 검은색 로브를 입은 나이 든 시험관이 말했다.

"네? 하지만 이건 측정기 고장입니다. 이걸로 실격하는 것은
공평성에——."

갈색 머리 여성 시험관이 당황하여 반론하려고 하였다.

"운도 실력이야. 아직 수험생은 넘치도록 많아. 저런 무능을
상대할 시간 따위는 없어. 다음으로 넘어가."

무능이라. 나를 카이 하이네만임을 아는 것으로 보아 아마 아
멜리아 왕국 출신의 시험관인 모양이다. 아마 저 수정에 함정을
파놓았을 것이다.

"……20456번, 실격으로 마력량 0."

여성 시험관은 잠시 나이 든 시험관을 노려보았으나, 곧 무뚝뚝하게 선언했다.

"…………."

소란스러워진 시험장 안에서 지금도 고개를 숙이고 분한 듯이를 악무는 여성 시험관에게 다가가 어깨를 가볍게 두드렸다.

"네가 마음 아파할 거 없어. 예상한 바니까."

그렇게 말을 걸고 등을 돌려 마력량 측정 회장에서 떠났다.

두 번째는 체력측정 시험이다. 근력과 내구력 등 일반 항목을 보기 위한 시험이다.

아무래도 근력 측정은 저 마도구를 미는 시험으로 치러지는 듯하다. 다른 수험생이 양손으로 힘을 주어도 꿈쩍하지 않는 것을 보니 특수한 마도구로 만들어진 모양이다.

내 차례가 되어 검은색 직육면체의 금속 같은 마도구 앞에 섰다. 확실히 이 세계는 약자와 강자의 차이가 크지만, 이것은 천하의 바벨에서 치르는 시험이다. 자신의 능력에 웬만큼 자신감이 없다면 도전할 리가 없다. 상위권에는 C급 헌터 클래스가 널려 있을 것이다. 여기서도 봉신 장갑으로 무난하게 중견인 D랭크 헌터 수준까지 내리고 임해야 할 듯하다.

마도구의 정해진 위치에 양쪽 손바닥을 댔다.

"시작!"

먼저 분위기 파악부터. 바가지 머리 시험관의 신호와 동시에 나는 마도구에 아주 조금 힘을 주었다.

단지 그것만으로 마도구는 폭풍을 일으키며 일직선으로 날아가 회장을 둘러싼 두꺼운 벽에 꽂혔다.

"응? 전혀 무게가 느껴지지 않았는데?"

그보다 깃털처럼 가벼웠다. 아까와 마찬가지로 귀족들의 음모일까? 그렇다면 이런 나에게 이득밖에 되지 않는 것에 무슨 의미가? 뭐, 생각해도 소용없다. 결과만 좋으면 다 좋다고 생각할 수밖에 없다.

"⋯⋯⋯⋯."

입을 떡 벌리고 있는 바가지 머리 시험관.

"이 시험, 이것으로 끝내도 될까?"

단적으로 시험의 정당성을 확인했다.

"⋯⋯20456, 400메르⋯⋯."

나직하게 나에게 결과를 알려준다. 지금도 어안이 벙벙한 듯한 바가지 머리 시험관에게서 몸을 돌려 근력 측정 회장에서 떠났다.

다음 내구력 측정은 옆 구획에서 했는데, 그곳에는 무수한 목제 상자가 놓여 있었다. 몹시 거만한 시험관에게 그 상자 중 하나에 들어가라는 지시를 받았다.

상자 안에 들어가 잠시 기다리자, 상공에서 무수한 단두대가 내려왔다. 비처럼 머리 위로 마구 쏟아지는 단두대를 보며 약간 짜증이 난 나는 그것을 오른팔로 아무렇게나 쳐냈다. 단두대가 산산이 부서지며 주위로 튀었다. 흩어진 단두대의 금속 파편이 나를 둘러싼 목제 상자를 파괴하여 조각내고 말았다.

"이런…… 또 부숴 버렸나……."

아무래도 D랭크 헌터 수준으로 설정하면 힘 조절이 너무 어렵다. 뭐, 저지르고 만 것은 어쩔 수 없다. 앞으로 조심하도록 하자.

"…………."

거만한 시험관이 턱이 빠지도록 입을 크게 벌리고 이 참상을 바라보고 있다.

"미안하지만, 부숴 버렸어. 괜찮으려나?"

웃으면서 되도록 친근한 어조로 물었다. 확실히 이 남자의 태도는 매우 나빴지만, 시험 비품을 부수고 만 것은 완벽하게 내 잘못이니까.

"…………."

거만한 시험관이 울먹이며 몸을 떨면서 몇 번이나 고개를 끄덕이더니 순식간에 시험장에서 뛰쳐나가고 말았다.

"왜 저러지……."

마치 맹수로부터 도망치는 듯한 태도에 약간 이해가 되지 않았지만, 나도 다음 시험장으로 이동했다.

그 외에 시험은 물이 든 상자 속에 얼마나 들어갈 수 있는가 하는 등 지극히 간단한 시험이라 큰 문제 없이 마칠 수 있었다.

그리고 적성 시험의 마지막은 소환 적성 시험이었다.

아무래도 시험 내용은 저 하얀 털이 예쁜 대형 개과 생물의 마음에 드는 것인 모양이다. 팸플릿에는 시험 이름이 '코우마와의 친화도'라고 되어 있다. '코우마'란 저 개과 생물 얘기일 것이다.

민머리 학생이 건드리려고 하자 하얀 개과 생물이 낮은 목소리로 으르렁대며 위협했다.

다음 학생도 마찬가지. 저 코우마라는 개과 생물은 계속해서 한 번도, 누구에게도 자신을 건드리게 하지 않았다. 건드리기 직전에 나온 위협으로도 시험관들이 조금 소란을 떠는 걸 보면 이것은 저 코우마에게 접근할 수 있는지 자체를 시험하는 것일지도 모르겠다.

다음 차례로 나선 저 금색 단발머리 소녀는 루미네다. 루미네는 옛날부터 털짐승을 매우 좋아했고, 예상대로 눈을 빛내며 목덜미를 끌어안았다. 설마 코우마도 이런 식으로 나올 줄은 몰랐을 것이다. 코우마는 잠시 놀란 눈을 하였으나, 새하얀 털에 얼굴을 파묻고 괴성을 지르는 루미네를 향해 큰 한숨을 쉬고 눈을 감았다.

술렁거림과 함성이 곳곳에서 터졌다. 저 태도는 마음에 들었다기보다 어이가 없는 것 아닌가. 어쩔 수 없는 아이네, 분명 그런 심경일 것이다. 아무튼 싫으면 떼어냈을 테니 코우마에게는 다른 학생보다는 루미네가 마음에 들었다는 뜻이겠지.

지금도 달라붙어 떨어지려고 하지 않는 루미네를 당황한 얼굴로 탑의 직원이 떼어내고, 간신히 루미네의 시험이 끝났다.

그리고── 드디어 내 차례가 왔다.

"다음, 20456번!"

번호를 불려 한 걸음 앞으로 나갔다. 개과 생물의 마음에 들어야 하는가. 던전산 개과 생물이라면 펜을 필두로 묘하게 나를 잘 따랐지. 그래 봐야 이지 던전의 마물이지만.

이 코우마도 전혀 강해 보이지 않지만, 그래도 탑이 시험관으로 고를 정도의 영수인 듯하니까. 강함만이 정령이나 영수의 격을 드러내는 것은 아니다. 이 녀석에게는 펜에게는 없는 숨겨진 힘이 있……는 것 아닐까, 아마…….

드러누워 전혀 관심이 없는 듯 나를 바라보는 코우마에게 미소를 짓고 다가가려는 순간──.

"마스터! 마스터! 나, 배고파!"

내 품에서 갑자기 새끼 늑대인 펜이 나타나 꼬리를 붕붕 휘두르며 공복을 호소했다. 그러고 보니 슬슬 점심시간이다.

"미안해. 오늘 난 바빠. 점심은 애쉬에게 만들어달라고 해. 그 대신 다음에 네가 좋아하는 함박 스테이크 만들어줄게. 그러니 조금만 기다려."

살며시 머리를 쓰다듬으며 아이를 달래듯이 말을 걸었다.

"으으, 나, 참을게!"

"그래, 펜은 착한 아이구나."

끌어안고 몸을 쓰다듬자, 기분 좋은 듯 눈을 가늘게 뜬다.

"그 대신 함박 스테이크 해줘야 해! 약속했어!"

펜은 작은 발을 들어 늘 그렇듯 응석을 부렸다.

"알겠어. 알겠어. 약속할게."

나의 대답에 만족했는지 모습을 감춘 펜의 행동에 쓴웃음을 지으면서도, 하얀 개과 생물 코우마에게로 시선을 되돌렸다.

코우마는 어안이 벙벙한 얼굴로 입을 벌리고 있었으나, 나와 시선이 마주치자 움찔하며 몸을 굳혔다. 그리고 급속도로 핏기가 가시더니 이를 딱딱 울리며 뒤로 물러나기 시작했다.

으음, 이거 아무리 봐도 무서워하는 건데. 이상하다. 개과 생물을 무섭게 할 만큼 흉악한 외모는 아닐 텐데. 요즘 잭과 아스타에게 자주 마왕도 맨발로 도망칠 거라는 농담을 듣긴 하지만, 내 외모가 그렇게 흉악한 얼굴이었나? 아니, 그럴 리가 없다. 그 녀석들의 감성이 이상할 뿐이다. 분명히 그렇다.

여기서는 웃는 얼굴로 나에게 적의가 없다는 것을 알려주자. 입꼬리를 올리고 씨익 철벽의 미소를 지었다.

"봐, 무섭지 않아, 무섭지 않아."

두 팔을 벌리고 간드러진 목소리로 코우마에게 다가갔다.

"히익!"

나의 모습이 눈에 들어오자마자, 코우마는 작은 비명을 질렀다. 그리고 맹렬한 속도로 바벨탑 시험관인 남색 로브에 뾰족모자를 쓴 여성 직원의 뒤에 숨어 엎드린 자세로 앞발로 얼굴을 가린 채 덜덜 떨었다.

나는 웃는 상태로 굳어버렸다.

"봐! 네가 그렇게 기분 나쁜 미소를 지으니까 저 애가 무서워하잖아! 얼른 다른 데로 가버려!"

시험장에서 나가려던 루미네가 다급하게 이쪽으로 달려와 지금도 떨고 있는 코우마 앞에 서서 보호하듯이 두 팔을 벌리고 나를 비난했다.

음, 아무래도 완벽하게 접촉에 실패한 모양이다. 이 시험은 저 개과 생물의 마음에 들어야 하는 것 같으니, 이렇게까지 겁에 질렸다면 분명히 이 시험도 불합격일 것이다. 뭐, 속마음을 고백하자면 잭의 웃는 얼굴이 마왕 같다던 나에 대한 농담에 진실성이 더해진 느낌이 들어 조금 상심하기는 했다.

"시험은 끝인가?"

코우마의 태도에 당황하는 여성 직원에게 물었다.

"아, 네."

직원이 고개를 끄덕이기에 나는 소환 적성 시험장에서 떠났다.

***

바벨 적성 시험 대책실.

바벨 적성 시험 대책실이란 시험관들의 휴식과 바벨 적성 시험 실시에 무언가 문제가 발생했을 때, 교관들이 의논하기 위해 사용되는 넓은 방이다.

적성 시험은 마력 측정, 체력측정, 소환 적성 측정으로 세 가지인데, 이것들은 어디까지나 단순한 측정이므로 보통은 문제가 발생할 일이 없다. 덤으로 절대적인 권력과 재력을 지닌 부학교장파인 시험관들은 최근 신축된 참인 호화로운 특별 감독실에서 대기하고, 이런 노후화된 방을 찾는 일도 없어서 파벌 간의 알력조차 발생할 일이 없다. 따라서 이 방은 완전히 학교장파 시험관들의 휴게소로 쓰이는 것이 일반적이지만, 이번에는 조금 상황이 달랐다.

대책실에는 학교장파의 간부들과 안경을 쓰고 남색 로브를 착용한 귀가 긴 금발 여성, 지금도 머리를 싸매고 떨고 있는 한 마리의 새하얀 영수가 있다.

"어떻게 된 거야……."

안경을 쓴 금발 여성, 바벨 적성 시험 대책실 실장, 클로에 발렌타인은 차례로 들어오는 도저히 믿을 수 없는 보고에 골머리를 앓고 있었다. 클로에는 본래 통괄 학교장의 최측근으로, 조사부 부장이기도 하다. 적성 시험 대책실의 실장은 보통은 딱히 문제를 맞닥뜨리지 않는 자리. 조사부 부장으로서 안 그래도 바쁜 그녀에게, 학교장이 그런 자리를 새삼 맡길 리가 없다. 그래서 학교장에게 시험 기간 동안 조사부 부장의 일을 일시적으로 중단하고 적성 시험 대책실 실장의 임무에 집중하라는 지시를 받았을 때, 클로에는 솔직히 매일 바쁘게 일하는 자신을 격려하기 위한 온정이라며 멋대로 호의적으로 받아들였다.

그러나 이 비상식적인 사태를 보면 학교장이 클로에를 대책실 실장으로 삼은 이유는 일목요연하다.

"이거, 모두 사실이야?"

각 시험관에게 조금 전에도 한 질문을 반복하였다.

"…………."

모두 당황한 얼굴로 작게 고개를 끄덕인다. 이곳에 있는 것은 시험관 중에서도 신뢰할 수 있는 통괄 학교장파의 시험관뿐이다. 거짓말을 할 리도 없다. 그럴 테지만, 순순히 믿기에는 내용이 너무 비상식적이다.

"마력량 측정 수정을 줄줄이 녹였다고? 나아가 근력 측정용 마도구를 수백 메르 날려버리고, 내구 테스트에서는 즉사 수준의 공격을 멀쩡하게 피하고? 30분간 물속에 있어도 멀쩡했고? 심지어……."

클로에는 지금도 방구석에서 온몸을 덜덜 떨고 있는 상위 영수—— 코우마에게 시선을 보내며 크게 한숨을 내쉬었다.

시험관들에게 얻은 정보를 정리하면, 코우마가 돌변한 것은 언뜻 귀여워 보이는 하얀 강아지를 본 뒤라고 한다. 이렇게까지 코우마가 무서워하고 있다. 도저히 믿기 어렵지만, 그 하얀 강아지는 영수 코우마 이상의 존재라는 뜻일 것이다.

코우마는 환수 중에서도 최고위 환수인 환수왕이다. 그 존재의 강함은 정령왕에게도 필적한다고 일컬어진다. 통괄 학교장, 이네아 렝렝 로렐라이의 계약 환수가 아니었다면, 이런 인간의 적성 시험을 도울 일도 절대 없다. 근본적인 문제는 그 환수왕 코우마를 두렵게 할 만한 존재를 일개 수험생이 사역하고 있다는 것이다.

백번 양보해서 마력량 측정 마도구가 용해된 건에 대해서는 부학교장파의 뒷공작이었을 가능성도 없지는 않다. 그러나——.

"그 용해된 수정에서 저주 같은 것은 남지 않았다고?"

"네. 조사부에서 철저하게 정밀조사를 하였으나, 수정체에서는 마술적, 주술적 요소가 전혀 검출되지 않았습니다. 믿기 어렵습니다만, 이것은……."

입을 어물거리는 조사부 직원의 마음을 너무나 잘 알겠다. 이것이 의미하는 바는——.

"순수하게 수정체가 흡수할 수 있는 마력의 한도를 넘어 열이 발생하고 만 거구나?"

그렇다. 수정체가 흡수할 수 있는 마력의 총량에는 한도가 있어서, 이것을 넘은 부분은 열로 변환되는 구조로 만들어졌다.

본래 그 수정체는 유적에서 발굴한 마도구를 참고로 하여 바벨 개발부가 얼마 전에 개발한 최신작이다. 흡수할 수 있는 마력의 한계량은 이 바벨탑의 모든 인원이 자아내는 마력량에 필적한다. 무엇보다 만약 한도 초과를 일으켰더라도 조금 뜨거워지는 정도였을 터. 적어도 용해될 일은 전혀 예상된 바 없다. 즉, 그 수험생이 수정체에 주입한 마력량은 이 바벨탑의 모든 인원의 마력량을 훌쩍 뛰어넘었다는 것을 의미한다.

"신체 능력은 인간에서 확연히 벗어났고?"

20456의 근력 검사를 맡은 바가지 머리 시험관에게 확인했다.

"근력 측정 시험에 이용한 마도구는 바벨의 신체 강화에 특화한 마도사 수십 명이 간신히 운반한 물건입니다. 그것을 그는 살짝 밀기만 하여 날려버렸습니다. 심지어……."

크게 고개를 끄덕이더니, 갑자기 입을 다문다.

"뭐야! 똑바로 말해!"

벌레가 온몸을 기어가는 듯이 맹렬하게 불길한 예감이 들어 자연스럽게 신경질적으로 외쳤다.

"우리 검사부가 내구력 테스트 시험관에게 자세한 이야기를 들었는데, 아멜리아 왕국의 어떤 귀족에게 금전을 대가로 20456에겐 위험도를 Ⅳ로 설정하라는 부탁을 받았다고 합니다."

"어리석은 짓을……."

현기증과도 같은 절망감에 눈구석을 누르며, 클로에는 신음했다.

이런 현상, 결코 인간이 일으킬 수 있는 일이 아니다. 마력과 신체 능력이 상식에서 벗어났고, 덤으로 환수왕 코우마를 이만큼 두렵게 하는 존재. 그런 것은 넓은 세상에서도 하나밖에 없다. 그것은 초월자다. 이 세상의 이치에서 벗어난 절대적 존재다.

왜 초월자가 이런 인간종의 학교에서 입학시험을 치르고 있는지는 불명확하다. 그러나 어떤 엄청난 바보가 용돈 벌이를 위해 하필이면 초월자에게 정면에서 활을 쏜 것은 사실이다. 상대는 대단한 존재다. 자칫하면 바벨의 성립 이래로 미증유의 위기에 처할지도 모른다.

"이 건에 대해 20456번은 어떤 반응을 보였지?"

속마음을 밝히자면 전혀 듣고 싶지 않다. 귀를 막고 눈을 감고 싶은 심정이지만, 공교롭게도 그럴 수 있는 처지가 아니다.

"그게 20456번 본인은 전혀 눈치채지 못한 듯, 시험 비품을 부수고 만 것을 정중하게 사과했다고 합니다."

"눈치채지도 못했는가……."

무의식중에 쌓이고 쌓인 불안을 토해내듯이 숨을 천천히 내뱉었다.

이 초월자의 무심함 덕에 살았다. 운 좋게 아직 이 초월자는 바벨이 저지른 불경을 알아차리지 못했다. 아무래도 최악의 사태만은 회피한 모양이다.

"본 건에 대해 당장 이네아 님께 보고를!"

클로에가 조사부 측근에게 그렇게 지시했을 때였다.

"클로에 님, 그럴 필요는 없습니다."

검은 로브를 입은 눈이 가는 남자가 제지했다.

시그마 록웰. 이네아 통괄 학교장의 심복 중 하나로, 젊지만 마도사 부장을 맡으며 출세한 인물이다. 클로에에게는 후배 제자 같은 존재다.

"필요 없다고? 시그마, 넌 그 남자를 알아?"

"네, 그에 대해서는 이네아 님께서 완벽한 함구령이 내려왔습니다만, 클로에 님과 코우마, 여러분에게만은 가능한 한 알려두었어야 했습니다. 죄송합니다."

깊숙이 머리를 숙이는 시그마에게 코우마가 처음으로 고개를 들었다. 그리고.

"그건, 무엇이냐?"

코우마의 입에서 나온 여성의 떨리는 목소리에 시그마는 크게 숨을 내뱉고 피곤한 듯 쓴웃음을 지었다.

"분명 네 상상대로일 거야."

진지한 얼굴로 곱씹듯이 그렇게 입에 담았다. 코우마의 안색이 30퍼센트는 더 악화되더니, 다시 머리를 싸매고 덜덜 떨었다.

이것으로 확실해졌다. 이네아 님은 그라는 존재를 명확하게 알면서 이 어리석은 짓을 하고 있다.

"시그마, 이네아 님은 그를 이용해 무엇을 하려는 거야?"

이네아 님이라면 클로에보다 더 그의 위험성을 알고 있을 터. 그는 초월자, 보통은 알현하는 것조차 용납되지 않는 고귀한 존재다. 만약 격노하면 이 바벨은 불바다가 될 것이다.

"그건 이네아 님께서 곧 말씀하실 겁니다."

"나는—— 지금 알려줘! 그렇게 말했잖아!"

일찍이 클로에가 동료에게 보인 적 없는 적의가 가득 담긴 태도에, 주위 시험관들이 마른 침을 삼키는 소리가 들렸다.

"죄송합니다, 클로에 님. 저에게는 그것을 대답할 권한이 없습니다."

그러나 시그마는 역시 미안한 얼굴로 같은 대답을 되풀이한다.

이네아 통괄 학교장, 그 사람은 보통 무척이나 이성적이며 현명하고 강한, 그런 흠 잡을 곳이 없는 사람이다. 굳이 한 가지 결점을 말하자면 그것은 오싹할 정도로 강한 스릴에 쾌감을 느끼는 성격이라는 점이다. 이번에도 저 20456번이라는 초월자를 이용해서 무언가 좋지 않은 책략을 꾸미고 있는 것은 거의 확실하다. 하지만 그것은——.

"이대로 그를 이런 시험에 참여시키다 부학장파가 그를 방해하면 어떡할 생각이야?!"

이미 멍청한 귀족 탓에 반목하기 직전까지 온 상태다. 여기서 욕망에 빠진 주제도 모르는 인간들이 이 초월자에게 불경한 짓을 저지르면 어떻게 될지 쉽게 상상된다.

"그것도 각오한 바입니다. 그보다——."

순간 시그마의 가는 두 눈에 어두운 빛이 들어왔다. 역시나.

이네아 님의 나쁜 버릇이 나왔다. 틀림없이 이네아 님은━━.

"너, 너희들 설마, 그것을 이용하겠다는 속셈이냐?!"

믿을 수 없는 것을 본 듯한 눈으로 시그마를 응시하며 코우마가 큰 소리로 물었다.

"물론 위험한 건 알아. 하지만 그것을 해낼 필요성이 우리에게 있어."

열기가 담긴 어투로 시그마가 말했다.

"너희들은 결코 제정신이 아니다…….."

굳은 얼굴로 코우마는 간신히 말하고는 입을 꾹 다물었다.

"괜찮아요. 그리 나쁜 일은 없을 겁니다. 그는 그런 타입이 아닌 모양이니까."

이 말로 보아 시그마는 그를 만난 적이 있는 듯하다. 그래서 그를 안다고 착각할 뿐이다. 그러나 그것은 아주 치명적인 실수다. 그것은 작은 청개구리가 이 세상의 넓은 바다를 모두 이해한다고 과신하는 것처럼 교만하다. 초월자는 누구도 이해할 수 없기에 초월자이니까.

"자신이 얼마나 위험한 짓을 하고 있는지 넌 전혀 몰라!"

결국 이네아 님의 지시라면 시그마는 무슨 짓을 해도 입을 열지 않는다. 그래서 클로에는 억지라도 부리려는 듯 말을 쏘아붙였다.

이 자포자기한 듯한 말이 더할 나위 없이 정확했다는 것을, 클로에는 얼마 지나지 않아 영혼으로 맛보게 된다.

***

바벨 북부의 '화려한 죽음의 도시' 에어리어 1.

바벨의 도시 북부에 펼쳐진 유적—— 화려한 죽음의 도시. 이 곳은 언데드의 낙원으로, 헌터 길드와 바벨 양측이 관리하는 공동 관리 구역이다. 이 화려한 죽음의 도시에 있는 유적은 에어리어 1~5단계로 나뉘며, 다른 던전처럼 깊이에 따라 난이도가 변한다. 그중 가장 얕은 영역인 에어리어 1은 초급 언데드밖에 없어서 일반적으로 학생과 저랭크 헌터에게 개방된 구역이다. 이 화려한 죽음의 도시 에어리어 1 구석, 폐허가 된 석조 건물 안에 두 명의 남자가 있었다.

"키히히! 설마 이 세상에서 제일 무능한 녀석에게 패배하는 수호기사님이 있을 줄이야."

깔깔 배를 잡고 웃는 병적으로 마른 남자. 깔끔하게 머리를 민 그 남자의 머리에는 해골 문신이 새겨져 있고, 목에는 불사조의 각인이 새겨진 펜던트를 걸고 있다. 이것은 바벨탑을 졸업한 증 거다. 바벨탑은 입학 자체가 난관이지만, 그 이상으로 실제로 졸업할 수 있는 사람은 더욱 적어서 10퍼센트에도 미치지 못한다. 그만큼 초난관의 최고 학부이며, 따라서 졸업생쯤 되면 그 실력은 약속된 것이다. 이 남자—— 토우코츠는 일류 네크로맨서로, 탑의 교관 지위에 있다가 악취미적인 놀이가 발각되어 탑에서 추방되고 말았다. 그런 이색적인 마도사가 바로 이 남자다.

"웃지 마! 잠시 방심했을 뿐이야!"

지금도 크게 웃고 있는 토우코츠에게 길버트 왕자의 **전** 수호기사 타무리는 굴욕으로 몸을 떨면서도 호통을 쳤다.

"하지만 그 방심 탓에 천하의 길버트 왕자의 수호기사에서 잘렸잖아? 안타깝게 됐네."

"아직 잘리진 않았어! 그 무능을 숙청하면 바로 복귀하게 돼! 왕자님은 그렇게 약속하셨다고!"

길버트 왕자는 카이 하이네만을 무사히 살해하면 곧 타무리를 수호기사 중에서도 필두인 수호기사장으로 임명하겠다고 약속했다. 왕자는 선언한 것은 반드시 실행한다. 한마디로 이번 임무를 무사히 해내기만 하면 된다, 타무리는 그렇게 생각했다.

토우코츠는 어깨를 으쓱했다.

"그래, 그래. 그럼 그런 거로 해둘게. 아무튼 상황은?"

강제적으로 이야기를 본론으로 바꾸었다.

"실기 시험은 이곳 화려한 죽음의 도시 에어리어 1에서 실시돼. 학교 내부에서 연줄을 이용해 녀석을 학생들로부터 잘 떼어내는 거야. 그때 공격해!"

"나는 보수만 받으면 이의는 없지만, 다른 수험생의 목숨까지는 보장할 수 없는데?"

"상관없어. 다소 무리해도 학교 측에서 무마하기로 되어 있으니까."

토우코츠가 입꼬리를 씩 올리며, 지극히 마땅한 감상을 입에 담았다.

"너희는 진짜 쓰레기구나."

"네 이놈, 이 굴욕은 아멜리아 왕국 길버트 왕자의——."

그는 이마에 굵은 핏대를 세우고 반론하려는 타무리를 오른손으로 제지했다.

"착각하지 마. 그 수단을 고르지 않는 방식, 실로 내 취향이거든. 그보다 마지막으로 확인하자. 나의 영역으로 들어온 학생들은 장난감으로 삼을 거야. 그래도 되겠지?"

토우코츠가 거듭 확인하듯이 물었다.

"학교 측과 타협해두었어. 이 건은 사고로 처리될 거야."

"그런가. 좋아. 오랜만의 잔치네. 확실히 즐겨야지……."

그가 목을 뚝뚝 움직이며 얼굴을 온통 욕망으로 물들인다.

"노는 건 좋지만, 알고 있지?"

"그래, 잘 알아. 카이 하이네만을 죽이지 않고 허수아비로 만들어 너에게 넘기란 거잖아? 무능한 꼬마 하나, 별로 관심 없어. 계약은 확실히 지켜."

토우코츠는 오른손을 들어 인사하고, 폐허가 된 건물에서 나갔다.

"절대 실패는 용납 못 해."

길버트 전하는 결코 아이한 분이 아니다. 실패하면 파멸한다. 그것은 틀림없는 사실이다. 타무리는 물러나지 않겠다는 결의를 담아 그렇게 말하고 걸음을 옮겼다.

***

바벨 북부 화려한 죽음의 도시 에어리어 1¹ 숲속에는 네 명의 괴물과 그 앞에 무릎을 꿇은 두 명의 인간이 있었다.

"설마 우리 위대한 분을…… 이렇게까지 우롱할 줄이야……."

하얀 인간형 악신, 드레카바크가 분노로 떨며 소리쳤다. 그 분노에 호응하듯, 드레카바크의 온몸에서 꺼림칙한 새하얀 투기가 마치 아지랑이처럼 흔들리며 주위의 땅이며 나무를 새하얀 먼지로 바꾸었다.

"동감이야. 이봐, 기리메칼라! 저런 불경한 패거리를 그냥 놓아두라니 의도가 뭐지?! 납득할 만한 설명을 하지 않는다면 네 놈도 그냥 넘어가지 않겠다!"

여덟 개의 눈을 지닌, 상반신이 나체인 남자 로노베가 지금도 우뚝 서서 움직이지 않는 코끼리 괴물 기리메칼라에게 오른손의 날카로운 손톱을 보이며 협박하는 어조로 따졌다.

"마음은 알겠지만, 지금은 움직이게 놔둬!"

기리메칼라가 전혀 동요하지 않고 당연하다는 듯 대답했다.

"이유가 뭐냐?! 놈들은 우리의 신앙에 침을 뱉으려고 하지 않나?!"

로노베의 살기가 증폭되어 주위 공기마저 빠직빠직 튀었다. 드레카바크도 양손을 뚝뚝 꺾으며 기리메칼라를 충혈된 눈으로 노려보고 있다.

정신을 잃을 듯한 강렬한 두 개의 투기에, 무릎을 꿇고 있는 하얀 정장의 외눈 남자 스파이와 흰머리의 노신사 루카스가 꿀꺽 마른 침을 삼켰다. 그런 일촉즉발의 상황.

"그건 천군 대좌 테루테루가 이 땅에 침입한 것도 관련 있으려나?"

두 사람과는 대조적으로 팔짱을 끼고 비교적 냉정하게 상황을 지켜보던, 등 뒤에 붉은 원형 무기를 짊어진 온몸이 검은색인 두루뭉술한 존재, 타천사 아자젤이 질문했다.

기리메칼라는 그런 아자젤의 물음에 입꼬리를 크게 올렸다.

"바로 그렇다!! 모든 것은 우리 위대한 분의 뜻. 그분의 손바닥 안이야!"

기리메칼라가 두 팔을 벌리고 하늘을 향해 환호성을 지른다.

"천군 대좌 테루테루? 천군 대좌 따위의 잔챙이가 아까 그 쓰레기들과 무슨 관련이 있지?"

눈썹을 찡그리고 로노베가 물었다.

"테루테루는 죽음의 대신 타르타로스의 부하, 타나토스파의 장교 중 하나야. 주인님은 아까 그 벌레들을 잘 이용해서 타르타로스를 낚으려는 생각이시겠지."

아자젤이 신중하게 추측하며 단적으로 대답했다. 타르타로스, 그 말을 들은 순간 드레카바크와 로노베는 마치 벼락을 맞은 듯이 경직했다.

"서, 설마 아까 벌레의 불경하기 짝이 없는 어리석은 행위도 그것을 위한 포석이란 말입니까?"

드레카바크가 떨리는 목소리로 물었다.

"바로 그거야! 이번 계획의 목표는 천군 육천신 중 하나, 타르타로스를 없애 우리를 방해하려는 천군을 제재하고 견제하는 것! 우리 위대한 분은 아까 그 버러지와 우리 미천한 자들의 얄팍함과 어리석음을 모두 읽어내고, 한 치의 틈도 없는 시나리오를 써두신 거다!"

기리메칼라가 영웅담을 이야기하는 음유시인처럼 당당하게 자신이 믿는 신의 위업을 설명했다.

"역시 그런가! 그분이라면 그렇게 생각하실 거라고 생각했어!"

아자젤이 열기가 담긴 목소리로 외쳤다.

"과연 우리 아버지! 지고의 존재!"

두 손을 모으고 눈물을 글썽거리는 드레카바크.

"악군에 이어 천군의 제재인가! 정말 그분에게는 항상 놀라기만 한다니까!"

짐승처럼 환희를 담아 포효하는 로노베.

"그럼 우리는 어떻게 하면 좋지? 섣불리 움직이다 주인님의 계획을 망가뜨리는 일은 절대 있어선 안 돼."

"아자젤, 그건 괜한 걱정이야. 그분은 우리 같은 미천한 자의 얕은 생각도 어리석은 행위도 모두 꿰뚫어 보시니까. 우리는 평소처럼 자신이 믿는 대로 움직이면 돼."

기리메칼라의 도저히 믿기 힘든 이 광기 어린 견해에 잠시 이 자리에 있는 일동은 벼락에 맞은 듯 경직하였다.

"그런가! 네 말이 맞아! 우리 같은 범부가 쓸데없이 너무 마음을 써봐야 해악이나 마찬가지야!"

"과연 우리의 전능한 아버지!"

차례로 모두 이해한 듯이 몇 번이나 고개를 끄덕이며 두 손을 모으고 눈물을 흘렸다.

기리메칼라는 세 번째 눈을 희번뜩 움직이고, 스파이에게 계획의 골자에 대해 묻는다.

"스파이, 메인 디시는 어떻게 됐지?"

"아, 이미 조사를 마쳤죠. 테루테루라는 정신 생명체에는 꽤 강력한 주술이 박혀 있어요. 아마 그 주술을 통해 몸을 얻을 생각일 겁니다. 이 땅에 잠든 정신 생명체를 촉매로 하여 그 주술을 잘 사용하면 완전한 상태로 몸을 구성하는 것이 가능할 겁니다."

스파이의 대답에 기리메칼라가 만족스럽게 미소를 지었다.

"루카스, 너도 뒤에서 움직여 줘야겠어!"

"알겠습니다! 그 중대한 임무, 반드시 해내겠습니다!"

루카스가 그야말로 운명과 대적하는 듯한 표정으로 결의를 표명했다.

"그럼 시작하자! 우리 위대한 그분의 최고이자 궁극의 계획을!"

기리메칼라는 다시 하늘을 올려다보고, 대기를 뒤흔들 듯이 크게 외쳤다.

***

적성 시험이 끝나고 다음 실기 시험까지 시간이 남았기에 점심을 먹기로 했다. 나무 그늘에서 애쉬가 만들어준 도시락을 다 먹었을 때였다.

"카이."

목소리가 들려 고개를 들자, 그리운 재회를 이루었던 소꿉친구가 긴 윌로우그린색 머리카락을 쓸어 올리면서 서 있었다.

"그래, 라일라도 점심 먹으려고?"

지금이라면 분명히 말투도 고칠 수 있을지도 모르지만, 뒤늦은 감이 있다. 이대로 밀고 나가야겠다.

"응. 옆에서 같이 먹어도 돼?"

"그래, 나는 널 거절할 만큼 매정하지 않아."

아이러니하게도 풀어진 얼굴로 승낙했다.

"…………."

라일라는 나의 옆에 앉아 아무 말 없이 옆얼굴을 빤히 응시했다.

"왜 그래?"

"역시 카이도 어른이 되었네요. 남자는 잠시 못 보는 사이 성장한다고 하니, 그런 것이겠지만……."

라일라는 몇 번이나 고개를 끄덕이고 영문을 알 수 없는 말을 중얼중얼 내뱉었다.

"그나저나 루미네는 어디 갔어? 같이 있지 않아도 돼?"

"네, 아까 학교 관계자분에게 불려갔어요. 아까 소환 적성 시험 일로 할 말이 있다고 해요. 점심도 그쪽에서 대접한다고 하고요."

아, 그러고 보니 루미네는 유일하게 그 코우마라는 개과 생물을 건드릴 수 있었지. 소환 적성 시험의 성적은 단독으로 일등일 것이다. 앞으로 실기 시험에서 웬만큼 실수를 저지르지 않는

한, 어느 정도 괜찮은 수준의 학교에 입학이 가능해질 것으로 보인다.

"그렇구나."

오래 만나지 않은 탓일까. 도무지 그럴싸한 말을 할 수가 없다. 따라서 그저 고개를 끄덕이고 그렇게 중얼거렸다. 라일라는 작은 소리로 피식 웃고는 가죽 가방에서 도시락을 꺼내 먹기 시작했다.

결국 대화가 이어지지 않은 것은 처음뿐이고, 금세 라일라의 최근 동향에 대해 알아낼 수 있었다. 아무래도 라일라는 꽤 오래전부터 고향 라무르를 떠날 계획을 세웠던 모양이다. 자신이 헤르너 가문을 떠나 어디까지 할 수 있을지 시험해보고 싶었다고 한다. 확실히 라무르는 좋든 나쁘든 보수적이다. 특히 라일라처럼 명문가 출신은 나 같은 예외적인 사람 외에는 취직, 결혼, 사생활까지 엄격하게 제한당한다. 이 유학은 그런 생활에 불만을 품은 그녀 나름의 소소한 저항이라는 것일지도 모른다.

아무튼 라일라가 스스로 생각해서 선택한 길이라면 그것만으로 가치가 있다. 특히 라무르의 화석 같은 돌머리들의 사상 강요에서 탈출한 것은 그녀에게도 좋은 일일 것이다.

"그런데 카이는 왜 갑자기 말투를 바꾸었나요?"

여전히 갑작스럽게 이쪽이 대답하기 어려운 것을 묻는 녀석이다.

"으, 음, 조금 기분전환으로……."

바로 대답하면서도 도무지 괜찮은 대답이라고는 생각하지 못했다. 그럴 터였는데——.

"기분전환…… 그러네요. 그것도 좋을지도 모르겠네요."

라일라는 간단하게 이 난처한 대답에 납득하고 말았다. 아무래도 라일라는 나의 이 시시한 대답에서 일정한 가치를 발견한 모양이다. 아무튼 그녀가 납득했다면 그것으로 됐다. 이 이상 이 화제로 대화를 해봐야 나에게는 전혀 이득이 없다.

화제를 바꾸기 위해 입을 열려는데, 주위가 소란스러워졌다. 기쁨이 담긴 비명과 함께 주위 여성을 거느리고 금발 소년이 정원을 가로질러 걸어오는 것이 눈에 보였다.

"있잖아, 저 사람 솜니 바렐 님?!"

"뭐엇?! 그 신성무도회 4강의?!"

"이번에 바벨에서 시험을 본다고 소문으로 들었는데 정말이었구나!"

"우리와 같은 나이에 무도회 결승 토너먼트에 진입하고, 심지어 그 공적으로 길버트 왕자 전하의 최연소 수호기사라며? 정말 대단해!"

주위 어른들이 난리를 쳐서 운 나쁘게 결승 토너먼트까지 진출하고 만 소년이군. 자신의 의사와는 상관없이 실력 이상으로 평가받는 것은 본인에게 부담스러운 일에 지나지 않는다. 불쌍한 소년이다. 금발 소년이 이쪽을 발견하고 다가왔다.

"안녕, 비겁하고 무능한 검사잖아. 너도 이번에 시험을 치르는 건가?"

옆에서 라일라가 입을 삐죽이며 반론하려고 했지만, 내가 제지했다.

"유감스럽게도."

쓴웃음을 지으며 어깨를 으쓱했다.

"너무 꼴사나운 모습은 보이지 마. 같은 아멜리아인으로서 부끄러우니까."

"음, 서로 그러길 바라."

솜니는 움찔하며 한쪽 눈썹을 올렸으나, 미소를 잃지 않고 여성을 데리고 멀어졌다.

"카이——."

예쁜 눈썹을 찡그리고 말하려는 라일라의 머리 위에 손을 얹었다.

"나는 괜찮아."

예전처럼 안심시키기 위해 말을 건 순간.

"앗, 언니에게 다가가지 마!"

소란스러운 응석꾸러기가 이쪽을 향해 전속력으로 달려와 라일라에게 매달려, 마치 나로부터 코우마를 지키던 때처럼 잇몸을 드러내고 위협했다. 너는 충견이냐며 속으로 딴지를 걸면서도 자리에서 일어나 오른손을 들어 인사했다.

"안녕. 오랜만에 이야기해서 즐거웠어. 시험 잘 봐."

그렇게 전하고 실기 시험장으로 이동했다.

실기 시험을 위한 집합 장소는 바벨 북쪽에 있는 '화려한 죽음의 도시' 앞의 공장이었다.

화려한 죽음의 도시는 언데드의 군생지대로, 난이도에 따라 에어리어 1~5로 나뉜다. 그리고 이곳의 에어리어는 엄격하게 출입 제한이 있다고 한다.

구체적으로는 가장 약한 에어리어 1이 바벨 도시 소속 2학년 이상의 상급생이나 최소 E랭크(신입) 이상 헌터. 에어리어 2는 바벨 도시 소속 4학년 이상과 탑 재적 학생. 그리고 D랭크(중견) 이상의 헌터. 에어리어 3은 바벨 '탑' 소속의 최종 학년 이상과 C랭크(베테랑) 이상의 헌터. 에어리어 4 이상은 바벨과 헌터 길드가 허가한 자만 출입 가능하다.

참고로 에어리어 5는 아직 미개척 영역이라고 한다. 최근 수만 년간 목숨을 걸고 피부가 뜨끔거리는 모험을 하지 못했다. 이런 금지 구역에 자유롭게 들어갈 수 있다면 헌터 랭크를 올리는 것에도 가치가 있을지도 모르겠다.

"슬슬 시간인가."

주위를 빙 둘러보자 이미 광장은 수험생으로 가득 차 있었다. 이만큼 많으면 라일라의 모습을 확인할 수 없다. 어디까지나 이것은 시험이므로 바벨과 헌터 길드가 맡고 있다. 그렇게 위험한 일은 없을 것이다. 라일라와 루미네라면 걱정하지 않아도 된다. 다만 만약을 위해 시험이 시작되면 토벌 도감의 사람들에게 추적 호위를 맡겨야겠다.

그런 생각을 하는 사이, 실기 시험을 위한 바벨 직원들이 나타났다. 당연히 나에게는 바벨 시험관 중 아는 사람이 없다. 그럴 터인데 두 사람쯤 본 적이 있는 사람이 있었다.

한 명은 머리에 새빨간 반다나를 두른 검사풍 남자. 신성무도회에 출전했던 검사로, 브라이 스텀프라는 이름이었다. 잭처럼 상당히 소질이 있었기에 기억에 남아 있다. 바벨의 직원이었던가. 뭐, 검사로서는 미숙한 새내기였지만.

다른 한 사람은 아는 사이라고 할 정도는 아니다. 예전에 뒷골목에 있던 짙은 피부에 노출도가 높은 여자다. 바르세를 중심으로 한 헌터였을 텐데 왜 이곳 바벨에 있지? 아니, 이 여자만이 아니다. 아르놀트도 이 도시에 일이 있다며 와 있었다. 용사도 이 도시에 있다고 들었다. 아무래도 불길한 예감이 든다. 아이러니하게도 나의 이런 감은 잘 맞는다. 어쩌면 이 시험, 문제가 생길지도 모른다.

새하얀 로브를 입은 긴 금발 미녀가 단상에 올라 주의를 주었다.

"정숙하시길."

그 목소리는 엄숙하지도, 크지도 않았으나 순식간에 주위가 조용해졌다.

이 여자, 왠지 제법 심리 장악이 뛰어난 것으로 보인다. 바벨 직원 모두가 정중하게 머리를 숙이는 것을 봐도 바벨에서도 상당히 중요한 인물임은 틀림없다. 뭐, 저 여자가 어디의 누구든 나에게는 진심으로 아무 상관이 없지만.

하얀 로브를 입은 금발 여자가 일동을 빙 둘러보았다.

"나는 이곳 바벨의 학교장 이네아입니다. 잘 부탁해요."

가볍게 인사하고 자신의 이름과 신분을 밝힌다. 학교장이라면 이곳 바벨의 톱이다. 저 길쭉한 귀를 보면 그녀는 엘프다. 덧붙여 저 전혀 군더더기가 없는 위엄에 찬 태도는 수십 년 정도밖에 살지 않은 젊은이가 낼 수 있는 것이 아니다. 실제로는 나처럼 나이를 훨씬 먹었을 것이다.

"여러분, 오전에 적성 시험을 치르느라 고생하였습니다. 그러나 본 시험은 바로 이 실기 시험. 이것으로 여러분이 이곳 학원 도시 바벨에 학생으로서 입학할 수 있는지와, 입학할 학교가 결정됩니다."

기묘할 만큼 조용해진 가운데 누군가 숨을 들이켜는 소리가 묘하게 울려 퍼졌다. 그야 나처럼 지극히 일부 예외를 제외하면 이 자리에 인생을 걸고 온 사람이 대부분일 테니 당연한 반응일 것이다.

"그럼 바로 규칙을 설명하겠습니다. 먼저 세 사람이 한 팀을 짜게 됩니다."

파도처럼 가라앉았다 일어나는 어수선한 소리.

"조용히 하라! 학교장님께서 말씀하시는 중이지 않나!"

바로 옆에 선 녹색의 호화로운 로브를 입고 뾰족 모자를 쓴 근육질 노인이 격앙하자, 거짓말처럼 소리가 뚝 그쳤다. 저 거만한 태도를 보아 노인도 바벨에서는 꽤 높은 지위인 듯하다.

"팀은 탑에서 풀어놓은 언데드를 토벌하면 됩니다. 언데드의 강함에 따라 각자 백 점, 오십 점, 십 점, 꽝의 네 개로 나뉘고, 제한 시간 동안 그 득점을 겨루게 됩니다."

제법 재미있는 취향의 시험이다. 아마 단순히 점수가 높은 언데드를 쓰러뜨리기만 해서는 고득점은 획득할 수 없을 것이다. 평가 대상이 되는 것은 자신의 팀에 적합한 수준의 언데드를 얼마나 많이 제한 시간 내에 토벌할 수 있느냐다. 그리고 더욱 문제인 점이 있다.

"잠시 질문해도 될까?"

오른손을 들어 묻자 아주 잠깐이지만, 학교장의 오른쪽 눈썹이 움찔하며 올라갔다. 그리고──.

"이봐, 너, 내가 학교장님께서 말씀하시는 중이라고 방금 말했을 텐데?!"

녹색 로브를 입은 거구의 노인이 이마에 굵은 핏대를 세우며 협박하는 목소리로 말했다.

학생들이 침을 꿀꺽 삼키는 소리가 들린다.

"괜찮습니다. 무엇이죠?"

이네아가 눈만 움직여 거구의 노인을 제지하고 조용히 물었다.

"이 시험에서는 다른 팀을 공격하는 것이 허용되나?"

나의 질문에 아까와는 비교도 되지 않을 만큼 콩이 터지는 듯한 소란이 일었다. 이네아가 손을 들자, 역시 소란이 뚝 멎었다. 이네아는 가볍게 고개를 끄덕였다.

"다른 팀에게 공격당하여 각자 지닌 배지를 세 사람 모두 빼앗기면 그 팀은 실격입니다."

내가 예상한 대답이었다.

"두 사람까지라면 빼앗겨도 문제없고?"

"네. 실격은 어디까지나 세 사람 동시에 빼앗긴 경우입니다. 덧

붙여 시험 종료 후, 획득한 배지가 보유한 점수가 가산됩니다."

배지가 보유한 점수라. 아마 언데드를 쓰러뜨릴 때마다 그 배지라는 것에 점수가 가산되는 마법적인 장치라도 되어 있는 모양이다. 확실히 언데드에게는 인간이나 동물을 불사로 만드는 저주가 있다. 고작 학생 시험에 학교 측이 그런 위험한 일을 허가하는 것에 위화감은 들었으나, 저주의 효과를 소실시키는 등 배지에 다양한 개조를 해두었을 것이다.

"제한 시간이 끝난 뒤, 배지를 팀의 한 사람 이상이 소지하고 있는 것이 최소 조건이라고?"

"네. 물론 **고의**로 목숨을 빼앗는 행위는 엄금입니다. 도가 지나친 공격도 감점 대상입니다."

꽤 자극적인 시험 내용이다. 로제에겐 평소 실기 시험은 신성 무도회 같은 단체전으로 인원수를 줄인 다음 개인전을 치른다고 들었다. 그것이 이렇게 바뀌다니. 이치에 맞지 않은 것이 아주 많다. 역시 이 시험에는 음모가 숨겨져 있다.

"알겠어."

더는 물을 것이 없다. 나머지는 될 대로 되라지.

"자세한 규칙 설명과 팀 분배에 대해서는 담당자가 **발표**하겠습니다. 그럼 수험생 여러분의 건투와 안전을 진심으로 기도하겠습니다."

학교장이 단상에서 내려가자 바벨 직원들이 몇 개의 커다란 팻말을 세우고, 검사 브라이가 단상에 올라 자세한 시험 규칙을 설명하기 시작했다.

실기 시험은 이렇게 시작되었다.

팀 분배가 발표되어 나의 옆에는 두 명의 남녀가 있다.

사면체 물건을 양손으로 만지작거리며 머리를 바짝 깎은 작은 남자와, 긴 금발을 양쪽으로 땋아 내린 얌전해 보이는 여자다. 사면체 물건을 만지작거리는 작은 남자는 앳된 얼굴로 보아 십 대일 것이다. 반면에 금발 여자는 긴 앞머리로 얼굴의 대부분을 가리고 있어서 십 대로도 보이고 서른 줄이라고 해도 그리 놀랍지 않다. 한마디로 잘 파악할 수 없는 외모라는 뜻이다.

"라무네. 마도사 지망이야. 잘 부탁해."

파란 머리를 바짝 깎은 남자는 이쪽을 쳐다보지도 않고 사면체 물건을 만지작거리며 퉁명하게 인사했다.

"저는…… 거거, 검이 특기……입니다. 잘 부탁해요……."

반면에 금발을 땋아 내린 여자는 기어들어 가는 목소리로 자기소개를 했다

"카이 하이네만, 검사야. 잘 부탁해."

내가 싱긋 미소를 지으며 오른손을 들었을 때, 익숙한 말다툼을 벌이는 화난 목소리가 들려왔다.

"너와 같은 팀이라니 진심으로 소름 끼친다!"

로만이 불쾌한 표정을 감추려고도 하지 않고 그렇게 쏘아붙였다.

"그건 내가 할 말이야! 차기 당주잖아?! 계속 라무르에 틀어박혀 있으면 될 거 아냐!"

"너야말로 이런 장소까지 따라와서 라일라 씨에게 민폐라고 생각하지 않아?!"

바로 맞받아치는 루미네에게, 로만도 거칠게 반응하며 크게 외쳤다.

"언니와 나는 언제나 함께야. 그게 나의 행복이자 언니의 행복이야! 네 가치관을 강요하지 말아 줄래?!"

"뭐라고!"

"내가 뭘!"

코가 마주 닿도록 붙어 으르렁거리는 두 사람. 정말 저 녀석들은 기대를 배신하지 않는다. 더는 분별력이 없는 아기가 아니니 좀 더 침착하게 행동해줬으면 좋겠는데. 실제로 나머지 팀원인 작고 눈꼬리가 올라간 소년은 시종일관 안절부절못하고 있으니까. 바람막이에 버킷햇을 깊숙이 눌러썼기에 표정은 자세히 알 수 없지만, 성가신 녀석들과 팀원이 되어 상당히 침울할 것이다.

그나저나 로만과 루미네가 같은 팀인가. 단순히 우연이라고 하면 반박할 말이 없지만, 역시 조금 수상하다. 올해부터 갑자기 시험 내용이 대폭 변경된 것도 신경 쓰인다. 대비해서 나쁠 건 없으려나.

'데이모스, 있어?'

'네! 바로 곁에 있습니다.'

나의 뒤에서 풀숲에 가려지도록 무릎을 꿇은, 검은 로브를 입은 검은 해골.

데이모스는 선왕 해리와 타이니를 우리 도시 리버티 타운으로 보낸 뒤, 기리메칼라의 수행을 받게 하였으나 본인의 간절한 희망으로 이곳 바벨까지 동행하였다. 아무래도 데이모스는 예전 정령 마을에서의 실태를 만회하고 싶어 안달이 난 듯하다. 물론 진심으로 내가 마음에 들지 않는 자라면 벌써 죽였다. 이미 죄는 씻었다. 그것을 아무리 설명해도 본인은 전혀 받아들이지 않으므로, 이번 임무의 성공을 계기로 데이모스를 정식으로 사면하려고 한다. 특히 데이모스는 생전에 인간 마도사였다고 하니 이렇게 뒤에서 보조하는 일에 잘 맞을 것이다. 그보다 기리메칼라를 비롯한 토벌 도감의 유쾌한 동료들은 이렇게 모습을 감추고 나타나는 식의 배려가 도저히 불가능하니까. 오히려 예전에 보인 검의 길 같은 화려한 연출 때문에 큰 소란이 일어 시험을 치를 때가 아니게 될 것이다.

그런 연유로 데이모스는 이런 식의 은밀한 임무에 제격이다.

'라일라 헤르너라는 소녀를 알지?'

'네! 주인님 곁에 대기하고 있었으니까요.'

'그럼 너에게 부탁할게. 라일라 헤르너를 지켜.'

'네! 혹시 장애물이 있다면 제거해도 괜찮겠습니까?'

'그래, 그녀의 보호가 최우선이고 나머지는 모두 부록이야. 네 판단으로 움직여 줘.'

'알겠습니다.'

'데이모스, 기대할게.'

뒤에서 뼈가 스치는 소리가 들렸다.

'황송……합니다.'

무척 환희로 가득 찬 목소리가 들림과 동시에 그 기척이 사라졌다. 자, 그럼 슬슬 움직여볼까. 그 교활한 여우 같은 엘프 여자가 무엇을 꾸미는지는 모른다. 다만 그것이 나의 사상에 반한다면 힘껏 저항하겠다. 그래, 철저하게!

"너희들 놀지 말고 어서 행동해. 뒤처지면 불리해질걸?"

사이 좋게 얼굴을 맞대고 있는 두 사람에게 좋은 충고를 해주었다.

"시끄러워! 네가 말하지 않아도 알아!"

"그래! 나대지 말아줘!"

두 사람은 예상한 말을 내뱉고 경쟁하며 빠르게 나아가 숲속으로 사라졌다. 바람막이를 입은 소년도 허둥지둥 그 뒤를 따랐다. 저 두 사람, 위태로워서 보고 있을 수가 없다. 이런 상황에서는 라일라가 훨씬 안심이 된다. 로만은 사촌 동생이고, 루미네는 라일라의 동생 같은 존재다. 위험에 빠지도록 놔둘 수도 없다. 특히 저 여우의 의도를 파악하지 못한 상황에서는 일단 신경써줘야 할 것이다. 신안이라도 발동해서 두 사람을 감시해두기로 할까.

정말, 이 노름판 같은 상황에서 애 보기라니 농담도 아니고. 나는 속으로 그렇게 투덜거렸다.

***

화려한 죽음의 도시 에어리어 5── 가장 안쪽에 위치한 신전 내부.

테루테루 대좌가 지팡이를 빙글빙글 움직이며 중심에 있는 석판을 바라보고 있었다.

"여기에 부왕(腐王)이라는 게 봉인되어 있다는 거네. 상급신의 것이라고는 생각할 수 없는 완벽한 봉인이야. 뭐, 그 대신 데우스의 손주니 당연할지도."

테루테루 대좌가 마치 노래를 부르듯이 말하고 오른손에 든 지팡이를 한 번 휘둘렀다. 새하얀 석판이 스르륵 어긋나기 시작했다.

"마지막으로 강림을 위한 산제물이야."

왼손을 딱 튕기자 석판에 있던 자리의 상공에 천 주머니가 나타났다. 테루테루 대좌가 다시 한번 왼손을 튕기자, 주머니가 터지며 입과 사지가 구속된 마족이 모습을 드러냈다.

"으읍──!"

눈물을 머금고 애원하는 마족.

"봉인 석판을 부수면, 그 바닥에 마족 제물을 조금 더하자♫"

테루테루 대좌가 음정이 엉망진창인 콧노래를 흥얼거리며 왼손 집게손가락을 아래로 내렸다. 마족이 지면에 있는 검은색 오물로 낙하하여 그 몸이 마구 찌그러졌다. 동시에 바닥에 나타난 동심원 형태의 새빨간 기하학적인 무늬. 그것들이 회전하며 위로 상승하기 시작했다. 조각난 마족의 살점이 썩어버리며 인간 형태의 무언가를 형성했다.

"이제 부왕에게 열심히 노력하도록 해보실까. 어쨌든 상급신이니 용사 따위가 토벌하기란 불가능하지. 결국 우리 천군의 안건이 될 거야! 남은 건 레테 님께 지시받은, 루미네라는 일개 원숭이에겐 과분한 기프트를 지닌 여자의 처리뿐인가."

테루테루 대좌가 기분 좋게 외치고 그 모습을 감췄다.

남겨진 썩어버린 인간 형태의 무언가는 난쟁이처럼 작으면서 풍선 같은 동그란 체구를 형성했다. 그곳에 털 하나 없는 매끈매끈한 머리에 부자연스러울 만큼 동그란 얼굴과 몹시 짧은 두 다리가 쏙 돋아났다. 그리고 그 동그란 체구에는 무수한 구체 무늬가 새겨진 새빨간 의복이 형성되었고, 두 눈에는 작고 동그란 선글라스가 착용됐다. 남자는 부유하여 신전에서 나가 두 팔을 벌리고——.

"푸하푸하푸하하!! 오랜만에 맡는 이 속세의 맑은 공기, 으음, 최고로————."

껄껄 웃음을 터뜨렸다.

"싫습니DA!"

그러더니 갑자기 분노하는 얼굴로 화를 낸 뒤, 다시 순식간에 황홀한 표정을 지었다.

"나의 코가 비뚤어질 만큼 썩은 내로 가득한 사랑스러운 아이들아, 어서 나오렴."

두 팔을 들어 손뼉을 짝짝 친다. 남자의 새빨간 옷에 새겨져 있던 구체 네 개가 부풀더니 밖으로 밀려 나왔다. 거기서 나타난 것은 검은 정장에 모자를 쓴 네 명의 남녀다. 남녀의 얼굴은 흐물흐물 용해되어 별, 동그라미, 역삼각형, 사각형의 기묘한 형태를 취하고 있다.

"고기가 썩고, 뼈가 녹는 죽음의 냄새♫ 산 자를 썩게 하여 구더기를 키우자♪"

두 팔을 올리고 양손과 몸을 좌우로 천천히 흔들며 노래를 흥얼거린다.

"썩어라♪ 흐물흐물흐물흐물~~♫"

네 명의 남녀도 그를 따라 두 팔을 들고 양손과 몸을 좌우로 흔들며 코러스를 넣었다.

"그것이♫"

선글라스를 낀 풍선 같은 체구의 남자가 더욱 크게 치켜든 양손과 몸을 흔들었다.

"그것이야말로♬"

네 명의 남녀도 마찬가지로 양손과 몸을 크게 흔들었다.

"나, 부왕의 갈망이니라아아!!"

"나, 부왕 권속의 갈망이니라아아!!"

선글라스를 낀 남자와 네 명의 남녀가 미친 듯이 크게 소리를 질렀다. 마치 그 소리에 호응하는 것처럼 이들의 주변 흙과 초목이 썩어 구형 덩어리가 되더니 거대한 괴물이 만들어졌다.

"자, 이 세상의 모든 것을 썩게 하는 겁니DA! 우리의 부패한 냄새로 가득한 낙원을 만들기 위해SEO!"

괴물들은 대지와 나무들을 썩게 하고, 다른 언데드조차 삼키면서 앞으로 나아갔다.

그렇다. 주인의 썩어빠진 갈망을 이루어주기 위해서…….

***

"아— 아—."

휘청거리는 발걸음으로 다가오는 온몸이 흐물흐물 부식된 인간형 마물 좀비. 좀비의 이빨에는 강력한 저주가 부여되어 있어서 물린 채 저주를 풀지 않으면 언젠가 죽고 만다. 그리고 사체는 그대로 새로운 좀비가 되어 이 세상을 헤매게 된다. 그런 위험하기 짝이 없는 언데드가 좀비다.

"핫!"

그 좀비의 품으로 파고들어, 솜니 바렐이 오른손에 든 장검으로 목을 베어냈다. 머리를 절단당한 좀비는 바닥에 쓰러져 흐물흐물 녹고 말았다. 이어서 왼쪽 손바닥을 지금도 이쪽을 향해 천천히 걸어오는 좀비에게 향하여 영창하던 화염 마법을 날렸다.

"파이어 볼!"

화염 구체가 좀비를 때리자 금세 옅은 주황색 불꽃에 감싸여 재가 되었다.

"과연 솜니 씨! 좀비 두 마리를 순식간에 죽이다니, 길버트 왕자 전하의 최연소 수호기사가 된 사람은 달라!"

손뼉을 짝짝 치며 솜니의 승리를 칭송하는 체격이 좋은 검은 머리 소년, 에그. 에그는 같은 왕국 기사학교 출신의 동급생이다. 마찬가지로 바벨의 시험을 치르러 왔으나, 우연히 같은 팀이 되었다.

"뭐, 솔직히 긴장감이 없네."

움직임도 둔하고 접근할 때만 조심하면 대단한 위협도 없다. 이것이 난관으로 유명한 바벨의 시험인가? 얼마나 어렵고 까다로운 문제를 수험생에게 낼지 긴장하였으나 맥이 쭉 빠졌다.

"저는 화염 마법 같은 건 쓸 수 없어서 하나씩 쓰러뜨리는 게 고작입니다. 솜니 씨처럼 동시에 쓰러뜨리는 것은 도무지."

고개를 크게 가로젓는 에그. 솜니만큼은 아니지만, 에그는 꽤 훌륭한 검사다. 그러나 에그의 기프트는 검술에 특화되어 있고, 마법의 재능이 없다. 똑같이 고도의 검술을 지닌 데다 마법도 쓸 수 있는 솜니에게는 난관이라 이름 높은 바벨의 시험조차 장애물이 되지 않는다. 이미 탑에 입학하는 것은 정해진 것이나 마찬가지다.

"그보다 저 여자 제법 괜찮지 않습니까?"

이 시험에서 같은 팀원인 곱슬거리는 긴 윌로우그린색 머리의 아름다운 소녀, 라일라 헤르너에게 시선을 고정시키며 에그가 솜니의 귓가에 속삭였다.

"뭐, 대단한 미인이라고는 생각하지만……."

확실히 미인이라고 생각한다. 그러나 다른 여성들과 달리 시종일관 그녀는 솜니에게 무뚝뚝한 태도를 취하고 있다. 무엇보다 그 카이 하이네만의 친구인 듯하다.

카이 하이네만, 솜니와 같은 신성무도회 결승 토너먼트 출전자. 세상의 평가는 일반적으로 비겁한 무능력자다. 그러나 일부 검사들의 평가는 그것과 완전히 다르다. 솜니에게 승리한 검사에게 시합이 끝나고 장래 희망을 물었을 때, 언젠가 잭처럼 카이 하이네만과 싸울 수 있는 검사가 되고 싶다. 그렇게 열변을 토했다. 방금 검을 겨룬 솜니 따위는 이미 안중에 없었다.

그뿐만이 아니다. 언제나 솜니와 밤거리로 놀러 다니던 귀족 친구 한 사람은 카이 하이네만과 잭의 시합에 눈물을 흘린 뒤, 고향에 틀어박혀 묵묵히 검을 휘두르게 되고 말았다. 그는 솜니 세대에서 십 년에 한 명 나올 만한 검의 재능이 있다고 일컬어지던 인물이다. 한 번도 연습이라는 연습을 한 적이 없었던 그가 집중하여 검 수행에 몰두하고 있다. 카이 하이네만과 잭의 시합이 원인인 것이 틀림없다.

카이 하이네만의 기프트는 '이 세상 제일의 무능'이다. 강할리가 없다. 그렇다면 아버지 룬파 바렐의 말대로 부정을 저질러 승리한 것이 확실하다. 정말 타인의 실력도 구분하지 못하는 어리석은 자들. 역시 그들은 솜니처럼 선택받은 인간이 아니라 평범한 인간에 불과하다. 카이 하이네만은 부정을 저지른 특대급 배신자다. 좀 더 모든 사람에게 책망받아야 한다. 그렇기에 라일라처럼 카이 하이네만에게 쓸데없이 호의적인 태도를 보이는 어리석은 자는 아무리 미인이라도 매력을 느끼지 못한다. 오히려 너무 사람을 보는 눈이 없어서 불쌍함마저 느낄 정도다.

"그렇죠? 어때요, 시합이 끝나고 저 여자, 말 걸어보지 않을래요? 솜니 씨가 부르면 거절할 리가 없잖아요?"

에그가 핥는 듯한 시선을 라일라에게 보냈다.

"싫어. 너, 나를 미끼로 저 여자랑 하룻밤을 보내고 싶을 뿐이 잖아?"

강한 거절 의사를 표시했다. 에그는 여자 버릇이 나쁘기로 유명하여, 항상 다른 여성과 같이 있느라 사귀던 여성과 자주 갈등이 생기곤 했다. 솜니는 길버트 전하의 수호기사. 가능하면 오해받을 행위는 자제해야 할 것이다. 무엇보다 카이 하이네만에게 호의적인 이 여자와는 설령 부탁받아도 같이 술 따위 마시고 싶지도 않다.

"그렇습니까. 그럼 직접 다가갈 수밖에 없나."

거절할 것을 알고 있었는지 딱히 아쉬운 기색도 없이 히죽거리는 에그. 아마 밤거리로 불러낼 계획이라도 짜는 모양이다.

"에그, 기사도에 반하는 행동만은 하지 마."

"알고 있다니까요."

에그는 헤실헤실 웃으며 오른손을 가볍게 흔들었다.

그로부터 에그는 라일라에게 집요하게 질척거리며 시험이 끝나면 마시러 가자는 요청을 시작했다.

처음에는 정중하게 거절하던 그녀도 지금은 상당히 짜증이 난 것이 솜니가 보아도 알 수 있었다. 이 이상은 팀 행동이 힘들겠다고 판단하여 에그에게 주의를 주려고 했을 때——.

"이제 그만하시죠!"

라일라가 외치더니 그의 오른팔을 잡고 비틀어 손쉽게 에그를 제압하고 말았다.

"아야야야! 아프다니까! 이거 놔!"

라일라가 손을 탁 놓자 에그는 꼴사납게 바닥으로 넘어졌다.

"이런 빌어먹을!"

그는 일어나 라일라의 멱살을 잡으려고 하였지만, 다시 내던져졌다.

"최후통첩이에요. 이제 그만해요!"

라일라의 서슬 퍼런 기세에 에그는 분한 듯 이를 갈았을 뿐, 그 이후로 그녀와 얽히려고 들지 않았다.

그로부터 좀비 몇 마리에 포위당한 여성팀을 발견하여 에그의 제안으로 구하러 나섰다. 좀비는 목을 베어내면 죽는다. 덤으로 불에 약하여 본래 화염계 마법이 특기인 솜니의 적이 아니었다. 검에 들러붙은 좀비 살점을 흔들어 떼어낼 때였다.

"솜니 님, 구해주셔서 감사합니다!"

끼어들어 도와준 소녀들이 인사하며 흥분하여 얼굴을 붉히고 솜니에게 다가와 환호했다.

"그래, 무사해서 다행이야."

평소처럼 상큼하게 웃는 얼굴을 꾸며내고 안부를 묻자, 소녀들이 더욱 꺅꺅 소리를 질렀다. 그렇다. 이것이 솜니에게 본래 보여야 할 태도라는 것이다.

"솜니 씨, 팀끼리 협력하면 안 된다는 규칙도 없는 것 같으니, 그녀들과 동행하지 않겠습니까?"

에그가 이렇게 제안했다.

"뭐? 진짜로? 솜니 님이 협력해준다고?!"

"제발 부탁드릴게요!"

"저희 너무 무서웠어요."

가까이 다가오는 소녀들. 확실히 이 시험은 팀끼리 공격하는 것도 허락되어 있다. 그것은 바꾸어 말하면 팀끼리 협력하는 것도 가능하다는 뜻이다. 이 주변에 풀어놓은 언데드는 학교 측이 준비한 특수한 처리를 한 마물뿐이다. 실제로 토벌해보며 알게 되었는데, 언데드를 한 마리 쓰러뜨릴 때마다 그자가 본래 소지한 배지에 점수가 가산되는 시스템인 듯하다. 팀전이라고는 하지만, 어디까지나 시험이므로 개인전이기도 한 것이다. 이 시스템이라면 확실히 팀을 짜도 그리 곤란할 것은 없다. 오히려 인원수가 많은 쪽이 유리하다.

"나는 상관없어. 라일라도 괜찮아?"

"네."

그녀도 고개를 끄덕여 순순히 승낙했다.

"그럼 결정됐네. 있잖아, 너희는 어디서 왔어?"

에그가 세 명의 여성 수험생에게 다가가 평소처럼 친숙하게 스킨십을 시작했다.

솜니는 이때 잊고 말았다. 이것은 시험이기는 하지만 실전이다. 적은 자신들에게 전혀 배려도, 사양도 하지 않는 무자비한 존재라는 것을. 그리고 이 자리의 적은 언데드만이 아니라는 사실을.

그리고 이때 소풍이라도 가는 듯이 편안했던 솜니 일행은 전혀 예상치 못하게, 금세 절망의 구렁텅이에 빠지게 된다.

＊＊＊

바벨탑의 휘황찬란한 어느 방.

"그래서? 계획은 어떤가?"

의자에 거만하게 앉은 녹색 로브를 착용한 거구의 노인이, 머리를 깊숙이 숙이고 같은 녹색 로브를 입은 눈초리가 사나운 남자에게 물었다.

"창왕과 그 불쌍한 소녀는 개미 떼와 같은 팀으로 하였습니다."

"A랭크의 범죄자인가. 그런 걸로 정말 창왕을 죽일 수 있나?"

의심쩍은 목소리로 묻는 거구의 노인에게 눈초리가 사나운 남자가 두 팔을 벌렸다.

"창왕은 강합니다. 어디까지나 정면으로 부딪쳤을 때의 얘기지만."

그렇게 단언한다.

"실전 경험의 차이인가?"

"네. 지금 창왕은 거의 사선을 넘은 경험이 없는 초보나 마찬가지죠. 개미 떼라면 쉽게 죽일 수 있을 테고, 루미네라는 소녀는 더욱 간단합니다."

대답을 들은 노인이 만족스럽게 고개를 끄덕이고 눈처럼 하얀 머리에 흰색 사제복을 입은 미녀를 바라보았다.

"추기경님, 이걸로 괜찮으신지?"

그리고 단적으로 묻는다.

"네, 협력해주셔서, 부학교장님께 진심으로 감사드립니다."

추기경이 입꼬리를 올리고 깊숙이 머리를 숙였다.

"창왕, 정말 제거해도 괜찮은가? 창왕을 제거하면 틀림없이 용사의 세력이 감퇴하고, 마족과의 전쟁에 지장을 줄 텐데. 나는 그렇게 생각하오만?"

"걱정할 것 없습니다~. 창왕 따위는 없어도 이대로 부딪치면 십중팔구 용사님이 승리하고 마족은 멸망할 거예요. 저희는 그 뒷일을 생각해야만 합니다."

"창왕은 다소 전력으로서 과잉되며, 전후에 용사가 우리 인류에 해를 끼칠 것이다?"

의아한 어조로 묻는 부학교장에게 추기경은 크게 고개를 끄덕였다.

"마족과 마물이라는 존재를 잃은 용사는 그저 힘 덩어리죠. 자칫하면 제2의 마왕이 될지 모릅니다. 우리가 더욱 적절한 관리를 하지 않으면 안 되거든요. 따라서——."

그녀는 또렷한 목소리로 당당하게 노래하듯이 말한다.

"용사가 배반할 경우를 위해, 창왕이라는 용사 측의 힘을 제거해둘 필요가 있다는 것이로군?"

"네. 맞습니다. 뭐, 이제 곧 용사에게 신경 쓸 필요가 없어지거든요. 이번 건도 어디까지나 보험에 불과합니다. 그러니까 만약 실패하더라도 괜찮아요. 오히려 루미네라는 소녀만은 반드시 없애주세요."

지금까지 온화하던 추기경의 어조에 처음으로 가시가 섞이며, 옆에 있던 눈초리가 사나운 녹색 로브의 남자가 침을 꿀꺽 삼켰다.

"모르겠군. 그 창왕이 덤이라고? '전락(轉落)신생'이라는 영문 모를 쓰레기 기프트 홀더를, 천하의 중앙교회가 왜 그렇게까지 눈에 불을 켜고 제거하려는 거지?"

"저희 교의와 맞지 않는다. 단지 그것뿐이거든요."

누가 봐도 알 수 있는 억지 미소를 짓고 추기경이 잘라 말했다.

"교의에 맞지 않는다면, '이 세상 제일의 무능'이라는 농담 같은 기프트 홀더 쪽이 훨씬 배신자일 텐데. 그 소녀만 적대시하는 이유를 모르겠어. 아닌가?"

"그 이상 파고드는 것은 저희 신에 대한 모독이 됩니다만, 괜찮으신가요?"

추기경은 그저 웃는 얼굴로 그렇게 경고했다.

"흥! 나에게 살의를 보내는가! 상관없다! 싸움이든 전쟁이든 철저하게 받아주마!"

부학교장이 야수처럼 미소를 지으며 자리에서 일어나 허탈한 듯 추기경을 노려보았다.

"결렬입니까, 그것도 어쩔 수 없네요."

추기경의 눈이 붉게 물들며, 발밑에서 새하얀 연기 같은 것이 피어올랐다.

"에이, 판도라 님, 오늘 이곳에 온 목적은 싸우는 것이 아니잖아요?"

호화로운 흰색 옷을 입은 백발 청년이 머리를 쓸어 넘기더니,

111

빙글빙글 돌며 두 사람 사이에 끼어들었다. 추기경 판도라의 눈이 원래대로 금색으로 돌아가고는 처음처럼 인형 같은 미소를 지었다. 부학교장도 코웃음을 치고 다시 의자에 앉았다.

"그럼 저희는 이만."

"바하하—이."

추기경과 백발에 흰옷을 입은 청년은 한마디도 하지 않고 돌아갔다.

"흥! 저 여우가!"

부학교장은 그렇게 욕하고 잠시 짜증스럽게 집게손가락으로 책상을 두드렸다.

"그 무능한 **것들**의 일은 어떻게 됐지?"

눈초리가 사나운 녹색 로브 남자에게 물었다.

"그 건도 순조롭습니다. 솜니 바렐의 팀과 함께 지정된 위치로 유인할 예정입니다."

"그 바보 왕자도 곤란한 사람이군. 그래도 그 나라의 귀족들로부터 거액의 기부금을 받고 있으니까 무시할 수도 없지."

부학교장은 검은 책상의 서랍장을 열어 한 장의 종이를 꺼내 확인한다.

"안타깝군요. 왕자에게 불경을 저지른 무능은 차치하고, 설마 자신의 수호기사를 실력이 충분하지 않다는 이유로 손쉽게 폐기 처분을 내릴 줄이야……."

좌우로 고개를 흔들며 어깨를 으쓱하는 눈초리가 사나운 녹색 로브 남자.

"그렇긴 해. 하지만 약자에게는 존재 가치가 없어. 기사라면 더욱 걸림돌이 되는 게 분명하지. 그 점에서 그 왕자는 딱히 잘못되지 않았어."

부학교장은 살짝 고개를 끄덕이고 그렇게 단언했다.

"이 세상은 약육강식……이라는 겁니까."

"그래. 그 솜니라는 애송이가 이번에 이 세상을 떠나는 것도 지금까지 미적지근하게 굴어온 대가겠지."

"그렇긴 하네요."

그리고 그는, 책상에 서류를 내던지며 흥미를 잃은 듯이 탑의 정치에 대해 말하기 시작했다.

아주 커다란 산이 가까이 있으면, 오히려 얼마나 큰지 알아차릴 수 없다. 그런 경험은 없을까? 그것과 같다. 자신들이 앞으로 무슨 역린을 건드리려고 하는지 불쌍하고 비운에 처한 어린 양들은 아직 모른다.

이 세상에서도 굴지의 힘을 지닌 바벨탑, 중앙교회, 그리고 그들을 능숙하게 조종하며 구경만 하는 천군 사천장 타나토스의 세력. 그들은 너나 할 것 없이, 이때 **이 세상**에서 가장 위험하고 결코 적대해서는 안 될 무서운 괴물을 향해 자신만만하게 정면에서 덤벼든 것이다.

***

아무렇게나 날린 로만의 창끝에 맞아 좀비의 머리가 날아가고, 창의 반대편에 의해 스켈레톤의 머리가 산산이 부서졌다. 한 호흡에 언데드 여럿을 쓰러뜨린 뒤 빙글빙글 마치 창을 손발처럼 다루는 로만.

'역시 강해!'

루미네 헤르너는 속으로 패배를 인정하는 말을 내뱉었다. 아까부터 언데드를 쓰러뜨리는 것은 로만 오직 한 사람이다. 루미네도 올라간 눈에 모자를 쓴 소년, 앤트라도 그저 멀리서 그 전투를 보고 있을 뿐이다. 두 사람과 로만의 실력 차이가 너무 커서, 섣불리 나서면 오히려 걸림돌이 된다는 걸 명확하게 예상할 수 있었기 때문이다.

'젠장! 젠장! 젠자앙!!'

이대로는 헤르너 가문의 의도대로 되고 만다. 헤르너 가문은 본가도, 분가도 대대로 검술로 생계를 꾸려온 집안이다. 무술에 재능을 지닌 혈통의 유지가 지상 과제이기도 하다. 따라서 이 세계에서도 손꼽히는 창왕의 혈통을 원하는 것이다.

이번에 헤르너 가문이 바벨의 시험을 허락한 것은 언니에게 생각할 유예 기간을 주기 위해서다. 하지만 언니는 결혼 상대는 스스로 고르겠다고 완고하게 선언했다. 언니는 일단 정하면 절대 그 생각을 바꾸지 않는다. 마음을 돌리기가 불가능함을 안 그 녀석들은 하필이면 분가인 루미네와 로만을 혼인시키려 하고 있다. 물론 루미네와 로만은 견원지간이므로 근본적으로 생각이 맞지 않아서 결혼은 악질적인 농담 같은 것이며, 그것은 잘 알려진 사실이다.

한마디로 헤르너 가문은 언니에게 '네가 로만과 결혼하지 않으면 루미네를 결혼시키겠다'라고 협박하는 것이다. 이대로는 착한 언니가 바벨을 졸업한 후에 그 끔찍한 고향으로 돌아가고, 거기서──.

'싫어! 그것만은 안 돼!'

루미네 때문에 언니가 불행해지는 것은 견딜 수 없다. 지금까지 루미네는 실컷 언니에게 신세를 졌다. 결혼 상대만은 언니의 뜻으로 정하기를 바란다. 언니가 마음에 둔 사람은 짐작이 간다. 그리고 분명 루미네에게도──.

루미네의 사고가 암초에 걸리려고 할 때였다.

"대단한 창술이네요."

앤트라가 손뼉을 쳤다.

"…………."

칭찬하는 말 따위는 질린 탓일까. 로만은 그리 관심도 보이지 않고 조용히 앤트라에게서 등을 돌려 걸어갔다. 하지만 앤트라는 그 등 뒤에서 의미를 알 수 없는 말을 했다.

"아아, 역시 정면에서 덤비면 질지도 모르겠네요."

동시에 로만이 휘청거리더니 바닥을 기었다. 로만의 이마에 맺힌 폭포와 같은 땀. 그리고 다소 기분 나쁜 미소를 짓는 앤트라의 모습을 보고 강렬한 오한이 온몸을 덮쳤다.

"뭐, 뭐야, 너?!"

그렇게 외치면서 얼른 뒤로 물러나 방어 자세를 취했다.

"소용없다고요."

앤트라의 명랑한 목소리를 듣고서야 무수한 작은 생물에 둘러싸였다는 것을 눈치챘다.

"개, 개미?"

그것은 꼬리에 긴 침이 달린 작은 날개미로, 날개 소리를 내며 주위에 떠 있었다.

"윽!"

갑자기 목덜미에 살짝 따끔한 느낌이 들어 얼른 오른손으로 후려쳐 털어냈다. 오른손에는 한 마리의 작은 날개미가 죽어서 들러붙어 있었다.

"너무하네요, 제 소중한 개미가 죽고 말았잖아요?"

"너, 너는!"

무언가 말을 짜내려고 하였지만——.

"하지만 이걸로 너도 마·지·막."

앤트라가 집게손가락으로 루미네를 가리킨 순간, 몸이 실이 끊어진 인형처럼 쓰러졌다. 그리고 루미네의 몸은 마치 돌처럼 손가락 하나 움직일 수 없게 되고 말았다.

"안심하시죠. 지금 여러분의 몸에 주입한 독은 마비독. 그것 자체로는 죽지 않으니까요."

"네……이……놈."

갈라진 목소리로 분노하는 로만에게 앤트라가 성큼성큼 다가가 그 얼굴을 걷어차고 짓밟았다.

"제법 기세가 좋네요. 당신, 지금 자신의 처지를——."

로만은 드러누운 채 앤트라의 얼굴에 침을 뱉었다.

"비열한 놈……."

떨리는 목소리로 내뱉은 욕설. 그 행위에 즉시 앤트라의 얼굴에 굵은 핏대가 섰다.

"그런 건방지고 무례한 당신이, 처음 만났을 때부터 저는 너무나 재수가 없었다고요!!"

앤트라가 몇 번씩이나 로만을 차고 짓밟는다. 찢어진 입과 이마에서 피가 튈 정도로 계속. 실컷 폭행당한 끝에 로만은 눈을 뒤집고 힘이 빠지고 말았다. 앤트라도 어깨를 들썩거리며 거칠게 숨을 쉬었다.

"이런, 이런, 무심코 죽여버릴 뻔했네. 이런 것으로 죽이면 이나의, 개미 떼의 긍지에 반하는 일이거든요."

앤트라는 고개를 가로젓고 몇 차례 심호흡을 한다. 그리고 아까 분노하던 표정과 달리 악질적인 미소를 짓고 정신을 잃은 로만에게서 루미네에게로 시선을 옮겼다. 단지 그것만으로 온몸에 전율이 흘러 비명이 새어 나올 듯했지만, 그것을 직전에 꾹 삼켰다. 앤트라는 그런 루미네의 겁에 질린 표정을 만족스럽게 바라보며 손가락을 딱 튕겼다. 갑자기 수백은 되는 작은 날개미가 앤트라의 오른팔로 모여들었다.

"제 개미들에게는 특수한 힘이 있어요. 어떤 힘인지 아시겠나요?"

양손을 허리에 대고 묻는 앤트라.

"알 게…… 뭐야!"

루미네는 기력을 쥐어짜서 외쳤다. 앤트라의 악질적인 미소가 짙어졌다.

"단순히 먹으면 먹을수록 육체가 강화되거든요. 특히 잠재 능력이 높은 개체를 먹을수록 그 상승률이 높아진답니다. 특히 여러분은 바벨 상층부가 위험하게 여길 정도의 인재, 제법 강한 개미가 되겠지요."

그는 노래하듯이 두 사람에게 악몽과도 같은 말을 내뱉었다.

"자, 자, 로만 군은 잠들었으니. 루미네 양, 일단 당신부터 가 볼까요."

자신의 이름을 불린 것만으로도 등을 얼음으로 쓰다듬은 듯한 오한이 흘렀다. 그런 루미네의 공포를 즐기는 듯,

"걱정하지 마세요. 그 개미들의 타액에서 특수한 마취 성분이 나오니까 아픔은 크게 느끼지 않을 거예요. 그저 천천히, 조금씩 산 채로 자신의 육체가 먹히는 순간을 맛볼 수 있죠! 자, 이런 색다른 경험, 분명 다른 데서는 해볼 수 없을걸요!"

앤트라가 그야말로 악마 같은 미소를 짓고 루미네에게 천천히 다가왔다.

"오……지 마."

필사적으로 거절했지만, 그런 것은 오히려 이 남자의 사디즘에 불을 붙일 뿐이다. 그것은 루미네도 아주 잘 알고 있었다. 그래도 그렇게 애원하지 않을 수 없다. 벌레에게 산 채로 먹혀서 죽는다니, 그런 식으로 죽는 것은 반드시 사양하고 싶기 때문이다.

"안 돼, 안 돼, 떼를 쓰면 안 되죠. 당신도 숙녀라면 받아들여

야 한다고요."

천천히 다가오는 무수한 날개미를 휘감은 앤트라의 오른팔. 저것이 루미네에게 닿으면 개미들은 루미네의 피부를 물어뜯어 체내로 침입하면서 상상할 수 없을 만큼 잔혹한 형태로 죽일 것이다.

'싫어! 그런 건 싫어!'

눈물이 흘러 시야를 가렸다.

죽고 싶지 않아! 죽는 건 싫어! 만약 죽으면 만날 수 없게 된다. 아버지와 어머니를 만날 수 없게 된다. 형제들과도 만날 수 없게 된다. 언니도 만날 수 없게 된다. 그리고——.

주마등처럼 차례로 싫기만 하던 고향의 기억이 떠올랐다 스쳐 지나갔다.

그리고 루미네가 마지막으로 떠올린 것은 의외로 아버지도 어머니도 형제도 아니고, 사랑하는 언니도 아니었다. 어린 시절부터 늘 다정했던 회색 머리의 소년이었다.

"살……려……줘, 카이 오빠——!!"

손가락이 루미네에 닿기 직전 무아지경으로 외쳤을 때, 앤트라의 오른손이 날개미들과 함께 산산이 흩어졌다.

"히엑?"

앤트라는 놀란 소리를 내며 부서진 오른쪽 손목에서 뿜어져 나오는 선혈을 바라보았다.

"으아아아아아아악!!"

그리고 곧 찢어질 듯한 비명을 질렀다. 그런 앤트라에게는 시선도 주지 않고, 회색 머리 소년이 루미네에게 다가와 그녀를 업고 뒤에 있는 커다란 나무뿌리까지 이동하여 살며시 눕혔다.

"잠시 자고 있어."

몇 번이나 들은 다정한 그 목소리가 그렇게 말해왔다. 그것은 지금 가장 만나고 싶던 오빠와 같은 소년, 카이 하이네만이었다.

***

흠. 이번 시험에서 나의 팀원인 두 사람, 라무네와 키키. 이 두 녀석은 일반인이 아니다. 강하고 약한 것과는 상관없이 사선을 넘어온 자에게는 독특한 분위기가 있다. 일반인처럼 행동하고 있지만, 주변에 주의를 기울이는 방식이나 걸음걸이 하나를 보아도 다른 학생과는 격이 다르게 단련되어 있는 것이다. 아마 무의식이겠지만, 그렇기에 속일 수 없다. 그렇다면 이 두 사람은 정체가 무엇일까? 학교 측이 심어둔 자인가? 최근 안 좋게 눈에 띄었으니 나를 감시하는 건가? 아니, 그것은 다소 자의식 과잉이다. 학교가 나를 감시해도 큰 의미가 없다. 분명 그 바보 왕자와 관련되었을 것이다. 그야 대중 앞에서 일어서지 못할 만큼 때렸으니 앙심 정도는 품었겠지. 나에게 직접 싸움을 건다면 그것도 좋다. 아이 장난에 어울려주는 것도 재미있으니.

그러나 만에 하나 저 바보 왕자가 인간으로서 선을 넘는다면, 나름대로 훈육이 필요해진다. 그때는 저번처럼 무르게 하지 않겠다. 철저하게 해주마.

그보다, 아무래도 불길한 예감이 적중한 모양이다. 계속 팀원인 라무네와 키키는 신경 쓰지 않고 신안으로 로만과 루미네를 추적하고 있었는데, 지금은 같은 팀원인 바람막이에 버킷햇을 착용한 소년에게 공격당하는 중이다.

저 익숙한 몸짓으로 보아 오보로처럼 뒷세계의 주민일 것이다. 아무튼 여기서 이런 소꿉놀이를 할 여유가 없다. 지금 나에게는 두 사람을 내버려 둔다는 선택지가 없다.

10만 년의 시간을 살며 자신에 대해 알게 된 것이 있다. 나는 예전에 자신이 상상하던 것보다 훨씬 제멋대로고, 인내심이 없고, 음침하고, 정의감 따위 가지고 있지 않다는 것이다. 그렇기에 로만을 진심으로 미워했다면 악감정 정도는 생겼을 터. 그런데 10만 년 뒤에 재회하고 느낀 것은 기묘한 반가움뿐이었다. 나에게 로만은 고작 손이 많이 가는 동생 같은 존재였다는 뜻일 것이다.

뭐, 아무리 나라도 10만 년 전에 있던 어린애 수준의 경쟁 따위로 원한을 가질 만큼 속이 좁지는 않은가 보다. 아주 옛날에 다투던 사촌 동생에게 느끼는 감정은 이런 식일 것이다. 그리고 그것은 루미네도 마찬가지다. 지금은 더할 나위 없이 다루기 까다로운 성격이 되었지만, 저래 보여도 어린 시절에는 라일라보다 나를 따르던 시기도 있었을 정도다. 어느새 라일라에게 붙어서 나를 적대시하게 되었지만. 아무튼 나에게 두 사람은 손이 많이 가는 아이이며, 저런 쓰레기들의 장난감으로 줄 수 있을 정도는 아니다. 그보다 중요한 건 이 타이밍이다. 십중팔구 저것은 탑의 관계자에게 고용되었을 것이다. 아무래도 나를 진심으로 화나게 하고 싶은 모양인데, 좋다. 이것을 계획한 쓰레기에게는 상응하는 태도를 보여주마.

"여기서 제안할 게 있는데, 어떠려나?"

나는 두 사람을 향해 두 팔을 벌리고 씩 웃으며 말을 걸었다. 두 사람은 나의 모습을 힐끔 본 것만으로 얼굴을 굳히고 살짝 중심을 낮춰 싸울 자세를 취했다.

"뭡니까?"

여유로운 척하고 있지만, 던전 안에서 항상 나를 향하던 감정이 두 사람에게서 확연히 느껴졌다. 조금만 더 밀어붙이면 되려나. 나는 독자적인 보행술로 두 사람의 등 뒤로 이동하여 두 팔을 그들의 목에 감아 끌어당겼다. 그리고 마력을 주입하기 시작했다. 이러면 대체로 그 이지 던전의 마물들은 몸을 떨곤 했다. 인간에게 해도 비슷할 것이다.

"그렇게 떨지 마. 딱히 잡아먹지 않을 테니. 그냥 지금부터는 내 마음대로 할게. 물론 너희도 마음대로 하면 돼. 그러나 하나만 충고해둘게."

"충고?"

금발을 땋아 내린 여자가 연기하던 것을 멈추고 숨을 헐떡거리면서도 떨리는 목소리로 물었다.

"날 방해하지 마. 나를 화나게 하지 마. 나를 불쾌하게 하지 마. 만약 어긴다면——."

나는 거기서 일단 말을 멈췄다.

"어, 어긴다면?"

희미하게 떨리는 목소리로 라무네가 되물었다.

"없앤다. 너희가 조직이든, 개인이든 흔적도 남지 않도록 철저하게."

두 사람의 귀에 속삭였다. 두 사람의 시끄러울 만큼 부딪치는 잇소리가 배경음악처럼 들렸다.

"무서워하지 말라고 했잖아? 지금은 아무것도 안 해. 아, 그래. 지금은."

두 사람에게서 몸을 돌리고, 나는 로만과 루미네에게 달려갔다.

*　*　*

뒤에서 괴물이 없어지자, 제국 육기장 중 한 사람, 라무네라는 바닥에 무릎을 꿇고 크게 숨을 들이마셨다. 너무 긴장한 탓일 것이다. 몇 번이나 기침을 하던 끝에 바닥에 토사물을 쏟아냈다.

"뭐야…… 저거?"

마찬가지로 제국 육기장, 키루키가 바닥에 엉덩방아를 찧고 간신히 말했다. 지금 육기장은 전원이 황제 폐하에게 특수한 이름을 수여받았다. 그녀는 전장의 공주, 전희(戰姬)라 일컬어진다. 대인 전투에 있어서는 용사 파티의 팔라딘과도 비견될 정도라고 일컬어지는 여걸이다. 그런 그녀가 이런 굴욕적인 자세를 보인 것은 전희라는 이름을 받고 나서 처음일지도 모른다.

"포 씨의 말이 맞아. 저건 틀림없이 인간의 섭리에서 벗어난 괴물이야."

입가에 묻은 토사물을 소매로 닦으며 라무네라가 간신히 대답했다. 포 씨로부터 멀리서 보는 기술은 쓰지 말고, 직접 카이 하이네만에게 다가가 그 동향을 꾸준히 관찰하라는 명령을 받았다. 한 번 더 멀리서 지켜보다 들키기라도 했다면 어떻게 됐을지는 명확하다.

키루키는 휘청거리면서 일어나 가까운 나무에 기대더니, 이 임무의 근간에 대한 의견을 물었다.

"폐하의 명령은 저걸 육기장에 들어오도록 설득하라는 거였는데?"

"그런 설득이 가능할 것 같아?"

라무네라의 물음에 키루키는 눈을 감고 크게 고개를 저었다.

"불가능해. 적어도 나는 자신 없어. 그보다 그런 설득 무서워서 못 해."

한 번도 본 적 없을 만큼 진지한 얼굴로 딱 잘라 단언한다.

"동감이야."

그리트닝 제국의 천상 어전에서 사드의 머리를 부순 악질적인 장면을 통해 카이 하이네만의 위험성에 대해서는 충분히 이해했다고 생각했지만, 두 사람이 상상한 것은 어디까지나 그의 표면에 불과했던 모양이다. 지금이라면 확신하여 말할 수 있다. 그는 인간이 아니라 신이라 불러야 할 존재다. 인간이 하늘을 거스를 수 없는 것과 마찬가지로, 카이 하이네만은 결코 인간이 이길 수 있는 존재가 아니다. 만약 이길 가능성이 있다면 포씨 정도다. 사실 지금까지 진심으로 포 씨라면 이긴다고 생각했다. 아니, 지금도 포 씨의 승리를 믿고는 있다. 있지만, 아까 두 사람의 등 뒤에서 순식간에 부풀어오른 대기조차 일그러뜨리는 끝없는 마력을 떠올리기만 해도 도저히 확신할 수가 없어졌다.

"그럼 어떡할래? 계속 감시할 거야?"

"그래, 계속해야지. 물론 그를 불쾌하게 하지 않는 정도로."

이 점에서 그나마 두 사람에게 운이 있다면, 이제 황제 폐하에게 카이 하이네만과 적대할 마음은 전혀 없다는 것이다. 어디까지나 명령은 카이 하이네만의 기분이 상하지 않도록 감시하는 것이었다. 그렇다면 화나게 하지 마라, 불쾌하게 하지 마라, 라는 그의 충고에 따를 필요가 있다. 문제는 카이 하이네만이 어느 선에서 화를 내고 불쾌해할 것인가. 그것을 파악할 필요가 있다.

"나, 나는 이 이상 저 괴물과 행동을 함께하는 거 절대 싫어!"

본심인 듯, 키루키는 두 팔로 자신의 몸을 끌어안으며 절박한 얼굴로 외쳤다.

"폐하의 명령은 절대적이야. 지금 임무를 내팽개치고 돌아가면 우리는 포 씨에게 숙청돼. 남은 길은 저걸 계속 관찰하는 것뿐이야."

"너, 방금 설득할 자신이 없다고 말한 참이잖아!"

키루키가 크게 소리쳤다.

"그래. 현시점에 설득은 불가능해. 그래, 지금 단계에서는."

달래듯이 침착한 목소리로 대답한다. 해결책은 전혀 찾아내지 못했지만, 적어도 원만하게 카이 하이네만을 화나게 하지 않고 제국에 협력하도록 제안할 방법을 모색할 수밖에 없다. 즉, 수집할 정보는 카이 하이네만의 약점이 아니라 그에게 긍정적인 교섭 재료라는 뜻이다.

"만약 설득에 실패해서 그를 화나게 하면?"

"그와 제국은 교전 상태에 돌입하겠지. 그러면 승리의 열쇠는 포 씨가 쥐고 있어. 하지만……."

"포도 이기지 못할지도 몰라…… 만약 포보다 강하다고 판단될 경우, 어떻게 할 셈이야?"

"그야 당연하잖아. 꼬리를 말고 도망쳐야지."

포 씨가 이기지 못한다면 더는 방도가 없다. 제국은 어차피 멸망한다. 즉, 이 관찰에선 포 씨가 이길 수 있을지 파악하는 것도 중요하다.

지그닐 녀석, 잘도 도망쳤구나. 저런 괴물이 상대라면 얼른 빠지는 쪽이 훨씬 행복한 법이다.

"아, 제국에서 출세해서 전희라는 이름까지 받고, 이제야 지금까지 무시해온 녀석들에게 갚아주려고 했는데 결국 이런 겸말이라니……."

키루키는 크게 한숨을 내쉬고 고개를 들며 아랫입술을 강하게 깨물었다.

"아무튼 우리가 할 일은 그의 관찰이야. 알겠지?"

이번에 바벨이 라무네라와 키루키를 저 괴물과 같은 팀으로 짠 것은 우연이 아니다. 십중팔구 바벨의 상층부가 괴물의 힘에 대해 대체로 이해한다는 것이다. 이것은 말하자면, 저 괴물에게 손을·대면 제국도 무사히 끝나지는 않는다는 바벨의 견제 내지는 경고일 것이다. 적어도 이 팀 편성을 생각한 자는 제국이 저 최악의 괴물과 전쟁 상태에 돌입하는 것을 좋게 여기지 않는다. 이것은 바벨이 아직 완전히 저 괴물의 지배하에 들어가지 않았다는 증거다. 그렇다면 아마 이 도시에서 두 사람의 행동을 제한하지는 않을 것이다. 하려면 얼마든지 할 수 있다. 나머지는 두 사람의 배짱 문제다.

"그래, 나도 마음을 정했어."

키루키가 진지한 얼굴로 결의를 표명했다. 라무네라도 눈을 질끈 감고 뜻을 정한 뒤, 무거운 발걸음으로 그가 떠난 방향을 향해 움직이기 시작했다.

***

마침 바람막이에 버킷햇을 착용한 소년이 무수한 날개미로 둘러싸인 오른팔을 루미네에게 뻗고 있던 참이었다. 그리고,

"살……려……줘, 카이 오빠──!!"

절규하는 루미네. 카이, 오빠인가. 그러고 보니 옛날에는 나를 그렇게 불렀다. 그리운 호칭이다.

로만도 기절했을 뿐 무사한 모양이다. 녀석의 사디스틱한 성격 덕에 살았다. 일격에 죽이는 타입이었다면 늦었을지도 모른

다. 그나저나 이유가 뭘까. 이번에 나의 분노는 약간 방향성이 다르다. 그런 느낌이 든다. 그리고 극심하게 도무지 억누를 수가 없다. 뭐, 좋다. 이 녀석들은 나를 진심으로 화나게 했다. 그렇다면 할 일은 하나뿐이다.

허리에서 라이키리를 뽑아, 몰려 있는 무수한 날개미와 함께 오른손을 베어내고 칼집에 넣었다. 실컷 들어온 귀에 거슬리는 비명을 지르는 바람막이 소년을 힐끗 보고, 루미네를 안아 가까운 나무 밑으로 옮겼다.

"잠시 자고 있어."

그렇게 말을 걸자 루미네는 안도한 표정으로 눈을 감고 힘을 뺐다. 숨은 쉰다. 아마 정신을 잃었을 뿐이다.

"다, 당신은 누구죠?!"

절단된 오른 손목을 붙잡고 짜증스럽게 외치는 바람막이 소년.

"실컷 상대해주마. 그러니 조금 더 기다려."

강하게 지시를 내리고 로만에게 다가가 그를 안고 루미네 옆으로 걸어갔다.

"젠장! 개미들아, 저 녀석을 죽이세요!"

바람막이 소년이 주위에 떠도는 날개미들에게 나를 공격하게 했다. 그러나——.

"어, 어째서 제 지시를 듣지 않는 겁니까?!"

날개미들은 움직이지 않고 허공을 떠다닐 뿐. 주술적인 계약으로 통제하고 있겠지만, 어차피 대가로 움직이는 거겠지? 어떤 대가도 가장 강렬한 생존 본능에는 이기지 못해. 나는 주위를 빙 둘러보았다.

"상관없어. 눈감아주마. 원하는 장소로 가도 돼."

면죄부를 주자, 무수한 날개미들은 마치 새끼 거미처럼 뿔뿔이 흩어졌다.

"뭐? 기, 기다리세요! 너희들, 이리 돌아오라고요!"

시끄럽게 침을 튀기며 날개미들에게 외치는 바람막이를 입은 소년. 나는 작게 한숨을 쉬면서 기절한 로만을 루미네 옆에 눕혔다.

"빌어먹을 버러지들이!"

그가 호통을 치며 멀쩡한 왼손으로 가슴팍에서 작은 병 같은 것을 꺼냈다.

"자, 개미왕! 일어나세요!!"

입으로 그 뚜껑을 따고 크게 외친다. 작은 병에서 붉은 연기가 피어오르더니 이족보행을 하는 거대한 개미가 모습을 드러냈다. 검게 빛나는 갑각 갑옷에 커다란 나무 정도는 가뿐히 넘길 거구. 그리고 오른손에는 창 같은 것을 들고 있다.

"시끄럽다, 앤트라! 크게 말하지 않아도 다 들려!"

개미왕은 내키지 않는 듯 옆에 잠든 루미네와 로만을 바라보고, 이어서 나에게 시선을 고정한다.

"설마 저런 약해 보이는 하등종 꼬마에게 지고 이 나를 불러낸 건가?"

얕잡아 보여 코웃음을 치는 이족보행 개미, 개미왕.

"시, 시끄러워! 저 녀석 잘 모르겠는 힘을 쓴다고요!"

바람막이를 입은 소년, 앤트라가 엄청난 기세로 반론해댔다.

"잘 모르는 힘이라. 이런 하찮은 꼬마가? 도저히 못 믿겠는데, 뭐 좋아! 그보다 이 나를 불러냈으니 알고 있겠지?"

개미왕이 개미 얼굴로 능숙하게 미소를 지으며 앤트라를 바라보자, 그는 움찔하며 몸을 굳혔다.

"아, 압니다! 이번 의뢰인으로부터 당신을 사용하게 될 때를 위해 노예 2백 명을 제물로 바치기로 약속을 받았습니다! 그걸로 충분하겠죠!"

떨리는 목소리로 그렇게 대답한다.

"멍청이! 그런 질기고 맛없을 것 같은 인간만으로는 부족해! 인간 아이를 백 정도 추가해! 안 그러면 힘은 빌려주지 않겠어!"

"젠장! 어려운 부분만 찌르고! 알겠습니다! 흥정해서 반드시 얻어내겠습니다! 그러니 저 녀석을 죽이세요!"

절박한 목소리로 나를 가리키며 비명처럼 지시를 내렸다.

"계약 성립이다."

개미왕이 나를 돌아보고 창을 세워 바닥을 찧었다.

"꼬마, 운이 없구나. 하등생물 따위가 어중간한 힘을 지니니 이렇게 되는 거야."

나를 내려다보며 압박한다. 이 거대한 개미, 아까부터 거창한 말을 해대는데 전혀 강해 보이지 않는다. 그보다 아까 일제히 도망친 날개미들과 어디가 다르지? 본능으로 상대의 역량을 짐작했다는 점에서, 아까 도망친 날개미들이 전력으로서는 훨씬 나았다. 맥이 빠질 정도로 정말 시시한 자들. 평소라면 배후 관계를 알아내고 쓱싹 없애버렸을 것이다.

그러나 지금 이 녀석은 아이를 백 명 먹겠다는 식으로 발언했다. 그리고 방금 발언은 장난이나 농담이 아니라 진심이다. 아마 이들은 과거에도 비슷한 행위를 저질렀을 것이다. 그렇다면 이야기는 별개다. 이 녀석들에겐 최악의 지옥을 실컷 보여줘야겠지.

"허접할수록 괜히 짖는 법이지. 입을 움직이기 전에 먼저 행동으로 보여줘."

라이키리를 뽑아 오른손으로 칼자루를 쥐고 왼손으로 손짓했다.

"그래, 이 하등종 꼬마는 주제도 모르는 것 같군."

몹시 격노한 듯, 개미왕은 입을 오물오물 바쁘게 움직이며 창을 들고 나를 위협하였다.

"그 말, 그대로 너에게 돌려주마."

ㄱ보다 저 정도 힘으로 잘도 저렇게 거만해질 수 있구나.

"한마디도 지려고 들지 않는구나, 하등종 꼬마 주제에! 죽음으로 그 거만함을 후회하는 게 좋을 거다!"

개미왕이 창을 들어 나의 정수리를 노렸다.

나는 몹시 느리게 다가오는 창끝을 왼손으로 잡아 부서뜨렸다.

"?!"

경악하여 두 눈을 크게 뜬 녀석에게 가까이 파고들어 양팔을 절단했다.

"그아아아아악!"

"그러니까, 입을 움직이기 전에 도망치든가 해!"

나는 그렇게 화를 내고 양팔에서 녹색 피를 뿜으며 시끄럽게 절규하는 개미왕을 걷어찼다.

"크워어어어어어억!"

재미있는 소리를 내며 나무들을 쓰러뜨리면서 굴러가는 개미왕.

"벨제! 저 주제도 모르는 녀석을 데려와!"

"알겠습니당!"

머리에 왕관을 쓴 이족보행 하는 거대한 파리, 벨제바브가 나의 그림자에서 튀어나와 나무들 안쪽으로 모습을 감추더니 금세 개미왕의 머리를 거머쥐고 끌고 나왔다.

개미왕을 나의 앞에 놓고 정중하게 무릎을 꿇는 벨제바브. 벨제바브는 왠지 나의 그림자가 마음에 드는지 그곳에 둥지를 틀고 필요에 따라 밖으로 나오고 있다.

"음, 수고했어."

"감사한 말씀입니당."

조금 전까지 개미왕의 언행으로 폭발하기 직전인 듯하였으나, 지금은 묘하게 기분이 좋다. 분명 내가 일을 맡겼기 때문일 것이다. 벨제는 나에게 명령받는 것을 더할 나위 없이 좋아하니까.

"개미왕이…… 졌다고?"

정신을 잃은 개미왕을 멍하니 바라보는 앤트라를 곁눈질하며 개미왕의 얼굴을 걷어차 강제로 깨어나게 했다.

"너, 너는──?!"

개미왕은 눈앞에 있는 나를 보자마자 얼굴을 굳혔으나, 옆에서 무릎을 꿇은 벨제가 시야에 들어오자 크게 절규했다.

"이히이이익! 괴, 괴, 괴물!"

괴물답지 않은 말을 내뱉고 곧장 도망치려 하는 개미왕.

나는 큰 한숨을 내쉬고 지면을 박차 녀석의 앞까지 이동하여 그의 두 다리도 통째로 절단했다. 그리고 땅을 울리며 쓰러지는 개미왕의 얼굴을 짓밟았다.

"요, 용서해 주십시오!"

필사적인 얼굴로 애원하는 개미왕.

"물론 거절하겠어."

미소를 지으며 즉시 대답했다.

"끄히익!"

무언가가 찢어지는 듯한 절망적인 소리를 지르는 개미왕의 턱을 걷어차 분쇄하여 시끄러운 소리를 내지 못하게 했다. 이어서 나는 눈동자만 움직여 앤트라를 쳐다보았다.

"힉!"

그는 바닥에 털썩 주저앉아 실금하기 시작했다. 나는 라이키리를 흔들어 녹색 혈액을 털어내고, 그에게 걸어가 코끝에 라이키리의 칼끝을 댔다.

"너에게 의뢰한 건 누구지?"

위압적인 어조로 물었다.

"바벨 부학교장, 크라브 안슈타인입니다!"

딱딱 이를 부딪치며 앤트라가 새된 목소리로 대답했다.

역시 바벨이 관여했군. 루미네와 로만이 노려진 이상, 나도 이제 자중하지 않겠다. 바벨이 그럴 마음이라면 철저하게 해주마.

 "살아 있으면 기본적으로 무슨 짓을 해도 괜찮으니까 거기 바보 두 마리로부터 아는 정보를 모두 알아내. 그리고 저들을 꼬드긴 녀석에게 보내줘. 물론 네 방식 중에서, 생각할 수 있는 제일 끔찍한 방법으로."

 "알겠습니당♪"

 벨제바브가 오물오물 쪽쪽이를 문 입으로 소리를 내며 크게 고개를 끄덕인다.

 "…………."

 "크흐아아악━━━!!"

 핏기가 가신 얼굴로 떠는 앤트라와 턱이 부서져 알아들을 수 없는 소리를 지르는 개미왕.

 "그럼 실컷 좋은 악몽을 꾸도록."

 두 마리의 찢어질 듯한 절규 속에 벨제바브의 주위에서 검은색 안개가 나타나 앤트라와 개미왕을 운반했다.

 자, 이 두 사람을 이대로 놔둘 수는 없다. 동시에 이 습격에 바벨 상층부가 얽혀 있는 이상, 본부의 직원들에게 맡기는 것도 말도 안 된다. 서둘러 두 사람을 안전한 장소에 피난시켜야 한다. 물론 로만과 루미네는 실격되겠지만, 이제 그런 차원의 문제가 아니다. 사태가 목숨이 오가는 상황까지 발전하고 말았기 때문이다.

 이번에 바벨은 나에게 명확하게 싸움을 걸어왔다. 남은 건 적의 범위를 특정하는 것뿐이다. 아는 것은 바벨의 부학교장 크라브 안슈타인이라는 이름뿐. 아직 크라브라는 녀석의 단독 습격일 가능성도 버릴 수 없기 때문이다. 아무튼——.

"만약 나의 소중한 사람을 다치게 하면, 각오해둬."

어디의 누구든 이 세상에서 흔적도 남기지 않고 없애주겠다. 그런 결의를 다지며 두 사람을 든 나는 시험이 시작된 광장을 향해 달려갔다.

***

바벨의 최상층.

바벨탑의 최상층에 있는 학교장실에는 수십 명의 남녀와 한 마리의 하얀 영수가 투영 마법으로 눈앞에 나타난 악몽 같은 광경을 바라보고 있었다. 그리고 카이 하이네만의 그림자에서 왕관을 쓴 파리 괴물이 나타나자 영상이 뚝 끊겼다.

"이 이상은…… 못 하겠습니다…….."

투영 마법을 구사하던 클로에가 떨리는 목소리로 애원했다. 그리고 곧바로, 바닥에 엎어져 눈물을 흘리며 몇 번이나 거듭해서 토하고 말았다. 그녀는 통괄학교장 최측근이자 원격감시계 마법에 관해서는 세계에서 선두를 겨루는 실력자다. 평소 냉정한 그녀의 흐트러진 모습에 모두 아연실색하였다.

"그, 그러니까 말했잖나! 이 이상, **저것**과 얽히지 말라고!"

하얀 영수—— 코우마가 히스테릭하게 이성을 잃은 목소리로 외쳤다.

"클로에 님, 그가 사역하는 저 파리 괴물은 그렇게 위험한 생물이었습니까?"

가는 눈에 검은 로브를 입은 남자, 시그마 록웰이 지금도 눈물을 흘리는 클로에의 등을 쓸어주며 당혹스러운 듯 모두가 궁금해하는 것을 질문했다.

"너, 너희들, 저것을 보고도 모른단 말이냐?"

잠시 코우마가 믿을 수 없는 생물이라도 보는 듯한 눈으로 시그마를 응시하였으나, 곧 머리를 싸맸다.

"끝장났어…… 끝장났어…… 우리는 이제 끝장났어."

시선을 이리저리 돌리며 완전히 이성을 잃은 코우마.

"걱정하지 말아요, 코우마. 만약 그가 우리의 이런 행위를 알아차린다고 해도, 그는 그 정도 일로 이쪽에 적의를 드러내지 않을 겁니다. 그렇죠, 랄프?"

이네아 학교장은 그런 코우마를 곁눈질하며, 옆에 선 빨간색 로브를 두른 작지만 근육질인 남자, 랄프 엑셀에게 물었다.

"네, 어디까지나 당신이 암약한 결과, 수험생 중에 희생자가 나오지 않는다는 조건이 붙어 있지만요."

랄프가 무뚝뚝한 얼굴로 퉁명하게 대답하자, 이 자리에 있는 일동이 침을 삼켰다.

랄프에게 이네아 학교장은 과거의 스승이자 키워준 부모나 마찬가지다. 따라서 보통은 이처럼 무례하기 짝이 없는 태도를 취하는 일이 없다. 그만큼 지금 랄프가 맹렬하게 분노하였다는 것이 확실했다.

"순수한 궁금증입니다만, 만약 수험생 중에 희생자가 나오면 어떻게 됩니까?"

통괄 학교장파의 푸른 머리 청년이 턱에 손을 대고 랄프에게 흥미롭다는 듯 물었다.

"파멸하겠지. 카이는 확실히 우리 인간의 규칙에 따라 살고 있어. 그러나 그건 어디까지나 상대가 불법을 저지르기 전까지의 이야기야. 일단 인간의 길에서 벗어난 악당은 카이의 뜻에 따라 산산이 부서져. 저 불쌍한 남자처럼."

랄프가 말했다.

"싫어! 어리석은 인간들이 멋대로 꾸민 짓이야! 나는 상관없어!"

침을 튀기며 떠들어대는 코우마. 그녀의 필사적인 모습에 얼굴을 마주 보는 일동.

"저에게는 그가 그저 평범한 소년으로밖에 보이지 않습니다. 확실히 저 파리 괴물은 강해 보입니다만, 우리 바벨과 견줄 수 있을 것으로도 보이지 않고요."

푸른 머리 청년의 당황한 말투는 이 자리의 의견 대다수를 대변하고 있었다.

"둔감한 인간은 아무것도 몰라서 속 편하겠네……."

그제야 진정된 조사부장 클로에가 입 주위에 묻은 타액을 닦으며 말했다.

"클로에 님, 그것이 무슨 뜻입니까?"

화를 꾹 참으며 되묻는 푸른 머리 청년을 향해 클로에는 몸을 일으켰다.

"견준다고요?! 저것과 우리가?! 안 돼! 안 돼! 절대 불가능해! 저건 괴물, 아니, 더 커다란 무언가야! 넌 하늘에 뜬 태양이나 별과 싸워서 이길 수 있어? 저것과 싸운다는 건 그런 거야!"

클로에는 충혈된 눈으로 날카롭게 외치더니, 악귀 같은 형상으로 이네아 통괄학교장을 노려보았다.

"이네아 님, 저는 당신을 존경합니다. 아니, 하였습니다! 하지만 당신의 이 행위는 그냥 어리석은 짓이에요. 파멸로 가는 길이라고요! 당신의 진의를 알려 주십시오. 안 그러면 저는 이제 당신을 따라갈 수 없습니다."

조건을 붙였지만 절연을 암시하는 말이었다. 최측근의 이탈 선언에 모두 사태를 받아들이지 못하고 있는 가운데,

"괜찮다. 걱정은 필요 없다. 저는 그렇게 말했을 텐데요."

역시 이네아 학교장은 미소를 짓고 평소처럼 냉정하게 말할 뿐이었다.

"제가 이 자리에 있더라도 소용없습니다. 제 존재로 용서받을 수 있는 일은, 아까 엿본 것 정도겠죠. 저희가 학교의 규칙을 명확하게 어긴다면 카이는 전혀 망설이지 않고 이 세상에서 우리를 제거할 겁니다."

랄프가 단단히 주의를 주었다.

"이미 이야기가 되어 있습니다. 그렇죠? 기리메칼라 님?"

이네아 학교장이 자리에서 일어나 자세를 바르게 하고, 창가 부근으로 시선을 고정하며 말을 걸었다.

그러자 코가 긴 괴물이 나타났다. 온몸에서 나오는 농후한 검은 오라에 대기가 파르르 떨리고 벽에 균열이 생겼다.

그리고 괴물의 새빨간 세 번째 눈이 실내를 스르륵 둘러본 순간, 이네아 이외의 전원이 바닥에 엎드렸다. 동시에 차례로 나타나는 이형의 존재 셋. 그들 중 누구는 공중에 떠 있고, 누구는 천장에 서고, 또 누구는 거만하게 학교장의 책상 위에 앉아 있었다.

그야말로 도박판 같은 긴장 속에 코가 긴 괴물이 두 팔을 벌렸다.

"우리는 갈망한다! 우리 위대한 분의 바람인 평온한 미래의 실현을!

우리는 갈망한다! 우리 위대한 분을 향한 도시 민초의 강하고 순진한 신앙을!

우리는 갈망한다! 우리 위대한 분을 불쾌하게 하는 어리석은 자들의 완전한 제거를!

칭송하라! 우리가 숭배하는 주를!

칭송하라! 우리 지상의 아버지를!

칭송하라! 우리의 절대적인 신을!"

대기를 흔드는 커다란 외침.

누구도 고개를 드는 것조차 하지 못했다. 모두 이 괴물들이 어떤 존재인가 본능으로 이해한 듯하다. 그저 이가 딱딱 부딪치는 소리만이 기괴하게 울렸다.

"여기까지 와주셔서 진심으로 감사드립니다."

이네아 학교장도 무릎을 꿇고 정중하게 머리를 숙였다.

"진행 정도는?"

"시험에 몰래 넣어둔 제국의 육기장을 포함하여 실기 시험의 모든 조정을 마쳤습니다."

"뒤처리는 맡기겠다."

코가 긴 괴물이 만족스럽게 고개를 끄덕이고, 연기처럼 그 모습을 없앴다. 다른 세 명의 이형들도 어느새 흔적도 없이 사라져 있었다.

평온을 되찾은 실내.

──죽은 사람처럼 창백한 얼굴로 웅크린 채 떠는 사람.

──무의식중에 참고 있던 호흡을 하려고 하였지만, 제대로 되지 않아 기어 다니며 몇 번이나 기침하는 사람.

──충혈된 눈으로 손톱을 피가 날 정도로 딱딱 깨물며 염불처럼 중얼중얼 혼잣말을 하는 가는 눈에 검은 로브의 남자, 시그마 록웰.

──입에서 거품을 내뿜고 기절한 영수 코우마.

"이네아 님, 당신이 걱정하지 않아도 된다고 판단한 이유는 이것입니까?"

각자 다양한 반응을 보이는 가운데, 랄프가 왠지 지친 듯 물었다.

"네, 그들이 만든 시나리오에서 벗어나지 않는 한, 이 건으로 카이 하이네만과 우리가 반목할 일은 없습니다. 물론 이 이상 파고드는 것은 전혀 이득이 없죠. 여기까지만 해야 할 겁니다."

이네아가 살짝 고개를 끄덕이며 단언했다.

"그게…… 무난하겠죠."

가까운 의자에 앉은 랄프가 크게 숨을 내뱉고 그렇게 대답했다.

"앞으로 저희는 깊이 생각하지 말고 카이 하이네만을 전폭적으로 서포트하면 됩니다. 자, 슬슬 사태가 움직일 시기군요. 광장으로 갑시다."

그녀는 환하게 웃으며 손뼉을 쳐 모두를 재촉한다. 마치 소풍이라도 가는 듯한 이네아 학교장의 명랑한 태도에 클로에는 볼을 움찔거렸다.

"이네아 님, 당신 제정신이 아니군요."

그것은 이 자리의 모두가 절실히 느낀 생각이었다.

***

바벨 북부 화려한 죽음의 도시 에어리어 2는 습한 초원 지대다. 그 질퍽거리는 땅에 깔린, 장소에 맞지 않는 휘황찬란한 양탄자 위에 기묘한 형태의 나비넥타이를 한 민머리 남자, 테루테루 대좌가 누워 있다.

"뭐? 장기 말의 반응이 사라졌어?"

테루테루 대좌가 벌떡 몸을 일으키며 놀란 소리를 냈다.

루미네라는 특이점 원숭이의 제거가 문제없이 실행되었는지 확인하기 위해 앤트라라는 인간에게 '눈'을 달아 항상 감시하고 있었다. 그 링크가 마침 앤트라가 무수한 날개미를 휘감은 손으로 루미네를 건드리려는 순간 뚝 끊기고 말았다.

"술법이 불완전했다……는 건 아니겠지…….

이것이 처음이었다면, 분명 테루테루 대좌의 술법이 불완전했다고 생각했을 것이다. 그러나 이 현상은 얼마 전 마다라에게서도 나타났다. 우연이 이렇게 겹칠 리가 없다. 이것은 필연이자 무언가가 관여했다는 증거다.

애초에 술법을 깨려면 그 이상의 기술과 능력이 필요하다. 그리고 이번 감시계 술법을 발동한 사람은 테루테루다. 천군 대좌란 말이다. 이 술법을 이렇게 쉽게 무효화한 시점에서 테루테루 대좌와 동격 이상의 존재가 관여한 것이 확실해졌다. 그런 존재는 이 세상에서도 한정되어 있다. 즉──.

"타나토스 님과 대립하는 천군의 세력인가…… 아니면 악군인가…….

적어도 뒤에서는 꽤 거물이 움직이고 있는 것이 분명하다. 선불리 알아보다 괜히 벌집을 쑤신 꼴이 되면 안 된다. 이런 식의 첩보 활동을 길게 이어가는 비결은 보신을 우선하는 것이다. 벅찰 듯하면 얼른 상사에게 알리고 그 책임을 떠넘겨야 한다.

"타나토스 님에게 알리고 지시를 받기로 할까요…….

그렇게 지팡이를 오른손으로 빙글빙글 돌리며 멍하니 중얼거렸을 때였다.

"커헉?!"

갑자기 자신의 양손이 테루테루의 의사와 달리 지팡이를 내던지고 그 목을 거머쥐었다.

"그흡!"

필사적으로 도망치려고 하였지만, 자신의 손톱이 목의 피부로 파고들며 목뼈가 뚝뚝 뒤틀리는 소리를 냈다.

테루테루 대좌는 온몸이 조각날 듯한 격통에 비명조차 지르지 못하고 그저 엄청난 공포에 휩싸였다.

의식마저 몽롱해지던 그때였다.

"크악! 큭, 콜록."

자신의 양손이 제어를 되찾아 바닥으로 쓰러지며 폐로 공기가 들어왔다. 그런 상황에서,

'안녕, 애송이~, 이 몸이 누구인지 알까?'

머릿속에 울리는 노인의 쉰 목소리. 그 고막을 흔드는 목소리의 주인을 뇌가 인식했다.

"타, 타르타로스 님————!"

테루테루는 얼른 바닥에 웅크려 이마를 땅에 댔다.

잊을 리가 없다. 테루테루의 주신, 타르타로스. 죽음조차 지배하는 천군의 최고 전력, 육천신 중 하나이자 숨을 쉬듯이 부하의 목숨을 빼앗는 천군 중에서도 가장 무서운 존재라 일컬어지는 대신이다. 만약 한 번이라도 이 대신의 마음에 거슬리면 타나토스 님이라도 무사히 넘어가지 못한다. 하물며 테루테루 같은 하찮은 존재는 순식간에 다진 고기가 될 것이다.

'그렇게 떨지 마. 너에게 나쁜 이야기는 아니니까.'

"다, 당치도 않습니다!"

'이번 특이점 말인데 절대 죽이지 마.'

"특이점을…… 죽이면 안 되는 것입니까?"

'그래. 원숭이 여자애 하나라도 일단 천군의 보호 대상이니까. 지켜줘야지. 그렇지?'

"네!"

물론 본심일 리가 없다. 타르타로스 님은 자비나 자애와는 가장 거리가 먼 대신이다. 무언가 좋지 않은 일을 꾸미는 것이 분명하다. 적어도 그런 헛소리는 믿을 가치도 없다.

'그 특이점을 산 채로 부왕이라는 벌레 앞으로 데려가. 만약 달성하면 너를 중위로 만들어줄게.'

"노, 농담도."

귀를 의심할 말에 무심코 상기된 목소리가 나왔다. 당연하다. 중위, 그것은 상사인 타나토스 님과 동격이니까.

'진짜야. 이번 임무에 무사히 성공하면, 타나토스를 버리고 너를 파벌 이인자로 만들어줄게. 그러기 위한 힘도 주고.'

"어헉?!"

그 말을 내뱉자마자, 자신의 오른손이 가슴을 깊이 찌르며 작열하는 봉을 척추에 꽂는 듯한 격통이 흘렀다.

시야가 새빨갛게 물들고 몸의 중심에서 발생하는 열기로 자신의 육체가 용해되는 듯한 착각에 빠지는 가운데, 테루테루의 의식은 뚝 끊겼다.

잠시 뒤 테루테루는 의식을 되찾았다. 눈을 뜬 테루테루는 전혀 다른 생물로 변질되어 있었다.

"이게 나라고?"

자꾸만 목소리가 떨렸다. 그럴 만도 하다. 이 한없이 샘솟는 막대한 힘, 그것은 아득히 먼 존재였던 타나토스 님에게도 필적하는 규모였기 때문이다.

"설마 내가 정말 중위가?"

'아아, 그렇고말고. 시키는 대로 임무를 잘 마치면 새로운 힘을 주마.'

머릿속에 노인의 목소리가 울렸다.

"저, 정말입니까!"

환희에 가득 차 외쳤다.

'그래, 너는 장래성이 있을 듯하니까.'

"가, 감사합니다!"

눈물을 흘리며 무릎을 꿇고 머리를 숙였다. 타르타로스 님이라면 테루테루를 눌러 죽이는 것도 충분히 가능하다. 이제 와서 테루테루에게 타르타로스 님이 거짓을 말할 이유가 없다. 애초에 의심할 여지가 없다. 무엇보다──,

'이제 저 지긋지긋한 레테나 타나토스의 눈을 신경 쓰지 않고 마음대로 할 수 있어!'

솔직히 레테와 타나토스는 예전부터 눈엣가시였다.

천군이란 정의의 집행자다. 천군에는 그 위광을 각 세계의 원주민에게 보여주어야 할 사명이 있다. 원주민은 어리석고 이해력이 부족한 생물이다. 그냥 돕기만 해서는 정의의 감사함을 실감하지 못한다. 일단 철저하게 악에 유린당할 필요가 있다. 그런 쓸 만한 악은 좀처럼 없기는 하다. 따라서 그 악을 천이 맡아야 한다. 그것을 몇 번이나 레테와 타나토스에게 설명했지만, 둘 다 전혀 듣지 않고 "정의의 일선은 넘어서는 안 된다"라는 말만 내세웠다.

'그래! 그런 무른 녀석들보다도 내가 더 잘할 수 있어!'

정해졌으면 하고 싶은 대로 할 뿐이다. 지금까지는 레테와 타나토스 앞에서 다소 자중하였으나, 이제 그럴 필요가 없다.

"그 장기 말을 써먹을 수 있으려나."

테루테루는 정의의 집행관이라고는 생각할 수 없는 악랄한 표정으로 그렇게 중얼거렸다.

***

바벨 북부 화려한 죽음의 도시 에어리어 1.

바벨은 학원도시로 이루어져 있으나, 그 실정은 학교라기보다 거대한 직업 훈련소에 가깝다. 그리고 이 바벨을 졸업하면 높은 프리미엄이 붙는다. 특히 바벨 중추인 탑의 졸업생이 되면, 그 장래는 그야말로 약속된 것이나 마찬가지다. 그리고 바벨도 힘 있는 자는 오는 것을 거부하지 않는다는 방침을 취하고 있다. 무엇을 말하고 싶은가 하면, 이 시험은 이미 성인이 된 지 한참 지난 뒷세계 주민이 시험을 보는 것 자체에는 제한이 없다는 뜻이다.

나무들 사이로 오른손에 활처럼 굽은 장검을 든 온몸에 상처 투성이인 거한이 슬그머니 모습을 드러내더니, 왼손에 든 커다란 물체를 소년과 소녀 앞에 던졌다. 그 던져진 것이 같은 팀원인 다소 통통한 소년의 시신임이 확인되었다.

"히익―――?!"

소녀가 기겁하여 비명을 질렀다.

"으아아아아아악!"

온몸이 상처투성이인 거한을 향해 금발 소년이 비명을 지르며 활을 쏘았다. 화살이 대머리 거한의 머리에 닿았으나, 금속이 튕기는 소리와 함께 상처 하나 내지 못하고 바닥으로 떨어졌다.

"이젠 싫어!"

아마 될 대로 되라는 심정일 것이다. 지금도 마구잡이로 화살을 쏘는 소년의 옆에서 검을 들고 있던 소녀가 상처투성이 거한을 베어냈지만, 역시 강인한 피부에 튕겨 나갔다. 그리고 마치 성가신 벌레라도 털어내는 듯이 휘두른 왼팔에 의해 소녀는 나무에 부딪혀 꿈쩍도 하지 않게 되었다.

목이 부러진 소녀를 보며, 거한이 입을 열었다.

"죽어버렸나…… 이러니까 꼬마는 연약해서 곤란해."

"이히익!"

다리에 힘이 풀린 모양인지 바닥에 엉덩방아를 찧고 비명을 지르는 소년. 거한이 소년을 향해 한 걸음 내디딘다.

"걱정하지 마. 사이 좋게 황천길로 보내줄 테니 외롭지 않을 거다."

그는 울부짖는 소년의 목을 곡도로 베어내고, 목이 없는 몸의 주머니에서 배지를 집어 손가락으로 튕겼다.

"처음에는 꼬마들을 유인하기만 하는 따분한 의뢰라고 생각했는데 진짜 벌이가 짭짤한데."

헌터 길드가 지정한 B랭크 범죄자, 대머리에 거구인 남자──키뉴도는 배지를 바라보며 흐뭇하게 웃었다.

특히 이번 의뢰는 바벨 상층부가 한 것이다. 아무리 죽여도 실격이 되지 않고, 시험이 끝난 뒤에 획득한 점수가 보수로 지불된다. 또한 특정 꼬마들을 정해진 위치까지 데려가라는 의뢰를 완수하면 키뉴도에게 막대한 의뢰비가 지급된다.

당초 예정과 달리 카이 하이네만이라는 무능과 다른 팀이 되었을 때는 의뢰주인 바벨 상층부에 살의마저 느꼈으나, 지금은 오히려 감사하고 있다. 무엇보다 이 일을 맡은 조건이기도 했던 아무리 죽여도 실격되지 않는다는 규칙만은 지켜진 모양이니 아무 문제 없이 의뢰를 수행할 수 있다.

"그럼 슬슬 타깃도 찾아서 의뢰를 완수해두고 싶은데."

의기양양하게 숲속을 나아가려고 할 때였다.

"응?"

갑자기 상공에서 날아든 세 개의 화염 창. 그 하나를 상반신을 비틀어 피하고, 오른손에 든 곡도로 다른 하나를 반으로 갈랐다. 또 마지막 하나를 왼손으로 붙잡아 던졌다. 화염 창이 무성한 가지 사이로 사라진 뒤, 무언가가 바닥으로 툭 떨어지는 기척이 느껴졌다.

"잔챙이 주제에!"

아무래도 학교 측에서는 다른 동업자가 고용되었는지, 이렇게 조우할 때마다 공격을 받고 있다. 의뢰 내용이 충돌할 때에는 힘으로 해결한다. 이것이 키뉴도처럼 어둠 속에서 사는 자들의 방식이다. 이것도 당연한 결과겠지만.

'게다가 하나 더 있나.'

숲 깊은 곳에서 감도는 위압감으로 가득한 위험한 냄새. 아무래도 상대는 숨길 마음이 전혀 없는 모양이다.

"이리 나와!"

키뉴도의 목소리에 숲의 어둠 속에서 긴 검은 머리에 가벼운 옷차림의 남성 검사가 나타났다.

"흐음. 넌 조금 하는 모양이네."

"…………."

검은 머리 검사도 그 말에 입꼬리를 올려 대답하고 장검을 들었다. 그리고 두 사람은 격돌했다.

키뉴도와 검은 머리 검사의 실력은 완전히 팽팽했다. 수십 번 검을 맞댄 끝에, 키뉴도의 왼쪽 정강이에 날카로운 고통이 달렸다. 정강이를 한 마리 화염 뱀이 물어뜯고 있었다. 곧이어 시야가 일그러지며 바닥에 한쪽 무릎이 닿았다.

"뇌까지 근육으로 찬 고릴라, 그건 오거조차 움직일 수 없게 하는 마비독이야. 내가 이겼어."

높은 나무의 가지에 기대며 녹색 로브를 입은 남자가 의기양양하게 외쳤다. 마비독인가. 키뉴도는 소지한 기프트 덕에 이런 독 계열에는 내성이 있다. 그러나 해독할 때까지 몇 분은 걸리므로, 그동안 행동이 눈에 띄게 제한될 것이다. 약한 상대라면 몰라도 눈앞의 검사는 그것을 용납할 만큼 좋은 사람은 아니다.

"이 자식……."

검은 머리 검사는, 휘청거리면서도 일어난 키뉴도와 녹색 로브 남자를 잠시 교대로 바라보았다.

"너희들, 나와 손을 잡지 않겠나?"

그건 정말 뜻밖의 제안이었다.

"뭐? 손을 잡아?"

그런 짓을 하면 의뢰비는 삼 등분 해야 한다. 무능한 꼬마와 도련님 꼬마를 정해진 위치까지 데려가는 지극히 간단한 의뢰. 손을 잡을 이유가 없다.

"신성무도회 4강 진출자인 솜니 바렐이 있기 때문인가?"

녹색 로브 남자가 공중에 화염 창을 띄우며 물었다.

"그가 이겨서 올라온 것은 부모의 위광 덕이야. 본인은 깨닫지 못했지만. 우리가 손을 잡을 이유는 못 돼."

눈을 가늘게 뜨며 긴 검은 머리 검사가 고개를 가로젓고 그것을 부정했다.

"이봐, 설마 무능한 꼬마 하나 때문에 손을 잡자는 말인가?"

타깃 중 하나인 카이 하이네만은 '이 세상 제일의 무능'이라는 불쌍한 기프트 홀더다. 강할 리가 없다.

"그래. 녀석은 신성무도회에서 잭 파우어와 호각으로 겨루는 모습을 보였다고 해."

"아, 그 거짓 정보인가. 애초에 말이 안 되잖아."

잭의 강함은 뒷세계에서도 유명하다. 심심풀이로 A급으로 지정된 마피아 패밀리를 괴멸시키고, 대량 발생한 고블린 장군이 이끄는 군세를 몰살하는 등 몇 가지 전설을 남긴 남자다. 최약의 기프트를 지닌 자가 호각으로 겨룰 수 있을 리가 없다.

"거짓이 아니라 진실이야. 그건 틀림없다고 해."

검은 머리 검사가 단언했다.

"흥! 그건 나도 들은 적 있어. 매직 아이템을 쓰는 부정을 저질러 결승 토너먼트에 진출했다고. 그걸로 잭이라는 녀석에게도 이긴 거 아냐?"

"바보냐, 너. 매직 아이템을 아무리 장비한다고 해도 잭과 정면으로 싸울 수 있을 리가 없잖아!"

힐난하듯이 외치는 키뉴도.

"그 잭이란 사람이 그렇게 강해?"

녹색 로브 남자도 지금까지 무시하던 태도와 달리 진지한 얼굴로 검은 머리 검사에게 물었다.

"그래, 강해. 한 번이라도 녀석의 투쟁을 보면 너라면 바로 이해할 거야. 잭은 그런 어설픈 남자가 아니야. 맹세해도 돼. 매직 아이템을 장비한 정도로 잭과 호각으로 싸울 순 없어."

검은 머리 남자가 크게 고개를 끄덕이고 긍정했다.

"그렇다면 잭이라는 자에게 이긴 카이 하이네만 역시……."

녹색 로브 남자도 거짓이 아니라고 판단한 모양이다. 조용히 구현해둔 화염 창을 없애고 생각에 잠겼다.

"한마디로 너는 이 의뢰의 난이도가 우리의 상상 이상으로 높다. 그렇게 말하는 건가?"

"그거야. 적어도 이번 의뢰주인 크라브 안슈타인이 예상했던 것보다 훨씬. 그리고 아마 크라브와 대립 관계인 바벨 학교장파도 그렇게 생각하겠지."

의뢰주와 대립 관계에 있는 바벨 상층부라. 그제야 키뉴도도 검은 머리 검사가 하려는 말이 이해되었다.

"내가 이번에 카이 하이네만의 팀에서 빠진 건 학교장파의 의향이란 말인가?"

검은 머리 검사가 입꼬리를 씩 올렸다.

"너희 두 사람은 카이 하이네만과 같은 팀으로 짜겠다. 그렇게 들었겠지?"

시선을 받은 녹색 로브 남자는 감정을 지우고 턱을 살짝 내리며 대답했다.

"맞아."

"나의 감이 맞다면 지금 카이 하이네만과 팀이 된 두 사람은 통괄 학교장이 선정한 자들일 거야."

앞뒤가 맞는다. 아니, 이렇게 잘 들어맞아도 되나 싶을 만큼 맞아떨어진다. 그리고 카이 하이네만이 바벨조차 경계할 만한 강자라면 단독으로 임하는 것은 너무나 위험하다.

"동맹을 맺을 때 조건이 있어."

녹색 로브 남자가 무언가 말하려고 했다.

"알아. 루미네 헤르너 건이지? 크라브가 보낸 자객이 반드시 성공할 거라고는 장담할 수 없으니까."

검은 머리 검사가 녹색 로브 남자에게 그렇게 확인했다. 그 직후── 녹색 로브 남자의 이마에 눈동자가 나타났다.

"어떻게 우리 사정을 알고 있지?"

녹색 로브 남자가 검은 머리 검사를 노려보며 오싹한 목소리로 따진다.

"큭──?!"

그야말로 나약한 새끼 사슴에서 용맹한 맹호로 변모한 것처럼 압도적인 기세다. 키뉴도는 크게 뒤로 물러나며 곡도를 들었다.

"나도 비슷한 명령을 받았으니까. 뭐, 너와 달리 내가 명령받은 것은 카이 하이네만과 솜니라는 꼬마의 제거지만. 아무래도 우리 주인은 조국의 바보 왕자에게 은혜를 입혀서 그를 통해 이번 게임에 개입하려는 것 같아."

이해가 되었는지 녹색 로브 남자가 몇 번이나 고개를 끄덕였다.

"상황이 이해가 되었으면 내가 제안할게. 루미네 헤르너가 언니처럼 따르는 라일라 헤르너가 이 시험을 치르고 있어. 이 여자, 카이 하이네만과 동향 출신으로 전 약혼녀라고 해. 심지어 솜니 바렐과 같은 팀이야. 이 여자를 이용해서 카이 하이네만과 루미네 헤르너를 유인하면 그야말로 일석이조라고 생각하지 않나?"

검은 머리 검사의 물음에 녹색 로브 남자가 질린 표정을 지었다.

"너, 정말 성격이 나쁘구나."

솔직한 감상을 토로한다.

"그래서 나의 제안을 받아들이겠나?"

"받아들이지. 그게 임무를 수행하기에 가장 좋은 방법 같으니까."

검은 머리 검사가 지금도 경계하고 있는 키뉴도에게 시선을 옮겼다.

"너도 협력해줄래? 물론 크라브가 제시한 보수는 네가 모두 받아도 상관없어."

"그거── 정말인가?"

뜻밖의 제안에 키뉴도는 무심코 들뜬 목소리를 내고 말았다. 그것도 그렇다. 검은 머리 검사의 실력은 아까 칼을 맞대며 검증되었다. 이 녹색 로브 남자도 정체를 알 수 없는 무서움이 있으므로 상당한 강자임은 느낌으로도 알 수 있다. 이 두 명의 강자와 협력하면 이번 의뢰의 성공률은 폭발적으로 상승할 것이다.

"그래, 내 목적은 돈이 아니니까. 너도 동의하지?"

"나도 괜찮아."

녹색 로브 남자도 단적으로 대답하고 이마에 오른손을 댔다. 스르륵 사라지는 세 번째 눈. 그리고 녹색 로브 남자는 나무 사이로 들어가 더 깊은 곳으로 모습을 감췄다.

"나도 너의 제안, 받아들이마."

키뉴도도 고개를 끄덕였다.

이 업계에서 오래 사는 비결은 결코 의뢰에 대해 낙관하지 않는 것이다. 카이 하이네만은 잭과 호각으로 싸운 강자. 그렇다면 이 두 사람의 협력은 필수라고 할 수 있다.

마비가 풀리고 키뉴도가 숲 안쪽으로 모습을 감추자, 검은 머리 검사는 퍽 불쾌한 듯 얼굴을 일그러뜨렸다.

'단세포들을 상대하기란 의외로 피곤하군요.'

신경질적으로 작게 중얼거리고 오른손 손가락을 딱 튕기자, 그 발밑부터 검은색 화염이 주변 일대를 향해 동심원 형태로 퍼졌다. 칠흑의 화염이 세 명의 수험생들 몸을 순식간에 재로 바꾸고, 검은 머리 남자의 형태를 멋들어진 수염을 기른 백발 노신사로 바꾸었다. 그리고 지면에는 아까 키뉴도에 의해 살해당했을 터인 학생들이 혈색 좋은 얼굴로 누워 있었다.

'놀아나는 것조차 알아차리지 못하는 마리오네트 따위가 아무리 몰려가더라도 그분께 상처 하나 낼 수 없을 텐데.'

백발 노신사가 양손을 짝 마주치자 세 개의 검은 화염 덩어리가 출현하여 인간의 형태를 취했다.

'그 아이들을 광장 부근까지 옮기세요.'

검은 화염으로 만들어진 세 개의 인간 형태의 무언가는 각자 작게 고개를 끄덕이고 학생들을 안아 광장 방향으로 엄청난 속도로 달려가 버렸다.

'계획에 불필요한 쓰레기는 대충 정리되었으니 슬슬 마무리할까요.'

백발 노신사는 황홀한 표정으로 두 손을 모으며, 뜨겁게 맹세했다.

'아아, 위대하며 숭상받으실 나의 주여! 제 절대적인 충성에 맹세코 반드시 당신의 도움이 되겠습니다!'

그 열의가 담긴 얼굴은 토벌 도감의 주민들 같은, 아니 그 이상인 그야말로 광신자 그 자체였다.

***

세 명의 여성 수험생과 합류한 뒤에도 솜니 팀의 언데드 퇴치는 무서울 만큼 순조롭게 진행되었다. 솜니의 실력에 비해 언데드가 너무 약하다. 당초 조우한 인간형 좀비는 그나마 강한 편이었다. 움직이는 백골 스켈레톤은 행동이 느려서 검으로 쉽게 분쇄할 수 있었다. 떠다니는 화염 구슬인 괴화(怪火) 따위는 무기는 물론이고 아마 수험생의 주먹이나 발차기로도 처치할 수 있을 것이다.

'뭐, 이런 거겠지.'

이것은 어디까지나 바벨의 입학시험에 불과하다. 전 세계의 무술가들이 모인 신성무도회나 왕국 기사학교의 내부 시합이 아니다. 최고의 난관이라 소문난 바벨의 입학시험이라 긴장하였으나, 기껏해야 학생의 놀이다. 대단할 것 없다. 이 정도라면 눈을 감고서도 승리를 쟁취할 수 있다. 솜니는 그렇게 생각하며 언데드 중에서는 비교적 강한 좀비의 머리를 단번에 베어냈다.

"솜니 님, 정말 멋있어요!"

"그 거침없는 검술, 근사해요!"

"나중에 사인해주세요!"

소녀들이 볼을 붉히며 솜니에게 다가가 실컷 들어온 칭찬을 늘어놓았다.

"그래, 물론 해줘야지."

하얀 이를 드러내며 미소를 짓자, 세 사람이 일제히 환호했다. 이거다. 이것이 일반적인 반응이다. 역시 라일라 같은 태도가 예외다.

왠지 그러한 안도감을 느꼈을 때였다.

"당신, 오른손에 든 거 내놔요!"

라일라가 짧은 빨간 머리 소녀에게 다가가 뒤로 돌려져 있던 그녀의 오른손을 잡아 비틀었다.

"아야! 무슨 짓이야!"

짧은 빨간 머리 소녀의 오른손에서 떨어지는 금색 배지. 라일라는 그것을 솜니의 발밑까지 찼고, 솜니가 주워들었다.

"이건 내 배지야."

이 배지를 왜 그녀가 들고 있지?

"아, 아니야! 그냥 솜니 님이 아까 떨어뜨린 걸 보고 주웠을 뿐이야!"

그녀는 라일라를 뿌리치고 솜니에게 매달려 울먹이며 떨리는 목소리로 호소한다.

"아니, 하지만……."

솜니는 혼란스러워 어떻게 말을 해야 할지 몰랐다.

"솜니 씨. 평범한 여자가 달인급인 솜니 씨에게서 들키지 않고 훔칠 수 있을 리가 없잖아요. 그녀의 말대로 주웠겠죠."

에그가 얼른 빨간 머리 소녀를 감싸는 발언을 했다. 확실히 냉정하게 생각하면 에그의 말에도 일리가 있다. 그녀는 어떻게 보아도 강해 보이진 않는다. 그런 그녀가 솜니에게서 배지를 빼앗기란 불가능하다. 그렇다면 정말 주워준 것이라 생각한다.

"고마워. 주워줘서."

배지를 주머니에 넣고 빨간 머리 소녀에게 정중하게 머리를 숙였다.

"괜찮아! 괜찮아! 그보다 사람을 도둑 취급한 저 여자, 어떻게 해줬으면 좋겠는데!"

"진짜 말도 안 되잖아!"

"최악이야, 죽어버려!"

라일라는 차례로 거칠게 욕하는 소녀들과 솜니 측의 대화를 바라보았으나, 진심으로 기가 막힌 듯 고개를 가로젓고는 다시 주의 깊게 주변을 관찰하기 시작했다. 지금까지 한 번도 받아본 적 없는 불쌍해하는 듯한 그녀의 눈동자에 참을 수 없이 신경질이 났다.

"의심한 건 너의 실수야. 그러니 그녀에게 사과해!"

솜니가 목소리를 높여 종용했다. 타인을 도둑 취급하고 사죄하나 없다니 예의가 없는 여자다. 정말 가정 교육을 어떻게 받은 거야!

"저는 그저 진실을 지적하고 바로잡았을 뿐이에요. 아무 잘못도 하지 않았으니 사죄할 마음도 없습니다."

그녀는 솜니에게 시선조차 보내지 않고 퉁명스럽게 대답했다.

"너는──."

너무 이기적인 말에 진심으로 분노가 솟구쳐 거칠게 외치려고
할 때였다.

"에이, 솜니 씨도 너무 무례한 여자와 얽히지 않는 편이 좋다
니까요. 어차피 말해도 모를 테니까."

에그가 솜니의 오른쪽 어깨를 잡고 제지했다.

"맞아."

거칠게 대답한 솜니는, 머리까지 올라온 화를 삭이기 위해 에
그와 세 소녀 사이의 대화에 끼어들었다.

그로부터 잠시 일행은 탐색을 계속했다. 뭐, 탐색이라고 해도
약한 언데드뿐이라 솜니나 에그는 물론이고 동행한 세 명의 소
녀들도 안전하게 쓰러뜨릴 수 있어서 이미 놀이나 마찬가지였
지만. 현재 에그는 소녀들과 밤거리에서 어떻게 식사할지 이야
기하느라 전투에 제대로 참여조차 하지 않고 있다.

유일하게 라일라만은 지금도 주의 깊게 주변을 관찰하고 있었
다. 그 모습을 에그와 소녀들은 겁쟁이라고 틈만 나면 비웃었다.
그때였다.

"큭!"

라일라가 무언가를 발견한 듯 예쁜 오른쪽 눈썹을 올리고 허
리에 찬 장검을 뽑더니 중심을 낮추고 조심스럽게 주위를 둘러
보았다.

"큰일이에요."

"큰일이라고? 뭐가?"

그녀는 언데드의 기척에도 민감하여 지금까지도 몇 번이나 탐지해냈다. 이번에도 어차피 나약한 언데드일 것이다. 솜니만큼은 아니지만, 라일라의 검술이 꽤 괜찮은 실력임은 인정한다. 그러나 그녀는 너무 신중한 편이다. 아니, 그야말로 겁쟁이라고 말하는 편이 적절할지도 모른다. 이 정도 시험에 출몰하는 언데드는 수준이 정해져 있다. 아무리 방심하더라도 이런 저급 언데드에게 이 솜니가 당할 거라고는 생각할 수 없을 텐데.

"솜니 씨, 들으면 안 돼요. 그 여자는 저 나약한 언데드가 무섭고 무서워서 견딜 수 없는 거니까."

일단 확인하는 솜니에게 에그가 무시하듯이 비아냥거리자, 소녀들도 비웃음을 터뜨렸다.

"검을 뽑아요! 포위당했어요!"

라일라는 그런 그들에게 시선조차 주지 않고 계속 주위를 둘러보며 빠르고 작게 외쳤다.

"포위당했다고? 망상이 계속 심해지는데?"

에그가 따지고 들었다.

"됐으니까 전투태세를 취해요!"

이마에서 구슬 같은 땀을 뚝뚝 흘리며 라일라가 목소리를 높였다.

"아니, 뭐가 있다는 거야."

불쾌한 듯 얼굴을 찌푸리며 숲 안쪽으로 에그가 걸어갔다.

"그 이상 가면 안 돼!"

애타게 외치는 라일라를 향해 에그가 몸을 돌렸다.

"그런 연기는 필요 없어. 무서우면 무섭다고 말하는 게 귀염성이 있을 텐데."

에그는 그녀를 바보 취급하며 오른손을 얼굴 앞에서 몇 차례 휙휙 흔든다.

"유감이지만, 그 여자가 맞아."

"어?"

그 말과 함께 갑자기 에그의 오른손이 바닥에 툭 떨어졌다.

"…………."

에그는 잠시 자신의 오른쪽 손목에서 흩뿌려지는 선혈을 바라보았으나, 곧 절단된 손목의 절단면을 잡고 크게 절규하며 바닥을 굴렀다. 그리고 어느새 에그의 앞에는 커다란 곡도를 든 대머리 남자가 서 있었다.

"…………."

에그의 오른손이 절단되었다. 저 대머리 남자가 한 것이 확실하다. 즉, 명확한 적이며 지금 당장 전투태세를 취하지 않으면 죽음밖에 없을 터인데. 머릿속이 새하얘져 절단된 손목을 붙잡고 고통에 몸부림치는 에그를 멍하니 바라볼 뿐이다. 지금까지 사람의 죽음을 가까이서 느낀 적이 없었다. 그 때문일 것이다. 도저히 이 현실을 그대로 인식할 수가 없다. 허용하지 못하겠다.

"멍하니 있지 말고 검을 뽑아요! 죽고 싶어요?!"

"어, 어어."

솜니는 완전히 혼란에 빠진 채 라일라가 시키는 대로 허리에서 장검을 뽑았다.

대머리 남자는 그런 솜니를 힐끗 보더니, 라일라에게 시선을 고정하고 눈을 가늘게 떴다.

"흐음. 꼬마치고는 제법 하는데."

남자는 왼손으로 턱을 쓰다듬으며 그런 감상을 입에 담았다. 이 정도로 솜니에게 안중에 없다는 태도를 보이는 사람은 처음이다. 그 때문일지도 모른다. 상황에 맞지 않게 배 속에서 엄청난 굴욕감이 솟구쳤다.

"네 이놈, 에그에게서 떨어져!"

격앙하여 외치자, 대머리 남자가 처음으로 귀찮은 듯 솜니를 바라보았다.

"아아, 네가 의뢰받은 도련님 검사인가. 너, 이 상황을 이해하긴 한 거냐?"

어깨를 으쓱하고 조소한다.

"잔말 말고 떨어져! 그렇지 않으면──."

"네가 나를 죽이겠다고?"

대머리 남자가 솜니를 향해 곡도 끝을 들었다.

'힉!'

남자의 고작 그 동작만으로 입에서 비명이 나올 뻔했다.

"그, 그래!"

지금도 몸이 움츠러들고 만 것을 자각하면서도 어떻게든 자신을 분발시켜 있는 힘껏 외쳤다.

"불가능해. 불가능하다고. 실력은 물론이고 너, 아마추어지? 보면 알아."

"헛소리하지 마! 나는 신성무도회의 4강까지 올라간 실력이야! 너 따위에게 뒤처지지 않아!"

대머리 남자가 눈을 가늘게 뜨고 솜니를 응시하였으나, 비웃는 것처럼 코웃음을 쳤다.

"어련하실까. 넌 전혀 위협적이지 않아. 네 실력은 이 조무래기와 별 차이 없거든."

남자는 고통으로 바닥을 기며 비명을 지르는 에그의 머리를 짓밟고 모멸적인 말을 내뱉는다.

"에그에게서 떨어지라고 했지!"

그렇게 외치는 솜니에게 진심으로 어이가 없는 듯 대머리 남자가 크게 한숨을 내쉬었다. 그리고 처음으로 지금까지 짓고 있던 옅은 미소를 지웠다.

"내가 이 녀석에게서 떨어지길 원하면 말이 아니라 힘으로 보여봐. 그게 우리, 무로 살아가는 자의 세계다. 한마디로 약한 녀석은——."

남자는 얼어붙을 듯한 차가운 목소리로 말하더니,

"그냥 당할 수밖에 없다는 거야."

그 말과 함께 곡도로 에그의 오른쪽 허벅지를 찔렀다.

"흐아아아악————!"

에그의 입에서 터지는 커다란 절규.

"그, 그만둬!"

"그러니까 입이 아니라 행동으로 보이라고 했잖아?"

에그에게 찌른 곡도를 이쪽저쪽 비트는 대머리 남자.

"젠장!"

구하러 가라고 자신의 발에 명령하지만, 꿈쩍도 하지 않는다.

"어째서?!"

혼란스러운 와중에 필사적으로 움직이려고 하였지만, 역시 소리치는 것밖에 할 수 없었다.

"가르쳐주마. 그건 네가 약하기 때문이다."

"내가 약하다고?! 나는 길버트 전하의 최연소 성기사야! 신성 무도회 외에도 여러 대회에서 상위에 입상한 적이——."

"그런 표면적인 게 아니야. 넌 싸움으로 밥을 벌어 먹고사는 사람에게 가장 필요한 것이 결여되어 있어. 그러니 이런 꼴을 당하는 거다."

대머리 남자가 에그의 허벅지에서 곡도를 뽑더니, 거구라고는 생각할 수 없는 민첩한 움직임으로 솜니에게 접근했다.

"아?"

솜니의 입에서 얼빠진 소리가 새어 나왔다.

"딱히 너를 사지가 멀쩡한 상태로 데려오라는 말은 안 했으니 여기서 거슬리는 소리를 내지 못할 때까지 베어 두어야겠어."

대머리 남자가 그렇게 혼잣말을 하더니 곡도를 쳐들었다. 이 상황에 머리가 제대로 돌아가지 않아서 그저 멍하니 그의 움직임을 바라보고 있을 때였다.

"숙여요!"

여성의 고함이 고막을 흔들었다. 갑자기 솜니의 몸을 지배하던 보이지 않는 사슬이 풀리며 무의식중에 바닥으로 수그렸다.

직후 금속끼리 충돌하는 소리가 울려 퍼졌다. 바로 고개를 들자 라일라가 대머리 남자가 휘두른 검을 막아내고 있었다.

"헤르너류 검술, 초전——

무풍!"

라일라의 장검이 대머리 남자의 곡도를 밀어냄과 동시에 잔물결처럼 부드러운 움직임을 그리며 그 목으로 다가갔지만, 남자가 뒤로 점프하여 피해버렸다.

"너, 지금 날 죽이려고 했겠다? 빌어먹을 꼬마, 너만은 합격이다!"

대머리 남자가 입맛을 다시더니 처음으로 중심을 낮추고 자세를 잡았다.

"여긴 제가 맡겠어요! 어서 에그와 그 애들을 데리고 도망쳐요!"

"하, 하지만…….."

"그렇게 멍하니 있지 말아요!! 에그는 이미 한계잖아요!!"

망설이는 솜니에게, 라일라의 번개처럼 날카로운 목소리가 날아들었다.

"앗?!"

퍼뜩 깨달은 솜니는 옆에 쓰러진 에그에게 다가가 떨리는 손으로 소매를 찢어 지금도 피가 흐르는 에그의 오른쪽 손목을 묶어준 뒤, 몸을 둘러업고 세 명의 여성들에게 향했다.

"일단, 광장까지 돌아가자! 따라와!"

그렇게 그녀들을 재촉하여 왔던 길을 도로 달려갔다.

달리면서도 솜니는 크게 혼란에 빠졌다. 솜니는 신성무도회에서 4강까지 진출한 실력자다. 그런 불량배에게 질 리가 없다. 그런데 저 대머리 남자의 움직임을 전혀 따라갈 수가 없었다. 그것만이 아니다. 하필이면 본래 보호받아야 할 소녀, 라일라 헤르너의 도움을 받아 지금 도망치고 있다. 그녀를 미끼로 놔두고 떠나버렸다.

'본인이 바란 일이야!'

그렇게 몇 번이고 자신을 설득했으나, 강렬한 죄책감과 패배감이 밀려왔다.

"저기, 솜니 님, 이제 저희는 한계예요!"

그렇다. 정신없이 달리느라 신경 쓰지 못했으나, 일류 검사인 솜니의 전력 질주에 그녀들이 따라올 수 있을 리가 없다.

"미, 미안해!"

서둘러 달리던 것을 멈췄다.

"아니요, 짐만 돼서 죄송해요!"

짧은 빨간 머리 소녀가 미안한 얼굴로 고개를 숙였다.

"나야말로 배려하지 못해 미안하군."

이쪽도 사죄하는 말을 해두었다.

"하지만 조금만 더 참아줘."

아직 그 장소에서 별로 떨어지지 못했다. 여기도 안전하다고는 할 수 없다. 좀 더 앞으로 나아간 다음 풀이 무성한 곳에 숨어 휴식을 취하도록 하자. 세 명의 소녀는 불안하게 서로 얼굴을 마주 보았다.

"네."

"솜니 님의 부탁이라면."

"어쩔 수 없지. 힘내자!"

그렇게 차례로 입을 열었다.

"고마워! 그럼 가자!"

다시 에그를 업은 채 서서히 속도를 높이려고 하자, 뒤에서 소녀들이 대화하는 소리가 들려왔다.

"이제 그 녀석들은 따돌렸지?"

"응. 그 여자도 없으니 슬슬 괜찮을 거 같아."

"찬성."

이 긴박한 상황에 묘하게 명랑한 목소리가 신경 쓰였다.

"너희들——."

뒤를 돌아보려고 하였으나, 솜니의 등에 둔탁한 고통이 흐르며 몸에서 힘이 빠져 바닥에 넘어지고 말았다.

"안됐네. 솜니 님, 이제 움직일 수 없다고요."

간신히 얼굴을 움직이자, 짧은 빨간 머리 소녀가 솜니를 들여다보고 있었다.

"이게…… 무슨?"

"눈치가 없네요. 솜니 님은. 당신을 이 앞의 폐허로 안내하라는 의뢰를 받았거든요."

"의……뢰라고?"

"네, 어떤 높으신 분의 의뢰예요."

영문을 모르겠다. 만약 그렇다고 해도 솜니에게 그렇게 전하면 될 일이다. 이런 적에게 공격받는 상황에 심지어 솜니의 움직임을 봉하면서까지 할 일은 결코 아니다.

"설마…… 너희…… 아까 남자의…… 동료인가?"

갈라진 목소리로 물었다.

"아니에요. 하지만 뭐, 분명 의뢰주는 같으려나."

짧은 빨간 머리 소녀가 고개를 가로저었다.

'최악이다.'

에그를 죽이려고 한 자들과 같은 의뢰주. 그것만으로 명확하게 두 사람의 적이다. 그렇다면 솜니로부터 그녀가 배지를 훔친 것은 진실이란 말인가.

"내게서…… 배지를 훔친…… 것은?"

"맞아, 나야."

그녀는 환한 미소를 지으며 양손으로 브이 사인을 만든다.

"네 나쁜 손버릇이 나왔을 때는 진짜 당황했다니까!"

"정말, 배지 따위 어차피 이렇게 만들면 뺏을 수 있으니까 딱히 위험을 감수할 건 없었잖아."

"시끄러워. 그렇게 편하게 뺏어도 재미없잖아! 스릴이야! 스릴! 들킬까 말까 아슬아슬한 줄타기. 그게 엄청나게 흥분되는 일이잖아!"

"여전히 이해가 안 되는 취향이야."

"나는 약간 이해되려나. 멍청한 남자가 허둥대는 모습은 보기에 꽤 재미있으니까."

"못됐어!"

사람이 한 명 죽어가고 있다. 그런데 그녀들에겐 아무것도 아닌 장난인 듯, 부정적인 감정이 전혀 느껴지지 않았다. 그것이 너무나 현실에서 동떨어져 있어서 도저히 받아들일 수가 없다.

"너희……는──."

질문하기 위해 목소리를 쥐어 짜내려고 했다.

"자, 그럼 그걸 데려가서 의뢰를 달성하자."

"좋아. 얼른 얘를 데려가서 여기서 튀자!"

"독 효과가 떨어지면 성가시니 만약을 위해 사지의 힘줄을 잘라서 도망칠 수 없게 할까?"

"그러자."

위험한 의논을 하며 짧은 빨간 머리 소녀가 허리에서 익숙한 손놀림으로 단검을 뽑았다.

한심하다! 결국 라일라가 옳았다. 아니, 조금만 냉정했다면 그녀들이 수상한 것은 확실하게 알 수 있었다. 라일라의 차가운 태도에 욱해서 현실을 보려는 노력조차 하지 않았다.

"도망칠 수 있을 줄 알았나?! 이 도둑 고양이들아!"

남자의 분노 어린 목소리와 함께 그녀의 미간에 깊숙이 화염 창이 박히더니 불타올랐다. 눈을 뒤집고 숨이 끊어진 짧은 빨간 머리 소녀.

"큭!"

얼른 뒤로 물러나려는 동료인 긴 검은 머리 소녀의 온몸에 몇 개나 되는 화염 창이 박히고, 단말마가 일었다.

"히이이익!"

남겨진 금발 소녀도 비명을 지르며 도망치려고 하였으나, 그 등에 화염 창이 박혔다. 곧바로 창에서 불이 치솟아 그녀도 불덩어리가 되었다.

그야말로 눈 깜짝할 사이에 셋이 주검이 되고 만 사실에, 솜니는 있는 힘껏 절규했다.

"으아아아아아아아아악————!!"

"시끄러워! 이 이상 귀찮은 녀석이 안 끼어들었으면 좋겠네! 네놈은 잠깐 자고 있어!"

배를 걷어차인 뒤, 둔탁한 충격과 함께 솜니의 의식은 어둠 속으로 떨어졌다.

***

바벨 북부 화려한 죽음의 도시 에어리어 1.

대머리 남자가 곡도를 휘두르며 가하는 맹공. 그것을 라일라는 버드나무처럼 가볍게 받아냈다. 언뜻 대검을 열심히 막는 가련한 소녀처럼 보인다. 아마추어가 본다면 압도적 우위는 대머리 남자라고 생각할 것이다. 그러나 계속 주도권을 쥔 사람은 라일라였다.

"젠장! 왜 맞질 않아!"

숨을 헐떡이며 그렇게 불평하는 키뉴도의 온몸에,

"헤르너류 검술, 중전—— 폭풍!"

쏟아지는 무수한 참격.

"크앗!"

온몸에서 선혈을 뿜어내며 바닥에 한쪽 무릎을 꿇은 키뉴도. 그 목을 베어내기 위해 라일라의 장검이 일직선으로 휘둘러졌다.

"제기랄!"

키뉴도는 간신히 곡도로 막아내 백 스텝으로 거리를 벌렸다.

"당신은 저를 이기지 못해요. 항복하세요."

라일라가 장검 끝을 키뉴도에게 향하며 위풍당당하게 항복을 권했다.

"…………."

키뉴도가 원망스럽게 어금니를 빠득 갈았다. 새섬 지적할 것도 없다. 두 사람 사이엔 엄연한 실력 차이가 존재한다. 그렇다. 실전 경험, 재능, 모든 면에 있어서 라일라는 키뉴도에게 앞서 있었다.

"그럼 어쩔 수 없네요."

라일라가 장검을 고쳐 들었다. 그런 그녀의 모습을 언뜻 보기만 해도,

"헉?!"

온몸의 피부가 부글부글 삶아지는 듯한 강렬한 오한에 무심코 입에서 경악이 튀어 나왔다.

그녀의 어딘가가 달라진 것은 아니다. 하지만 키뉴도의 본능이 지금 눈앞에 있는 이 작은 소녀가 더할 나위 없이 위험하다고 주장했다.

"당신은 무를 너무 몰라요."

그 말을 시작으로 라일라가 키뉴도의 시야에서 사라졌다.

"젠장!"

필사적으로 상하좌우 안구를 굴리는 키뉴도. 그러나 그 오른팔이 어깨부터 엉뚱한 방향으로 꺾였다.

"크아악——!"

절규하는 키뉴도의 두 눈이 베이고, 동시에 양쪽 허벅지에서 피가 튀었다. 키뉴도는 바닥에 무릎을 꿇었다.

"그럼 힘으로 굴복시킬 뿐입니다."

라일라는 장검을 흔들어 피를 털어내고 주위를 빙 둘러본다.

"이상하네요. 아까 강렬한 오한이 들었습니다만…… 이 사람이 아니라면……."

고개를 갸웃하며 라일라는 장검을 칼집에 넣고 키뉴도로부터 몸을 돌려 솜니 일행이 떠난 쪽으로 달려가려고 했다. 마침 그때——.

"쿳?!"

뒤에서 갑자기 나타난 기척에 라일라는 돌아보며 장검을 뽑아 자세를 취했다. 그곳에는 새하얀 의복을 입은 거구의 백발노인이 책 같은 것을 소중하게 옆구리에 끼고 서 있었다.

"설마 이교도 원숭이 중에서도 신인(神人)급 육체를 지닌 자가 있을 줄이야……."

노인이 마치 품평하는 것처럼 마법진이 새겨진 두 눈으로 라일라를 찬찬히 바라보았다.

"누구시죠?"

방심하지 않고 묻는 라일라의 질문에 백발노인은 대답하려고 도 하지 않는다.

"다만 강인한 것은 육체뿐. 그럼 위험할 정도는 아닌가."

다만 혼잣말을 할 뿐.

"…………."

이 자리에서 이탈하기 위해 신중하게 뒷걸음질을 치는 라일라 를 곁눈질하며, 노인이 키뉴도에게 다가가 오른쪽 손바닥을 그 의 머리에 얹었다. 갑자기——.

"으어어어어어————!"

키뉴도가 두 눈과 입, 귀에서 금색 빛을 내면서 온몸을 잘게 경련시켰다.

점차 키뉴도의 꺾인 오른팔이 빙글빙글 회전했고, 터졌을 터 인 두 눈의 눈구멍이 안쪽부터 부풀어 올랐으며, 베였던 허벅지 의 살도 상처가 빠르게 아물어갔다. 그야말로 눈 깜짝할 사이에 키뉴도의 상처가 완전히 수복되었다.

인형처럼 어색한 움직임으로 일어나 곡도를 드는 키뉴도.

"그 여자를 죽여라."

하얀 옷의 노인이 내린 명령에 키뉴도는 짐승처럼 포효하며 라일라를 공격했다.

"큭!"

폭풍을 두르고 다가오는 곡도를 라일라는 종이 한 장 차이로 피했다. 곡도는 바닥을 크게 파내어 수 메르나 되는 크레이터를 형성했다. 파괴된 지면에 발이 걸리면서도, 그녀는 장검으로 키뉴도의 목을 베어냈다. 목이 둘로 뚝 갈라지며 분수처럼 선혈이 튀었다. 어떻게 보아도 치명상이다. 그런데 키뉴도가 왼손으로 자신의 머리를 눌러 원래 자리로 되돌리자, 갈라진 피부가 순식간에 수복되고 말았다.

'불리하네요…….'

상대의 힘과 단단함이 상당하다. 일격이라도 정통으로 맞으면 라일라의 작은 몸 따위는 순식간에 다진 고기가 될 것이다. 게다가 아까부터 몇 번이나 치명상이 될 상처를 냈지만, 반칙적인 회복력으로 순식간에 치료하고 만다. 이대로는 언젠가 체력이 다하여 패배하는 것은 라일라 쪽이다.

'술사를 없앨 수밖에 없을 것 같아요.'

어차피 이미 라일라의 체력도 한계다. 저 하얀 옷 노인에게 필살의 일격을 가해보고, 만약 그것이 실패하면 도망쳐야 한다.

라일라는 납처럼 무거운 몸에 채찍질을 하며, 장검 끝을 왼쪽 후방으로 향하고 바닥에 가슴이 닿을 정도로 중심을 낮췄다.

그리고 키뉴도에게 탄환처럼 일직선으로 나아갔다.

"크헉!"

키뉴도가 곡도를 쳐들어 힘으로 휘두르려고 했다.

"헤르너류 검술, 오전(奧傳)── 자전사섬(紫電四閃)!"

순간 흐르는 듯한 네 개의 빛줄기가 키뉴도의 목, 두 다리, 양팔로 지나갔다. 조각조각 흩어지는 키뉴도에게는 눈길도 주지 않고 라일라는 하얀 옷의 노인에게 똑바로 질주했다.

그야말로 하얀 옷 노인의 정수리에 닿아 꽂히기 직전에, 라일라의 검이 멈췄다. 라일라의 장검은 하얀 옷 노인의 등에서 돋아난 두 개의 팔에 의해 붙잡혀 있었다.

"헉——?!"

얼른 칼자루에서 손을 놓고 뒤로 도망치려는 라일라의 목을 하얀 옷 노인이 거머쥐었다.

"위험하군, 위험해. 방금 건 위험했어. 우리 신에게 가호를 받지 않았다면 죽었을 거야. 어떠냐, 엔, 너도 그렇게 생각하지 않나?"

뒤를 돌아보며 그렇게 묻는다. 그 하얀 옷 노인의 시선 끝에는 녹색의 헐렁한 헌팅 모자를 깊숙이 눌러 쓰고, 마찬가지로 초록색 로브를 입은 자그마한 남자가 솜니를 질질 끌며 나무 사이에서 모습을 드러내는 참이었다.

"그래, 그 여자에게서는 판도라 추기경과 같은 냄새가 나! 놀지 말고 어서 무력화해!"

녹색 로브의 남자, 엔이 동의하며 말했다.

"흐음. 나는 이교도 원숭이의 절망과 공포로 얼룩진 절규를 듣는 게 무엇보다 좋은데 말이야."

라일라를 올려다보며 입맛을 다시는 하얀 옷 노인.

"너무 얕보지 마시길!"

라일라가 호통을 치며 허리에서 나이프를 뽑아 그 미간에 깊이 찔렀다.

"크억?!"

라일라는 대응할 틈도 주지 않고 튀어나온 칼자루를 걷어찼다. 턱부터 위가 산산이 부서지며 실이 끊어진 인형처럼 바닥에 풀썩 누운 자세로 쓰러진다.

라일라는 기침을 하면서도 필사적으로 공기를 폐에 넣으며 엔에게서 거리를 벌리려고 했다.

"나 참, 그러니까 말했잖아! 그 여자는 위험하다고!"

화를 내는 엔의 이마에 눈이 나타나더니, 세 번째 눈이 새빨갛게 물들며 공중에 수십 개나 되는 화염 창이 나타나 라일라를 노리기 시작했다.

"…………."

화염 창에 포위당해도 퇴로를 찾으려고 주위를 확인하는 라일라의 모습에 엔은 오른손으로 머리를 벅벅 긁었다. 그리고, 신경질적으로 외친다.

"이봐, 디비어스 사제님, 언제까지 자고 있을 거야!"

"어?"

갑자기 눈앞에 나타난 하얀 옷을 입은 노인 때문에 경악이 저절로 나왔다.

"괘씸한 녀석!"

그렇게 호통치며 디비어스 사제가 그녀의 배를 분누한 얼굴로 거칠게 걷어찼다.

"큭!"

라일라의 작은 몸이 공처럼 바닥을 몇 번이나 튕기더니 커다란 나무에 등을 부딪치고 말았다.

"원숭이! 원숭이! 원숭이! 이교도 원숭이 주제에 신사(神使)가

된 이 나를 다치게 하다니! 이것은 신에 대한 모독이다! 신을 두려워하지 않는 짓이야!"

디비어스는 순식간에 라일라에게 다가가 왼손으로 그 멱살을 잡고 오른손으로 공격할 자세를 취한다.

'여기까진가…….'

이 사제는 분노로 이성을 잃었다. 저 주먹이 날아오면 라일라는 죽고 말 것이다.

'하지만…….'

그것은 라일라에게 가장 소중한 소년과의 결정적인 이별을 의미한다.

'그건 절대 안 돼요!'

라일라의 내면에서 감정이 폭발하며 최후의 힘을 짜내 어떻든 도망치려고 애썼다.

"죽어라."

하지만 그런 라일라의 노력도 무색하게, 얼굴에 혈관이 두드러지도록 분노한 디비어스 사제가 바위처럼 단단한 주먹을 날렸다.

'음?'

디비어스 사제의 주먹이 라일라의 코앞에서 멈춰 있었다.

"뭐냐, 너는?!"

디비어스 사제가 자신의 오른쪽 손목을 잡은 긴 검은 머리를 기른 남자에게 위협적인 목소리로 물었다.

"나는 스컬. 여러모로 예상과 달라졌거든. 그래서 막았어."

스컬이라 소개한 남자는 전혀 개의치 않는 모습으로 그렇게 선언하고 디비어스 사제의 손목을 부러뜨린 뒤 걷어찼다. 쓰러지는 라일라를 안아서 부축하는 스컬.

"네 이놈……."

디비어스 사제가 수 메르 날아갔지만, 몸을 비틀어 착지하고 부러진 손목을 수복시키고는 부모의 원수라도 보는 듯한 눈으로 스컬을 노려보았다.

"엔, 이게 대체 무슨 짓이냐? 처음 논의했을 때는 서로 목적을 달성할 때까지 잠시 휴전하기로 했을 텐데. 키뉴도를 죽이다니 협정 위반에 해당하는 것 아닌가?"

장발 남자가 허리에서 검을 뽑더니 엔에게 찌르는 듯한 시선을 보내며 그 의도를 물었다.

"흥! 그 힘만 센 고릴라, 애초에 아직 죽지 않았어!"

엔이 엄지손가락으로 가리킨 곳에는 산산이 조각난 키뉴도였던 자의 살점이 흩어져 있었다.

"누가 봐도 죽은 것으로 보인다만?"

"디비어스 사제! 그 고릴라를 치료해!"

"엔, 감히 이 나를 부려먹을 셈이냐?"

디비어스 사제가 화를 냈다.

"됐으니까 어서 해! 저 녀석, 스컬은 아마 우리와 동류야!"

엔은 짜증 섞인 목소리로 그렇게 외친다.

"동류? 바보 같은 소리! 우리 외에 이 땅에 신사가 있을 리가 없어!"

179

"이번 임무 내용을 잘 생각해봐. 어느 나라가 관여하고 있지?"

지금까지 화만 내던 디비어스 사제의 얼굴에 도드라졌던 굵은 혈관이 점점 가라앉았다.

"저 녀석의 주인은── 아멜리아 왕국 국왕의 친동생 크누트 인가?!"

"그래, 그 나라는 현재 왕을 선택하는 게임 중이라고 하니까. 아마 멍청하기로 소문난 왕자 길버트에게 다가가 게임을 갈취할 생각일 거야."

"그 괴물이 수면 아래에서 움직이고 있다면……."

디비어스 사제는 잠시 스컬을 응시하더니 손가락을 딱 튕겼다. 그 순간 조각났던 키뉴도의 몸이 서로 합쳐지더니 가는 촉수 같은 것이 나와 빠르게 그 몸을 수복시켰다. 즉시 상처 하나 없는 모습이 된 키뉴도가 사제 곁에 무릎을 꿇고 머리를 숙였다.

"이걸로 됐나? 우리는 네 주인과 다툴 마음이 없어."

스컬이 사제와 엔을 교대로 바라보았다.

"그걸 살아 있다고 말해도 되는지는 모르겠지만…… 뭐, 좋아. 협정은 속행하도록 하지. 이 여자는 내가 데려간다. 그래도 되겠지?"

"헛소리하지 마! 그 녀석은 신사인 나를 우롱했어! 그간 우리 신에게 침을 뱉은 것이나 마찬가지! 본보기로 죽여야 해!"

새빨갛게 물든 눈으로 스컬을 노려보며 입에서 불을 뿜으며 화를 내는 디비어스 사제.

"디비어스! 원래 그런 협정이었어! 받아들여!"

엔이 강한 어조로 지시를 내렸다.

"뭐?! 그게 무슨 소리냐?!"

디비어스가 엔을 째려보며 화를 낸다.

"그 녀석은 타깃을 불러낼 미끼야. 여기서 죽으면 곤란해. 특히 이번엔 다크호스인 카이 하이네만도 있으니까. 상황으로 보아 타깃의 말살이 실패한 건 녀석 탓이야."

카이 하이네만이라는 이름을 들은 순간, 라일라의 심장이 뛰었다.

"카이?! 카이를 어떻게 할 생각이죠?!"

라일라가 완전히 이성을 잃고 외쳤다.

"길버트 왕자에게 불경한 짓을 저지른 카이 하이네만은 곧 처분될 거다."

스컬이 바로 대답했다.

"그건 절대——."

필사적으로 외치는 라일라의 목덜미를 스컬이 건드리자, 그녀는 실이 끊어진 인형처럼 축 늘어졌다.

"다시 본론으로 돌아가지. 엔, 왜 루미네라는 여자애의 암살이 실패했다는 거지?"

"타깃의 말살이 완료되면 바벨 측에서 이 매직 아이템으로 알려줄 예정이었어. 시간이 꽤 지났는데 연락이 오지 않아. 그러니까——."

오른손에 푸른색 보석을 든 엔이 말을 멈췄다.

"암살은 실패했다는 건가. 고작 여자애 하나 죽이지 못하다니 정말 쓸모없군."

디비어스 사제가 짜증스럽게 말했다.

"완전히 동감이라고 말하고 싶지만, 카이 하이네만이라는 남자, 너무 정체가 숨겨져 있어."

"그건 너의 감인가?"

"그래, 근거는 없어. 하지만 교황 예하가 이번에 왜 우리 성기병에게 이교도 여자애 하나를 말살하라는 지시를 내렸는지 의구심을 느낀 적 없나?"

"그건—— 확실히……."

팔짱을 끼고 동의하는 디비어스 사제.

"카이 하이네만은 너희의 동지 신사 프레트를 죽였다는 정보를 얻었어. 너희의 걱정에 도움이 되면 좋겠는데……."

스컬의 이 말에,

"뭐——?!"

디비어스 사제와 엔에게서 여유가 완전히 사라졌다.

"그것이 사실인가?"

"적어도 너희 조직은 그렇게 생각하고 있어. 그러니 너희를 이 땅으로 보냈겠지."

엔과 디비어스 사제는 잠시 조용히 생각에 잠겼다.

"좋아. 이 답답한 임무가 완료될 때까지 너와 함께 싸우마! 엔, 너도 동의하겠지?!"

"처음부터 그럴 생각이라고 말했잖아! 타깃의 제거를 방해받는 건 안 돼! 먼저 눈앞에 닥친 문제인 카이 하이네만을 처리하자! 우리가 다 같이 가면 안전하게 죽일 수 있을 거야.”

“나도 좋아.”

스컬이 고개를 끄덕였다.

“그럼 어서 무능한 꼬마에게 인질의 존재를 알려주러 갈까.”

디비어스 사제는 그렇게 말하고 숲속으로 모습을 감췄다.

“그래. 이 여자가 있으면 녀석도 쉽게 공격할 수 없겠지! 이 솜니라는 꼬마는 스컬, 너에게 주마.”

녹색 로브 남자도 솜니를 바닥에 두고, 키뉴도를 데리고 깊은 숲으로 들어갔다.

세 사람이 모습을 감추고 얼마 지나자,

“루카스, 네 이놈, 무슨 짓이냐?!”

검은 로브를 입은 검은색 해골이 나타나 거칠게 따졌다.

“네, 화내는 이유는 충분히 알고 있습니다, 데이모스.”

스컬이 그 모습을 노신사로 바꾸고 아까의 인형 같은 미소와 달리 인간미가 있는 미소를 짓고 친근한 목소리로 대답했다.

“알고 있습니다, 라고?! 그렇다면 왜 이런 말도 안 되는 지시를 내렸지?! 라일라 님은 그분의 소중한 분! 이 내가 보호하겠다고 말씀드렸는데! 그런데 저 쓰레기들의 행위를 가만히 보고 있으라니, 설령 기리메칼라 님의 명령이라고 해도 도저히 승복할 수 없어!”

데이모스가 뼈를 달각달각 떨며 진심으로 분노한 목소리로 외쳤다.

"라일라 님께 피해가 가는 일은 없습니다. 설령 어디의 누구든 그것은 저희가 용서하지 않아요."

"피해 이전의 문제잖아! 주인님은 라일라 님을 수호하라고 나에게 지시를 내리셨어! 그분은 이 나를 신뢰하셨단 말이다! 한번 엄청난 불경을 저지른 이 나를! 그 신뢰를 네놈은 일부러 깨뜨리라고 한 거다! 이해할 수 있게 설명해주겠지?!"

양손의 손가락뼈를 뚝뚝 꺾으며 푹 꺼진 두 눈의 안쪽이 붉게 물들더니, 온몸에서 피처럼 붉은 오라가 감돌았다. 대답에 따라 설령 상대가 누구라도 이를 드러내고 꺾이지 않을 각오를 다지며, 데이모스는 루카스를 꿰뚫을 듯한 시선으로 그 뜻을 물었다.

"물론 해야 하는 일이기 때문입니다."

"그러니까 이 이상 뜸 들이지 말라고 했을 텐데! 어서 그 이유를 설명해!"

"이 사건은 언뜻 바보 왕자가 꾸민 듯이 보입니다만, 뒤에는 바벨 상층부의 일파와 중앙교회가 있습니다."

"그게 어쨌다는 건데?! 고작 인간들의 허접한 세력이 아닌가! 설령 성무신의 가호를 얻었다고 해도 우리라면 쉽게 없앨 수 있을 텐데!"

"네, 그건 부정할 수 없습니다. 확실히 순수하게 인간 세력만이라면 우리가 뒤에서 움직여 없애면 끝날 일이겠지요. 그러나 당신이라면 아까 저와 그 어리석은 자들의 대화에서 깨달았겠죠? 이번 일, 뒤에서 암약하는 것은 기리메칼라 님과 같은 부류의 존재입니다. 즉——."

"주인님께 칼을 겨누려고 꾀한 시점에서 우리 세력에 대한 선전포고가 되었다. 그렇게 말하고 싶은 건가?"

"네, 어디의 누구인지는 모르겠습니다만. 하필이면 그들은 그분을 죽이려고 했어요! 게다가 그런 천박하고 나약한 인간 비슷한 것을 이용해서 말입니다. 이것이 얼마나 큰 죄인지 당신이라면 아시겠죠?!"

슬쩍 미소를 짓는 루카스의 이마에 도드라진 몇 개나 되는 굵은 혈관. 그리고 입에서 흘러나오는 원망에 찬 목소리.

"이봐, 루카스!"

"특히 그 바보 왕자! 교묘하게 유도당했다고 해도, 고작해야 일개 왕국의 왕자 따위가 우리 신에게 정면으로 침을 뱉다니! 하필이면 가까운 분들께도요! 네, 이미 오래전에 저의 인내심은 끊어졌다고요!"

"진정해, 루카스!"

웃으면서 화를 내는 광기 어린 모습에, 데이모스는 약간 질색한 얼굴로 두 손을 위아래로 흔들었다. 루카스는 얼굴을 몇 번 가로저었다.

"실례, 잠시 탈선하고 말았습니다. 아무튼 이미 주사위가 던져진 이상, 전쟁은 시작되었어요."

루카스가 그렇게 조용히 단언한다.

"하지만 그것이 그분과 라일라 님을 휘말리게 할 이유는 되지 않아!"

"그분을 휘말리게 한다? 데이모스, 그것은 잘못된 인식입니다."

"무슨 말이야?"

의아해진 데이모스가 물었다.

"기리메칼라 님이 말씀하였습니다. 우리 같은 하찮은 자가 알아챈 것을 위대한 그분이 모르실 리가 없다고. 그 말을 듣고 솔직히 저는 자신의 얄팍함에 충격을 받았습니다. 저의 이 신앙심도 아직 멀었다고!"

황홀한 표정으로 두 손을 모으고 간증하는 루카스.

"한마디로 이 사건은 모두 그분의 손바닥 안이라고?"

"네, 그들이 라일라 님을 미끼로 삼는다는 어리석은 행위를 저지르는 것도 포함해서요."

"그럼 내가 라일라 님의 호위를 맡은 것도?"

"당연히 그들의 제거를 정당화하기 위한 이유를 원하셨기 때문이겠죠. 당신이 라일라 님의 호위를 맡은 것은 만약을 위한 보험입니다. 정말 무서운 분이에요. 우리 행동마저 모두 읽어내고 일부러 불경을 저지른 비겁한 쓰레기를 무대 위로 끌어 올리려고 하시니!"

두 팔을 벌리고 루카스가 영웅을 노래하는 음유시인처럼 그 있지도 않은 공적을 당당하게 말했다.

물론 카이에겐 그럴 생각은 전혀 없고, 믿는 사람이 이상하다. 그럴 터인데 데이모스는 잠시 온몸의 뼈를 달각달각 떨었다.

"그, 그런 거였나!"

데이모스는 깨달음을 얻은 듯이 크게, 그리고 몇 번이나 고개를 끄덕이며 외친다. 광신자들에 의해 모든 것을 아는 상상 속 카이의 책략은 이미 한없이 진실이 되고 말았다.

"계획은 더할 나위 없이 순조롭습니다. 그분의 소중한 분께 불경을 저질렀어요. 적 세력을 쓸어버릴 이유로는 충분합니다. 또한 불경을 저지른 적 세력을 철저하게 쓰러뜨리는 것으로 우리 진영의 사기 향상도 꾀할 수 있죠. 그야말로 최고의 계획! 전율이 흐릅니다!"

"나의 분노조차도 그분의 예상 범주라는 말인가. 확실히 그거라면 이 알 수 없는 상황 전체가 설명이 돼. 그렇다면 나는 앞으로도 라일라 님이 위험에 처할 때, 최선을 다해 저항하면 되는 건가?!"

"네, 그렇습니다."

루카스가 동의하고는 손가락을 딱 튕겼다. 갑자기 주위가 검은 화염으로 휩싸였으며 지면에는 오른팔을 잃은 에그가 나타났다. 잠시 뒤, 검은 화염이 인간의 형태를 만들었다.

"그 아이도 피난시키세요."

검은 화염이었던 검은 옷의 인간은 명령을 받고 에그를 든 채 광장을 향해 달려갔다.

그리고, 검은 화염은 인간을 하나 더 만들더니 에그의 모습을 취하게 했다.

"그걸로 어떻게 할 셈이지?"

"물론 쓰레기들의 비열함을 증명해야죠."

"루카스, 너, 정말 성격 더럽구나?"

다소 어이가 없는 듯 중얼거리는 데이모스에게 노신사가 입을 열었다.

"그거 아마, 정답입니다."

그는 입꼬리를 귀까지 끌어올리고, 집게손가락을 좌우로 흔든다. 이어서 루카스의 온몸을 검은 화염이 감싸더니 긴 검은 머리 검사의 모습으로 바꾸었다. 그리고——.

"자, 가볼까요."

라일라를 왼팔에, 가짜 솜니와 가짜 에그를 오른팔에 안았다. 루카스는 계획을 다음 단계로 진행하기 위해 걸어갔다. 그렇다. 자신이 믿는 주인의 바람을 실현하기 위해서.

분명 이 사건을 계획한 자들이 루미네와 로만을 노리며 사상 최강의 괴물의 역린을 건드린 것은 사실이다. 그러나 그것뿐이라면 아직 구원받을 여지가 있었다. 라일라 헤르너가 휘말리기 전이었다면 그나마 괴물이 온화하게 끝낼 가능성이 남아 있었을 테니까.

그러나 광신자들은 그 깊은 신앙심으로 작았던 불에 기름을 퍼부어 큰불로 승화시키고 말았다. 이 자리, 이 순간, 괴물과 진정한 흑막의 반목은 그야말로 정점에 올랐다.

***

"……일……!"

머리에 느껴지는 아픔에 솜니는 인상을 찌푸렸다.

"일어······!"

그 고통이 점차 강해졌다.

"일어나!"

눈을 뜨자 곳곳이 부서져 폐허가 된 석조 건물의 천장이 보였다. 그리고 드러누운 솜니를 불쾌한 표정으로 내려다보는 새하얀 갑옷을 입은 금발 청년.

"수호기사 타무리 씨?"

그는 길버트 전하의 수호기사다. 솜니의 선배이자, 젊은 나이에 상당한 실력이라고 소개를 받았다. 동시에 신인을 괴롭히는 행위가 심하여 다른 수호기사들이 확실히 실력은 인정하면서도 경원시하는 인물이기도 하다.

"이제야 일어났나, 모자란 녀석아."

"아, 네······."

너무 무례한 타무리의 말에 짜증스럽게 상반신을 일으켜 주위를 살폈다. 동시에 멍하던 의식이 또렷해지며 그 악몽 같은 현실을 선명하게 떠올렸다.

"에그와 라일라는?!"

같은 팀 동료의 이름을 외쳤다.

"에그라는 애송이라면 봐, 저기 있어."

타무리의 뒤에서 벽에 기대고 있던 머리에 해골 문신을 넣은 대머리 남자가 짓궂은 미소를 지었다. 그 엄지손가락 끝이 구석을 향했고, 그곳에는 하나 남은 팔로 자신의 목을 안고 있는 에그의 모습이 있었다.

"큽——?!"

낮은 비명을 지르며 일어나려고 하였으나, 타무리에게 머리 카락을 잡혀 얼굴을 바닥에 찧었다. 눈앞에 불꽃이 튀더니 타는 듯한 욱신거리는 고통이 코언저리를 중심으로 퍼졌다.

혼란스러운 머리로,

"어, 어째서?!"

그렇게 외쳤다. 아니, 외치지 않을 수 없었다. 그야 에그가 죽다니 생각한 적도 없고, 무엇보다 이 상황에 길버트 전하의 수호기사인 타무리에게 잡혀 차가운 돌바닥에 얼굴을 대고 있어야 할 이유를 도저히 모르겠다.

"당연하잖아. 네 탓이야."

"내…… 탓?"

그대로 되풀이해 물었다. 도무지 이 상황을 이해할 수 없다, 믿을 수 없다.

그야 그렇지 않나? 수호기사란 왕족 중에서도 로열 가드 다음으로 긍지 높은 기사다. 나쁜 일과는 가장 먼 존재다. 타무리의 언동은 마치 그 수호기사가 에그의 죽음에 일부 가담한 듯한 느낌이지 않은가!

"그래. 네가 끌어들인 거야. 너와 같은 팀이 되었기에 이 녀석은 죽었어."

타무리가 담담하게 말했다.

"이해가 안 돼! 무슨 소리야?!"

그 뜻을 알기 위해 거칠게 물었다.

"그게 윗사람에게 묻는 태도인가!"

타무리는 미간을 찡그리고 솜니를 바닥에 쿵 찧고는 발로 차기 시작했다. 격통과 용암 같은 뜨거움이 온몸에 느껴지는 것을 간신히 참았다.

"무슨 짓이냐니까?!"

솜니는 다시 확인하는 말을 되풀이했다.

"그러니까 네 탓이라고 했잖아. 네가 너무 약하니까 전하는 마음이 아프지만 처분할 결정을 내리셨다. 아아…… 관대한 전하가 얼마나 비통한 결단을 하셨는지 눈에 선해."

그는 도취한 것처럼 오른쪽 주먹을 자신의 가슴에 대고 천장을 올려다본다.

"그건 너무 이상해……."

그런 솜니의 말 따위는 전혀 신경도 쓰지 않고, 타무리가 절망스러운 말을 내뱉었다.

"거기 불쌍한 아이는 우연히 너와 같은 팀이 된 것으로 젊은 나이에 목숨을 잃은 거야."

"왜 내가 처분 대상인데?! 나는 지금까지 기사도에 반하는 행위는 하지 않았고, 왕자 전하께 불경한 행동도 하지 않았어!"

길버트 전하가 솜니를 처분한다? 이유는 전혀 짐작 가는 바가 없고, 납득도 되지 않는다.

"불경을 저질렀잖아. 약한데도 수호기사가 되는 엄청난 불경을! 그러니 전하가 나에게 명령하신 거야. 수호기사의 자격이 없는 약자는 처분하라고."

그 대답에 머릿속이 새하얘졌다.

"헛소리하지 마! 전하가 그런 말씀을 하실 리가 없어!"

목이 터져라 외쳤다. 그 다정한 전하가 그런 말을 할 리가 없으니까.

"나 참, 네놈의 그 자신감은 대체 어디서 오는 거냐?"

타무리가 비아냥거리면서 진심으로 어이가 없다는 시선을 보내자 솜니의 내면에서 몇 개의 감정이 뒤섞였다.

"나는 신성무도회 4강 진출자야!"

자신의 강함을 믿는, 그 근거를 외쳤다. 타무리에게 쉽게 제압당한 이 상황에서 우스운 말이라는 것은 아주 잘 안다. 그래도 이것만은 물러설 수 없었다. 만약 인정하면, 정말 약한 솜니 탓에 에그가 죽고 만 것이 되기 때문이다.

"안타깝네. 네가 이기고 올라간 건 네 아버지인 룬파 경 덕분이야. 상당한 돈을 썼겠지. 훌륭하게 모두 매수되어 스스로 패자의 길을 선택했어."

"거짓말이야!"

인정할 수 없다! 그런 말도 안 되는 헛소리, 인정할 리가 없다! 하지만, 동시에 아버지 룬파 바렐이라면 그럴 만하다. 그렇게 생각하고 만 것도 사실이다.

"진실이야. 그보다 그 사실을 모르는 사람은 전하의 수호기사 중에 없어. 너 한 사람만 빼고. 아니, 너의 검술은 한 번 보기만 해도 이기고 올라갈 리가 없다는 걸 기사라면 쉽게 단언할 수 있거든."

"거짓말……이야."

"딱히 동정은 안 하지만, 어떤 의미로 네놈은 피해자겠지. 너를 위해 좋은 일이라고 생각한 아버지의 행위 때문에 오히려 죽게 되었으니까."

"…………"

이제 반론할 말이 하나도 나오지 않는다. 애초에 왜 솜니 일행이 도적들에게 노려졌는가. 그 살해된 소녀들의 마지막 말. 그리고 타무리의 이상하다고도 할 수 있는 이 언동. 부정하려고 해도, 돌이켜 보면 마치 무질서하게 깨졌던 도자기 파편이 차례차례 맞춰지듯 긍정할 요소만이 모여들었다.

"걱정하지 마. 네 죽음은 개죽음이 아니야. 전하의 바람대로 그 무능한 꼬마에게 뒤집어씌울 계획이니까. 널 죽인 녀석을 내가 없애면 룬파 후작도 납득할 테고, 무난한 결말이 되겠지."

무너져간다. 타무리가 제멋대로 떠들어 대는 말이 이어질 때마다 솜니가 지금까지 믿어온 것이 와르르 소리를 내며 무너져내렸다.

──자신의 검에 대한 긍지와 자신감이 사라져간다.

──아버지에 대한 존경심과 자신을 믿고 지지해준다는 신뢰가 사라져간다.

──그만큼 평생 목숨을 바쳐서라도 지키겠다고 맹세한 길버트 전하에 대한 충성심이 완전히 사라져간다.

그런 솜니의 내면은 개의치 않고,

"나는 너와 달라. 이런 곳에서 끝나지 않아! 반드시 그 무능한 꼬마에게 살아 있는 것을 후회하도록 지옥을 보여주고, 전하의 기대에 부응하겠다!"

타무리는 주먹을 쥐고 뜨겁게 외친다.

"그래, 그래. 덕분에 나는 이득이니까."

타무리의 뒤에서 머리에 해골 문신을 넣은 대머리 남자가 석제 침대에 누운 아름다운 윌로우그린색 머리의 소녀에게 시선을 고정하고, 얼굴을 온통 욕망으로 일그러뜨리며 입맛을 다셨다.

"네 이놈, 그녀에게 무슨 짓을 한 거냐?!"

"아직 아무것도 안 했어. 그 여자는 이번 타깃인 무능한 꼬마의 여자인 듯하니까. 녀석의 앞에서 순결을 잃게 하고 마음껏 농락하는 게 나의 임무거든."

"토우코츠, 알고 있겠지만……."

"그래, 증거는 남기지 않고 여자도 함께 철저하게 처분해야지. 걱정하지 마."

"비열한 놈! 네놈들이 그러고도 인간이가!"

격앙하는 솜니에게 머리에 해골 문신을 넣은 대머리 남자 토우코츠가 오른손에 든 지팡이를 들었다.

"크하하하하! 그건 나에 대한 최고의 칭찬이야. 왜냐하면——."

그가 얼굴 전체에 기분 나쁜 미소를 지으며 몇 마디 주문 같은 것을 영창한다.

——콰앙!

순간 옆의 돌벽이 산산이 부서지며 2메르나 되는 장신에 피부가 줄줄 녹아내린 붉은 피부의 청년이 모습을 드러냈다.

"나는 이제 인간을 초월한 존재니까!"

괴물을 만족스럽게 바라보며 의기양양하게 말한다. 머리에 뿔, 길게 뻗은 송곳니. 이것은 설마——.

"오, 오거 언데드인가? 아니, 아니야, 이건……."

떨리는 목소리로 어떻게든 말했다. 오거는 오니계 마물의 상위 종족이다. 심지어 저것은——.

"오, 너 같은 잔챙이 꼬마가 이 녀석을 알다니 의외인걸. 맞아. 이 녀석은 오거의 상위종—— 하이 오거다! 와, 이 녀석을 죽이느라 정말 고생했거든. A랭크 헌터팀이라도 적대하면 즉사 코스인 마물이니까."

토우코츠가 얼굴을 추악하게 일그러뜨리고 신나게 말한다.

"큭!"

하이 오거—— 적대한 중대 규모의 왕국군을 괴멸시켰다든가, A급 헌터팀을 전멸시켰다는 등의 전적이 있는 위험한 마물이다.

"역시 마물 주제에 지성이 있는 녀석은 다루기 쉬워. 딸을 인질로 잡았더니 바로 전의를 잃을 정도였거든."

토우코츠가 마치 마음에 든 수집품을 획득했을 때의 상황을 자랑하는 것처럼 즐거운 목소리로 악행을 독백했다.

"닥쳐라—— 야비한 놈!"

그 상황을 선명하게 떠올리자, 머리의 혈관이 끊어질 만큼 분노가 치솟았다.

"그것도 칭찬이라고. 아직 밖에는 마음에 드는 수집품이 잔뜩 있어. 이건 그야말로 신화급 군대야. 바벨은커녕 인간이 소유하는 건 처음이겠지. 즉, 나는 인간을 초월한 존재란 거다!"

황홀한 눈으로 하이 오거 언데드를 바라보며 말하는 토우코츠.

이 악당들은 에그를 죽였다. 물론 에그는 유치한 부분이 있고, 결코 좋은 사람은 아니었다. 그러나 솜니가 어머니에게 받은 부적용 돌을 잃어버렸을 때, 어차피 한가했다며 해가 질 때까지 같이 찾아준 적도 있다. 살해당할 만큼 나쁜 짓은 저지르지 않았다. 그런 에그를 죽였다. 그리고 이 오거도 아무리 마물이라고 해도 가족의 연을 이용해 죽였다. 도저히 용서할 수 없다. 기사로서 아니, 인간으로서 이들은 구제 불능이다! 마물 이상으로 사악하여 살아갈 가치도 없는 쓰레기들이다.

"크큭! 하하하아하하하!"

정말 우스워서 웃음이 나왔다. 그만큼 빛나 보이던 세계는 이런 쓰레기 같은 인간들이 멋대로 날뛰는 더러운 것이었나.

"웃지 마, 네가 지금 어떤 처지인지 아는 거냐?"

배를 걷어차여 순간 숨이 막혔으나, 그래도 웃음이 멈추지 않았다.

"그만둬. 어차피 공포로 정신이 나갔을 테니까."

토우코츠가 왼손을 휘휘 흔들어 무시하는 어조로 엉뚱한 말을 내뱉었다.

공포로 이상해졌다? 반대다. 지금까지 있던 공포가 거짓말처럼 사라졌다. 대신 있는 것은 거름 구덩이 같은 녀석들에 대한 엄청난 분노뿐이다. 휘청거리면서도 일어나 그들을 노려보았다.

"너희는 그저 비겁한 자다! 뭐가 수호기사야! 뭐가 길버트 전하야! 비겁한 수를 쓰지 않으면 무능한 기프트를 지닌 카이 하이네만과도 싸우지 못하는 겁쟁이 집단이잖아!"

마구 욕을 퍼부었다.

"네 이놈, 전하에 대한 굴욕, 불경하구나! 철회해라!"

타무리가 얼굴을 새빨갛게 물들이며 솜니를 차고 때렸다. 수호기사가 봐주지 않고 가하는 폭력. 몇 번이나 의식을 잃을 뻔했지만, 그래도 두 사람을 노려보았다.

"몇 번이고 말해주마. 너희는 그냥 비겁자다! 뭐가 관대냐! 정말 관대한 사람은 이렇게 쉽게 사람을 잘라내지 않아! 상관없는 자를 희생시키지 않아! 그런 사람의 마음을 지니지 않은 썩을 왕자가 왕위에 오른다면, 아멜리아 왕국은 결국 끝장날 거다!"

"이 자식……."

허리에 찬 검을 뽑는 타무리. 눈빛이 어둡다. 아무래도 솜니도 여기까지인 모양이다. 그건 됐다, 이제 솜니의 몸 따위는 알 바 아니다. 그러나 미련은 있다. 솜니 탓에 휘말리고 만 라일라다. 그녀만은 구하고 싶다. 기사로서 최후의 긍지와 목숨을 걸고 구해야 한다. 설령 그것이 솜니보다 강하고 긍지 높은 소녀라고 해도.

결심하고 중심을 낮추며 오른쪽 주먹을 강하게, 강하게 쥐었다. 주먹이 떨리는 것을 자각한다. 솔직히 무섭다. 지금부터 하려는 것은 그저 무모한 자폭이다. 그냥 어린애 같은 고집이다. 분명히 솜니는 죽는다. 그리고 보니 다툼조차 제대로 해본 적이 없다. 그러면서 잘도 지금까지 일류 기사라고 진심으로 자칭하고 다녔다.

"죽어라!"

검을 드는 타무리에게 가까이 있던 건물 잔해를 집어 던지고, 온 힘을 다해 그를 향해 돌진했다.

"쳇!"

타무리가 검으로 능숙하게 잔해를 쳐내고 솜니의 정수리에 장검을 휘둘렀다. 그것에 몸을 비틀어 피하려고 하였으나, 장검이 솜니의 왼쪽 어깨부터 절단했다.

척추에 정을 맞은 것 같은 격통에 이를 악물며 강하게 쥔 주먹으로 그의 볼을 때렸다. 날아가는 타무리를 곁눈질하며 라일라를 향해 달려갔다.

'닿아라!'

솜니의 오른손이 라일라에게 막 닿으려고 할 때였다.

"안됐네."

토우코츠의 거슬리는 목소리가 울리더니, 옆에서 강한 충격이 발생하여 시야가 천장과 바닥을 돌며 벽에 부딪쳤다.

"이 하찮은 꼬마가!"

몽롱한 의식 속에 악귀 같은 표정으로 다가오는 타무리가 보였다.

그리고 갑자기 눈앞에 나타난 검은 로브의 뒷모습.

'소년, 너는 잘해주었다. 방관하기에 이 녀석들은 너무 지나쳤다. 너의 원통함, 내가 풀어주마. 그러니 너는 편안히 자고 있도록 해.'

머릿속에 울리는 남자의 목소리를 끝으로, 솜니의 의식은 어둠 속으로 떨어졌다.

***

──화려한 죽음의 도시 앞 광장.

정신을 잃은 루미네와 로만을 들고 광장에 도착하자 교관 같은 사람 여러 명에게 둘러싸였다. 모두 무기를 들고 있는 것으로 보아 결코 호의적이진 않을 것이다.

"네놈이 왜 여기 있지?!"

파란 머리를 바짝 깎은 키가 큰 교관이 동요한 목소리로 나에게 외쳤다. 언동으로 보아, 이들은 나라는 인간을 알고 있다. 그리고 이곳에 있어서는 안 된다고 생각한 모양이다.

분명 시험 규칙에 따르면 포기는 물론, 일시적인 휴식이나 태세 정비를 위해 이 장소에 돌아오는 것 자체는 가능할 터였다. 그런데 무기를 들면서까지 경계할 이유는 하나뿐이겠지. 즉, 나 역시 노려지고 있었단 말인가.

"내가 여기 있으면 안 되나?"

나를 둘러싼 교관들을 쭉 둘러보며 반대로 되물었다.

"그 두 사람과 너는 같은 팀이 아니야! 나머지 수험생 한 명은 어디 갔지? 설마 공격했나?!"

역시 이들은 앤트라라는 놈을 알고 있다. 루미네와 로만을 죽이려고 한 것은 이들 바벨의 무리일 것이다.

"글쎄, 지금쯤 좋은 꿈이라도 꾸고 있겠지."

현재 벨제바브가 심문하고 있을 테니 이들의 배후는 금방 파헤쳐지겠지만, 만약을 위해 나도 이들이 어디까지 관여하였는지 찾아보기로 했다.

"그게 무슨 의미지?!"

짧은 머리에 키가 큰 시험관이 나의 코앞에 검을 들이댔다.

"상상에 맡길게."

"허튼소리 마라! 그 두 사람을 건네!"

호통을 치는 시험관.

"시끄러워. 화를 낸다고 얌전히 따르는 건 너희가 지금까지 망가트려 온 순진무구한 젊은이뿐일걸?"

"뭐라고! 우리를 모욕하는 건가!"

짧은 머리에 키가 큰 교관이 나의 목덜미에 장검의 칼날을 대고 위협했다. 동작으로 보아 검 솜씨는 다른 수험생과 별 차이 없다, 정말 하잘것없는 상대다. 일단 썩어도 바벨의 교관이니 검술에는 조예가 얕은 마도사나 뭐 그런 부류인가.

"다른 말로 들렸다면 너희의 이해력을 의심해야겠는데."

이 정도면 됐다. 나는 이들의 바닥이 보였고, 이 이상 어울릴 가치가 없다고 판단했다. 게다가 아무래도 불길한 예감이 든다. 아직 이 시험에는 라일라가 참여하고 있다. 데이모스는 아직 미숙하다. 강자에게는 대적할 수 없다. 지금은 내가 움직일 필요가 있다. 루미네와 로만은 일시적으로 로제 쪽에 맡겨둘까. 로제 근처에는 아스타도 있다. 어쨌든 이지 턴전의 마지막 보스였으니 아스타라면 도망치는 것 정도는 가능할 것이다.

막 움직이려고 할 때, 역시 시험관으로 보이는 녹색 로브를 입은 남자가 이쪽으로 다가와 아까 그 짧은 머리 남자에게 귓속말을 했다. 갑자기 짧은 머리에 키가 큰 남자가 얼굴을 추악하게 일그러뜨리고 나에게 다가왔다.

'라일라 헤르너가 지금 궁지에 몰렸다고 해. 도적의 요구는 네가 우리 지시에 따라 그 두 사람을 건네고 그들의 지시에 따르는 것이라고 한다.'

신나 보이는, 그리고 나에게만 들리는 작은 귓속말이었다. 불길한 예감이 맞았나. 아무래도 바벨이란 조직은 나와 정면으로 싸우기를 바라는 모양이다.

"그건 협박인가?"

그렇다면 실로 우습다. 과거라면 몰라도 지금 나에게 협박 따위는 무의미하다. 약자의 협박에 굴하는 무른 감정은 이지 던전에 전부 폐기하고 왔다.

'아니, 그저 도적의 전언이야. 우리는 시험관, 그런 자들과 얽힐 리가 없지.'

"시시하군."

바보 같다. 도적에게 전언을 받은 시점에서 관계자라고 자백한 것일 텐데.

"노파심에서 너에게 알려주마."

나를 굴복시켰다고 생각한 모양이다. 그는 입꼬리를 씩 올리고 검 끝으로 나의 볼을 탁탁 때리며 의기양양하게 말한다.

"뭔데?"

"이 세계에는 절대 불가침인 질서가 있어. 그것들은 일개 무능한 검사 따위가 거스를 수 있는 것이 아니야. 포기하고 얌전히 따라. 그것이 세상의 올바른 흐름이라는 거다."

기존의 질서에 따르라. 지금 내가 가장 혐오하는 사상이다. 이 상황에 이 나에게 그런 말을 내뱉다니, 이 자들은 정말이지 파멸을 바라기라도 하는 가보다. 좋다. 어쨌든 이 시시한 장난에 질린 참이었다. 로만과 루미네를 바닥에 살며시 내려놓았다.

"하나 물어도 될까?"

짧은 머리에 키가 큰 남자를 응시하며 조용히 물었다.

"응? 뭐지?"

역시 여유로운 표정으로 묻는 남자.

"이건 바벨 전체의 뜻이라고 생각하면 되나?"

나는 조직 존속의 최종 확인에 나섰다.

"당연하지! 아까도 말했지 않나? 너 같은 무능은 우리에게 얌전히 따르고 머리를 숙이면 돼!"

나는 크게 한숨을 내쉬었다.

"너희는 선택을 잘못했어."

단지 그것만 낮은 목소리로 전하고, 나의 코앞에 있는 칼을 왼쪽 검지와 엄지로 잡아 비틀었다.

"어?"

힘없이 꺾이는 도신에 놀란 소리를 내는 남자. 나는 양손으로 장검에 더욱 힘을 주어 구겨버린 뒤, 구형 쇳덩어리로 바꾸었다.

"…………."

조금 전까지 장검이었던 것을 멍하니 바라보는 남자에게는 신경도 쓰지 않고, 오른손에 토벌 도감을 꺼냈다. 마침 눈앞에는 텐트가 여러 개 있을 뿐 뒤에는 아무도 없는 넓은 평지가 펼쳐져 있다. 여기라면 불러내기에 공간이 충분할 것이다.

사람이 없는 뒤쪽 광장을 향해 도감의 페이지를 적당히 펼쳤다. 페이지의 제목은 '대인(對人)집단전군'.

이것은 마라가 토벌 도감의 주민이 되고 나서 나타난 페이지다. 표지에 'level 2'라고 새롭게 기재되며 이 페이지가 나타났다. 보아하니 이 페이지는 반드시 상황이 대인전이어야 하지만, 여기에 지정된 각 마물의 신체 능력이 상승하며 일시적으로 토벌 도감의 유쾌한 동료 중에서도 최상위 간부들의 가호를 받는다는 특수 효과가 있다고 한다.

추측형인 이유는 실제로 검증하려고 했지만, '대인 조건을 만족하지 않았습니다'라는 표시만 뜨고 불러내지 못했기 때문이다. 한마디로 이번이 처음 보는 것이라는 소리다.

"나와라."

나의 목소리에 도감이 빛을 내더니 광장을 가득 메우는 수천 명의 메뚜기 남자.

"그각!"

메뚜기맨들은 모두 규칙적으로 줄을 서더니 자세를 바르게 했다.

"어르신의 앞이다! 모두 경례!"

선두에서 장엄하게 선 사자 머리 수인 네메아가 호령했다.

"기긱(넵)!"

수천 명의 메뚜기맨들이 왼쪽 손바닥에 오른쪽 주먹을 대고 인사했다. 아무래도 대인 전투에는 메뚜기맨들이 나오나 보다. 게다가 모두 특수한 의상에 망토를 두르고 있다. 네메아도 금색 갑옷 차림이다. 분명 이것이 책의 특수 효과일 것이다.

그러나 토벌 도감에서도 비교적 약한 메뚜기맨으로 이 바벨을 제압하는 것이 가능할까? 나는 이런 쓰레기들 때문에 부하를 잃는 것만은 절대 용납할 수 없는데. 뭐, 일단 대인 전투니까 부스트 효과가 있고 네메아도 있다. 위험해지면 피난 정도는 시키겠지.

"히이이익!"

부자연스러울 만큼 조용해진 광장에서, 네메아와 무수한 메뚜기맨들의 쏘아 죽일 듯한 시선을 받은 짧은 머리에 키가 큰 남자는 얼굴을 온통 공포로 물들이고 괴조처럼 새된 소리를 질렀다.

그 꼴사나운 모습을 힐끗 보고, 나는 두 팔을 벌렸다.

"제군, 이 도시 바벨은 나의 적이 되었다. 빠르게 바벨탑을 제압하라. 학생과 수험생에게는 일절 위해를 가하지 마라. 너희가 죽는 것도 절대 용납하지 않는다. 그 두 가지가 조건이다. 나머지는 마음대로 해도 좋다. 철저하게 날뛰어라."

메뚜기맨들에게 지시를 내렸다.

"기가(넵)!!"

발을 구르며 포효로 대답하는 메뚜기맨들. 땅 울림이 동심원 형태로 퍼지는 가운데 남자는 바닥에 엉덩방아를 찧고 결국 실금하고 말았다. 그 외에 나를 둘러싸고 있던 직원들도 몸을 가까이하고 덜덜 떨고 있다.

정말 너무나 한심한 무리다. 그러나 주사위는 던져졌다. 다름 아닌 자신의 손으로. 그렇다면 나도 절대 타협하지 않는다.

"자, 잠깐만! 기다려줘!"

머리에 새빨간 반다나를 두른 검사풍 남자가 텐트 쪽에서 허둥지둥 튀어나와 내 앞까지 와서 제지했다.

"브라이 스텀프, 너도 나의 적인가. 그럼 봐주지 않겠어."

등에 멘 칼집에서 무라사메를 뽑아 자세를 취했다. 미숙하다고 해도 이 남자는 검사다. 그렇다면 전력으로 쓰러뜨리겠다. 무엇보다 라일라가 습격당한 시점에 이미 나에게 자중이란 말은 없다. 적이 조직이든 개인이든 흔적도 남지 않을 만큼 산산이 부술 뿐이다.

"그럴 리가 없잖아! 적어도 우리 바벨은 당신의 적이 아니야!"

"허! 나의 소꿉친구 라일라 헤르너를 납치한 바보들과 이 녀석들은 한패인 모양이던데. 그리고 거기 내 지인 두 사람도 처분하려고 했어."

내가 지금도 엉덩방아를 찧고 입을 뻐끔거리고 있는 짧은 머리에 키가 큰 남자를 내려다보자, 그가 움찔하며 몸을 굳힌다.

브라이는 경악한 눈으로 루미네와 로만, 그리고 나의 얼굴을 응시하였으나 금세 분노한 얼굴로 동료 남자들을 바라보았다.

"너희들, 그게 사실이냐?"

목소리를 떨며 묻는다.

"진실이에요."

그 의문에 대답한 것은 청아한 여자 목소리. 눈만 움직이자 새하얀 로브를 입은 미녀를 선두로 한 집단이 이쪽으로 다가오고 있었다. 아직 거리가 제법 떨어져 있기에 상식적으로 생각하면 목소리가 들릴 리가 없다. 마법이나 그런 종류일 것이다. 아까부터 계속 엿보는 느낌이 들었는데 아마 저들일 것이다. 아무튼 저 여자가 지금 진실이라고 자백했다. 즉,

"그래, 그래, 네가 흑막인가."

자연스럽게 입꼬리가 올라가는 것이 느껴졌다. 저 사람은 바벨의 학교장 이네아. 즉, 명실상부 이 바벨의 톱이다. 한마디로 바벨 최강의 여자라는 뜻이다. 또한 뒤에 있는 빨간 로브를 걸친 작지만 근육질인 남자는 바르세의 헌터 길드 마스터, 랄프 엑셀이다. 인간계 최강 클래스의 영웅님들의 도착인가. 과연, 굳이 내 앞에 얼굴을 드러낸 것은 강자의 여유라는 것이겠지. 영웅 두 사람이 상대라면 확실히 메뚜기맨들에게는 벅찰 것이다. 내가 직접 나서야겠다.

"크하하! 재미있네. 너희들 재미있어!"

최근 잔챙이만 처리하느라 강자와 전혀 겨루질 못했다. 바벨 최강인 학교장과 헌터의 영웅 랄프 엑셀인가. 상대로서 부족함이 없다.

"깨어나라, 무라사메."

그렇게 명령하고 무라사메에 마력을 힘껏 주입하자, 몇 번 맥

동하더니 주위에 악질적이기 짝이 없는 오라를 흩뿌리기 시작했다. 오랜만에 무라사메를 깨웠다. 이 요도는 일단 깨어나면 정말 다루기가 까다로워진다. 생각 없이 휘두르면 사방팔방이 황폐해질 테니 조심해서 다루어야 한다. 나는 중심을 낮추고 정신을 전투에 특화시키기 시작했다.

"착각하지 말아주세요. 제가 나온 이유는 반역자를 숙청하기 위해서입니다."

"뭐?"

이네아가 살짝 웃더니 한 손을 들었다.

"체포하세요!"

눈이 가는 검은 로브 남자를 시작으로, 바벨 직원들이 필사적인 얼굴로 아까 나를 둘러싸고 있던 자들에게 달려가 양팔을 금속으로 구속했다. 저건 속박계 마도구인가.

"수험생에 대한 범죄 행위. 용서할 수 없는 대죄입니다. 당신들에게 명령한 자를 포함하여 엄벌에 처할 테니 각오해요."

마치 벌레를 보는 듯한 차가운 눈으로 이네아가 조용한 어조로 선언했다.

"아니, 무슨 근거로!"

짧은 머리에 키가 큰 남자가 곧바로 반론하려고 했다.

"당신은 이 상황에서 근거가 필요하다고 생각합니까?"

그는 이네아의 말에 조심스럽게 나를 보더니 얼굴을 완전히 공포로 일그러뜨리고는 고개를 숙인다. 이네아는 나를 향해 깊숙이 머리를 숙였다.

"이것은 일부 어리석은 자가 폭주한 결과로, 저희 바벨 전체의 뜻이 아닙니다. 칼을 거두시지 않으시겠습니까?"

정중한 부탁이었다.

"뻔한 거짓말이야. 이 상황에 너희를 신뢰하라고?"

"네. 저희에게는 위험을 감수해서까지 당신과 적대할 메리트가 없습니다. 게다가 지금 당신도 새롭게 적을 만들고 싶지 않은 사정이 있을 것입니다."

이 여자, 지금 내가 처한 상황을 파악하고 있다. 확실히 라일라가 납치된 이상 나는 이런 곳에서 시간을 낭비할 때가 아니다. 그러나 이 여자를 신용할 수 있냐고 묻는다면, 그것은 또 다른 이야기다.

"너희는 신용할 수 없어. 여기서 없애두는 게 최선이야. 그런 느낌이 들어."

무라사메의 칼끝을 이네아를 향해 높이 들었다. 확실히 나는 가능한 한 빨리 라일라를 보호하러 가고 싶다. 그러나 이대로 가버리면 루미네와 로만을 인질로 잡힐 것이다. 이렇게 뒤에서 음모를 꾸미는 자는 그 정도는 태연하게 저지르겠지. 네메아는 나보다 약한 이상 인류의 영웅급인 두 사람에게 반드시 이긴다는 보장이 없다. 무엇보다 이 여자는 몹시 위험한 냄새가 난다. 신뢰해도 될 부류의 인간이 아니다. 따라서 내가 여기서 없애두는 것이 가장 좋다.

"기, 기다려 주십시오!"

아까의 여유로운 태도와 달리 강한 초조함이 담긴 목소리로 제지하는 이네아. 내가 무엇보다 강한 필살기를 쓰려고 한 때였다.

"카이!"

낯익은 세 명의 남녀가 나와 이네아 일행 사이로 끼어들며 불현듯 모습을 드러냈다.

로제, 아스타, 잭인가. 기척 자체가 갑자기 나타난 것으로 보아 아마 아스타가 공간 전이 계열 능력으로 이 자리에 온 모양이다. 아스타 녀석, 보기와 달리 재주가 많으니까.

이런 타이밍에 로제가 등장했으니 누군가에게 중재라도 부탁받았다고 봐야 할까. 상식적으로 생각하면 바벨 측이겠지. 그렇다면 이네아 쪽은 정말 관련이 없나? 아니, 이 여자의 언행은 이번 일의 동향을 예상한 듯했다. 확실히 관여하고 있다. 문제는 어떤 형태로 어느 정도 관여했냐는 것이지만, 지금 생각할 여유는 없다. 아무래도 귀찮은 일이 되고 말았다.

"로제 전하! 카이 님을 설득하여 주십시오! 저희는 정말 관련이 없습니다!"

울 것처럼, 아니 실제로 울먹이며 눈이 가는 남자 시그마가 애원했다.

로제는 나와 수천 명의 메뚜기맨, 이어서 곁에 누워 있는 루미네와 로만을 번갈아 보더니 깊은 한숨을 내쉬었다.

"카이의 걱정거리는 이 두 사람이겠지요. 그럼 우리가 이 두 사람을 보호하겠습니다."

저 어이없어하는 태도는 아주 마음에 들지 않지만, 본래 이들에게 두 사람을 맡기려고 생각했다. 좋은 타이밍인 것은 확실하고, 공간 전이를 쓸 수 있는 아스타가 있다면 최악의 사태만은 피할 수 있을 것이다.

"알겠어. 맡길게."

전이를 쓸 수 있는 아스타가 이 자리에 온 이상, 루미네와 로만의 안전은 확보되었다. 게다가 바벨 측도 아멜리아 왕국의 왕녀 로제에게 위해를 가할 수는 없을 것이다. 그렇다면 일시 휴전 정도는 받아주마. 현재 이네아의 움직임을 막아야 한다는 관점에서도 공격을 중단한다는 제스처는 필요할 것이다. 어디까지나 이 일이 끝낼 때까지 보류할 뿐이다. 그렇다면 딱히 상관없다.

"불러 내놓고 미안하지만, 지금은 돌아가 줘."

"네!"

인사하는 네메아를 시작으로 메뚜기맨 대군은 토벌 도감 안으로 돌아갔다.

"주인님! 부탁드리고 싶은 것이 있습니다!"

갑자기 노출도가 높은 빨간 의복을 입은 장신의 미녀가 모습을 드러내고, 나에게 뜻밖의 의견을 내놓았다. 그녀는 토벌 도감에서도 선두를 다투는 무투 파벌 여신 연합의 투 톱 중 하나, 네메시스다.

"뭔데?"

미안하지만 지금은 일분일초가 아깝다. 느긋하게 대화할 여유가 없다.

"거기 두 사람의 보호, 저에게 맡겨주지 않으시겠습니까?"

"루미네와 로만의 보호를 너에게?"

"네! 부디 맡겨주십시오!"

"흐음……."

아스타에게 경호를 맡기려고 한 까닭은 전이 능력이 있기 때문이다. 그걸 생각하면, 여신 연합의 존재들은 토벌 도감에서도 가장 다양한 능력을 지니고 있다. 보호에 특화된 자도 존재할 가능성이 크다. 무엇보다 네메시스가 이렇게 간절하게 나에게 소원을 말하는 일은 거의 없다. 여기서는 부하를 신뢰해야 할 것이다.

"알겠어. 너에게 맡기지. 두 사람을 반드시 지켜줘!"

"네! 이 목숨과 바꾸어서라도!"

나는 루미네와 로만을 네메시스에게 맡기고 다시 숲속으로 달려갔다.

***

괴물이 화려한 죽음의 도시 내부의 숲으로 모습을 감추자마자, 이네아는 다리에 힘이 풀려 바닥에 양쪽 무릎을 찧었다. 다리가 덜덜 떨리고 땀샘이 망가진 것처럼 차가운 땀이 온몸에 폭포처럼 흘렀다. 그리고 그것은 일기당천을 자부하는 다른 바벨 직원들도 마찬가지였다. 그저 모두, 저 괴물과의 전쟁을 회피한 것을 진심으로 안도하였다.

"마스터! 그와 문제를 일으키다니 제정신입니까! 자칫하면 여기 바벨의 모든 헌터가 희생되었을지도 모른다고요!"

가슴을 감싼 갑옷에 짧은 반바지라는 노출도 높은 옷을 입은 여성이 울먹이며 랄프 엑셀에게 항의했다.

"알아. 나도 간담이 서늘하군. 아니 수명이 수십 년은 줄었어. 다시는 그 녀석을 화나게 하지 말아야겠어."

랄프도 크게 숨을 내뱉고 바닥에 털썩 주저앉았다. 그리고 옆에서 미소를 짓고 있는 로제 왕녀를 고개만 돌려 쳐다보았다.

"우리 헌터 길드는 이번 일과는 전혀 관련이 없어요. 왕녀, 그걸로 되겠습니까?"

지친 목소리로 묻는다.

"네, 카이에게는 나중에 그렇게 전하겠습니다. 랄프 님에게 적의가 없는 것을 알면 카이가 굳이 적대하는 일은 없겠지요."

웃으며 대답하는 로제 왕녀의 얼굴에서는 불안하거나 부정적인 감정은 전혀 느껴지지 않았다.

"헌터 길드 쪽은 완전히 봉변을 당한 거고, 사부는 딱히 잘못하지 않았어. 걱정 안 해도 돼. 오히려 문제는 당신들 바벨 쪽이겠지."

2메르는 되는 듬직하고 야성적인 풍모의 남자, 잭이 이네아를 힐끗 보며 지금 가장 우려되는 부분을 지적했다. 이번에 이네아 측은 카이 하이네만의 부하가 세운 책략에 따랐을 뿐이다. 그러나 저 모습을 보니 그런 이유를 아무리 그에게 말해도, 전혀 감형될 이유가 되지 않는 듯 보인다. 그만큼 강렬한 각오를 느꼈다. 그야말로 바벨이라는 조직을 이 세상에서 소멸시키려고 할 정도의.

"당신도 그렇게 생각하나요?"

"그야 뭐. 실제로 저 주제도 모르는 얼간이들이 사부를 진심으로 격노하게 했으니까. 저건 틀렸어. 이제 될 대로 되도록 놔둘 수밖에."

잭은 뒤에서 사로잡혀 고개를 숙이고 있는 부학교장파 직원을 엄지손가락으로 가리키며 고개를 크게 가로젓는다.

"즉, 라일라 헤르너의 안위에 바벨의 미래가 걸렸다는 건가요?"

"그래, 사실 사부는 스스로 생각하는 것보다 훨씬 가족을 챙기니까. 라일라 헤르너만이 아니야. 아마 우리 중 누가 당해도 똑같겠지."

"그럼 만약에 라일라 헤르너에게 문제가 생겼다면?"

"당연히 사부는 당신들의 말 따위는 전혀 듣지 않고 바벨을 없앨 거야. 그야말로 흔적도 남지 않을 만큼 철저하게. 우리에겐 막을 방법이 없고, 그럴 생각도 없어. 이제 라일라라는 이름의 아가씨가 무사하게 있기를 그저 바랄 뿐이야."

"그렇……습니까."

자신의 미소가 사라지는 것을 자각했다. 줄타기라는 점은 이해하고 있었고, 그가 자신을 인간이라고 인식하는 것도 알고 있었다. 그러나 그는 최강의 초월자다. 그런 그가 이렇게까지 인간미가 넘칠 거라고는 생각하지 못했다.

"확실히 기리메칼라파의 암약도 있어서 너희도 그것에 동참했을 뿐이기야 했겠지. 하지만 무엇보다 이 탑의 일부 사람이 우리 마스터를 죽이려고 한 것은 사실이지 않소?"

이 상황에 별로 흥미가 없는 모양이다. 의욕 없이 크게 하품을 하면서도 이국의 의복에 모노클을 착용한 아름다운 여성이 그렇게 물었다.

"네."

카이 하이네만의 암살은 부학교장 측이 그 바보 왕자의 의뢰를 받아 꾸민 일이다. 부학교장도 바벨의 일원임에는 변함이 없다. 따라서 그것은 틀림없는 사실이다.

"그럼 자업자득이오."

"맞아. 그럼 기리메칼라파가 끌어들여 준 게 오히려 잘된 일 아냐?"

팔짱을 끼며 잭이 진지하게 자기 생각을 밝혔다.

"확실히 마스터 밑의 그 혈기 왕성한 무리가 이 건을 알면 크게 격노하는 정도의 소란으로 끝나지 않겠지. 다짜고짜 이 바벨이라는 조직 자체를 없애버릴 것이오. 하찮은 인간을 좋아하는 변태 집단 기리메칼라파이기에 바벨 측에 접촉한다는 이런 성가신 방법을 썼을 테고."

의미를 알 수 없는 대화를 나누는 잭과 모노클 여성. 그러나 왜 그럴까. 의미를 모를 터인 내용에 아까부터 소름이 끼친다.

"그렇겠지. 하지만 기리메칼라 아저씨는 그게, 꽤 그렇잖아? 이번 일, 무사히 수습되려나?"

남의 일처럼 멍하니 중얼거리는 잭.

"이번 일은 루카스도 움직이고 있소. 웬만한 이레귤러가 일어나지 않는 한, 마스터의 개입으로 사건은 마무리될 것이오."

"이 타이밍에 루카스 아저씨라니. 점점 불길한 예감밖에 안 드네. 게다가 이레귤러라…… 그거 이 상황에서는 최악의 플래그잖아?"

잭은 잠시 턱을 쓰다듬으며 생각에 잠겼으나, 질린 얼굴로 모노클 여성에게 물었다.

"아무리 그래도 너무 지나친 생각……."

코웃음을 치던 모노클 여성이 갑자기 인상을 찡그리고 화려한 죽음의 도시를 아득한 눈으로 바라보았다.

"——이 아닌 모양이오."

그건 몹시도 불길한 말이었다.

***

라일라 헤르너. 그 이지 던전 안에서 오랜 세월을 보내며 많은 것을 대부분 잊고 말았지만, 희미하게 그 존재를 기억하던 사람이 몇 있다. 그중 하나가 라일라다. 그만큼 과거의 나에게 라일라의 존재는 컸다는 뜻이다.

부모끼리 정한 약혼자라는 관계였기 때문인가, 라일라와는 어린 시절부터 대체로 함께 있었다.

함께 점심을 먹고, 푹신푹신한 풀밭에서 낮잠을 자고, 땀을 흘리며 검을 배웠다. 나에게 그녀는 나이가 가까운 누나에 가까웠다고 생각한다. 그렇기 때문일까. 자꾸만 그녀의 위기에 심한 초조함을 느끼는 듯하다.

이쪽을 향하는 서툴기 짝이 없는 살기에 이동을 멈췄다.

"나와."

지금도 날뛰고 싶어 하는 오른손에 쥔 무라사메를 힘껏 억누르며 나는 말을 걸었다.

"눈치챘나."

그렇게 말하며 새하얀 법의를 입은 거대한 백발노인이 온몸이 상처투성이인 대머리 남자를 데리고 나무 사이에서 모습을 드러냈다.

"그럭저럭."

살기를 감추려고도 하지 않으니, 그야 알아차릴 수밖에.

거대한 노인은 잠시 한쪽 눈을 가늘게 뜨고 깜박이지도 않으며 나를 보았으나, 곧 코웃음을 쳤다.

"이봐, 엔, 네놈도 이런 이교도 원숭이가 정말 동지 신사 프레트를 죽였다고 생각하나? 아무것도 느껴지지 않잖아!"

그는 뒤를 돌아보며 커다란 나뭇가지 위에서 이쪽으로 오른손 집게손가락을 가리키고 있는 녹색 로브 남자에게 묻는다.

"바보 자식아! 저 녀석의 몸짓을 보고도 몰라? 엄청나게 강하잖아!"

폭포처럼 땀을 흘리며 엔이 겁에 질린 목소리로 외쳤다.

"이렇게 약해 보이는 원숭이가?"

엔의 모습에 인상을 찌푸리며 거대한 노인이 물었다.

"디비어스, 겉모습에 속지 마! 저 녀석은 확실히 달인급이야! 프레트를 죽인 건 틀림없이 저 녀석이야! 처음 계획대로 가자!"

"그래……."

거대한 노인, 디비어스가 오른쪽 손가락을 딱 튕기자, 대머리 남자가 디비어스의 앞에서 곡도를 들었다. 생기가 없는 걸 보면 인간을 베이스로 한 일명 개조 인형이라는 건가. 정말 불쾌한 인간들이다.

"나는 지금 바빠. 라일라가 있는 곳까지 안내해. 그러면 상으로 너희에게 편안한 죽음을 선사하마."

이번에 흉계를 꾸민 자들은 나의 가장 건드려서는 안 될 부분을 건드렸다. 편안한 죽음은 내가 생각할 수 있는 가장 큰 온정일 것이다.

"이교도 원숭이 따위가 건방진 소리를! 이봐, 몽키A, 저 녀석을 제압해!"

디비어스가 오른쪽 손바닥을 몽키A라 불린 대머리 남자의 등에 대자, 온몸이 울퉁불퉁 부풀더니 털이 자라났다. 그는 금세 3메르는 될 원숭이 형태의 괴물로 변하고 말았다.

"디비어스, 그만둬!"

엔의 필사적인 제지도 소용없이 짐승처럼 으르렁거리며 나를 공격하는 원숭이 같은 마물. 그의 날카로운 발톱이 나의 코앞까지 다가온 순간, 나는 그 원숭이 마물의 목을 베어내고 몸을 여덟 개로 절단했다.

"엥?"

놀란 소리를 내는 디비어스에게 시선을 보내며 무라사메를 휘둘러 피를 털어냈다.

"헉?!"

디비어스는 작게 비명을 지르며 뒤로 물러나 몸을 숙이고 손가락을 딱 튕긴다.

"어, 어째서 수복되지 않지?!"

그는 몇 번이나 손가락을 튕겼지만, 꿈쩍도 하지 않는 원숭이 마물 사체를 보며 몹시 초조한 목소리로 의문을 표했다.

어리석기는. 나의 마력을 담은 참격이다. 육체는 물론이고 미숙하기 짝이 없는 술법과 함께 조각도 남기지 않고 베어냈다. 수복될 리가 없다.

"아무래도 자비는 필요 없는 모양이네."

무라사메로 엔과 디비어스의 사지를 잘라내려고 할 때였다.

"라일라 헤르너는 우리가 사로잡았다. 그 여자를 무사히 돌려받고 싶다면 무기를 버려라. 그리고 루미네 헤르너를 우리에게 넘겨!"

순간 엔의 말을 받아들이지 못했지만, 금세 뇌가 그 의미를 인식했다.

"라일라를 납치한 데다…… 루미네까지 건드릴 셈인가!"

그 사실을 중얼거린 순간, 내 안에서 한 감정이 폭발했다. 매우 난폭한 것이 질풍처럼 마음을 채우는 와중에 나는 엔과 디비어스에게 눈길을 보냈다. 단지 그것만으로——.

"위험해! 위험해! 위험해! 위험해! 위험해! 저자는 진짜 위험해! 이봐, 디비어스, 저 녀석은 초월자야! 우리가 상대하기란 불가능해! 즉시 이곳에서 이탈하자!"

나와 시선이 마주친 엔이 절규하고는 나에게서 등을 돌려 도망치려고 했다.

"아, 알겠다!"

디비어스도 당황한 목소리로 대답하고 곧장 도망을 시도했다.

"어리석은 것들. 그 정도 실력으로 도망칠 수 있을 리가 없지."

독자적인 보행술로 질주하여 디비어스 옆을 스쳐 지나가며, 그 사지를 조각내 살점으로 바꾸었다. 그리고 엔의 목덜미를 왼손으로 거머쥔 바로 그때였다.

"구웩구웨에에엑!"

갑자기 디비어스가 양손으로 자신의 목을 잡고 신음하기 시작했다. 머리카락이 후드득 빠지고, 피부가 부글부글 끓더니, 잘렸던 사지 단면에서 살이 부풀었다. 거대한 뿔이 돋으며 온몸의 근육이 증대하고는 곧 입을 크게 벌린 거인으로 변했다.

"대, 대단해…… 너무나 훌륭해! 이 넘치는 힘! 이제 나는 신에 이르렀다!"

황홀하게 넋이 나간 표정으로 자신의 몸을 안는 변태 거인, 디비어스.

"어리석은 것."

나는 그렇게 쏘아붙이고 그 사지를 다시 뿌리부터 절단했다.

"어?"

자신이 피를 흘리며 쓰러지고 있다는 현실에 잠시 아연실색하였으나, 디비어스는 금세 귀가 따갑도록 절규했다.

"벨제, 이 녀석에게서 사정을 알아내서 나에게 보고해!"

고통에 몸부림치는 모습을 곁눈질하며 나의 그림자를 향해 외치자 그림자에서 거대한 파리, 벨제가 나와 무릎을 꿇었다.

"알겠습니당. 끝나면 어떻게 할까용?"

어떻게 하냐니? 그야 정해져 있다.

"이미 나의 소중한 자에게 위해를 가하겠다고 공언했어. 일절 타협하지 말고 지옥을 보여줘라!"

"알겠습니당♬"

"아, 아, 안 돼애애애——!"

벨제는 명랑한 목소리로 크게 고개를 끄덕이고는 절규하는 디비어스의 머리를 움켜쥐고 내 그림자 속으로 사라졌다.

"자, 남은 건 너뿐이네."

엔을 바닥으로 내던지고 무라사메의 칼끝을 들며 흘겨보았다.

"요, 용서해 주십시오!"

두 손을 모으고 눈물과 콧물을 쏟으며 나에게 애원하는 엔.

"널 용서하라고? 이 내가 라일라를 납치한 너희를? 너에겐 내가 그렇게 물러 보이나?"

그렇다면 그것은 큰 착각이다. 나는 자신의 소중한 사람을 빼앗으려고 하는 자를 용서할 만큼 인격자가 아니다.

"부탁드립니다! 저는 그저 명령받았을 뿐입니다!"

"이 상황에 헛소리는 별로인데."

되는대로 헛소리를 지껄이는 엔의 오른팔을 걷어찼다.

"켁?"

얼빠진 소리를 내는 엔의 오른팔이 엉뚱한 방향을 향했다. 이어서——.

"크으아아아아악——!!"

찢어지는 듯한 비명을 지르는 엔의 멱살을 왼팔로 잡았다.

"시끄러워. 닥쳐."

이의를 허락하지 않는 어조로 명령했다.

"…………."

엔은 얼굴을 온통 공포로 물들이고 몇 번이나 고개를 끄덕였다.

"라일라에게 안내해. 라일라가 상처 하나 없이 무사하다면 특별히 자비를 베풀어주마. 다만 조금이라도 거스르면 아까 어리석고 불쌍한 동료처럼 될 거다. 이해했나?"

엔의 귓가에 낮은 목소리로 속삭이자 눈물을 담고 고개를 위아래로 끄덕끄덕 움직이기에 바닥으로 내던졌다.

"달려! 전속력으로!"

격앙하여 외쳤다.

"네에!"

눈물과 콧물을 흘리며 엔이 달리기 시작했다.

——기다려, 라일라! 반드시 구해줄게.

그렇게 굳게 맹세하고 엔의 뒤를 따라 달렸다.

***

데이모스는 자신의 행동에 순수하게 놀랐다. 이것은 위대한 주인님의 책략. 그리고 그분께서 명한 것은 어디까지나 라일라 님의 보호. 가만히 보고 있어야 할 터인데.

특히 이 젊은이는 우리 지고의 주인 카이 님을 모욕했다. 구할 이유 따위는 전혀 없다. 그것이 본래 올바른 선택일 터. 그런데 이 행위에 이른 것에 후회하지 않고 묘한 후련함을 느끼고 있었다.

"뭐야, 너, 언데드인가? 게다가 지성이 있어. 신종 스켈레톤이라는 건가……."

머리에 해골 문신을 넣은 대머리 남자, 토우코츠가 눈을 가늘게 뜨고 혼잣말처럼 의구심을 표했다.

"그 더러운 입을 다물어라."

왜 그럴까? 도저히 이자를 용납할 수 없다. 데이모스는 과거에 마도를 추구하기 위해 인간임을 포기했다. 그때 인간의 마음도 버렸다. 그것은 틀림없다. 마도 실험을 위해 이자들과 별 차이가 없는 비정한 짓을 해왔다. 과거의 데이모스를 본 사람은 분명히 이제 와서 무슨 낯짝으로 윤리를 말하냐고 비난할 것이다. 과거의 데이모스는 그야말로 이 토우코츠와 타무리 같은 어리석은 자와 동류라고 해도 과언이 아니었다. 그런 데이모스가 지금, 이렇게까지 강렬한 혐오감을 느끼고 있다. 그 이유는 안다. 카이 님이다. 그만큼 압도적인 힘을 지닌 초월자이니, 본래 데이모스 같은 하계의 민초 따위에게는 별 흥미조차 보이지 않는 것이 일반적이다. 그런데 때로는 비정함에 화를 내고, 때로는 모두와 어깨를 나란히 하고 마시고, 먹고, 웃는다. 같은 초월자만이 아니다. 인간이나 데이모스처럼 본래 인간이었던 떨거지에게도 말이다. 그 너무나 자연스러운 모습을 보면 그것이 그분의 본질임을 쉽게 알 수 있다. 그것은 신이 드물게 보이는 변덕과도 같은 관대함과도 다르다. 그야말로 가족 같은 관계. 그것은 무척 신선하고 놀라움으로 가득했다. 그야 그렇지 않은가? 그것은 그야말로 데이모스가 버린 인간 그 자체였기 때문이다. 분명히 기리메칼라 님이 인간에게 강한 관심을 갖는 것도 그러한 카이 님의 그런 인간으로서의 측면에 강하게 끌렸기 때문이라고 생각한다.

이것은 터부 중의 터부지만, 카이 님은 데이모스처럼 원래 인간이 아닐까 생각한다. 그렇지 않다면 그만큼 인간의 마음을 알리가 없다. 함께할 리가 없다.

이렇게 지금 데이모스가 소년의 마음을 절실히 이해하고 만 것도 일찍이 인간이었던 영혼이 강렬하게 주장하고 있기 때문일 것이다. 그리고 카이 님이 데이모스의 입장이라도 분명히 같은 행동을 하였을 것이다. 그렇게 확신할 수 있다.

"고작 스켈레톤 따위가 건방진 소리를 하는구나."

토우코츠가 슬쩍 미소를 지으며 입맛을 다시고는 데이모스에게 가장 모욕적인 말을 내뱉었다. 이상하다. 그만큼 혐오하던 스켈레톤이라는 말에도 그리 마음이 흔들리지 않는다. 대신 카이 님과 라일라 님에 대한 갖가지 불경한 행위에 조용하지만 격렬한 분노가 휘몰아쳤다. 따라서——.

"흥, 삼류, 아니 가짜 네크로맨서 따위가 말해봐야."

그렇게 비난했다.

"뭐?! 이 내가 가짜라고?!"

송곳니를 드러내며 외치는 토우코츠.

"짖지 마라. 애송이."

왼쪽 집게손가락에 낀 반지에 마력을 넣자 갑자기 나타나는 검은 도검. 데이모스는 그것을 쥐었다.

"거창한 말을 하기에 뭔가 했더니 스켈레톤이 검사 흉내인가! 아, 시시해. 네가 해라."

토우코츠가 흥미를 잃은 듯 오른손을 휘휘 흔들고 구석에 있는 의자에 앉았다.

"나 참! 제멋대로인 녀석이군. 하지만 언데드의 처리는 수호 기사인 나의 역할이기도 해. 내가 맡아주마."

옆의 새하얀 갑옷을 입은 금발 청년 타무리가 검을 들었다.

"멋대로 떠들어. 와라. 상대해주마."

데이모스는 흑검을 높이 들고 중심을 낮췄다.

"넌 스켈레톤인 주제에 건방지구나."

타무리가 불쾌함에 얼굴을 일그러뜨리며 장검을 들고 데이모 스를 베어내려고 했다.

흑검을 들어 그것을 최소한의 움직임으로 받아넘겼다.

"뭣?!"

눈을 크게 뜨고 경악하는 타무리.

"어설퍼. 그러나 봐주지 않겠다."

흑검을 휘두르는 데이모스는 전투를 시작했다.

몇 번이나 공격했지만, 타무리의 검은 데이모스에게 닿지 않았다.

"말도 안 돼! 나는 길버트 전하의 수호기사야! 왕국에서도 이름이 알려진 검사인데!"

그 수상한 공간에서 정신이 아득해지는 오랜 세월, 초월자분들에게 검술을 시작으로 여러 무술을 철저하게 단련받았다. 그런 생활을 하다 보면 최저 수준의 무술은 몸에 익게 된다. 타무리의 검 솜씨가 달인이라 불리는 수준에는 전혀 도달하지 못한 것은 데이모스도 쉽게 알아챘다. 오히려 그 정도 실력으로 이렇게 오만하고 자의식 과잉인 태도를 취하는 것을 이해하지 못하겠다.

"세상이 어떤지는 모르겠지만, 네 자랑스러운 검술 따위, 우리 두시의 아이에게도 뒤처진다."

이것은 틀림없는 사실이다. 카이 님이 다스리는 도시의 주민은 아이부터 어른, 노인에 이르기까지 괴물처럼 강하다. 그 도시 사람이라면 이런 검사 나부랭이 따위는 거의 순식간에 죽일 수 있을 것이다.

"도시의…… 아이에게도 뒤처진다고?"

타무리가 악귀 같은 표정으로 똑같이 되풀이했다.

"아까 네놈은 그 소년을 약자라고 비난했지. 맞아. 그 소년은 약해. 하지만 그러는 너도 약자라는 점에서는 별 차이 없거든."

"고작 스켈레톤 따위가 이 나를 약자라 부르다니! 죽음으로 갚아주마!"

타무리는 피로가 쌓였는지 어깨가 들썩이도록 숨을 헐떡이며 힘에만 의존하여 검을 휘두르지만, 그런 어린애 장난 같은 검이 데이모스에게 맞을 리가 없다.

"끼에에!!"

괴성을 지르며 머리를 향해 타무리가 검을 휘둘렀다.

"그렇게 크게 휘두르면 맞을 리가 없는데."

가볍게 피하며 그의 다리를 후려쳤다.

"으엇?!"

무참하게 얼굴부터 바닥에 처박히며 넘어지는 타무리.

"이 자식! 그래, 알겠어! 그 흑검이 네 강함의 비결이구나!"

"아니, 그냥 실력 차이다만."

이 흑검은 확실히 마법으로 만들어졌지만, 그냥 잘 베이는 검이다. 신체 능력을 상승시키는 힘은 없고, 기술 역시 향상되지 않는다. 애초에 마법에 의한 검술의 향상은 수준이 정해져 있다. 그것은 지옥 같은 수행을 통해 영혼으로 깨달았다.

"신성한 승부에 마법 무구를 이용하다니 너무나 비겁하다! 이 얼마나 못난 행위인가! 결국 언데드란 이런 식이구나!"

그런 데이모스의 말이 들리는지 아닌지, 그는 더욱 흥분한 어조로 자신의 세계에 몰두한 채 떠들어댄다. 실로 우습다. 특히 자신의 약함을 자각하지 않은 자란 이렇게까지 불쌍하고 비참한 것일까. 마치 위대한 주인님과 만나기 전의 데이모스를 보는 듯한 창피함마저 느껴진다.

아무튼 이자는 위대한 주인님께 이를 드러내고 그 분노를 유발시켰다. 이자의 행선지는 이미 정해져 있다.

"정말 넌 구제할 여지가 없구나."

다시 괴조처럼 기합을 넣으며 달려드는 타무리의 참격을 튕겨내고, 오른팔을 완전히 절단했다.

"어라?"

검을 쥔 채 바닥에 낙하한 자신의 오른팔을 바라보며, 얼빠진 소리를 내는 타무리. 한 박자 늦게 비단을 찢는 듯한 절규가 터졌다. 타무리의 코앞으로 흑검을 들었다.

"비명을 지를 시간이 있으면 검을 들어라! 아직 너에게는 왼팔이 있지 않나?"

반론을 용납하지 않는 어조로 그렇게 외쳤다.

"히익!"

그러나 그는 온 얼굴에 공포를 드러내며 새된 소리를 지르며 뒷걸음질 친다.

"토, 토우코츠, 도와줘!"

"…………."

토우코츠는 그 말에 전혀 대답하지 않고, 아까와는 달리 진지한 얼굴로 데이모스를 관찰할 뿐 타무리에게 시선조차 보내려고 하지 않았다.

"이봐, 토우코츠! 듣고 있나!"

타무리는 토우코츠를 향해 절박한 목소리로 크게 외쳤다.

"다시 한번 말하겠다! 검을 들어라!"

질타하는 목소리를 높였으나,

"나, 나는 더 못 싸우겠어!"

그는 예상하지 못한 답을 외쳤다.

"뭐?"

이 녀석은 대체 무슨 말을 하는 걸까?

"이 상처로는 더 이상 싸울 수 없어!"

"너, 그거 진심으로 하는 말인가?"

오른팔이 잘린 정도로 싸울 수 없다? 그 지옥의 캠프에 참여했던 여자들도 이 정도로는 포기하지 않았다. 오히려 우는 척하며 방심한 틈을 노릴 정도였다. 녀석이 아까 실컷 약하다고 비난한 솜나라는 이름의 소년도 한쪽 팔을 잃고서도 자신의 사명을 완수하려고 했다. 왕족의 기사가 이 정도로 포기할 리가 없다. 그런가. 아마 데이모스가 방심하도록 유도하는 것이다. 이 자의 감쪽같은 연기에 완전히 속고 말았다. 이 녀석, 실력으로 이기지 못하겠다고 판단하고 이판사판으로 도박에 나선 것인가. 그렇다면 모두 허세일 가능성이 크다.

"너무 얕보지 마라, 애송이! 이 내가 그 정도 감언에 속을 줄 아나!"

데이모스는 그분의 부하다. 거짓된 계책을 꾸미는 정도로 이길 줄 알다니 그분의 얼굴에 먹칠하는 격이다. 용서하기 힘든 대역죄다.

"아, 아, 아니야! 정말 더는 못 싸우겠어!"

잘린 오른팔의 단면을 누르며 타무리가 눈물과 콧물로 온 얼굴을 적시고 필사적으로 외쳤다.

"아직도 지껄이는가! 그렇다면 헛소리를 내뱉지 못하게 철저하게 응징해주마!"

데이모스가 오른손에 든 흑검을 없애고 몇 걸음 앞으로 내디뎠다. 그리고 그의 안쪽으로 파고들어 왼손으로 주먹을 쥐어 타무리의 복부를 향해 내질렀다. 상체를 숙이는 타무리에게 일절 반격을 허용하지 않고, 폭풍처럼 주먹을 반복해서 뻗었다.

엉망이 되어 결국 기절한 타무리를 돌바닥에 내던졌다. 물론 저항할 틈은 전혀 주지 않고 마구 때렸다. 이 이상 하면 목숨에 지장이 생긴다. 위대한 주인님의 살해를 꾀했다는, 데이모스에겐 가장 큰 금기를 저지른 대역죄인. 심정적으로는 그냥 죽여도 성에 차지 않을 정도지만 타무리는 이 계획의 중요한 제물이다. 여기서 죽일 수는 없다.

"너, 무술을 단련한 인간이었던 언데드인가?"

토우코츠가 미간을 찡그리고 그런 엉뚱한 질문을 했다.

"아니. 무술은 이 불사의 몸이 되고 나서 익혔는데."

시간의 흐름이 한없이 느린 그 공간에서의 수행을 강제로 하게 된 지금, 데이모스는 이미 인간의 몸으로 열심히 배운 마도의 시간보다 훨씬 오래 무술 수행을 했다. 웃음이 나올 만큼 아이러니한 이야기다. 궁극의 마도 탐구를 위해 언데드가 되었는데, 실제로는 정신이 아득해지는 세월 동안 초월자분들에게 투쟁이라는 이름의 맹특훈을 받아, 이미 궁극의 마도 탐구라는 어린 소년이 꿈꿀 법한 막연한 목표는 아무래도 좋은 상태가 되었다. 그야 그 마도의 도달점에 있을 기적을 초월자분은 아주 간단히 일으키기 때문이다. 데이모스 자신이 받은 가호도 그 도달점에 속한 것이다. 즉, 지금까지 데이모스가 마도의 도달점이라고 생각했던 것은 그저 하나의 사상에 지나지 않았다는 것이다.

"헛소리! 어느 세상에 무술을 언데드가 되어 익히는 바보가 있냐?!"

"여기 있잖아."

반쯤 억지로, 그야말로 이 세상의 지옥이었지만. 그것을 한 번 경험하면 대부분의 일이 아무렇지 않게 된다.

"흥! 그건 거짓말이야. 인간의 지성과 기억을 보유한 상태로 불사가 되는 것은 우리 네크로맨서의 극의. 마도사가 아닌 네놈에겐 불가능해. 다시 한번 묻겠다. 누가 해줬지?"

"나인데."

영혼을 지닌 불사화는 확실히 네크로맨서의 극의라고 여겨진다. 그러나 네크로맨서도 아닌 데이모스조차 가능했다. 실제로는 그리 대단한 일이 아니다. 적어도 그분들이 일으킬 기적에 비하면 어린애 장난에도 미치지 못한다.

"뭐, 됐어, 나중에 천천히 들으면 되니까."

토우코츠가 입맛을 다시고는 뒤에 서 있는 하이 오거 언데드를 돌아보았다.

"저 스켈레톤을 사로잡아."

여유로운 표정으로 명령을 내리자, 짐승처럼 으르렁거리며 움직이기 시작하는 하이 오거.

조용히 가족과 지내던 오거가 그 딸을 인질로 잡혀 살해당하고 언데드가 되었는가. 과거의 데이모스라면 사소한 일이라며 아무렇지도 않은 사실이었을 것이다. 그러나 지금은——.

"정말 구역질이 나오는군."

입에서 심한 혐오감을 드러내는 말이 새어 나왔다. 데이모스에게 토우코츠라는 멍청이를 책망할 자격이 없는 것은 잘 안다. 그래도 용서할 수 없는 것은 사실이다. 진심으로 제멋대로에 자기중심적인 인간이라고 생각한다. 그러나 무슨 까닭일까. 이때 그런 자신을 조금이지만 용서할 수 있을 것 같은 기분이 들었다.

"크큭! 하이 오거는 강해! 너의 검 실력이 얼마나 되든——."

의기양양하게 말하는 토우코츠 따위는 전혀 개의치 않고 묘하게 천천히 돌진하는 하이 오거에게 오른쪽 손바닥을 뻗었다.

"플레임 파라솔."

언령을 자아내자 곧바로 하이 오거의 머리 위에 나타나는 검은 불꽃. 그것들이 반구 형태로 펼쳐지며 하이 오거의 온몸을 뒤덮더니, 몸의 곳곳을 부글부글 달구고 무너뜨렸다.

데이모스의 코앞에서 그 몸이 검은 불에 타들어 가면서도, 하이 오거는 입을 열었다.

"고마워……."

감사 인사를 마친 하이 오거는 다음 순간 재가 되고 말았다.

'감사 따위 하지 마라! 결국 아무것도 하지 못했으니!'

가슴속에서 솟구치는 찝찝함에 이를 악물었다.

토우코츠는 미동하지 않고 눈을 크게 뜬 채 재가 된 하이 오거를 바라보았으나, 곧 폭포처럼 땀을 흘렸다.

"네, 네 이놈, 지금 무슨 짓을 한 거냐?!"

그리고 목소리를 높여 외친다.

"적인 내가 순순히 대답할 거라고 생각하나?"

반쯤 한심함을 담아 데이모스가 물었다.

"그럼 싫어도 말하고 싶어지게 할 뿐이다!"

토우코츠는 깎은 머리에 몇 개나 혈관이 도드라질 정도로 화를 내며 영창을 시작했다. 저것은 고대어. 구성으로 말하자면 불사의 술법이며, 데이모스도 실컷 써오던 그것이다. 대규모 중위 언데드 형성술이자, 잔챙이 섬멸에는 꽤 쓸 만한 술법이지만 영창이 길다는 단점이 있다. 애초에 몸을 숨기고 사용하여 기회를 노리기 위한 양동 마법. 일대일 전투에는 최악의 상성일 것이다. 이런 것은——.

"캔슬."

지금의 데이모스라면 작은 가지에 붙은 불에 숨을 불어 끄는 것처럼 방해할 수 있다. 토우코츠가 발동 중이던 술법이 튕겨 나갔다.

"엥?"

놀란 소리를 내는 토우코츠.

"인간을 초월했다고 호언장담할 거면 그 정도 술법 정도는 영창을 파기해보라고."

오른손을 들어 몇 개의 복잡한 마법진을 공중에 띄우고 변화를 일으켰다. 그리고 그 마법진에서 나타나는 갑옷 차림의 열 명의 해골들.

"이, 이건 나의 '불사 기사 소환'인가? 아니—— 달라! 전혀 달라! 뭐지?! 이 마법은?! 이런 건 본 적도 없어!"

"불사 기사 소환 맞아."

이것도 틀림없는 불사 기사 소환이다. 다만 데이모스가 얻은 가호—— '마도의 극치'에 의해 발동된 마법의 수준이 차원이 다를 만큼 상승한 것에 불과하다. 현재 소환된 해골들의 강함은 이 세계의 영웅이라 불리는 수준이고, 모두 마법 무기를 장비하고 있다. 적어도 토우코츠 따위에게 질 리가 없다.

"몰라! 모른다고! 이런 마법! 넌 본래 검사가 아니었나?"

창백해진 얼굴로 뒷걸음질을 치며 토우코츠가 있는 힘껏 외쳤다.

"누가 그랬는데? 나의 옛 이름은 스타 라네즈, 본래는 엄연한 마도사야."

버렸을 터인 기억. 그것이 이제 와서 선명해졌다. 아마 위대한 주인님의 지배를 받으며 연결이 깊어진 것으로 생긴 부스트 효과일 것이다.

'얄궂은 일이야……'

그런 젊은 혈기가 있던 시절의 기억이 선명해짐에 따라 데이모스가 오래도록 본래의 목적을 잃고 말았던 것을 깨달았다. 이미 늦었을지도 모른다. 그러나 지금 데이모스에게 그것은 최후의 보루 같은 것이 되어 가고 있었다.

"스타…… 라네즈? 헛소리하지 마! 척안의 마도사! 과거 최강의 마도사 이름이 아니냐!"

"그런 일도 있었지."

지금 생각하면 최강을 자처하다니 자만심이 엄청났지만. 어쩐지 몸이 근질거리는 착각이 느껴진다.

"그럼 내 비장의 수로, 불안 요소를 모두 없애주마!"

토우코츠가 어두운 눈으로 데이모스를 노려보며 그렇게 말했다. 그리고 건물 밖을 향해 목소리를 높여 명령했다.

"이봐! 드래곤 좀비! 거기서 자고 있는 기사의 마나를 주마! 이 녀석을 죽여!"

그러나 그 명령에 대답이 돌아오는 일은 없었다. 밖에 있을 터인 무수한 기척이 어느새 사라져 있다. 데이모스에게도 일의 전말이 보였다.

드래곤 좀비── 이 세계에서 최강종 중 하나인 용이 언데드가 된 것의 총칭이다. 지성을 지녔고 심지어 불사다. 과거의 데이모스라면 고전하지 않을 수 없는 강자. 그러나 지금 밖에 있는 것은 인간의 몸으로 그런 용조차 맨발로 도망치게 하는 힘을 얻은 무서운 청소부다.

"뭐 하는 거야! 어서 이 녀석들을 쓰러뜨려!"

초조함이 가득한 토우코츠의 목소리에 대답한 것은──.

"불러도 아무도 오지 않습니다."

긴 검은 머리 검사. 그가 오른손에 거대한 무언가를 끌면서 입

235

구로 들어온다.

"스컬! 이 녀석은 위험해! 협력해서 여기서…… 도망……."

그렇게 외치는 토우코츠의 목소리는 점차 작아졌다. 당연하다. 검은 머리 검사가 오른손에 쥔 것은 흐물흐물 녹은 거대한 용의 머리였기 때문이다.

"이거 참, 숫자만 많아서 조금 시간이 걸렸군요."

검은 머리 검사가 흐물흐물한 용의 머리를 가볍게 내던지고, 목을 뚝뚝 울리며 혼잣말했다. 돌바닥에 철퍽 떨어진 용 머리를 바라보며 토우코츠는 입을 뻐끔거렸다.

"이럴……수가."

간신히 그 말만 내뱉는다.

"데이모스, 당신이 움직인 이상, 계획을 변경하지 않을 수 없게 되었습니다. 이제 우리가 뒤에서 움직일 필요도 없어요. 뭐, 분명히 이것도 그분이 예상한 범주겠지만요."

"그렇겠지."

그렇다. 아마 그분은 우리를 시험한 것이다. 우리가 자신의 신념에 따라 행동할 수 있는지. 분명 그대로 그 소년들을 모른 척했다면 데이모스는 그분의 신뢰를 잃었을 것이다.

"스컬, 너, 대체 왜?"

완전히 혼란에 빠진 토우코츠의 질문에 루카스는 입꼬리를 씩 올리고 그 모습을 노신사의 모습으로 바꾸었다.

"이 자식……."

이제야 겨우 자신이 속았다는 사실을 깨달았는지, 토우코츠는 씁쓸한 표정으로 간신히 말했다.

"나는 루카스. 위대한 분의 뜻을 충실히 집행하는 사도. 잘 부탁드립니다."

루카스가 과장된 몸짓으로 가볍게 인사했다. 지금 루카스는 온갖 의미에서 인간이라 부를 수 없게 된 듯 보인다.

"다른 언데드는 어떻게 됐지?!"

침을 튀기며 초조한 목소리로 토우코츠가 물었다.

"물론 죽였지요. 앗, 언데드니까 흙으로 돌아갔다는 쪽이 정확할까요."

웃음을 잃지 않고 루카스가 대답했다.

"거짓말이야!"

건물에서 뛰쳐나가는 토우코츠를 쫓기 위해, 데이모스는 소환한 해골 기사들에게 라일라 님과 다친 소년 솜니의 보호를 명령하고 밖으로 나갔다.

"후헤헤, 꿈이야…… 이럴 리가 없어."

그 건물 주위에 생긴 시체의 산 앞에서 양쪽 무릎을 꿇고 토우코츠는 울면서 웃고 있었다.

여기서 끝인가. 토우코츠에겐 이제 전의가 없다. 남은 건 이자를 루카스에게 맡기고 라일라 님을 주인님께 보내드리는 것뿐이다.

"데이모스!"

그때, 루카스가 방금까지의 여유롭던 모습과는 달리 긴박한 표정으로 데이모스의 이름을 불렀다.

순간 몇 개의 붉은 빛이 나타나 그것을 얼른 발동한 결계로 막았다. 루카스도 오른손으로 마치 파리라도 내쫓는 것처럼 튕겨냈다. 그리고 그 붉은 빛 한 줄기가 토우코츠의 머리를 꿰뚫자, 순식간에 그의 머리가 증발하고 말았다. 머리를 잃은 몸이 바닥에 풀썩 쓰러졌다.

그 붉은 빛이 나타난 곳에는 네모난 머리가 질척거리는, 검은 옷을 입은 한 이형이 꾸물꾸물 몸을 비틀며 기묘한 춤을 추고 있었다.

***

화려한 죽음의 도시 에어리어 5── 부왕의 어전.

시간을 조금 거슬러 올라간다.

맥동하는 새빨간 고기로 만들어진 거대한 건축물의 새빨간 침대 위에서 선글라스에 풍선 같은 체구의 남자── 부왕이 몸을 내밀고 눈앞에 비친 영상을 뚫어져라 보고 있었다.

──너희는 그저 비겁한 자다!

솜니의 결별을 뜻하는 말이 폐허 속에 울려 퍼진 순간. 부왕이 눈도 깜박이지 않고 응시한 것은 이 솜니도, 나아가 토우코츠와 타무리도 아니고, 밖에서 귀신 같은 힘으로 언데드들을 없애는 긴 검은 머리 검사도 아니고, 석조 침대에 누운 아름다운 윌로우그린색 머리의 소녀였다.

"오오…… 설마, 설마, 설마아아아아──!!"

부왕이 온몸을 잘게 떨며 양손을 빵빵하게 부푼 볼에 대고 신경질적으로 외쳤다.

"설마, 설마♬"

별, 동그라미, 역삼각형, 사각 머리를 지닌 네 명의 괴물이 주위에서 춤추며 코러스를 넣었다.

"저것은, 저 소녀는, 나의, 나으ㅇㅇㅇ의──!!"

선글라스를 낀 두 눈에서 구슬 같은 눈물을 뚝뚝 흘리며 외치는 부왕.

"저 소녀는, 부왕 폐하의♪"

역시 주변의 네 괴물은 흐트러짐 없이 춤을 추며 머리가 좀비인 입에서 나오는 것이 부자연스러울 만큼 맑은 목소리로 노래했다.

"최고의 육체가 될 그릇입니DA!"

두 팔을 벌리고 환희하는 표정으로 깔깔 웃음을 터뜨리는 부왕과 더욱 환희에 찬 목소리로 외며 미친 듯이 춤추는 네 명의 괴물. 부왕은 갑자기 웃음을 뚝 그치고 무표정해지더니 침대 위에서 일어났다──.

"지금 당자아아앙, 저 소녀를 여기로 데려와YO!"

머리가 사각, 별, 동그라미, 역삼각형인 괴물은 인사를 하고 일제히 모습을 감췄다.

부왕은 그것에 만족스럽게 몇 번이나 고개를 끄덕이고, 두 팔을 벌려 몸을 이리저리 흔들면서 눈물을 흘렸다.

"아레스에게 봉인된 지 약 천년, 한시도 잊지 않았던 원하아

안——."

그는 분노한 표정으로 사납게 말하다가 갑자기 황홀한 표정을 짓고는,

"——그리고 이 소원, 갈망하던 보물상자아아——!! 이 만남으로오, 저는 그 예쁘장한 자식에게에, 복수를 완수하고오, 이 세상 전부를 썩은 냄새로 가득한 낙원으로 바꿀 수 있습니DA!"

다시 새된 소리를 질렀다.

***

사각 머리에 검은 옷을 입은 좀비가 손가락을 딱딱 튕기더니, 상반신을 젖혔다.

"위대한 주인님의 말씀을 전달하마♪ 모두 엎드려 절하여 그 뜻에 따르라♫"

거만한 발언.

너무 시시한 헛소리에 처음에는 머리가 멍하였으나, 곧 데이모스의 분노가 폭발했다.

"저, 저급 언데드 따위가 건방진 소리를!"

자기도 언데드라고는 생각할 수 없는 말. 루카스도 슬쩍 미소를 지으면서도 양손을 뚝뚝 꺾었다.

"불쾌합니다. 불쾌해요. 우리에게 위대한 주인님의 뜻에 따르라고?"

루카스는 반론하며 천천히, 천천히 사각 머리 좀비에게 다가

갔다. 저것은 막을 수 없다. 데이모스에게 저자의 지금 발언은 가장 큰 모욕이다. 미치도록 믿는 것에 침을 뱉은 것이나 마찬가지다. 분명 지금 루카스를 막을 수 있는 사람은 이 세상에서 그분 외에는 없을 것이다.

"부왕님은 관대한 분♩ 그리고 지금은 아레스와의 전쟁에 많은 전력이 필요해♪ 영혼으로 복종을 맹세하면 목숨 정도는 남길── 리가 없지, 없지, 없지없지없지♬"

어느새 리드미컬하게 손가락을 딱딱 튕기며 말하는 사각 머리 좀비의 뒤에 선 루카스. 그는 그 머리를 거머쥐고는──.

"불쾌! 불쾌! 불쾌! 불쾌! 불쾌! 불쾌! 불쾌! 불쾌불쾌불쾌애애애애애애애애애──!!"

눈에 핏발을 세우고 바닥에 머리를 때려 박는다. 바닥에 찧을 때마다 생기는 크레이터. 그것들이 점점 넓어졌다. 틀렸다. 예상대로 완전히 분노로 이성이 날아갔다. 마음은 절실히 이해하지만, 계속 놔두면 라일라 님이 누워 있는 건물조차 무너지고 만다.

"루카스!"

데이모스가 제지하는 목소리에 루카스는 우뚝 멈추고 금세 웃는 얼굴이 되었다.

"안 되지, 안 돼. 조금 지나치고 말았군요."

루카스는 이미 원형조차 남지 않은 살점에서 몸을 떼고, 피투성이가 된 장갑을 턴 다음 가슴 주머니에서 손수건을 꺼내 닦는다.

"조금이 아닌 것 같은데……."

방금 일련의 행동, 데이모스조차 전혀 인식하지 못했다. 루카스 녀석, 또 실력을 키웠나. 정말 이 남자 인간일까? 잭, 오보로, 루카스는 날마다 잘 모르겠는 생물로 변모하는 기분이 든다.

"부왕이라는 불쾌한 쓰레기의 정보를 충분히 청취하지 않으면 안 되니까요."

루카스가 몸을 떼자마자 그 육체가 마치 시간을 되돌린 것처럼 급속도로 의복까지 원래 상태로 복원됐다. 머리를 흔들어 일어나는 사각 머리 좀비. 안쪽에서 별 머리 좀비 여자가 모습을 드러내더니 그를 향해 입을 열었다.

"시카쿠, 이 자들은 다른 신의 사도예요 ♪ 주의하세요 ♫"

노래하면서 주의를 환기하자, 아까와는 달리 사각 머리 좀비도 기묘한 춤을 멈추고 중심을 낮췄다.

"데이모스, 여기는 저에게 맡기세요. 우리 신을 우롱한 죄, 이 타락한 자들에게 몸으로 느끼게 해드리겠습니다."

루카스가 얼굴을 미소로 흉악하게 일그러뜨렸다. 루카스에게는 자신의 독자적인 기사도가 있다. 그에 반한 자에게 이 남자는 한없이 냉혹하다. 그리고 이 사건을 일으킨 쓰레기들은 그 기사도를 정면으로 어겼다. 본래 타무리도, 토우코츠도 루카스가 가장 혐오하는 부류다. 위대한 주인님의 계획이기에 참고 있었으나, 루카스의 분노는 이미 폭발하기 직전이었을 것이다.

"알겠……?!"

승낙하는 말을 하려는 순간, 데이모스가 소환한 해골 기사들이 모두 소멸되는 것을 느꼈다.

"설마!"

얼른 건물 안으로 들어갔으나, 이미 라일라 님이 누워 있을 터인 침대는 텅 비어 있었다.

데이모스는 바로 건물에서 나와 크게 외쳤다.

"라일라 님이 납치되었어!"

짧은 교착 후, 루카스는 잠시 몸을 떨었다.

"빌어먹을 놈들이이이!! 위대한 주인님의 소중한 분을 납치했다고?! 이제 네놈들은 편하게 죽을 수 없다! 지옥을 맛보여 주마!!"

루카스가 얼굴을 분노로 물들이고 하늘을 향해 외쳤다.

"나는 라일라 님을 찾을게!"

달려가려고 하였으나,

"그렇게 놔둘 수야 없죠♬"

별 머리 좀비 여자에게 가로막혔다. 이들은 우리와 마찬가지로 이 세계의 일반적인 이치 밖에 있는 존재다. 한마디로 기리메칼라 님이 말하는 다른 신의 세력일 것이다. 그야말로 신화 속 싸움에 자신이 끼어들게 될 줄은 꿈에도 상상하지 못했다.

그러나—— 지고하신 왕은 데이모스에게 소중한 분의 경호를 명령하셨다. 데이모스에게는 라일라 님을 무사히 구해야 할 책임과 의무가 있다. 이 싸움, 결코 패배는 용납되지 않는다.

"데이모스, 어서 라일라 님을!"

루카스의 모습이 흔들리자 별 머리 좀비 여자의 두 팔이 날아갔고, 이어서 사지가 엉망으로 꺾였다. 이어서 사각 머리 좀비의 온몸이 검은 화염으로 불타올랐다. 그러나 데이모스가 유적 안쪽으로 나아가려고 하자, 별 머리 좀비 여자의 정수리 부분에서 살이 대량으로 부풀어 올라 주위로 퍼져 고기 벽을 형성하여 앞길을 막았다.

"놓칠 수야 없죠♩"

큰일이다. 별 머리와 사각 머리 좀비보다 루카스 쪽이 강한 것은 의심할 여지가 없다. 정면으로 부딪히면 루카스가 승리할 것이다. 그러나 루카스와 데이모스가 다른 신의 사도라고 판단하자 저들로부터 방심하는 마음이 사라졌다. 완벽하게 시간을 끌고 있다. 게다가 데이모스의 예상이 맞다면 지금 이 상황에서는 루카스는 저들과 상성이 나쁘다. 이대로는 최악의 경우 라일라 님의 몸이 위험해진다. 그것만은 피해야 한다.

확실히 주인에게 수호하라는 지시를 받은 사람은 데이모스다. 그러나 기동성으로는 압도적으로 루카스가 위다. 지금은 체면을 차릴 때가 아니다.

"루카스, 내가 저들을 맡으마. 너는 라일라 님을 되찾아!"

가호── '마도의 극치'를 발동하여 마력량과 수준을 대폭 끌어올린 데이모스가 강력한 전설급 마법을 선보였다.

"인페르노!"

녀석들의 주변에 몇 개나 되는 붉은 화염 구체가 발생하여 순식간에 퍼지더니, 회피하려는 별 머리와 사각 머리 좀비를 뒤에 있는 고기 벽째로 삼켜버리고 말았다. 초고열 때문에 고기 벽이 흐물흐물 용해되었으나, 한층 더 살점이 부풀어 아까의 몇 배나 되는 두께와 높이가 되었다.

"소용없어요♩ 우리의 재생 능력은 당신 같은 하등한 언데드에게 깨지지 않거든요♬ 게다가 공격하면 할수록——."

루카스가 벽을 베어냈지만 역시 오히려 부풀어 오를 뿐 점점 길이 가로막히고 말았다.

"그래, 그래♪ 이제 곧 부왕님이 새로운 육체를 얻을 수 있지♩ 그러면 우리의 힘도 증폭돼! 아레스의 군세 따위 쉽게 타도할 수 있어♬"

사각 머리 좀비가 당당하게 말하는데, 눈물과 콧물로 얼굴이 온통 젖은 녹색 로브를 입은 남자가 건물 앞으로 허겁지겁 달려왔다.

"여기야! 여기에 라일라 헤르너가 잡혀 있을 거야!"

떨리는 오른손으로 건물을 가리키며 절실하게 외친다. 그 녹색 로브 남자의 시선 끝에는 데이모스와 루카스의 위대한 주인이 서 있었다.

***

녹색 로브 남자, 엔을 앞세워 나아가자 숲이 끝나며 폐허 지대가 나왔다. 그리고 그곳에는 무수한 언데드의 몸이 쓰러져 있었다. 이 언데드들, 이 주변에 있는 것과는 조금 색이 다른 듯하다. 그리고 낯익은 두 사람이 험악한 얼굴로 얼굴이 흐물흐물한 마물과 대치하고 있었다. 그들의 뒤에는 고기 벽이 가로막고 있다. 분명 저 마물들이 만들었을 것이다.

"여기야! 여기에 라일라 헤르너가 잡혀 있을 거야!"

엔은 이미 상황이 보이지 않는지 마물 옆을 지나 떨면서 폐허를 가리키며 있는 힘껏 외쳤다. 적 앞임에도 데이모스와 루카스는 나의 앞에 무릎을 꿇었다. 두 사람의 표정을 언뜻 봐도 지금 어떤 상황인지 대충 예상이 되었다. 아마――.

"송구합니다! 제 실수로 라일라 님이 납치되고 말았습니다!"

데이모스가 떨리는 목소리로 보고했다.

"아니요, 모든 것은 저의 부덕과 과신이 불러온 결과. 그 책임은 저에게 있습니다!"

루카스도 의기소침한 얼굴로 말했다. 역시 라일라가 잡혀갔는가…… 최악의 예상이 적중하고 말았다.

"우리 앞에서 무장을 풀다니――♩"

"가소롭군♬"

노래하듯이 말장난을 치며 별 머리 언데드가 루카스에게, 사각 머리 언데드가 데이모스에게 다가갔다. 나는 마력을 충분히 주입해둔 무라사메로 그 목부터 아래를 모두 세포 단위로 산산이 부수고, 그 뒤에 우뚝 서 있는 고기 벽도 잘게 베어냈다. 고기 벽은 하늘하늘 먼지가 되어 차가운 공기에 녹아들었고, 두 개의 머리가 바닥에 툭 떨어졌다.

"어?"

"앗?"

아마 인식도 하지 못했을 것이다. 잠시 사각 머리와 별 머리 언데드는 멍하니 입을 반쯤 벌리고 아연실색하여 나를 올려다보았다.

"어, 어째서 수복되지 않지?!"

아까의 노래하는 듯한 어투와는 달리 사각 머리 언데드가 놀란 소리로 의구심을 표했다.

그 미궁에는 금세 수복해버리는 마물이 널려 있었기에, 나에겐 무의식중에 마력을 담아 공격하는 버릇이 생겼다. 말하자면 기술로도 승화되지 않은 단순한 참격. 이걸로 대부분의 마물은 수복 능력을 잃고 승천하고 만다.

사각 머리 언데드의 볼에 무라사메를 박아 바닥에 꼬치처럼 꿰었다.

"이 상황에 시끄럽게 구는 건 별로인데. 나중에 확실히 처리할 테니까 조금 기다려."

위협적인 어조로 단호하게 말했다. 이 단순한 일련의 행동에 별 머리와 사각 머리 언데드는 입을 다물고 덜덜 떨기 시작했다. 말도 안 되게 약한 녀석은 일단 방치하자. 라일라가 위험한 이상, 지금 당장이라도 행동해야 한다.

"루카스, 데이모스, 사정은 나중에 자세히 듣겠어. 거기서 기어 다녀도 아무것도 해결되지 않아. 실패라 느꼈다면 지금부터 만회해."

두 사람에게 엄명을 내렸다.

"네!"

"네!"

둘은 정중하게 머리를 깊숙이 숙인다. 그렇게 말은 했지만, 두 사람의 필사적인 모습을 보면 책망할 수 없다. 본래 열심히 책무를 완수하려고 한 자를 함부로 대할 마음은 없다. 실패는 누구나 한다. 그것으로 성장하면 된다.

그러나 지금 두 사람에게 그런 말을 해도 통하지 않을 테고, 무엇보다 지금은 긴급 사태다. 부하의 애프터케어는 나중 문제다.

"너희 두 사람은 주변에 보호해야 할 학생이 있으면 남기지 말고 데리고 광장까지 돌아가 아스타와 합류해."

"분부대로!"

"알겠습니다!"

루카스가 순식간에 모습을 감췄고, 데이모스도 분한 듯 이를 악물면서도 건물 안으로 들어가 한 소년을 업고 광장 쪽을 향해 달려갔다. 자, 라일라가 납치된 이상 이제 조금의 시간도 낭비할 수 없다. 그리고 자중할 필요도 없다. 어디의 누구인지는 모르겠지만, 나에게서 소중한 소꿉친구를 빼앗으려고 했다. 그에 상응하는 각오 정도는 되어 있을 것이다.

"얘들아, 나와!"

나는 토벌 도감을 파라락 넘겨 멤버를 소집했다. 지금은 긴급 상황이다. 어중간하게 강한 자는 필요 없다. 토벌 도감의 최정예를 내보내기로 하자. 차례로 도감에서 나오는 천에 달하는 각 파벌을 대표하는 무투파 간부 마물들.

"히이이이이익!"

토벌 도감의 유쾌한 동료들을 보고 요란한 비명을 지르는 엔.

"아, 맞아. 안내하느라 수고했어. 너는 확실히 거짓 없이 나를 라일라가 잡혀 있던 이 땅으로 데려왔어. 특별한 상이야. 안락한 죽음을 주마."

그렇게 스스로도 오싹한 목소리로 말하고, 왼쪽 주먹으로 머리를 때려 박살 내어 귀에 거슬리는 입을 막았다.

당초에는 그 바보 왕자에게 얽혀 나를 죽이려고 하는 것이라 생각했다. 그러나 엔은 나에게 루미네를 넘기라고 요구했다. 앤트라도 루미네와 로만을 공격했다. 이유는 모르지만, 이들의 타깃은 루미네다. 아마 라일라는 루미네를 유인하기 위한 미끼로 노려졌을 것이다.

"어디 사는 누구인지 모르지만, 정말 배짱이 좋아."

이들의 타깃이 루미네인 이상, 살려두면 또 노릴 것이다. 살려둔다는 선택지는 없다. 게다가 하나는 이미 잡았으니 정보 수집에는 부족함이 없다.

이제 이 사건의 흑막에게 두 번 다시 나에게 거스를 마음을 일으키지 못할 정도로 공포를 심어줄 뿐이다.

"히익!"

"으악!"

내려다보자 별 머리와 사각 머리 언데드가 작게 비명을 질렀다. 실로 어리석은 자들이다. 그 정도의 힘과 각오밖에 없다면 얌전히 세계의 구석에서 떨고 있으면 될 것을.

"…………"

크게 숨을 내뱉고 토벌 도감에서 출현한 마물들을 둘러보자, 마물들은 대지에서, 마른 나무 위에서, 건물 위에서, 공중에 부유하며 일제히 절했다.

"우리의 위대한 분이시여, 무엇이든 명령하십시오."

인간 형태가 된 라돈이 거대한 청룡도를 한 손에 들고 모두를 대표하여 말했다. 나는 무라사메를 사각 머리 언데드의 볼에서 난폭하게 뽑아 어깨에 걸치고 폐에 공기를 넣었다.

"나의 소꿉친구, 라일라 헤르너가 적에게 납치당했다! 윌로우그린색 머리의 소녀를 보호하라! 이것이 최우선 사항이다! 그리고 이것을 꾸민 쥐새끼들을 없애라! 즉, 쥐 사냥이다! 한 마리도 이 세상에 남기지 마라! 세포 하나조차 남기지 말고 제거해라!"

목청이 터지도록 엄명을 내렸다. 토벌 도감의 최고 간부 마물들은 환호하며 사방으로 흩어졌다. 나는 눈과 코 같은 곳에서 수분을 흘리며 덜덜 떠는 별 머리와 사각 머리 언데드의 머리채를 왼손으로 잡고 들어 올렸다.

"잘 들어. 기도해라. 너희가 납치한 소녀가 조금이라도 해를 입지 않았기를. 그것이야말로 너희가 무사히 사라질 유일한 방법이니까."

"으아아……."

"으흭……."

비명처럼 절망한 소리를 내는 별 머리와 사각 머리 언데드 마물을 곁눈질했다.

"벨제!"

이름을 부르자 나의 그림자에서 솟아 나오는 왕관을 쓴 이족 보행 하는 거대한 파리, 벨제바브.

"주인님. 방금 디비어스의 심문이 끝났습니당. 보고를──."

"아니, 그건 나중에 해도 돼. 그보다 저기 별 머리와 사각 머리 언데드에게서 라일라 헤르너를 납치한 쓰레기가 있는 장소를 알아내! 수단은 묻지 않으마. 유일한 조건은 가능한 한 정확하고 빠르게!"

"알겠습니당."

벨제가 절하면서도 비명을 지를 틈도 주지 않고 파리들을 부려 별 머리와 사각 머리 언데드를 데리고 나의 그림자로 다시 사라졌다. 부하는 적재적소에 써야 한다. 심문은 벨제가 가장 적임이다. 그러면 당장이라도 별 머리와 사각 머리 언데드에게서 라일라가 사로잡힌 장소를 알아내 보고할 것이다.

본래 이 일대를 공터로 만드는 게 가장 빠르겠지만, 라일라가 잡혀 있는 이상 그것은 불가능하다. 이 넓은 공간에선 섣불리 움직이는 것보다 벨제의 정보로 위치를 특정하는 것이 빠르다. 적의 정확한 위치만 알면 내 발로 지체 없이 도달할 수 있다. 지금은 토벌 도감의 마물들로 녀석들을 포위하며 행동 범위를 좁혀 위치를 특정하는 것이 가장 중요하다.

"라일라, 무사해 줘."

오랜만에 느낀 위가 타들어 가는 초조함에 아랫입술을 깨물면서도 나는 간신히 그 말을 내뱉었다.

동그라미 머리의 언데드, 마루는 윌로우그린색 머리의 소녀를 업으면서 흐뭇하게 웃었다. 이런 간단한 일로 부왕님에게 은상을 받을 수 있다니. 부왕님의 그 기뻐하는 모습으로 보아 이 인간 여자의 몸을 손에 넣으면 아레스를 없앨 만한 힘을 얻는 것이 분명하다.

아레스가 죽은 뒤, 이 세계는 부왕님이 관리하는 땅이 된다. 즉, 인간은 명실상부 우리의 가축이 된다. 그러면 마음대로 부수고, 마음대로 해체하여 놀 수 있다. 그만한 양질의 가축은 별로 없다. 특히 배우자의 눈앞에서 상대방을 베거나, 어머니의 앞에서 아이를 해체하는 모습을 보여주어 비명과 절망의 소리를 듣는 것은 최고의 엔터테인먼트다!

'으음, 기대감으로 가슴이 부푸네♪'

달리면서 콧노래를 흥얼거리는데 옆의 삼각 머리가 빙글빙글 돌고 있었다. 그래, 말 그대로 부자연스러울 만큼 빙글빙글 돌고 있었다.

"…………"

무심코 멈춰서 거리를 벌렸지만, 삼각 머리는 고속으로 계속 돌더니 이어서 역방향으로 몸까지 회전하기 시작했다.

"사, 산카쿠?"

조심스럽게 물은 순간, 산카쿠의 목이 뜯겨 날아가 공중에서 회전했다. 그리고 목을 잃은 몸에서 새하얀 무언가가 기어 나왔다.

"힉?!"

너무 끔찍하여 작게 비명을 지르며 뒷걸음질쳤으나, 뒤에서 목을 붙잡혔다.

"있잖아, 어디 가게?"

그 여자의 목소리에 등줄기에 얼음을 댄 듯한 오싹함을 느껴 살짝 고개를 움직여 뒤를 확인하자, 업고 있던 윌로우그린색 머리의 소녀가 마루의 얼굴에 오른쪽 손바닥을 댔다.

"윽?!"

무심코 작은 비명을 지를 뻔했다. 당연하다. 천진난만한 미소를 지은 여자의 입꼬리가 귀까지 찢어져서, 날카로운 송곳니가 엿보였기 때문이다. 이런 악랄한 표정, 인간이 지을 수 있을 리가 없다. 그렇다면 이 여자는 인간이 아니라——.

필사적으로 등 뒤의 여자를 떨쳐내려고 했다. 그러나——.

"왜, 왜 떨어지지 않아?!"

강하게 붙잡으면 부러질 것 같은 가녀린 팔이라고는 믿을 수 없이 엄청난 힘으로 버티고 있어서 꿈쩍도 하지 않는다. 산카쿠에게서 기어 나온 하얀 인간형의 무언가는 크게 기지개를 켰다. 그러자 산카쿠의 몸이 사르르 재가 되어 무너지고 말았다.

"이, 이럴 수가……."

갈라진 목소리가 목에서 새어 나왔다.

불가능한 일이다! 이런 일은 절대 일어날 리가 없다! 마루와 산카쿠 같은 부왕님의 직속 부하에게는 '복원'이라는 가호가 붙어 있다. 목이 날아간 정도라면 눈을 몇 번 깜박이기만 해도 완전히 복원된다. 그런데 재가 되고 말았다고? 그것은 가호가 기능하지 않은 것을 의미한다. 부왕님은 악신. 일반적인 이치에서 벗어난 분이다. 그 가호를 무효화하는 것은 마찬가지로 이치에서 벗어난 존재여야 한다. 즉, 이 여자와 하얀 인간형의 무언가는———.

"아윽?!"

최악의 결론에 도달했을 때, 윌로우그린색 머리의 소녀가 마루의 머리를 엄청난 힘으로 좌우로 당기려고 했다.

그 와중에 하얀 인간형의 무언가가 다가왔다.

——무서워!

저것에 닿으면 마루는 모든 것을 잃는다. 지적 생물이라면 마땅히 천수를 누리며 가능했을 모든 것을! 왜 이런 악질적인 것을 알아차리지 못했을까?! 등에 업힌 여자와 저 인간형의 하얀 덩어리에게서는 부왕님조차 비교가 안 될 악의가 느껴졌다. 극심한 고통과 함께 상처가 수복되지 않는 것을 깨달았다.

'어, 어째서?!'

마루는 부왕님의 힘으로 상처를 입어도 순식간에 수복한다. 그 반사효과로 별다른 고통을 느낄 리가 없을 터였다. 그런데 아까부터 조금씩 찢어지면서 엄청난 고통이 온몸에 흘렀다. 몸이 조금씩 찢어진다는, 혈액이 동결될 정도의 극심한 공포. 이미 오래전에 잊었을 터인 격통에 입에서 비명이 새어 나왔다.

갈라지는 시야 속에서,

"역시 이미 여러분이 라일라 님을 보호하고 있었군요."

어느새 눈앞에 나타난 노출도가 높은 붉은 옷을 입은 미녀의 말을 끝으로 하얀 인간형의 무언가가 마루에게 손을 뻗었다. 하얀 인간형의 손이 닿은 순간, 마루의 의식은 영겁의 악몽으로 떨어졌다.

***

동그란 머리와 역삼각 머리 언데드가 새하얀 재가 되어 바닥에 떨어진 후. 노출도가 높은 붉은 옷을 입은 미녀, 네메시스가 찌를 듯한 눈으로 이미 인간이라고는 생각할 수 없는 형상이 된 윌로우그린색 머리의 소녀에게 강한 어조로 물었다.

"기리메칼라, 주인님의 소중한 분은 무사하겠죠?"

윌로우그린색 머리의 소녀는 순식간에 모습을 코가 긴 거대한 괴물로 바꾸고 허리에 손을 댔다.

"어리석은 질문이군! 나의 영역에서 쉬고 계신다!"

대기를 흔들 듯한 커다란 목소리로 외친다.

"이번 일, 그분이 알고—— 아니, 물을 것도 없겠네요."

네메시스가 고개를 가로저었다.

"물론 그분은 모두 알고 계신다!"

코가 긴 괴물, 기리메칼라가 바로 대답했다. 그 새빨간 세 번째 눈 속에 있는 것은 자신의 절대적인 존재에 대한 깊고도 짙은 신앙심뿐이다. 그것은 한 치의 거짓을 포함하지 않는 순수하고 투명한 존경과 숭배의 마음이다.

"여러분은 정말 변함없네요. 뭐, 저희도 결코 남 말 할 처지는
아니지만……."

네메시스는 어깨를 으쓱하고 자조하는 듯 고개를 가로젓더니,
몹시 진지한 표정을 지었다. 그리고——.

"여기부터는 우리 여신 연합이 맡겠습니다. 그래도 되겠죠?"

"루미네라는 소녀 말이군? 라일라 님의 보호는 우리의 우선
사항이자 우리 신의 갈망. 그 이외라면 마음대로 해. 다만——."

기리메칼라의 세 번째 눈이 수상하게 빛나며, 네메시스를 쏘
아 죽일 듯이 희번뜩거리는 시선으로 바라보았다.

"알고 있어요. 그녀의 안전만은 저희의 긍지를 걸고 보장할
게요."

운명과 씨름하듯 진지한 표정으로 네메시스가 턱을 크게 내
렸다.

"그럼 우리가 참견할 일은 없겠군."

"감사드려요."

머리를 살짝 숙이고 경의를 표하는 네메시스.

"그것이 우리 위대한 신을 위한 일이겠지? 그렇다면 그것은
필요없는 말이야."

기리메칼라는 입꼬리를 살짝 올리고 그렇게 대답했다.

"그러네요."

네메시스도 그 말을 끝으로 마치 연기처럼 그 모습을 감추었다.

네메시스 대신 남겨진 기리메칼라 주위에 차례로 모습을 드

러내는 무수한 이형들. 하나하나가 악신과 사신인 토벌 도감에서도 일기당천의 실력을 지닌, 최대 파벌에 속하는 광신자 집단이다.

"잘 들어라, 이자의 뒤에 있는 것은 천군의 앞잡이들! 한마디로, 이 싸움은 천이 우리 위대한 주인님께 선전포고를 한 것이다! 우리 미천한 것들이 어떻게 해야 하겠나?!"

대지마저 흔드는 기리메칼라의 물음에——.

"설령 밉살스러운 천군이 상대라도 냉정하고 냉혹하게 주인님의 손발이 되어 거역한 자를 모두 섬멸해야 한다!"

온몸이 검은 두루뭉술한 모습의 아자젤이 바로 대답했다.

"어리석게도 위대한 주인님께 적의를 드러낸 멍청한 언데드들을 어떻게 해야 하겠나?"

"절대 봐주지 말고 살육할 뿐!"

여덟 개의 눈을 지닌 이형, 로노베가 외쳤다.

"그렇다면 우리 미천한 것이 할 일은 정해져 있다! 죽여라! 파괴하라! 없애라! 부숴라! 우리 위대한 주인님의 뜻대로!"

기리메칼라의 외침에 짐승처럼 포효가 터지며, 최대 파벌인 기리메칼라파는 모든 적의 살육을 시작했다.

***

화려한 죽음의 도시 중심, 에어리어 3의 폐허.

연기처럼 모습을 드러낸 코가 긴 괴물 기리메칼라는 주위를 둘러보았다.

"이 언저리면 됐나."

기리메칼라가 그 자리에서 풀썩 정좌하고 양손으로 인 같은 것을 맺었다. 갑자기 온몸에서 다량의 짙은 안개가 방출되어 대기로 휘몰아치더니 화려한 죽음의 도시 에어리어 2부터 5까지 뒤덮었다.

"이것으로 벌레 한 마리 도망칠 수 없고, 우리와 동등한 존재라도 절대 간섭하지 못해!"

만족스럽게 혼잣말을 하는데 아자젤이 뒤에서 소리도 없이 나타났다.

"상황은?"

아자젤은 일찍이 본 적도 없는 서슬이 시퍼래진 모습으로 확인하듯이 물었다. 평소와 달리 검은색의 기묘한 가면을 쓰고 검은 망토를 두르고 있었다.

"물론 준비는 완벽해. 계획은 더할 나위 없이 순조롭게 진행되고 있어."

기리메칼라가 입꼬리를 귀까지 씩 올리고 대답했다.

"테루테루말인데……."

입을 어물거리는 아자젤에게 기리메칼라는 오른쪽 손바닥을 들어 제지했다.

"네가 녀석과 악연이라는 것은 잘 알아. 결국 그는 타르타로스를 이 땅에 부르기 위한 제물. 말하자면 이 계획의 핵심. 반드시 사로잡아야 해. 그 중요한 임무, 너에게 맡기고 싶군."

강한 어조와 눈빛으로 요청한다.

"괜찮겠나? 내가 하면 힘 조절 따위는 전혀 안 할지도 모르는데?"

"흥! 그 모습만 봐도 안다, 본래 네가 직접 끝장낼 생각이었지?"

"…………."

조용히 그 말에 동의하는 아자젤.

"그리고 그건 쓸데없는 걱정이야. 그렇지, 스파이?"

옆에 무릎을 꿇고 있는 스파이에게 기리메칼라가 세 번째 눈을 휙 움직여 확인했다.

"육체를 형성하는 술식은 영혼 깊숙이 새겨져 있으니까요. 그리 쉽게 부술 수 없습니다. 영혼을 완전히 파괴하지 않는다면, 기본적으로 무엇을 해도 상관없습니다."

테루테루 대좌에게 최악이라고도 할 수 있는 파멸적인 대답이 돌아왔다.

"알겠어. 이번에 나는 독자적으로 움직이지."

아자젤은 그렇게 선언하고 두 사람에게서 등을 돌려 걸어갔다. 그리고 어깨 너머로 힐끗 돌아보았다.

"감사하군."

도무지 아자젤이라고는 생각할 수 없는 발언과 함께 그 모습이 사라졌다. 아자젤과 교대하듯이 인간형의 하얀 덩어리, 드레카바크가 나타났다.

"가장 중요한 임무를 맡기고 싶다라…… 너무 부자연스러울 만큼 무리한 이번 계획. 이제야 저도 본 계획의 전모가 보이기 시작하네요."

드레카바크가 의미심장한 말을 내뱉었다.

"뭐, 나와 마찬가지로 과거의 청산은 필요해. 주인님은 그것을 강하게 바라고 계시고."

"전에 정령 마을 습격을 꾀한 천군의 애송이 대좌가 우연히도 아자젤과 연이 있었지. 그것을 아자젤에게 처리하게 하여 과거를 청산시킨다. 동시에 그를 제물로 삼아 천군 최고 전력 중 하나인 타르타로스를 강림시켜 처리하여 이번 불경한 사건을 마무리한다. 덤으로 타르타로스의 죽음으로 천군의 개입에 대해 최후 통첩을 보낸다. 정말 무서운 분입니다. 어디까지 읽어내신 것인지……."

"당연해! 우리 위대한 아버지는 천군의 작고 약한 버러지조차 뼛조각 하나 남기지 않고 철저하게 이용하시는 분이야! 우리는 그분의 의지에 따라 충실하게 움직여야 해. 스파이, 쥐는 아직 알아차리지 못했지?"

기리메칼라가 불길한 미소를 지으며 스파이에게 확인했다.

"네, 제가 마족 인형을 이용하여 그렇게 유도했으니까요. 녀석은 우습게도 자신이 부활시켰다고 진심으로 믿었습니다."

어깨를 으쓱하며 스파이가 대답했다.

"정말 어리석군요. 자신의 세계에 얌전히 틀어박혀 있었다면 잠시라도 평온을 누릴 수 있었을 것을……."

"그런 말 하지 마. 그들에게도 이것은 청천벽력. 그들도 이 세상에 개입해야 할 사정이 있으니까."

"그게 루미네 헤르너입니까?"

드레카바크의 입에서 나온 이름에 처음으로 기리메칼라의 표정에서 미소가 사라졌다. 그리고――.

"루미네 헤르너는 아마 특이점이야. 게다가 희귀한 특상급."

기리메칼라가 곱씹듯이 대답했다.

"특이점, 그렇군요. 게다가 루미네 헤르너가 그 정도 이레귤러라면 겁쟁이인 천군은 분명 총출동해서 이 세계를 불바다로 만들 터. 대좌 따위 조무래기에게 맡기는 것은 다소 부자연스럽죠. 아직 천군도 반신반의하는 걸까요?"

"타나토스는 그렇겠지. 그러나 실제로 명령한 육천신 타르타로스는 꽤 정확하게 루미네 헤르너의 위험성을 파악한 듯해. 현재 테루테루라는 하찮은 대좌에게 힘을 부여하여 루미네 헤르너를 찾게 하는 것 같으니까."

"특이점을 손에 넣어 힘을 얻으려는 심산입니까. 정말 여전히 어리석은 생각이군요."

"완전히 동감해. 그런 형식뿐인 강함을 아무리 얻어도 진정한 강자를 쓰러뜨릴 수 있을 리가 없는데."

기리메칼라가 단언했다.

"이 건은 여신 연합도 알고 있습니까?"

드레카바크가 질문을 던졌다.

"특이점이라는 점은 알아. 알면서 한 선택이야. 여신 연합은 그야말로 배수의 진을 치고 나선 거겠지."

"모르겠습니다. 왜 굳이 그런 위험을 감수할 필요가 있는 겁니까? 저는 아킬레스 건인 루미네 헤르너를 엄중하게 보호하는 것이 최선이라고 생각합니다만?"

"아마 이번에 여신 연합이 하려는 것은 루미네 헤르너에게 시련을 내리는 것. 여신 연합은 이 시련을 루미네 헤르너에게 위험을 감수하고도 이루어낼 가치가 있다고 느낀 모양이야."

"인간이라는 종족에 영향을 받은 것은 우리만이 아니라는 뜻입니까?"

"글쎄. 그러나 주인님의 힘으로 우리는 이 세상이 자신이 생각한 만큼 단순하게 만들어지지 않았다는 걸 깨달았지. 더는 무지했던 과거로 돌아갈 수 없고, 돌아갈 마음도 없어. 그것은 우리 모든 파벌이 같을 거야."

"그럴지도 모르겠군요. 여신 연합도 루미네 헤르너를 목숨 걸고 지키겠지만, 일단 이번 적은 타르타로스. 우려하는 사태가 벌어질 수 있습니다. 루미네 헤르너의 안전 확보를 위한 보험은?"

"만약을 위해 벨제바브에게도 요청해두었어. 벨제바브의 세 부하가 비밀리에 호위로 따라다닐 계획이야."

호위의 이름을 들은 순간, 드레카바크는 벌레라도 씹은 듯한 표정을 지었다.

"그 최악이자 최강인 셋입니까…… 그렇다면 확실히 쓸데없는 걱정이겠죠."

그렇게 혼잣말한다.

"그래, 그에게 투쟁으로 이길 자는 우리 중에서도 한정되어 있어. 타르타로스 본인이라면 몰라도 타르타로스에게 힘을 받은 정도의 자에게 질 리가 없지."

드레카바크가 납득한 듯 크게 고개를 끄덕이고, 옆에 무릎을 꿇고 있는 스파이에게 물었다.

"그런데 스파이, 본 계획의 핵심인 예의 준비는 어떻게 되었습니까?"

"물론 준비는 완벽합니다! 그보다 이 술법을 심어둔 타르타로스라는 바보가 직접 테루테루의 영혼에 자신의 영혼 일부를 침입시켰어요. 그 타르타로스의 영혼을 지표로 이용하면 뒷일은 제물에 의해 눈을 감고서도 목표 삼은 녀석을 강림시킬 수 있습니다."

두 손을 펼치고 무언가가 기어 나오는 몸짓을 하는 스파이의 모습에, 기리메칼라는 입꼬리를 올리고 일어나 두 팔을 벌렸다──.

"계획은 더할 나위 없이 순조로워! 우리는 우리의 사명을 완수할 뿐. 쥐 한 마리도 남기지 않고 적 세력을 모조리 멸살하는 것, 그것이야말로 위대한 주인님의 갈망! 이 미천한 몸, 반드시 주인님을 위한 공을 세우겠습니다!"

세 번째 눈을 새빨갛게 물들이고, 기리메칼라가 대기를 흔드는 목소리로 외쳤다.

이렇게 쥐 사냥을 위한 사냥터가 차례로 완성되어 갔다.

***

화려한 죽음의 도시 에어리어 4.

"마루 님 쪽은 아직 보이지 않는가."

부왕의 힘으로 불사의 능력을 얻은 전 적룡왕 좀비── 렛드레드는 부하 드래곤 좀비들에게 물었다.

"소녀를 잡았다고 보고한 뒤로 연락이 없습니다."

바로 대답이 돌아왔다.

"뭐, 그분들이라면 걱정할 것 없나."

마루 님, 산카쿠 님, 호시 님, 시카쿠 님 모두가 악신, 부왕님의 측근이다. 그 힘은 가히 상상할 수 없다. 이 땅에서 사는 생물로는 설령 용이나 마왕이라도 대적하지 못한다. 유일한 예외는 마찬가지로 이치에서 벗어나 이 세상을 실질적으로 관리하고 지배하는 성무신 아레스의 세력뿐이다. 그리고 지금 이 자리에 아레스의 사도가 있다는 보고는 들어오지 않았다. 무엇보다──.

"이 군세에는 설령 아레스라도 섣불리 나설 수 없을 터."

용종, 환수종, 정령, 마물에 거인족 좀비. 그들은 부왕님에게 일찍이 도전하였다 패배하여 충성을 맹세하는 대신 불사의 육체를 손에 넣었다. 각자 만부부당한 강함을 지닌 괴물들이다. 저항할 수 있는 자가 있다면, 그것은──.

"렛드레드 님, 머리 위에 검은 안개가……."

약간 긴장한 부하 드래곤 좀비의 말에 위를 올려다보자, 마침 이 화려한 죽음의 도시를 뒤덮듯이 검은 안개가 돔 형태로 퍼져 나갔다.

"저건 결계인가? 아니, 그런 말도 안 되는."

이 장소는 부왕님의 부패 영역, 말하자면 신역이다. 마법, 특수한 은혜, 가호, 온갖 기적이 이곳에서는 무효가 된다. 그런 신역에 결계를 칠 수 있을 리가 없다. 아니, 애초에 광대한 이 구역 대부분을 뒤덮는 결계가 존재할 리가——.

"렛드레드 님!"

부하인 드래곤 좀비가 부르는 소리에 생각을 현실로 되돌렸다.

"무슨 일이냐?"

"저기…….."

멍하니 부하가 응시하는 곳으로 시선을 옮기고, 무의식중에 숨을 죽였다. 그곳에는 산처럼 거대한 백룡이 장엄하게 서 있었고, 그 어깨 위에는 황금룡의 머리를 지닌 인간형의 무언가가 청룡도를 들고 서 있었다. 그리고—— 동시에 곳곳에서 터지는 경악.

"어, 어느새!"

주변의 공중, 폐허 위, 지면, 마른 나무 꼭대기 등. 무수한 이형들이 마치 렛드레드 일행을 포위하는 것처럼 각 위치에 대기하고 있었다. 수는 대략 천 정도로 수만에 달하는 부왕군에 비하면 크게 부족하다.

그러나 간신히 남아 있던 렛드레드의 위기 의식이 저들은 위험하므로 지금 당장 이 자리에서 도망쳐야 한다고 시끄럽게 경고를 울리고 있었다.

백룡의 어깨에 탄 황금룡의 머리를 지닌 인간형의 무언가는 압도적인 숫자의 부왕군에게 청룡도 끝을 들어 가리켰다.

"운이 없군."

그가 벌레라도 보는 듯한 시선으로 그렇게 단언했다.

"네놈들은——."

입을 열려고 한 렛드레드의 의문은,

"너희는 우리 위대한 분을 불쾌하게 했다. 그것은 죽어 마땅한 대죄다. 따라서 근위인 우리 신룡군의 대표인 내가 너희에게 신벌을 내리겠다!"

오만불손한 목소리로 내뱉은 말에 가로막혔다.

"야, 라돈, 네가 왜 멋대로 근위를 자칭하는 거야!"

"맞아! 주인님의 근위라면 우리, 여신 연합이잖아!"

"이봐, 너희도 이 틈에 은근슬쩍 나서지 말라고!"

주위에서 휘몰아치는 폭풍 같은 야유. 그들의 대기를 흔드는 분노한 포효에 대기가 삐걱거리며 어긋나 열풍이 몇 번이나 동심원 형태로 퍼졌다. 그 강대한 마력을 담은 세찬 바람 탓에 부왕군의 군사 수십 명이 대지를 굴러 유적과 충돌하며 산산이 부서졌다.

"…………."

자신의 볼이 움찔거리는 것이 느껴진다. 저들은 명실상부 부왕군이다. 이 세계에서는 절대적인 강자다. 그런데 공격도 아닌 그저 포효 하나에 소멸한다? 그런 현실이 있을 리가 없다. 아니, 있어서는 안 된다. 그렇다면 이것은 환술인가? 그러나 환술이라기에는 실제로 부왕군에 손해가——.

"고작 벌레 천 마리에 벌벌 떨다니, 정말 한심한 녀석들이구나! 렛드레드, 네가 안 간다면 내가 혼쭐 내주마!"

거인 불사대를 이끄는 뎃카데카가 쇠몽둥이를 들고 땅을 울리며 전선으로 나갔다. 거인 불사대는 부왕군 중에서도 최정예. 뎃카데카는 그 부대장이며, 강함만이라면 렛드레드에게 필적한다.

"노룬이 하겠습니당."

얼굴 대부분을 새하얀 머리카락으로 가린 인간족 소녀가 살짝 오른손을 들고 앞으로 나섰다. 아까와는 달리 주위를 둘러싼 정체불명의 집단에서 소란이 일었다.

"아니, 노룬이 적극적으로 나선다고?"

"네, 저 먹는 것조차 귀찮아서 곧장 잠드는 노룬이!"

"너무 불길해. 무언가 안 좋은 일이——— 뭐, 이 멤버로 일어날 리가 없나."

마음대로 떠드는 정체불명의 집단.

'무언가 이상해.'

저 소녀가 뎃카데카에게 이길 리가 없다. 그런데 하얀 머리 소녀를 걱정하는 사람은 하나도 없다. 그저 하얀 머리 소녀가 의욕을 보이고 있다는 점에만 경악한 듯하다. 그 사실에 표현하기 어려운 오한이 온몸을 스쳤고———,

"이봐, 뎃카데카, 그 여자 너무 이상해! 방심하지 마!"

얼른 조언하였다.

"뭐? 이런 땅꼬마가 이 몸의 강철 육체에 상처 하나 낼 수 있을 리가 없잖아!"

뎃카데카가 오른쪽 눈을 가늘게 뜨고 소녀를 얕잡아보듯이 관찰하며 거대한 쇠몽둥이로 자신의 어깨를 툭툭 때렸다.

"이 녀석들을 해치우고 마스터에게 쓰다듬어달라고 할 거예요. 주인님께 노룬만."

무리에서 떨어져 앞으로 나선 소녀가 뎃카데카의 앞에 서서 예쁘장한 눈썹 언저리에 결의에 찬 감정을 담고 그렇게 선언했다. 잠시 침묵이 흐른 뒤,

"웃기는 소리 하지 마!"

"치사하게 혼자 칭찬받으려고 하다니요!"

폭풍 같은 호통이 몰아쳤다. 그리고 어느 발언도 하얀 머리 소녀의 승리는 전혀 의심하지 않고 있다.

'역시 이건 이상해.'

뎃카데카는 마루 님을 비롯한 네 분을 제외하면 부왕군 중에서도 다섯 손가락 안에 드는 실력자다. 힘만이라면 특출나다. 아니, 일단 체격 차이가 너무 난다. 아무리 애써도 싸움조차 안 될 것 같다. 그런데 이 소녀의 여유로움에 위화감을 넘어서 강렬한 불길함을 느꼈다.

"뎃카데카――."

다시 경고하려고 하였으나, 뎃카데카는 굴욕으로 몸을 떨며 이마에 무수한 굵은 핏대를 세웠다.

"날 얕보다니!"

호통을 치며 하얀 머리 소녀에게 쇠몽둥이를 휘둘렀다. 뎃카데카의 저 쇠몽둥이는 부왕님께 받은 화염 효과를 지닌 마법 무기다. 저런 가녀린 소녀라면 쇠몽둥이에 박살난 뒤, 뼈도 남지

않고 불타버릴 것이다── 그럴 터였다.

"어?"

놀란 소리를 내는 뎃카데카. 그도 그럴 것이 용해된 지면 중심에 하얀 머리 소녀가 상처 하나 입지 않고 오른손으로 쇠몽둥이를 가볍게 막아내고 있었기 때문이다.

잠시 뎃카데카는 이 비상식적인 현상을 받아들이지 못했는지 멍하니 서 있었으나, 금세 태세를 다듬기 위해 쇠몽둥이를 들어 올리려고 했다. 그러나──.

"우, 움직이지 않아."

불면 날아갈 것 같은 가련한 소녀가 쥔 쇠몽둥이는 뎃카데카의 힘으로도 꿈쩍도 하지 않았다. 그리고 점차 삐걱거리는 소리를 내는 마법 쇠몽둥이.

"거짓말이야!"

강렬한 불안함에 재촉당한 듯이 필사적으로 쇠몽둥이를 움직이려고 하는 뎃카데카. 그러나 역시 꿈쩍도 하지 않는다. 그리고 결국 쇠몽둥이는 부서지는 소리와 함께 산산조각 나버렸다.

"괴, 괴물……."

하얀 머리 소녀를 내려다보며 뎃카데카가 떨리는 목소리로 말했다. 그 순간 소녀의 모습이 희미해지더니, 뎃카데카 앞에서 오른쪽 팔꿈치를 안쪽으로 당기고 있었다.

"자, 잠깐만──."

그것이 사실상 뎃카데카의 마지막 말이 되었다.

──퍼억!

살이 찢어지고 뼈가 부서지는 소리. 휘몰아치는 폭풍. 뎃카데카의 상반신이 완벽하게 박살나 땅을 울리며 바닥으로 쓰러졌다.

"에잇, 이대로 노른에게 선두를 빼앗기면 안 돼! 먼저 하는 사람이 승리야!"

정체불명의 집단 중 하나가 그런 불길하기 짝이 없는 말을 하였다. 몸 깊은 곳에 이미 오래 전에 잊었을 터인 본능적인 공포가 일었다.

"도망쳐야──."

필사적이었다. 본능에 따라 상공으로 떠올랐지만──.

"헉?!"

갑자기 눈앞에 나타난 새하얀 인간형 존재에 화들짝 놀라 비명을 질렀다. 이어서 목에 충격이 흐르고, 렛드레드의 시야가 초고속으로 회전하며 마른 나무를 쓰러뜨리면서 유적까지 파괴하면서도 돌진했다. 그리고 고속으로 다가오는 부왕 어전에 비명을 지를 틈도 없이 격돌하여 렛드레드의 의식은 영원히 뚝 끊어졌다.

이렇게 쥐 사냥터가 완성되어 화려한 죽음의 도시 에어리어 4는 지옥이 되었다.

***

──파벌, 무심(武心).

땅을 열심히 질주하는 해골말과 기사로 구성된 스컬 솔저들.

부왕군 중에서도 용감무쌍하게 전장을 누비며 많은 전과를 세운 투사다. 그런 투사들이 현재 한 소녀로부터 무턱대고 도망치고 있었다.

갑자기 하늘에서 떨어진 번개. 그것으로 순식간에 세 명의 스컬 솔저가 재가 되었다. 그곳에 호랑이 무늬 가슴 보호대와 반바지를 입은 호랑이 귀 소녀가 의기양양하게 서 있었다.

"도망치게? 하지만 소용없거든!"

호랑이 귀 소녀의 모습이 사라지는가 싶더니, 주변 일대 여기저기에 번개가 치며 스컬 솔저를 재로 만들었다.

"이봐, 백호! 너 전부 죽여버렸잖아! 힘 조절 좀 해!"

"맞아! 주인님이 칭찬해주지 않으면 어떻게 할 거야!"

전장 곳곳에서 맹렬한 비난이 터졌다.

"하지만 우(牛)랑 악(惡)이가 이번에 안 왔잖아. 네메아 님이 전력을 다해도 괜찮다고 했는데."

백호라 불린 소녀는 미안해하는 기색도 없이 나른한 목소리로 대답한다.

"우마왕과 악식인가. 확실히 그 녀석들이 안 나왔으면 조금은 어쩔 수 없나……."

"그래, 그들이 나왔으면 더 엉망진창이 되었겠지……."

"헤헤, 이해한 것 같으니 힘차게 죽여볼까!"

다시 번개가 전장을 가로지르며, 언데드들이 재와 먼지가 되었다.

──파벌, 하늘을 사랑하는 모임.

하얀 머리 소녀에게 살해된 뎃카데카의 부하 거인들은 도망치지 못함을 깨닫자 죽음을 각오하고 싸움에 임했다.

"죽어라!"

"괴물아!"

부패한 대형 갑옷 차림의 거인이 땅을 울리며 눈앞에 있는 등에 붉은 날개가 돈은 빨간 머리 청년의 청수리로 철제 곤봉을 휘둘렀다. 청년은 그것을 피하려고도 하지 않고 일부러 정수리로 받아냈다.

청년의 키는 약 2메르에 불과하다. 그야말로 자신의 수십 배크기인 사람에게 곤봉으로 맞았다. 보통 대지로 흩어지는 것은 청년의 뇌수였을 터. 그러나──.

"큭!"

철제 곤봉이 설탕공예처럼 흐물흐물 녹고 말았다.

"이, 이럴 수가! 부왕님께 받은 마법 무기가 녹다니?!"

당황한 부패 거인에게 빨간 머리 청년은 몹시 불쾌한 듯 눈썹을 찡그렸다.

"흥! 노룬에게도 효과가 없었던 일개 악신 따위의 무기가 이 피닉스에게 통할 리가 없지."

그렇게 당당하게 외친다.

그는 피닉스. 토벌 도감에 등록된 뒤로 인간형으로도 행동이 가능해진 불사의 신조다. 손가락을 딱 튕기자 하늘에서 생긴 붉은 화염 기둥이 거인들의 뼈, 살 하나 남기지 않고 재로 만들었다.

"이 정도 힘으로 그 무서운 분을 격노하게 하였는가. 과거의 나를 보는 듯하여 너무나 우습군."

피닉스가 자조하며 중얼거리고는 하늘을 활공하여 적 세력의 본격적인 섬멸을 시작했다.

—— 파벌, 여신 연합.

결사의 각오를 한 하이 리치들은 손에 든 로드 끝을 파란 머리를 좌우로 동그랗게 만 소녀에게 향하고 영창 파기로 마법을 행사했다. 다양한 색의 마법이 허공을 날아가 파란 만두머리 소녀에게 쏟아졌다.

"어린애 장난이군요."

그리고, 소녀가 살짝 바람을 분 것만으로 깔끔하게 사라지고 말았다. 그녀는 여신 아테나, 토벌 도감에서도 유수의 무투 파벌 중 하나인 여신 연합의 투 톱 중 하나다.

"이, 이런……."

녹은 얼굴을 두려움과 불안으로 일그러뜨리면서도 뒤로 물러나려는 하이 리치들을 향해 아테나의 새파란 두 눈이 괴이하게 빛났다.

"케케케켁!"

갑자기 괴성을 지르는 하이 리치 집단. 하이 리치들의 몸이 부풀어 곰 인형 같은 외형이 되었다.

"어라?"

갑자기 동료가 인형이 된다는 말도 안 되는 현실에 놀란 소리를 낸 옆의 하이 리치를 곰 인형이 걷어찼다. 장기가 흩뿌려지며 산산이 부서지는 하이 리치.

"게케케케케켁!"

다시 곳곳에서 괴성이 터지며 새로운 곰 인형이 만들어졌다. 그리고 일제히 하이 리치들을 습격했다.

"으아아아아아악――!"

곰 인형 무리의 습격에 찢어지는 듯한 절규가 하이 리치 사이에서 터졌다.

――파벌, 귀로상락(鬼怒相樂).

"모, 못 이기겠어!"

비명을 지르며 도망치는 환수 부대의 언데드들.

"이, 이봐, 어이, 도망치지 마!"

그런 부하 환수들에게 환수 부대의 대장이 소리 높여 만류했지만 당연히 효과는 없다. 그럴 만도 하다. 대장도 지금 당장 이지옥에서 도망치고 싶은 마음으로 가득했기 때문이다.

그렇게 필사적으로 도망치는 환수들 앞을 이마에 뿔이 돋은 갑옷 차림의 무사 집단이 가로막고 그 목을 칼로 단번에 베어냈다.

그야말로 전광석화. 빛줄기가 된 무사들은 무정하게도 도망치려는 환수들을 말 못 하는 시체로 만들었다.

그리고 어느새 환수 부대의 대장 앞에는 삼백안의 오니 청년이 서 있었다. 그는 귀신들의 두령, 슈텐도지. 토벌 도감에서 제일가는 무투 파벌, 귀로상락의 대장이다.

"뭐, 뭐야, 너희는?!"

환수 부대의 대장은 너무나 터무니없는 상황에 지금 부왕군이라면 누구나 생각했을 터인 질문을 날렸다.

부왕님과 성무신 아레스의 힘은 호각이다. 이런 일방적인 상황은 설령 아레스군의 정예가 왔더라도 일어날 리 없다. 즉, 이들은 아레스와는 또 다른 신의 세력이다. 게다가 천하의 부왕군을 개미라도 짓밟는 것처럼 지금도 유린하고 있다. 확연히 차원이 다르게 강하다.

"너희는 정말 불쌍하게 생각해. 그러나 이것은 우리 주인의 명령. 여기서 모두 멸해주마."

삼백안의 오니 청년의 모습이 사라지고, 곧바로 환수 부대 대장의 온몸이 산산이 찢겼다.

"어르신, 우리의 충성을 여기서 보여줄게. 어이, 얘들아, 모두 죽여라. 벌레 하나 살려두지 마!"

부왕군에는 악몽과도 같은 명령을 내리고 슈텐도지도 다른 사냥감을 찾아 질주했다.

——파벌, 시룡구파.

얼음의 신룡 한 마리의 입에서 뿜어진 아이스 브레스가 모든 것을 동결시키며 순식간에 도망치는 언데드들을 얼음 조각으로 바꾸어버렸다.

화염의 신룡이 땅을 울리며 걸을 때마다 바닥이 끓으며 도망치는 언데드들을 재도 남기지 않고 증발시킨다.

작은 물의 신룡이 하늘을 날자, 그때마다 스쳐지나가는 하늘을 부유하는 언데드들의 주위에 물이 휘감겼다. 곧장 그 언데드들의 몸이 흐물흐물 녹아내리고 말았다.

그야말로 언데드들에게는 지옥과 같은 광경이었다. 당연하다. 이 저항할 기력조차 모조리 빼앗는 공격은 토벌 도감 중에서도 정점에 위치한 화력을 지닌 파벌의 진격이었으니까. 특히——.

인간형 라돈이 한 번 휘두른 거대한 청룡도가, 거리도 위력도 모두 무시하고 온갖 것을 집어삼키며 둘로 나누었다. 동시에 연쇄적인 폭발이 일어 주변 일대를 날려버리는 대폭발을 일으켰다.

"라돈! 이 자식! 우리까지 죽일 셈이냐!"

"무슨 짓이야! 하마터면 죽을 뻔했잖아!"

모든 파벌에서 일제히 비난의 소리가 쇄도하는 가운데,

"이것은 우리가 숭배하는 왕의 어명이다! 그분의 근위인 우리에게는 절대 양보할 수 없는 싸움이야!"

차가운 눈빛의 라돈이 청룡도 끝으로 바닥을 내리쳤다. 단지 그것만으로 주변 일대가 함몰되어 언데드들을 그대로 묻어버렸다.

그리고—— 신룡군파와 쌍벽을 이루는 최대 파벌.

새하얀 인간형 존재, 드레카바크의 오른팔이 마치 풍선처럼 빠르게 부풀었다.

"으아……."

"괴, 괴물이야!!"

자신의 수십 배 규모가 된 하얀 팔을 본 용 언데드들은 완전히 전의를 상실하고 일제히 도망치기 시작했다.

하얀 팔이 휘둘러지자 언데드의 육체가 새하얀 입자가 되어 차가운 공기에 스며들었다.

"젠장!"

"오지 마!"

자포자기한 모양이다. 살아남은 용 언데드 집단이 평정을 잃고 입에서 브레스를 뿜었다.

"컥?"

하얀 두 팔이 용들의 입속에서 돋아나더니 위턱과 아래턱을 붙잡고 천천히 찢었다. 그들은 단말마와 함께 머리가 찢기며 선혈을 흩뿌리고 숨이 끊어졌다.

드레카바크는 도망치는 용 언데드들을 죽이며 천천히 떠다녔다.

절박한 얼굴로 다가오는 언데드 군중. 상반신을 노출한 눈이 여덟 개 달린 청년은 어깨를 으쓱하고 아무렇게나 오른팔을 흔들었다.

그 손톱에 의해 이무기 언데드의 몸이 토막나며 그대로 무너졌다. 동시에 그 살점이 부글부글 부풀더니 폭발을 일으켰다.

그 폭발에 휘말린 언데드들도 불에 타 산산이 부서지고 말았다.

"히익!"

잽싸게 도망치는 거대한 원숭이 같은 환수 언데드의 등에, 눈이 여덟 개인 청년이 오른쪽 손바닥을 뻗었다. 그 몸이 갑자기 경직되더니 피부가 지글지글 익고는 대폭발을 일으켰다.

청년은 입꼬리를 올리고 다음 사냥감을 찾아 전장을 걸어갔다.

***

──화려한 죽음의 도시 광장 앞.

화려한 죽음의 도시 에어리어 1 이외의 대부분을 뒤덮듯이 깔린 검은 안개 벽. 바벨은 급하게 실기 시험을 중지하고 학생들을 탑으로 피난시켰다. 그리고 부학교장파 직원을 모두 내쫓고, 학교장파인 이네아의 부하와 헌터 길드의 랄프 엑셀을 비롯한 몇 명의 헌터, 그리고 로제 왕녀의 일행만이 광장 앞에 남았다. 지금은 카이 하이네만의 부하를 자칭하는 모노클을 쓴 여성 아스타가 띄운 영상으로 저 검은 안개 속의 광경을 바라보고 있다.

"차, 차원이…… 너무 달라!"

조사부 부장 클로에가 폭포처럼 땀을 흘리며 지금 이 자리의 누구나 생각한 바를 입에 담았다. 그 영상은 언데드 집단을 완벽하게 파괴하는 집단을 비추고 있다. 그 전쟁이라기에는 너무 일방적인 광경은 그야말로 강함의 단위가 다르다는 것을 알게 했다.

"로제 전하, 카이 님의 부하는 저렇게 강했습니까?"

이네아가 간신히 목소리를 내어 물었다. 역사상 최강의 초월자라고 한다. 상상은 하고 있었다. 아니, 아니다. 상상했다고 생각했다. 그러나 지금 눈앞에서 펼쳐지는 것은 그런 간단한 것이 아니다. 훨씬 더 터무니없이 큰 무언가다.

"네, 저도 처음 봤을 때는 깜짝 놀랐지만요."

깜짝 놀랐다? 이 왕녀가 무슨 말을 하는 걸까? 그런 수준이 아니다. 애초에 지금 카이 하이네만의 부하들이 유린하는 것이 평범한 언데드일 리가 없다. 왜냐하면 이네아는 저 언데드들 중 하나라도 쓰러뜨릴 수 있다는 자신감이 전혀 생기지 않기 때문이다. 아마 저 언데드들은 이 화려한 죽음의 도시에 봉인되어 있던 전설의 악신, 부왕군이다. 누군가가 부왕의 봉인을 풀고만 모양이다. 부왕이란 성무신과 신화에서 싸웠다고 일컬어지는 악신. 보통은 이 세상의 어떤 세력도 저항할 수 없을 터였다.

그러나 다행인지 불행인지, 이 땅에는 최강의 초월자 카이 하이네만이 있었다. 그의 부하들에게 부왕군이 마치 개미라도 짓밟는 것처럼 쉽게 제거되고 있다.

"앗?!"

그때 돔 형태의 검은 안개 벽을 뚫고 일직선으로 이쪽을 향해 고속으로 날아오는 비행체. 그것들이 텐트 옆에 착탄하여 땅을 울렸다. 휘몰아치는 폭풍 속에서 비행체 낙하 지점을 돌아보자, 거대한 크레이터가 생겨 있었다. 그리고 그 중심에 있는 것은 엉망으로 찌부러진 용 언데드의 머리. 다시 눈을 깜박이자 크레이터 중심의 용 옆에는 새하얀 인간형 존재가 서 있었다.

"이거 실례."

하얀 인간형 존재는 아스타에게 살짝 인사했다. 그리고 그 크레이터 중심에 있던 부패한 용의 머리에 다가가자, 그 머리가 둥실둥실 떠올랐다. 그는 이어서 하얀 빛의 띠가 되어 검은 안개 벽 안으로 돌아갔다.

"아아, 기리메칼라파의 최고 간부까지 동원되었나. 어디의 누군지 모르겠지만 진짜 끝장났네."

잭이 진심을 담은 감상을 말했다.

"이 건으로 저 악질적인 일파가 무대 위로 올라왔소. 슬슬 이번 시나리오도 클라이맥스에 접어들은 것이겠지."

아스타도 동의하며 의미심장한 말을 하였다.

"하나만 묻겠습니다. 카이 님은 저 분들보다 강한가요?"

어떤 의미에서는 물을 것도 없는 질문을 하였다.

"그야말로 어리석은 질문이군."

예상대로 아스타가 짓궂은 미소를 지으며 예상한 대답을 하였다.

"최강의 초월자, 였나요. 그 의미를 이제야 저도 이해하였습니다. 네, 그야말로 뼈저리게……."

이것은 확신이다. 카이 하이네만에게는 **이 세상**의 누구도 이기지 못한다. 그를 화나게 한 것은 곧 죽음을 자초하는 짓이다. 이것은 이 세상에 있는 유일무이한 법칙 같은 것이다.

'이제 모든 게 아무래도 좋아졌어요…….'

저것은 말하자면 천재지변 같은 것이다. 애초에 인간의 몸으로 움직일 수 있는 것이 아니었다. 그렇다. 우리가 하늘에 뜬 태양과 달을 어떻게 할 수 없듯이 저항할 수 없는 절대 불가침의 영역.

'이번 일이 무사히 끝나면 평범하게 살자.'

그렇게 속으로 굳게 다짐하며 이네아는 일방적인 유린극을 계속 바라보았다.

***

화려한 죽음의 도시 에어리어 5── 부왕 어전.

"흥♪ 흥♪ 흐흥♪ 흥흐후────웅."

앞으로 찾아올 자신의 최고로 썩은 몸과 완전히 부패한 세계를 상상하며 부왕은 그 썩은 침대 한가운데서 데굴데굴 몸을 돌리며 콧노래를 불렀다. 부왕에게 경계해야 할 것은 이 세계를 실질적으로 관리하는 성무신 아레스, 단지 한 명뿐. 녀석을 없애면 아니, 이 세계에서 멋대로 움직일 수 없게 하기만 해도 부왕에게 저항할 수 있는 자는 없어진다. 사대 마왕? 용종? 환수종? 그러한 신격조차 없는 모자란 존재가 이 부왕을 막을 수 있을까보냐. 이것은 악과 선과의 오랜 싸움이다. 그런 어중이떠중이 따위가 끼어들 여지는 없다.

마루에게서 부왕의 최고의 육체가 될 그릇을 확보했다는 취지의 연락이 들어왔다. 이제 여기서 기다리기만 하면 부왕이 바라는 썩어빠진 세상이 찾아온다.

"슬슬 간식 시간이네YO. 데려와YO!!"

천 년 만에 일어나 배가 고프다. 가볍게 간식 시간이라도 즐기자.

"네!"

집사복을 입은 좀비가 정중하게 인사하고 방에서 물러났다.

"흥♪ 흥♪ 흥, 흥♪"

콧노래를 부르며 침대에서 떠올라 호화로운 원형 테이블 앞에 놓인 의자에 앉자, 좀비 메이드 한 사람이 가슴에 냅킨을 달아 주었다.

"기다리셨습니다."

몇 분 뒤, 집사와 요리사풍 좀비가 커다란 접시 두 개를 가져왔다. 종 모양 덮개를 씌운 접시가 덜컹덜컹 움직이고 있다.

"오늘 막 사로잡은 신선한 인간을 이 자리에서 제공드리겠습니다."

요리사가 오른손을 가슴에 대고 인사했다.

"신선한 고기입니KA. 좋네YO! 지금은 그런 기분이에YO!"

나이프를 왼손에 포크를 오른손에 들고 덮개를 두드린다. 다시 인사하고 요리사가 덮개를 열자 각 접시에는 금속 구속구를 씌운 두 명의 남녀가 있었다. 한 명은 바가지머리를 한 작은 남자고, 다른 한 명은 긴 금발을 양쪽으로 땋아 내린 얌전해 보이는 여자다. 두 사람은 눈에서 눈물을 흘리며 어떻게든 소리치려고 하였으나, 입이 막혀 있어서 제대로 되지 않았다. 두 사람의 온몸에는 피처럼 새빨간 액체가 여기저기서 흐르고 있었다.

"이 가축들I?"

"정찰을 나갔던 자가 사로잡았습니다. 산 채로 먹을 수 있도록 씻은 뒤, 비법 소스를 발라두면 부왕님도 기쁘게 드시지 않을까 하여."

부왕은 풍선 같은 얼굴을 추악하게 일그러뜨렸다.

"그거 좋군YO! 울부짖는 가축 씹어먹GI! 그 절망으로 얼룩진 식감은 최고로 단단하고, 무——척이나 썩은 훌륭한 맛이겠지YO!"

신나게 외친다. 점점 커지는 두 사람의 비명 같은 소리에,

"그럼 어서 가장 맛이 좋은 머리부터——."

부왕이 크게 입을 벌렸다. 몸의 몇 배나 될 만큼 부자연스럽게 벌어진 입에 날카로운 이. 그것들이 금발을 양쪽으로 땋아 내린 여자를 베어물려고 한 바로 그 순간, 부왕 어전의 커다란 문이 갈라지며 비교적 머리가 큰 이족보행하는 고양이와 금발의 소녀가 들어왔다.

＊＊＊

——화려한 죽음의 도시 에어리어 5—— 부왕 어전 앞의 숲.

시간은 잠시 거슬러올라간다.

"……봐, 이봐, 아가씨! 이런 곳에서 자면 감기 들어!"

중년 남성의 목소리에 몽롱했던 의식이 또렷해져갔다.

"이곳은?"

아직 멍한 머리를 움직여 주위를 확인하자, 그곳은 녹음이 무성한 숲이었다. 이 후각을 자극하는 희미하지만 시큼한 냄새. 이곳은 아마 화려한 죽음의 도시다. 동시에 앤트라가 사역하는 날개미에게 먹힐 뻔한 것을 떠올리고 벌떡 일어나 자신의 몸을

여기저기 만지며 안위를 확인했다.

"아무렇지 않아……."

어두운 밤에 불을 얻은 심정으로 크게 숨을 내뱉을 때였다.

"이제야 일어났나. 어서 이런 답답한 곳에서 떠나볼까? 나, 어서 숙소에서 편하게 쉬고 싶거든."

고막을 울리는 남성의 목소리가 들렸다.

"누, 누구야?!"

두리번두리번 주위를 둘러보았지만, 아무도 없다.

"여기야! 여기!"

목소리가 난 곳을 찾으니, 허리에 찬 가방 속에서 나는 것을 알아냈다.

조심스럽게 가죽 가방을 열자 그곳에는 허름한 고양이 나무 조각이 들어 있었다.

"어? 왜 이게 여기 있지?"

저절로 놀란 소리가 나왔다. 그도 그렇다. 이 고양이 인형은 어린 시절부터 루미네가 좋아한 것으로, 시험을 보다 없어지면 안 되니까 숙소에 두고왔기 때문이다.

"아가씨, 잘 부탁해. 나는 스사노오…… 으음, 뭐더라. 그 이름 외에는 전혀 기억이 안 난대이."

스사노오는 명랑한 목소리로 인사하더니 혼자 생각에 잠긴다.

루미네가 흠칫거리며 자세히 알아보려고 그 목제 고양이 인형을 건드리자, 갑자기 빛을 내며 떠올랐다. 그리고 눈부신 빛이 덩어리가 되어 하나의 형태를 만들어갔다.

빛이 잦아들자 그곳에는 새하얀 이국의 옷을 입고, 긴 장화를 신은 고양이가 서 있었다.

얼굴은 꽤나 크고, 등에는 거대한 이국의 대검을 지고 있다.

"움직일 수 있는 몸도 얻은 모양이니 뭐, 됐제. 자, 이런 답답한 곳, 얼른 떠나뿌까?"

묘하게 나른한 목소리로 혼자 몇 번이나 고개를 끄덕이는 이족보행 거대 고양이, 스사노오. 그는 루미네에게 이 자리를 떠나기를 재촉했다.

"너, 너는 누구야?!"

너무나 혼란스러워진 루미네가 큰 소리로 물었다. 그 말에 대답한 것은,

"그것은 당신의 기프트에 의해 탄생한 유사 생명체예요."

뒤에서 아름다운 목소리가 또렷하게 들렸다. 얼른 돌아보자 루미네도 얼굴을 붉힐 정도로 매혹적인 빨간 옷을 입은 장신의 여성이 서 있었다.

"당신은 또 누구야?!"

뒤로 물러나며 질문했다.

"당신의 언니, 라일라 헤르너가 지금 궁지에 몰렸습니다. 만약 언니를 구하고 싶다면, 이 앞에 있는 성으로 가세요."

여성은 대답 대신 손으로 가리키며 그 말만 전한다.

"라일라 언니가?!"

라일라가 위험에 빠졌다. 그 말에 강렬한 초조함을 느끼고 당황하여 외쳤다.

당연하다. 루미네에게 라일라는 이 세상에서 가장 소중한 사람이다. 절대 잃을 수 없다.

"괜찮아요, 당신이라면 반드시 구할 수 있어요."

빨간 옷을 입은 여성은 그런 단언을 끝으로 마치 처음부터 존재하지 않았던 것처럼 그 모습을 감췄다.

"뭐야. 그런 복잡한 일에 머리 들이밀지들 말고, 얼른 돌아가서 밥이나 먹자니께."

루미네가 절대 선택할 수 없는 제안을 하는 소중한 인형이었던 이족보행 고양이. 그것은 루미네의 소중한 보물을 망가뜨린 것만 같았다.

"시끄러워! 나는 간다면 가는 사람이야!"

루미네는 거칠게 외치고 여성이 가리킨 방향으로 달려갔다.

성은 숲에서 나오자 바로 보였다. 그보다 이걸 발견하지 못하는 사람은 그냥 멍청이다. 한 마디로 표현하자면 썩은 고기로 만든 성이었으니까.

'싫어! 무서워!'

보기만 해도 강렬한 공포가 치밀어 한심하게도 이가 딱딱 부딪혔다. 아무리 생각해도 루미네로서는 저것들을 이기지 못한다. 순식간에 다진 고기가 되고 만다. 스사노오의 말대로 지금 당장 꼬리를 말고 숙소로 도망가 이불을 뒤집어 쓰고 자는 게 제일이다. 그것을 절실하게 느꼈다.

'그 여자가 거짓말을 했을지도 모르고……'

그렇다. 라일라 언니가 사로잡혔다는 것은 그 빨간 옷을 입은 여자의 말일 뿐이다. 전혀 신빙성이 없다. 돌아가서 바벨의 도움을 얻는 것이 가장 현명한 생각이다.

'하지만── 그 녀석이라면 분명히…….'

그러나 도망치려고 할 때마다 그 미덥지 못한 회색 머리 소년의 모습이 떠올라, 루미네는 이 자리에서 떠나지 못하고 있었다.

그렇다. 분명히 카이 하이네만이라면 망설이지도 않고 라일라를 구하러 가서 반드시 해낼 것이다. 물론 카이는 이 세상 제일의 무능. 누구보다도 약하다. 그런데 무슨 까닭인지 루미네는 카이가 라일라의 구조에 실패하는 모습을 떠올릴 수 없었다.

'바보 같아. 그런 약한 인간이…….'

자신의 바보 같은 생각에 쓴웃음을 지으며 분발하기 위해 오른쪽 주먹으로 커다란 나무를 때렸다. 미력한 루미네는 손이 까지기만 했지 나무는 꿈쩍도 하지 않는다. 그래도 아주 조금 용기가 생겼다.

"……아가씨, 보기보다 훨씬 남자답네."

스사노오가 수염을 잡으며 그런 모욕이라는 말 외에는 할 말이 없는 말을 하더니, 등에 진 대검을 칼집에서 뽑았다.

"너, 어쩔 셈이야?"

조금 전까지 숙소로 돌아가자며 회유하는 말을 해댔다. 전혀 의욕이 없던 스사노오의 변모에 눈을 깜박거리며 물었다.

"물론 나의 마스터를 위해 일하는 기제."

나무 사이로 나가자 스사노오는 성문으로 위풍당당하게 걸어갔다.

"넌 뭐야, 거기 안 서?"

문지기로 보이는 눈이 하나인 거대한 얼굴의 괴물이 제지하는 말을 외쳤을 때, 스사노오의 모습이 괴물의 코앞에 나타나 오른손에 든 대검을 휘둘렀다. 그 거대한 머리가 허공을 날았다.

"앗?!"

입만 있는 괴물이 동료의 갑작스러운 죽음에 경악하여 외친 순간, 그것의 몸도 십자 모양으로 갈라지며 바닥으로 쿵 떨어졌다.

"…………."

저 위협적인 존재가 순식간에 움직이지 않는 시체가 되었다. 그 사실에 잠시 멍하니 있으려니, 스사노오가 거대한 문에 대검을 휘둘렀다. 썩은 고기로 만들어진 문이 조각조각 흩어지는 가운데,

"아가씨, 잡일은 빨리 처리하지 않깃나. 나, 안주랑 술 한잔 하고 싶은디."

스사노오는 왼손으로 잔을 들어 마시는 몸짓을 하고는 안으로 성큼성큼 들어간다.

"잠깐 기다려!"

루미네도 뒤쳐지지 않도록 스사노오의 뒤를 따라갔다.

"이 이상 멋대로 굴지 못하게 해!"

로브를 입은 언데드가 일제히 루미네와 스사노오에게 지팡이를 들었으나, 빛줄기가 허공을 지나자 언데드들은 몸이 산산조각 나더니 모래가 되었다.

언데드인데 스사노오의 대검에 베이면 순식간에 모래가 되는 것으로 보아 저 대검은 평범하지 않다. 전설급 마법 무기일 것이다.

그리고 루미네와 스사노오는 결국 커다란 문 앞에 도착했다. 스사노오가 문을 갈라 안으로 들어가고, 라일라 언니를 찾기 위해 방 안을 확인했다.

방에는 동그란 체구에 무수한 구체가 자수된 새빨간 옷을 입은 괴물이 부자연스러울 만큼 입을 크게 벌리고 있었다. 접시 위에 올라간 금발을 양쪽으로 땋아 내린 여성을 집어삼키려고 하는 중이었다.

"스사노오!"

"알겠어!"

스사노오의 모습이 사라지더니, 곧 괴물의 머리 윗부분을 베어내며 그 몸을 걷어찼다. 풍선 같은 괴물은 고기 벽에 정통으로 부딪히며 뭉그러진 고깃조각이 되었다.

"해치웠나?!"

기뻐하는 루미네.

"치아라, 곧 부활한 기다! 시간 끌기밖에 안 돼!"

스사노오가 방심하지 않고 대검을 들며 잘못된 인식을 지적했다.

시간 끌기인가. 보아하니 라일라 언니는 이 방 어디에도 없다. 이 성 어딘가에 붙잡혀 있는지도 모른다. 당장이라도 찾으러 가는 것이 최선이다.

저 접시 위에는 떨고 있는 인간 같은 두 사람이 있지만, 어차피 오늘 처음 만난 남이다. 루미네가 구해야 할 의리는 없다. 라일라 언니가 없는 이상, 일분일초라도 빨리 이 방에서 나가 탐색을 시작해야 한다. 그것이 가장 합리적인 방법일 터인데 정말 싫어하는 고향의 회색 머리 소년이 머릿속에 떠올랐다.

'그 애라면── 분명히!'

스스로도 아마 정신이 나갔다고 생각한다. 그야 가장 루미네답지 않은 일을 하려고 하니까. 강한 충동에 떠밀리며, 루미네는 두 사람이 잡힌 접시를 향해 달려갔다.

"치, 침입자를 죽여라!"

집사복을 입은 좀비의 지시에 루미네는 공격을 받았으나, 빛줄기가 지나가자 좀비가 토막난 살점이 되어 바닥에 떨어졌다.

아마 스사노오가 벤 모양이다. 루미네가 도착했을 때는 금발을 양쪽으로 땋아 내린 여성과 바가지 머리의 남성 두 사람에게 채워진 금속 구속구가 절단되어 있었다

"도망쳐!"

"…………."

접시 위에서 눈물로 얼룩진 얼굴로 멍하니 루미네를 바라보는 두 사람.

"어서! 죽고 싶어?!"

목소리를 높이자, 두 사람은 크게 고개를 끄덕이고 접시 위에서 뛰어 내렸다. 방에서 나가기 위해 고기 대문으로 달려가려던 때였다.

"가축 주제에 도망칠 수 있을 것이라고 생각했나YO!"

원한에 찬 목소리가 고막을 울리더니, 스사노오가 잘랐을 터인 썩은 고기로 만든 문이 닫혀 퇴로가 끊어졌다.

돌아보자 부왕이라 불린 풍선 같은 외모의 괴물이 그야말로 악귀 같은 형상으로 공중에 떠 있었다.

"아가씨, 물러나 있으래이."

스사노오가 대검을 한 손에 들고 부왕을 향해 걸어갔다.

"인간에게 사역되는 하등 생물 따위GA, 이 부왕에게 대적하려 하다니 이 얼마나 불경하고, 이 얼마나 괘씸하단 말입니KA!"

풍선 같은 얼굴에 떠오르는 무수한 혈관. 그런 부왕에게 스사노오는 코웃음을 쳤다.

"고작 썩은 신 따위가 거창하게 짖는 기가."

그러고는 부왕을 둘로 갈라버렸다.

스사노오와 부왕의 싸움은 스사노오가 우세했다. 그보다 부왕은 스사노오의 상대조차 되지 않았다. 현재 부왕은 몇 번이나 베이며 곳곳이 무너지고 있다.

"굉장해……"

바가지 머리 소년이 나직하게 마침 루미네도 느끼던 생각을 말했다.

"저, 저 초월자를 저렇게 일방적으로!"

흥분한 어조로 금발 여성도 외쳤다.

"왜 그러지? 벌써 끝인가?"

스사노오의 도발에, 부왕이 격노했다.

"네 이NOM, 네 이NOM, 네 이NOM, 하등 생물 따위GA, 이 부왕에게 상처를 내다니 결코, 결코 결코 용서할 수 없습니DA!"

"애초에 너에게 용서받을 일이 아닌데."

스사노오가 마무리를 짓기 위해 부왕에게 다가가 대검을 쳐들었을 때였다.

──한심하네. 원숭이 여자애 하나 잡지 못하다니. 어차피 지방 토지신이겠지. 할 수 없네, 이 내가 특별히 힘을 줄까.

갑자기 누군가의 목소리가 머리에 울린 순간, 부왕의 발밑에 마법진이 떠올랐다. 그 마법진에서 무수한 새빨간 촉수가 돋아났다.

"으윽, 이게 무엇입니KA?!"

어떻게든 도망치려는 노력도 허무하게 부왕의 온몸은 즉시 무수한 촉수에 감싸이고 말았다.

그리고 그 촉수의 맥이 뛰더니 고치 같은 형태가 되었다. 그리고 그 고치가 천천히 찢어지더니 안에서 몇 개나 되는 얼굴이 돋아난 인간 형태의 커다란 괴물이 기어 나왔다.

그리고 그 머리가 풍선처럼 동그랗게 부풀어 부왕의 얼굴로 바뀌었다.

"훌륭합니DA! 이 부왕은 다시 진화의 계단을 올랐습니DA!"

부왕이 두 손을 꼼지락거리며 감탄사를 내뱉는다.

"저건 조금 성가신디. 좀 더 출력을 높여야 하지만, 지금의 아가씨론 그건 힘든가……."

스사노오가 의미심장하게 혼잣말을 하고는 루미네를 힐끗 쳐다보며 왼손 집게손가락으로 막혀 있는 고기 문을 가리켰다.

"그 녀석들을 데리고 도망치래이!"

그렇게 외쳤다. 순간 고기 문에 균열이 생기며 산산이 날아가 버렸다.

"소용없어! 소용없어! 소용없습니DA!"

부왕이 왼쪽 손가락을 딱 튕기자 산산조각 났던 문의 잔해가 썩은 고기로 만든 눈이 하나인 맹호 같은 괴물로 바뀌어 으르렁거렸다.

혀를 차는 스사노오에게 부왕은 거대한 몸이라고는 생각할 수 없는 민첩함으로 거리를 좁혀 바위 같은 오른쪽 주먹으로 후려쳤다.

스사노오는 대검으로 주먹을 베어냈지만, 그 썩은 고기가 부글부글 부풀어 폭발을 일으켰다. 스사노오는 뒤로 뛰어 회피한 사이 썩은 고기의 촉수가 꿈틀꿈틀 구부러지며 고속으로 루미네를 노렸다. 이어서 루미네 앞에서 폭발이 일어났다.

눈앞에는 두 팔을 벌리고 루미네를 지키는 스사노오가 있었다. 방금 폭발 탓인 듯하다. 스사노오의 온몸에서 살이 타는 냄새가 타고 있었다.

"스, 스사노오?!"

비명처럼 외치는 루미네에게 스사노오는 휘청거리면서도 대검을 들었다.

"진화 전이라고 해도 이 부왕에게 상처를 낸 불경함, 극형에 해당합니DA! 네가 지키려고 한 그 여자애도 지금부터 시간을 들여 천천히 끔찍하게 썩게 해주겠습니DA!"

땅을 울리며 다가오는 부왕.

"멍청하긴. 아가씨에겐 손가락 하나 대지 못한대이!"

스사노오는 만신창이가 된 상태로 그렇게 외치자마자, 그 소중하게 여겨온 목제 고양이 인형으로 돌아가버렸다. 루미네는 얼른 인형을 끌어안았다.

"실로 불쾌한 퇴장입니DA! 어쩔 수 없지! 저 여자애를 흠씬 괴롭혀 울분을 풀어야겠군YO!"

부왕이 눈앞에서 루미네에게 거대한 오른팔을 뻗었다. 저것이 닿으면 아마 루미네는 죽는다. 아니, 부왕의 말로 미루어보아 죽는 쪽이 훨씬 나은 지옥을 맛볼 것이다.

분하기는 했다. 그러나 이유가 뭘까. 겁쟁이 루미네 스스로도 깜짝 놀랄 만큼 무섭지 않다. 아마 이 목제 인형이 있기 때문이다.

──루미네, 생일 선물이야.

갑자기 어린 회색 머리 소년에게 어설픈 목제 조각 인형을 받은 광경이 떠올랐다.

'아, 맞아. 전부 떠올랐어. 그래서 나, 이걸 계속 갖고 있었어……'

그제야 왜 자신이 이 은근히 못생긴 인형을 한시도 떼놓지 않고 지녔는지 이해했다. 그것은 과거에 좋아하는 오빠가 손이 엉망이 되면서도 루미네를 기쁘게 해주려고 만든 것이었으니까. 분명히 그때부터다. 루미네가 연심을 품은 것은.

하지만 카이 오빠는 좋아하는 라일라 언니의 약혼자. 따라서 필사적으로 싫어지도록 노력했다. 하지만 그런 루미네의 노력과는 반대로 그 마음은 점점 강해졌다. 그래서 그때, 그 사당에서 이 마음을 모두 봉인해달라고 부탁했다. 다행인지 불행인지 그 바람이 이루어져 지금까지 완전히 잊고 있었다.

'나, 정말 우습네.'

카이 오빠에 대한 마음을 잊는 것은 자신이 강하게 바라던 것일 터인데, 다시 한번 강하게 만나고 싶은 생각이 들었다. 단 한 번이면 된다. 그 다정하게 웃는 얼굴로 머리를 쓰다듬어주면 좋겠다.

"카이 오빠!"

오빠에게 받은 목제 인형을 끌어안으며 루미네는 외쳤다.

"나 참, 오늘로 두 번째가. 루미네 너, 위태로워서 그냥 두고 볼 수가 없어."

뒤에서 그립고도 안심되는 목소리가 들린 순간, 루미네를 둘러싸던 맹호 같은 괴물이 튕겨나갔다. 그녀를 부왕에게서 지키듯이, 도신이 매우 긴 검을 들고 지금 루미네가 가장 만나고 싶던 소녀이 서 있었다.

***

'말도 안 돼! 이런 말은 못 들었어!'

천군 대좌 테루테루는 울상을 지으며 저 괴물로부터 되도록 멀어지기 위해 검은 안개 속을 질주하고 있었다.

중간까지 계획은 완벽했다. 중앙교회라는 조직의 인간을 조종하여 특이점 소녀, 루미네 라이너를 이 부왕의 성까지 유인하도록 꾸몄다. 틈이 생긴 것은 조종하던 중앙교회의 개, 디비어스와 전혀 연락이 되지 않게 된 때부터다. 즉시 부왕의 성에서 자세한 상황을 조사하려고 하였지만, 원시계 술법이 전혀 발동되지 않았다. 디비어스의 생명 반응은 여전히 존재하였기에 타르타로스 님의 힘으로 진화해서 생긴 일시적인 문제라고 결론 짓고, 부왕의 성에서 대기하고 있자 루미네 헤르너가 어슬렁어슬렁 나타났다.

루미네 헤르너가 사역하는 이족보행 고양이의 강함에는 조금 놀랐으나, 그것도 지금 진화한 테루테루에게는 상대도 되지 않는 잔챙이에 불과하다. 예상대로 열세에 놓인 부왕에게 힘을 준 것만으로 형세가 역전되었다. 그리고 막 루미네 헤르너를 포박하기 직전 저 괴물이 나타났다.

지금 테루테루는 타르타로스 님의 힘으로 진화하여 상사인 타나토스와 같은 수준까지 존재 수준이 상승하였다. 특히 테루테루가 첩보원으로 발탁된 것은 고도의 해석 능력이 있기 때문이다. 그 능력은 전과 비교도 되지 않을 만큼 정확해졌다.

그런 지금의 테루테루가, 부왕 어전의 옥좌가 있는 방으로 들어온 회색 머리 소년의 모습을 잠깐 본 것만으로 전의를 완전히 잃고 말았다.

'저, 저런 것에 이길 리가 없어!'

저 악귀 같은 표정에 걷기만 해도 솟아나는 농후하고 흉악한 빨강과 검정이 섞인 투기가 주변의 바닥을 붕괴시켰다. 그것은 마치 주신 타르타로스 이상의 괴물로 보였다.

'오히려 살았을지도……'

특이점인 루미네 헤르너에게 직접 손을 대지 않은 것에 처음에는 실컷 불평해댔으나, 지금 와서는 그것 덕분에 살았다. 가장 먼저 루미네 헤르너를 구한 것으로 보아, 저 괴물이 그녀에게 상당히 집착한다는 것을 알 수 있었다. 만약 테루테루가 루미네 헤르너를 공격했다면, 저 괴물에게 가장 먼저 처분되었을 것이다.

'일단 천군에 보고할까? 아니, 그건 타르타로스 님이 용서하지 않아!'

무슨 까닭인가 그 뒤로 타르타로스 님은 한 번도 나오지 않았다. 또한 루미네 헤르너의 포박을 포기해도 숙청되지 않은 것으로 보아 타르타로스 님은 직접 이 세계에서 힘을 행사하는 것에 큰 제약이 있다고 추측해야 한다.

아무튼 타르타로스 님의 뜻에 반하여 도망친 이상, 천계로 돌아가도 숙청될 뿐이다. 이제 다시는 천계로 돌아갈 수 없다.

그러나 타르타로스 님의 명령대로 루미네 헤르너를 포박하는 것은 더욱 불가능하다. 타르타로스 님에게 필적할지도 모르는 저 회색 머리 괴물을 정면에서 적으로 돌리는 일만큼은 절대 사양하겠다.

유일한 수단은 이 세계에서 몰래 숨어서 사는 것뿐이다. 그러나 전처럼 조건을 갖추어 타르타로스 님이 개입하면 그 시점에 끝장이다. 테루테루는 처분된다. 그야말로 사면초가란 이런 것이다.

너무 무자비한 현실에,

"이런 말도 안 되는 일이 다 있어!"

자연히 원망하는 소리를 내고 말았다.

"앗──?!"

갑자기 발에 충격이 느껴지며 시야가 하늘과 땅으로 몇 차례 빙글빙글 돌았다. 낙법도 쓰지 못하고 무참하게 등부터 바닥에 부딪히고 말았다.

"무, 무슨……?"

머리를 흔들며 일어나 주위를 확인하자──.

"히익?!"

눈앞에는 엑스자 눈과 봉합된 입을 본뜬 검은색 가면을 쓴 존재가 서 있었다. 그 불길한 모습을 본 테루테루의 입에서 작은 비명이 새어 나왔다.

'터, 터무니없어!'

해석 능력이 없어도 본능으로 알 수 있다. 이 상대하기만 해도 피부가 타들어갈 듯이 강렬하고 저항하기 힘든 압박감. 이 녀석도 타나토스를 초월한 진정한 괴물이다.

'절대 못 이겨!'

상황을 보아 도망치는 것밖에 길이 없는 것은 자명하다. 그러나 이 녀석이 순순히 보내줄 만큼 관대한 성격이라고는 도저히 생각할 수 없었다.

'포, 포위당했어?!'

테루테루의 주변을 목이 없는 인간형의 새빨갛고 질척거리는 액체가 쭉 포위하고 있는 것을 발견했다. 저 빨간 인간형의 질척거리는 존재 하나하나에서 격이 다른 힘이 느껴진다. 말하자면 타나토스 이상의 괴물 여럿에 포위당한 상황이다. 아무리 긍정적으로 판단해도 끝장난 상황일 것이다.

"오랜만이군. 테루테루 대좌."

검은 가면을 쓴 괴물이 전혀 이해가 되지 않는 인사를 해왔다.

"오, 오랜만?"

그대로 되풀이하여 물었다. 물론 테루테루에게 이런 괴물 지인은 없다. 악군이더라도 전장에서 한 번 보았다면 이런 자를 절대 잊을 리가 없다.

"넌 겁쟁이니까. 나의 모습을 보면 모습을 감출 것은 쉽게 예상되었지. 그래서 손을 써둔 거야."

눈앞의 괴물이 가면을 천천히 벗었다. 그 얼굴을 보자──.

"아, 아자젤──!"

등에 찌르는 듯한 전율이 흘렀다. 당연하다. 이자는 지상 최악의 타전사 아자젤. 천과 악 양쪽에 이를 드러낸 괴물이다. 그를 쓰러뜨리기 위해 천군, 악군 양쪽에서 막대한 희생자가 나왔다고 한다.

"흥, 이제야 기억난 모양이군."

그렇게 쏘아붙이며 아자젤이 손가락을 딱 튕겼다. 그러자 그는 붉은 원반형 무기를 등에 진 야성적인 청년으로 변했다.

"왜 네가 여기 있는데! 너는 처분당했을 텐데!"

아자젤은 루미네와 마찬가지로 과거에 천군에 특이점으로 지정되어 제거 대상이 되었다. 그때 아자젤의 고향은 천군에 의해 한 사람도 남지 않고 소각 처분되었다. 아이러니하게도 그 사건을 계기로 아자젤은 각성하여 천군에 반역을 일으켰다. 막대한 희생을 치른 끝에 아자젤은 포박되어 천과 악 양쪽이 의논한 결과, 처분이 결정되었을 터였다. 그렇다. **그 녀석**이 살아 있을 리가 없다.

"길고 긴 세월, 그 던전에 갇혀 있었거든."

"그 던전에…… 갇혀 있었다고?"

그대로 되물었다. 언뜻 아무렇지도 않은 말에 발부터 대량의 벌레가 우글우글 기어 올라오는 듯한 강렬한 오한이 온몸을 스쳤다.

"그래, '신들의 시련'. 너도 들어본 적 있겠지?"

"마, 말도 안 돼, 그건 그냥 질 나쁜 도시전설일 뿐이야!"

신들의 시련── 세계의 세력 균형을 무너뜨리는 이레귤러만 봉인한 매우 악질적인 던전.

만약 균형을 무너뜨릴 정도의 존재라면 봉인보다 처리하는 쪽이 훨씬 손쉬우므로 일반적으로는 악질적인 헛소문으로 여겨진다.

"역시 너 같은 말단에게는 그 존재조차 알리지 않았나. 뭐, 좋아, 아무튼 그분에 의해 그곳의 봉인은 완전히 풀렸어. 그건 이미 빈 껍데기. 곧 천의 쓰레기들도 눈치채겠지."

"신들의 시련의 봉인이 풀렸다고?! 그런 말도 안 되는 일이 있을 리가 없어!"

"믿을 필요는 없어. 다만 너에게는 큰 빚이 있어. 그걸 변제해야 비로소 나는 과거를 청산하고 앞으로 나아갈 수 있게 돼."

아자젤이 등에서 원반형 무기를 꺼내 오른손에 가볍게 들고 테루테루에게 겨누었다. 순간 아자젤로부터 솟아나는 탁류 같은 검은 오라. 그 오라에 의해 아자젤이 선 땅이 와르르 함몰하여 거대한 크레이터를 만들었다.

"요, 용서해줘! 특이점이 나타난 곳의 주민 전체를 처분하라는 게 타나토스의 명령이라——."

테루테루의 말을 가로막듯이 입에 느껴지는 충격과 타는 듯한 뜨거움, 그리고——.

"……으헉!"

척추에 정이 박힌 듯한 격통이 흘렀다. 아자젤이 천천히 다가와 오른손에 든 새빨간 원반형 무기를 쳐들었다.

"네놈은 타르타로스를 현계시키기 위한 중요한 먹이야. 죽이지는 않아. 다만 그건 너에게 악몽 그 자체임을 알아둬라!"

"흐어어업!"

부서진 턱으로 간절하게 살려달라는 말을 외치는 와중에 아자젤은 그 무기를 천천히 내렸고, 테루테루의 의식은 거품이 되어 사라졌다.

***

내가 쥐 사냥을 명령한 직후 돔 형태의 검은 안개가 깔렸다. 이 감각, 기리메칼라의 주계(呪界) 술법이다. 안 보이나 했더니 역시 개입해왔나. 뭐, 그 녀석이 모습을 보이지 않는 쪽이 더욱 이상 사태다. 게다가 그의 술법은 그리 쉽게 깨지지 않는다. 이쪽의 정보도 차단할 수 있으니 안성맞춤이다. 다만 약간의 불편함은 있다.

술법의 형성으로 모처럼 벨제가 알려준 위치 관계가 엉망이 되고 말았다. 그래도 내가 이렇게 침착할 수 있는 까닭은 아까 라일라가 데이모스에 의해 무사히 보호되었다는 정보가 들어왔기 때문이다. 설명으로는 안개 밖 폐허를 탐색하던 중, 데이모스가 그곳에 혈색 좋은 얼굴로 숙면을 취하고 있는 라일라를 발견했다고 한다. 물론 타이밍이 절묘한 걸 보니 틀림없이 무언가가 있다. 그보다 이 노골적인 방식, 아마 그들이 납치한 것은 변신한 나의 부하일 것이다. 일단 안심했다. 나머지는 나를 불쾌하게 한 자에게 제재를 가하는 것뿐이다. 특히 이 녀석들은 나에게서 가족 같은 사람을 빼앗으려고 했다. 그것은 지금 나에게 최대의 금기, 이 세상에서 가장 용서할 수 없는 일이다. 그렇기에 만약 이 일을 꾸민 쓰레기가 있다면, 절대 자비를 베풀지 않겠다. 으깨고, 비틀고, 부숴주마. 잡초 하나 남지 않을 만큼 철저하게. 내가 적 세력의 완벽한 소멸을 맹세한 바로 그때였다.

『주인님. 놈들의 위치를 찾아냈습니당.』

머리에 울리는 벨제의 목소리. 동시에 복잡한 안개 속 지도와 영상이 선명하게 비쳤다. 아무래도 좋지만, 기리메칼라 녀석은 너무 과하다. 그러나 이렇게까지 철저하게 하면 확실히 한 마리도 도망치지 못할 것이다. 라일라가 무사한 이상, 도망쳐도 나한텐 상관없지만.

표시된 지도를 따라 질주하자, 크게 맥동하는 거대하고 새빨간 고기 건축물이 나타났다.

이 악취미적인 건물 속에 이번에 라일라를 납치하려고 한 녀석이 있는 모양이다. 이 건물의 악취미 정도로 보아 인간이 아니다. 아마 지성을 지닌 언데드가 나타나 날뛴 것이겠지. 물론 이 타이밍에 자연발생으로 그런 언데드가 나타날 리가 없다. 십중팔구 이것을 만들어낸 흑막이 있을 터. 그리고 나의 의사에 철저하게 충실한 기리메칼라라면 분명히── 아니, 지금은 이 망할잔챙이 언데드의 처리가 먼지다. 나는 고기 성으로 들어갔다.

성 안에는 언데드들의 사체로 넘쳐났고, 나의 진행을 가로막는 것은 없었다. 아무래도 선객이 있는 모양이다. 이 정도 언데드 따위라면 웬만한 헌터라면 쉽게 없앨 수 있는 수준이다. 딱히 기이한 일은 아니다. 그나저나──.

"이 방식, 상당한 숙련자야."

이 언데드들을 베어낸 흔적, 부자연스러울 만큼 깔끔하다. 이것은 조직, 아니, 세포 단위를 의식하지 않으면 불가능한 솜씨다. 이 수준의 달인급은 요즘 거의 보지 못했다.

"조금 이것을 해낸 녀석에게 관심이 생기는걸."

상황에 맞지 않게 묘하게 뛰는 가슴을 억누르며 걸어가자, 가장 안쪽에서 이 성의 옥좌가 놓은 방 같은 넓은 장소에 도달했다. 그곳의 광경을 눈에 넣은 순간,

"엥?"

나의 입에서 튀어 나온 얼빠진 소리. 그곳에는 내가 전혀 예상하지 못한 광경이 펼쳐져 있었다.

부패한 거대한 맹호에 둘러싸인 세 명의 인간. 그리고 금발 소녀에게 막 닿으려고 하는 몇 개나 얼굴이 달린 거인.

"카이 오빠!"

목제 인형을 안으며 비명처럼 외치는 루미네를 확인한 순간, 강렬한 초조감이 일었다.

"나 참, 오늘로 두 번짼가. 루미네 너, 위태로워서 그냥 두고 볼 수가 없어."

불평하면서도 세 사람을 둘러싼 맹호들을 사선으로 세포 단위까지 베어냈다. 그리고 당장이라도 루미네를 건드리려고 하는 괴물 앞까지 빠르게 이동했다.

이거 참, 간발의 차이로 제때 도착했다. 그런데 왜 루미네가 이곳에 있지? 루미네는 여신 연합에 맡기기로 했을 터였다. 물론 일반인인 루미네가 여신 연합에서 도망칠 수 있을 리가 없다. 이곳에 루미네가 있다는 것은 여신 연합의 의지다. 네메시스를 비롯한 여신 연합은 독자적인 방식으로 움직이는 경향이 있다. 아마 여신 연합은 이곳에 루미네가 오는 것이 그녀에게

목숨을 걸 만한 가치가 있다고 생각했을 것이다. 다만 이렇게 몇 번이나 위험한 일을 당하면 내 심장이 남아나질 않는다. 나중에 루미네에게 엄하게 주의를 주어야겠다. 뭐, 상대가 이 나약한 언데드니까 여신 연합이 보기에는 아주 좋은 장기 말이었겠지만. 그보다도——.

"지금은 너부터 처리해야겠지."

시선을 보내기만 했는데 몇 개나 얼굴이 달린 거인이 몇 걸음 뒤로 물러났다.

"너, 너는 누구입니KA?!"

당황하여 질문해온다.

"이제 진부한 말이겠지만, 곧 죽을 너에게 그걸 알려줄 이유는 없어. 죽고 싶지 않으면 저항해."

나는 독자적인 보행술, 축지로 그에게 다가가 발끝으로 걷어찼다.

"깨개개애앵——!"

거인은 재미있는 소리를 내며 고기 성벽을 뚫고 멀리 사라졌다.

"카이 오빠, 이 성에 아직 라일라 언니가——."

나에게 달려와 올려다보며 초조한 목소리로 호소하는 루미네를 진정시키기 위해 머리 위에 오른쪽 손바닥을 올렸다.

"라일라는 이미 안전한 장소에서 보호하고 있어. 그러니 안심해."

그녀가 가장 듣고 싶을 터인 사실을 전했다.

그래, 라일라가 이곳에 잡혀 있다. 그렇게 네메시스에게 들은 루미네는 여기로 온 건가. 여전히 터무니없는 녀석이다.

"언니는 무사해? 진짜?"

"그래, 맹세코 사실이야."

확신하듯이 전하는 나의 말에 팽팽하게 당겨졌던 긴장의 끈이 결국 끊어진 모양이다.

"다행이다……."

안도하는 말을 끝으로 루미네는 정신을 잃고 말았다. 기절한 루미네를 얼른 안아들고,

"네메시스, 루미네를 부탁해."

방에 있는 기척 하나로 다가가 그렇게 지시를 내렸다. 그러자 노출도가 높은 빨간 옷을 입은 장신의 여자, 네메시스가 무릎을 꿇은 상태로 모습을 드러냈다.

"목숨과 바꿔서라도."

그녀는 단호하게 대답하고 일어나 루미네를 받아들고, 정중하게 인사하고는 그 모습을 감췄다.

역할을 마친 모양인지 그녀를 보호하고 있었을 터인 실내에 있던 다른 여러 기척도 동시에 사라졌다.

실수했다. 나의 팀원인 라무네와 키키 두 사람도 피난시켰어야 했다. 꽤 무섭게 협박했기에 완전히 포기하고 돌아갔나 했더니, 이 쓰레기 언데드들에게 잡혀 있던 모양이다.

뭐, 라일라와 루미네의 안전이 확인된 지금, 남은 것은 그저 제재뿐이다. 나의 눈이 닿는 장소에 있는 한, 그리 위험할 리 없다. 게다가 그 두 사람은 루미네와 달리 아마추어가 아니다. 충

고도 했으니, 지금 이렇게 있는 것은 자업자득이다. 위험에 대한 각오 정도는 했을 것이다.

　그나저나──.

　"이 성, 방해돼."

　루미네의 보호와 동시에 벨제에게 이 성과 그 주변에는 보호해야 할 사람은 존재하지 않는다는 보고를 받았다. 그렇다면 더는 자중할 필요가 없다.

　나는 라무네와 키키, 그리고 아까 걷어찬 녀석 이외의 모든 것을 지정하고,

　"진계류검술 일도류, 제7형── 세계 붕괴."

　검정과 빨강 오라를 두른 무라사메를 휘둘렀다. 검정과 빨강으로 구성된 붕괴의 파도가 건물 내부에서 동심원 형태로 퍼져 모든 것을 파괴했다. 순식간에 광대한 빈터가 만들어졌다. 그 빈터에 내가 방금 걷어찬 얼굴이 여럿 달린 거인이 온몸이 마구 짓눌린 상태로 움찔움찔 경련하고 있었다.

　"이봐, 벨제, 설마 이게 라일라를 납치하려고 한 거야?"

　가볍게 걷어차기만 해도 빈사라니 전혀 예상하지 못했다. 일단 마력을 없애고 힘만으로 걷어찼으니 수복될 수 있을 텐데.

　"그렇습닌당. 그 녀석이 이번 유괴의 실행범, 부왕입닌당."

　벨제바브가 나의 앞에서 절하며 정중하게 대답했다.

　부왕이라. 이름값도 못한다. 뭐, 수복은 하고 있는 듯하니 언데드인 것은 확실하겠지만.

　그제야 치유된 부왕에게 다가갔다.

"야, 일어나!"

그 얼굴을 걷어차 의식을 억지로 현실로 되돌렸다.

부왕은 나와 눈이 마주치자 공포로 얼굴을 굳히고 도망치려고 했지만, 진행 방향에 있는 벨제바브를 발견하고는 새된 비명을 질렀다.

"괴, 괴, 괴물이야!"

그리고 우리를 둘러싸듯이 나타난 토벌 도감의 전투광들을 발견하고 이번에야말로 절망해버렸다.

"수고했어."

내가 치하하는 말을 하자, 모두 무릎을 꿇고 머리를 깊숙이 숙였다.

"자, 시간도 얼마 없으니까. 귀찮은 일은 얼른 끝내자."

아마 이 뒤에 중요한 메인 요리가 있을 테니까.

내가 시선을 보내기만 해도 떨기 시작하는 부왕.

"용서해── 으아아아악────!!"

나는 애원하는 소리를 내뱉으려는 그의 오른팔을 절단했다. 찢어지는 듯한 비명이 빈터가 된 에어리어 5에 울려 퍼졌다.

"용서? 무슨 말이지? 너는 나의 소중한 사람을 빼앗으려고 했어. 설령 누군가에게 조종받았더라도 자신의 의사로 한 이상, 그 대가는 반드시 치러줘야겠어."

이들에게서는 저기 배회하는 고블린 정도의 힘밖에 느껴지지 않는다. 이 정도 하급 언데드는 그냥 놔두어도 언젠가 바벨이나 헌터 길드에서 없앨 것이다. 그러나 이 녀석은 나의 소중한 사

람에게 위해를 가하려고 했다. 그런 해충을 이대로 놔줄 만큼
나는 관대하지 않다.

"이유가 뭡니KA?"

"뭐?"

"어째서, 대체 왜 나에게 고통이 느껴집니KA?! 나는 불사일
터! 고통 따위 느껴질 리가──."

그렇게 불평해대는 녀석의 왼팔도 잘라버렸다. 바닥을 데굴데
굴 구르며 고통에 몸부림치는 부왕.

"나불나불 시끄러워. 너의 불쾌한 체질 따위 알 바 아냐. 불사
든 뭐든 나를 화나게 한 이상, 확실하게 죽어줘야겠어."

"있을 수 없습니DA……."

그는 휘청거리면서도 뒤로 물러나면서 공포에 질린 얼굴을 가
로저었다.

"음?"

"이 내가 죽는 일이 있어서는 안 됩니DA!"

새된 소리를 지르며 뒤로 도약하려고 하는 부왕의 두 다리를
통째로 절단했다. 다시 울려 퍼지는 절규. 나는 그를 응시했다.

"너는 여기서 죽어. 무참하고 불쌍하게 혼자 외롭게 죽는 거
야. 그리고── 여기서 너에게 안타까운 보고가 있어."

최후 통첩을 하였다.

"안타까운 보고?"

되풀이하여 묻는 부왕.

"나에게는 너를 무난하게 그냥 죽이려는 생각이 전혀 없다는

거야."

사형 집행을 선고한 뒤, 나는 중심을 낮추고 무라사메의 칼끝을 등 뒤로 향했다. 동시에 반경 4백 메르 범위에 반구 형태의 투명한 마력 막 같은 것이 형성되었다. 그 속에 있는 이 선글라스를 낀 풍선 같은 남자를 지정하여 도신에 마력을 주입하기 시작했다. 이 기술은 무엇보다 최악인 잔인한 것이다. 저 이지 던전에서도 사용한 것은 몇 번에 불과하다. 주로 내가 불필요한 존재라고 판단했을 때만 사용했다. 이 부왕은 너무 지나쳤다. 망설일 필요 없다.

무라사메의 칼끝에 농밀한 검붉은 오라가 아지랑이처럼 휘감겼다.

"아, 안 돼애애애애AE!!"

야성의 본능이라는 것일지도 모른다. 부왕이 필사적인 얼굴로 사지를 절단당한 상태로 나에게 등을 보이며 공중으로 떠올라 도망치려고 했다.

"진계류검술 일도류 제5형── 영사(永死)."

무라사메가 그를 베어낸 순간, 그의 움직임이 뚝 멈췄다. 정확하게 말하면 움직임이 완만해졌다. 그리고 천천히, 천천히 몸이 가로로 절단되어 둘로 나뉘었다.

"으아─────────아아아아아아아아아악─────."

농담처럼 길게 늘어지는 소리를 지르며 부왕에게 몇 개의 선이 그어지더니, 역시 천천히 스르륵 무너져갔다.

이것은 제5형── 영사다. 본래는 '사미다레(5월의 장마)'라는 원

거리형 기술이었으나, 토벌 도감 사람들을 등록하는 동안 이 '영
사(영원한 죽음)' 효과가 추가되었다. 이 기술은 본래의 원거리 공
격 성질을 크게 감퇴시키는 대신 결계 내에서 지정된 자의 시간
을 육체와 감각을 한계까지 늘린다. 즉, 이 기술의 대상자는 잘
게 썰리는 공포와 격통을 영겁의 시간으로 맛보며 결국 영혼이
버티지 못하고 죽음에 이른다. 솔직히 이런 잔인한 기술을 사용
할 일은 그리 많지 않으며, '사미다레' 쪽이 훨씬 쓰기 편하다.
따라서 몇 번이나 사미다레를 재현하려고 시험하였지만, 모두
이 '영사' 효과가 붙고 말았다. 아마 토벌 도감에 의한 강제적인
개변일 것이다. 덕분에 유일한 장거리 기술이 나에게는 사용 불
가능이 되어버렸다.

물론 이런 진정한 쓰레기에게는 망설이지 않고 사용할 수 있
으니 전혀 쓸모 없는 기술은 아니지만.

부왕은 지금도 길게 늘어진 째지는 비명을 지르며 천천히 무
너지고 있다. 이 기술이 일단 발동되면 완전히 죽을 때까지 거
의 며칠이 걸린다. 이것이 이 기술의 다루기 어려운 부분이기도
하다.

아무튼 이것으로 전반부가 끝났다. 나머지는── 갑자기 마법
진이 나타나더니, 그곳에서 기묘한 형태의 나비넥타이에 모자
를 쓴 남자가 나타났다. 남자의 눈은 초점이 맞지 않고 이리저
리 바쁘게 움직이며, 침을 줄줄 흘리고 있었다. 동시에 나타난
아자젤이 그 옆에서 나에게 무릎을 꿇었다.

"그건?"

이 타이밍이니 이번 사건의 관계자임은 분명하겠지.

"이자는 천군 대좌 테루테루, 이번 사건을 일으킨 주모자의 부하입니다."

아자젤이 정중하게 나에게 진언했다.

주모자의 부하라. 천군이라고 했으니 인간이 아닌 마물이나 그런 부류일 것이다. 뭐, 그에게서도 대단한 힘은 느껴지지 않는다. 이런 조무래기보다도——.

"흠, 저것과 무슨 원한이라도 있어?"

아자젤은 기리메칼라파 중에서도 사공(四恐)이라 칭해질 만큼 무서운 능력을 지녔지만, 곧바로 죽이거나 무력화하는 것이 일반적이다. 이렇게까지 정신이 망가질 만큼 고통을 주지는 않는다. 이런 과격한 제재를 가할 정도면 무언가 강한 이유가 있는 것이 분명하다.

"제가 타천하기 전의 일입니다만, 그는 저의 주군과 고향의 원수. 이번에 이 아자젤이 원한을 갚아주었습니다."

주군과 고향의 원수인가…… 심정적으로는 당장이라도 찢어 죽이고 싶었을 텐데 아자젤이 그러지 않고 나의 앞에 데리고 왔다는 것은——.

"그래, 나를 배려한 거구나. 미안해."

아마 이것을 이용해 무언가 할 예정이라 기리메칼라에게 죽이는 것을 금지당했을 것이다.

"다, 당치도 않습니다."

"아자젤, 나는 이런 조무래기 흑막의 처우 따위보다 네가 더 중요해. 다음부터는 결코 사양하지 마."

"화, 황송한…… 말씀이십니다."

몸을 떨며 고개를 숙이는 아자젤로부터 기리메칼라에게 시선을 옮겼다.

"그런데 이 녀석으로 뭘 하려는 거야?"

물을 것도 없는 흉악한 내용을 확인했다.

"그 녀석은 미끼입니다."

"그럼 이자를 미끼로 써서 또 진정한 흑막을 소환이라도 할 건가?"

"과연 우리 전능하신 신! 바로 그렇습니다! 그 천의 미끼와 저기 쓰레기 같은 부왕을 이용하여 스파이가 지금부터 강제 강림술식을 실시하겠습니다!"

기리메칼라가 지금도 천천히 썰리고 있는 부왕에게 안구만 움직여 쳐다보며 크게 대답했다. 전능하지 않더라도 지금까지 부하들의 방식을 보면 바보라도 알 수 있다. 그야 전에도 비슷한 일이 있었으니까.

"그럼 당장 시작하자. 그 전에. 이봐, 사토리!"

"부르셨습니까. 나의 주인님."

나의 앞에 초록색 단발머리의 소녀, 사토리가 모습을 드러내 무릎을 꿇었다.

"저 녀석의 정신을 원래대로 돌려놔."

이 녀석은 내 부하의 가족을 모두 죽였다. 그만한 짓을 해놓고 꽃밭으로 도망쳐버리는 것은 이 내가 절대 용납하지 않는다. 나에게는 아자젤의 주인으로서 이자에게 직접 제재를 가해야 할 의무가 있다.

"분부하신 대로."

그녀가 테루테루에게 오른손을 들어 손가락을 딱 튕긴다.

"이곳은?"

테루테루는 멍하니 주위를 둘러보았으나, 주변을 완전히 포위한 토벌 도감의 유쾌한 동료들의 쏘아 죽일 듯한 시선을 인식하고 숨을 죽인다. 그리고 나와 시선이 마주치자,

"히이이익! 괴물이야!"

새된 소리를 지른다. 나는 무라사메의 칼끝을 그의 눈앞을 향해 들었다.

"자, 거기 너, 테루테루라고 했지? 지금부터 너에게 벌을 주마. 최소한의 온정이다. 최선을 다해 저항해봐."

나는 등에 멘 칼집을 풀어 무라사메를 넣었다. 그리고 그 칼집을 왼손에 쥐고 오른손은 칼자루에 살짝 대고 중심을 낮췄다.

"요, 용서해 주십시오! 제가 아는 것은 모두 말할 테니!"

테루테루가 눈물과 콧물로 얼굴을 엉망으로 적시며 애원했다.

"이런 짓을 벌여놓고 동료를 쉽게 배신하다니, 아주 불쾌한 녀석이구나. 너는 내 부하의 소중한 사람을 빼앗고, 이번엔 나의 소중한 사람을 빼앗으려고 했어. 그런 너에게 이 내가 자비를 베풀 거라고 진심으로 생각하는 건가?"

나의 분노를 드러내는 듯 검은색과 빨간색 투기가 온몸에서 분출되어 대기를 으드득 일그러뜨렸다.

"흐아아악——?!"

나에게서 등을 보이며 무턱대고 도망치려는 테루테루에게 나는 모든 마력을 무라사메에 담았다.

"영사—— 개(改)."

나의 언령과 함께 무라사메가 뽑히며 녀석을 산산이 썰어냈다. 부자연스러울 만큼 느릿한 단말마를 내뱉으며, 테루테루는 죽는 것도 용서받지 못하는 영원한 고통의 여행을 떠났다. 무라사메에 의해 부스트를 더했기에, 부왕이라는 쓰레기에게 날린 것과는 전혀 다른 차원의 기술이다.

"주인님, 마음 써주셔서 감사드립니다."

아자젤이 무릎을 꿇으며 절절하게 말했다.

"그럼 얼른 시작하자. 스파이, 부탁해."

무라사메를 칼집에 넣고 등에 다시 멘 뒤, 지금도 천천히 썰리고 있는 테루테루를 부왕의 옆으로 걷어차고 스파이에게 의뢰했다.

"네!"

스파이가 크게 고개를 끄덕이고 주문 같은 것을 외우자, 지면에 거대한 마법진이 떠올랐다. 거기서 검은 촉수 같은 것이 뻗어나와 테루테루를 단단히 붙잡아 칭칭 감았다. 그리고 부왕도 흐물흐물 녹아내려 검은 고치가 된 테루테루와 융합되었다.

"천군 육천신, 타르타로스가 온다!"

기리메칼라의 목소리가 울려 퍼지더니, 지금까지 여유로웠던 토벌 도감의 면면들에게 긴장감이 흘렀다. 재미있다. 이들이 이 정도로 경계하는 상대인가. 이런 일은 지금까지 함께 해오며 처음이다.

"그 타르타로스라는 자는 내가 상대하지. 너희는 거기 두 사람을 데리고 피난해!"

엄지로 뒤에서 떨고 있는 라무네와 키키를 가리키며 엄명을 내렸다. 라무네와 키키가 벨제의 파리들에게 운반되었고, 다른 자들도 거리를 벌렸지만 떠나지는 않았다. 아마 관전할 생각인 모양이다. 본다고 닳는 것도 아니니 딱히 상관없다. 게다가 나의 싸움에 휘말려 죽을 정도로 얼빠진 부하는 없으니까.

"드디어 왔나."

검은 고치가 점차 커지더니 파열되었다. 그 안에서 나타난 것은 성격이 나빠 보이는 10대 중반쯤 되는 소년이었다. 소년은 잠시 새하얀 장갑을 낀 손으로 자신의 하얀 옷이며 망토, 모자를 어루만졌으나,

"키히힛! 해냈다! 연락이 끊겨서 완전히 실패했다고 포기하려고 했었는데 테루테루 자식, 아무래도 성공했나 보구나! 그렇다면 특이점의 힘도 집어넣었겠지! 특이점의 힘이 익숙해지면 드디어 이 몸은 최강이 되는 거야!"

환희하며 하늘을 향해 포효한다. 그 포효로 검은 충격파가 동심원 형태로 날아갔다. 충격파에 금세 나무들이 메마르고, 날아다니던 벌레며 작은 동물 같은 생물이 모조리 힘이 빠져 쓰러졌다. 아무래도 저 투기에는 즉사계 효과도 포함되어 있는 모양이다. 이 자리에 있는 나의 부하 중에는 저 정도로 죽는 나약한 자

는 없지만, 두 명의 팀원은 위험할지도 모르겠다. 피난시켜두길 잘했다.

"기뻐하는 와중에 미안하지만, 시간이 없어. 얼른 싸우자."

"뭐야, 너는?"

그가 오른쪽 주먹을 나에게 향한다. 나의 주위로 날아드는 검은 마력 파동. 감각으로 알 수 있다. 이것도 나를 죽일 만한 위협은 되지 못한다. 그보다 정통으로 맞아도 아무 효과가 없다. 다만 일부러 맞을 만큼 나는 바보가 아니다. 느릿하게 다가오는 검은 마력의 파동을 칼집에서 뽑은 라이키리로 베어내 흩어놓았다.

"음? 효과가 없어?"

다시 다가오는 검은 파동을 또 라이키리로 베어내 소멸시켰다.

"성가시네. 이 몸의 능력이 통하지 않는 돌연변이인가."

"시시한데."

정말 기대에 미치지 못하여 흥이 깨졌다. 확실히 나에게는 저런 즉사계 능력은 효과가 없다. 그러나 어떤 능력의 발현에도 마력의 흐름이 필요하다. 그것이 없는데 능력이 발동되는 것을 나는 지금까지 한 번도 본 적이 없다. 즉, 마력의 흐름 자체를 끊어내면 능력은 발동되지 않는다. 실제로 과거에 벨제바브는 그 마력을 극한까지 숨기고 나를 공격하여 대미지를 입혔다. 나에 대한 단 한 번의 기회를 벨제바브는 해낸 것이다. 한마디로 내가 무슨 말을 하고 싶은가 하면, 이 타르타로스라는 마물은 전투에 있어서 가장 중요한 마력의 흐름을 감지할 기술이 없다는 뜻이다.

"뭐라고?"

위협적인 목소리를 내는 타르타로스를 무시하고, 나는 기리메칼라를 비롯해 지금도 관찰하고 있는 부하들을 쭉 둘러보았다.

"이봐, 설마 이런 말도 안 되게 미숙한 게 너희가 그렇게 경계하는 절대적인 강자라도 되는 건 아니겠지?"

그렇다면 조금 토벌 도감 멤버들을 너무 풀어주었다. 이 강자뿐인 세계에서 이런 잔챙이에게 질 정도라면 너무 위태로워서두고 볼 수가 없다. 다시 한번 내가 단련시킬 필요가 있다.

토벌 도감 멤버들이 술렁이는 가운데,

"오오! 과연 우리 지고의 아버지! 천군의 최고 전력을 잔챙이라 부르시다니!"

기리메칼라가 두 손을 모으고 환희하는 표정으로 울먹였다. 여전히 이해할 수 없는 반응을 보이는 녀석이다.

"아니, 기리메칼라, 기뻐서 울 때야?! 주인님의 발언, 저거 진심이잖아! 자칫하면 우리 모두 또 그 지옥 같은 나날로 돌아가야 한다고!"

슈텐도지의 말에 단숨에 창백해지는 토벌 도감의 용맹한 자들. 그야말로 아비규환과 같은 상황이다.

"이 몸을 잔챙이라고?! 죽음으로 사죄해라!"

타르타로스가 증오로 가득한 얼굴로 어디선가 커다란 낫 같은 것을 꺼내 나의 정수리를 노리고 휘둘렀다.

"이러니까 잔챙이라는 거다."

이런 단조롭고 힘에만 의존하는 공격이 이래 봬도 무사인 나에게 통할 리가 없다. 검은 마력을 휘감고 나를 둘로 가르기 위해 다가오는 대형 낫을 덥썩 잡았다.

"어라?"

얼빠진 소리를 내는 타르타로스. 나는 마력을 휘감은 왼손으로 칼날을 잡고 더욱 마력의 출력을 올렸다. 단지 그것만으로 낫이 팽창하여 터지고 말았다.

"…………."

멍하니 부서진 낫을 내려다보는 타르타로스에게,

"그 정도 힘으로 한눈팔 여유가 있겠어?"

일방적으로 말하고 발을 후렸다. 타르타로스는 공중에서 몇 차례 회전하고는 낙법도 쓰지 못하고 바닥에 등부터 떨어졌다. 그런 타르타로스의 배를 힘껏 짓밟았다.

"크악!"

피를 토하는 타르타로스를 발끝으로 들어 올려 그 몸을 띄우고, 원심력이 가득 실린 오른발 돌려차기를 날렸다. 탄환 같은 속도로 화려한 죽음의 도시 내의 유적을 파괴하며, 타르타로스가 기리메칼라의 주계, 안개 벽에 충돌했다. 그 몸은 안개 벽을 산산이 파괴한 뒤에야 겨우 멈췄다.

"커헉! 이, 이런 말도 안 되는 일이!"

나는 몇 번 바닥을 박차고 드러누운 채 피를 토하며 일어나려고 하는 타르타로스의 앞까지 이동했다. 나와 눈이 마주치기만 해도 타르타로스의 두 눈에 농후하고 강렬한 감정이 비쳤다. 그것은 지금까지 실컷 보아온 것이다.

"이런 게? 나는 조금도 본 실력을 내지 않았는데?"

라이키리의 도신으로 어깨를 툭툭 두드리며 그의 전의를 확인했다. 한번 그 감정을 느낀 녀석에겐 더는 기대해봐야 소용없을지도 모르지만.

"너, 너는…… 누구냐?"

"나는 카이 하이네만, 검사야. 뭐, 행선지가 이미 정해진 녀석에게 말해봐야 시간 낭비겠지만."

"행선지?"

조심스럽게 되묻는 타르타로스의 코에 칼끝을 댔다.

"그래, 이대로 네가 나의 놀이 상대조차 되지 못한다면 귀찮으니 나머지는 벨제에게 처리를 맡기겠어. 혹시 네가 나를 잠깐이라도 감탄하게 할 수 있다면, 포상으로 일격에 없애주마. 어때? 나쁜 이야기는 아니겠지?"

라일라와 루미네에게 위해를 가하려고 한 자를 고통스럽지 않게 죽여준다. 나에게 이만한 자비는 없을 것이다.

"이, 이 나를 모욕하다니──!"

타르타로스가 굴욕감에 대기가 흔들릴 정도로 크게 외치고, 개처럼 네 발로 기어 몇 차례 도약했다. 그리고 부글부글 피부가 부풀더니 공처럼 구 형태를 만들어갔다. 눈 깜짝할 틈도 없이 몸으로 만든 구체가 터지며 안에서 몇 명의 사람이 융합한 몸에 검은 망토를 두른 괴물이 나타났다. 머리는 뇌가 노출되었고, 입과 눈은 금속 같은 것으로 봉합되어 있다.

"흐음, 일종의 변신인가."

꽤나 징그러운 모습이다. 천이라기보다 악에 더 가깝지 않나? 어디까지나 저들의 놀이에 어울린다면 말이다. 아무튼 간신히 강함을 느낄 정도는 되었다. 그러나 이 정도로 나와 싸울 수 있다고는 도저히 생각할 수 없다.

"이 빌어먹을 건방진 꼬마가! 타르타로스 님을 잔챙이라 부른 것을 실컷 후회하게 해주마! 그냥은 못 죽이지! 나의 영역에서 산 채로 썰어서——."

"아니, 됐어. 약자가 그런 식으로 말만 번지르르 하는 것엔 질렸거든."

가능하지도 않은 허풍에도 말이다.

"죽어라!"

완벽하게 머리 끝까지 피가 쏠린 모양인지, 타르타로스가 두 손을 모아 특수한 인을 맺으며 외친다. 아니, 자기 영역이라는 곳에서 산 채로 썬다고 하지 않았나? 죽이면 어떡해.

나의 주변 바닥에서 열두 개의 팔 같은 것이 불쑥 나와 서로 얽히더니 검은 파동이 솟구쳤다. 차이가 있다면 아까와 비교도 안 될 만큼 농밀하고 꺼림칙하다는 것, 다만——.

"시시해."

그 검은 파동을 마력을 담은 라이키리로 베어냈다. 사방팔방으로 벼락이 치며 그의 검은 파동을 순식간에 잠식하고 지면을 증발시키며 녀석에게 날아갔다.

"으앗?!"

타르타로스가 경악하며 몸을 피하지만, 전격 중 하나가 그의 왼팔을 뚫으며 증발시키고 말았다.

"으아─────────아아악!"

터지는 절규에 나는 라이키리의 칼끝을 그에게 향했다.

"아무리 마력의 파동 자체가 강력하더라도 그렇게 알기 쉽게 쓰는 한, 나에게는 평생 닿지 않아."

아주 정중하게 조언을 해주었다.

"마력의…… 파동?"

멍하니 중얼거리는 모습으로 보아 그는 마력의 움직임을 보지 못한다. 그래서는 우리 강자의 세계에서는 싸울 수 없다.

"역시 결국엔 이렇게 되었나."

이제 됐다. 이 이상은 무의미하다. 이런 식이라면 저번에 자신의 목숨을 태우면서 달려든 마라 쪽이 훨씬 싸울 맛이 났다. 이런 잔챙이와의 싸움에선 의의를 찾을 수 없다. 끝내도록 하자, 나는 라이키리를 다시 허리에 찼다. 이런 자에겐 검조차 필요 없다. 그보다 너무 어중간한 녀석이라 검을 쓰면 결국 죽여 버릴 것 같다.

"기, 기다려! 기다려줘! 알겠어! 네놈을, 아니, 너를 우리 천군에──."

뒤집힌 목소리로 뻔한 말을 하는 타르타로스에게 나는 큰 한숨을 내쉬었다.

"너는 내가 그런 걸 받아들일 거라고 생각해?"

중심을 낮추고 오른쪽 팔꿈치를 안쪽으로 크게 당겼다. 이 녀석은 라일라를 다치게 하고, 루미네를 죽이려고 한 흑막이다. 그 대가를 치르게 하겠다. 나의 입꼬리가 자연스럽게 올라가는 것을 느꼈다.

"히이이이익! 괴, 괴, 괴물이야――!"

나는 지면을 박차고 테루테루처럼 적인 나에게 등을 보이고 무작정 도망치려는 타르타로스의 얼굴을 후려쳤다.

엄청난 속도로 날아가는 그를 향해 다시 지면을 박찼다. 바로 녀석을 추월한 나는 온몸을 여러 번 회전하여 원심력이 실린 오른발 돌려차기를 날렸다. 그리고 다시 일직선으로 날아가는 타르타로스에게 질주하여 그의 오른쪽 뺨을 후려쳤다.

그로부터 타르타로스의 몸은 좌우, 상하를 몇 번이나 오가고는 끝으로 나의 발꿈치가 정수리에 꽂히며 바닥으로 낙하했다.

"으어어……."

더는 원형조차 남지 않고, 바닥에서 움찔움찔 경련하는 타르타로스.

"벨제, 이 녀석의 뒤처리를 부탁해. 테루테루와 분리하고 충분히 놀면 천군이라는 것에게 최고의 대접을 해줘!"

"알겠습니당."

벨제바브는 크게 고개를 끄덕이고 연기처럼 모습을 감췄다.

자, 토벌 도감 멤버들을 위한 앞으로의 과제도 새롭게 떠올랐지만, 그것과 그들의 이번 공적과는 별개의 이야기다.

"종전이다! 너희들, 잘해줬어. 감사하마. 나중에 파티라도 열자."

인사말을 하자 토벌 도감의 멤버들은 다시 일제히 머리를 숙이고 도감 속으로 돌아갔다.

피난해 있다가 남은 팀원 두 사람에게 다가갔다.

"자, 돌아갈까?"

그렇게 말을 걸었다. 아무리 나라도 이 상태의 두 사람을 이 자리에 놔둘 만큼 비정하지는 않다. 광장까지 데려가기로 하자.

"⋯⋯⋯⋯."

"⋯⋯⋯⋯."

아무 말 없이 미동도 하지 않는 두 사람.

"왜 그래? 안 따라올 거야? 단둘이 돌아가고 싶다면 그것도 상관없는데?"

"가, 가겠습니다!"

"저도!"

다시 물어보자 필사적인 얼굴로 따라왔다. 나는 어깨를 으쓱하고 로제 일행이 있는 광장으로 걸어갔다.

***

──시간은 라일라 헤르너가 납치당하기 직전으로 되돌아간다.

'젠장! 젠장! 너무 파고들었어!'

제국 육기장 중 한 사람, 라무네라는 자신의 부주의함에 속으로 화를 내며 같은 육기장이었던 키루키와 함께 열심히 질주했다.

뒷세계 사람으로 보이는 개미 사역사와의 전투 끝에 카이 하이네만은 두 명의 소년과 소녀를 안고 광장을 향해 달려갔다. 바로 놓치는 바람에 서둘러 쫓아간 것이 불행의 시작이었다.

중간에 잘 모르겠는 검은 안개가 깔린 공간을 헤매며, 간신히 빠져나왔다고 생각했더니 이번에는 저 언데드들과 마주쳤다.

지금 두 사람을 쫓는 것은 좀비 같은 모습을 한 몇몇 마물이다.

"저기, 라무네라, 이거 분명히 놀아나고 있어!"

"나도 알아!"

키루키의 말대로 지금 쫓아오고 있는 언데드들은 아슬아슬한 거리를 유지하며 딱히 공격을 하지도 않고 두 사람의 주변을 포위하면서 추적하고 있다.

"아무튼 언젠간 잡히고 말 거야! 키루키, 해보자!"

몸을 돌려 사면체의 성유물── 사광(四光)의 효과 중 하나인 성어(聖御)를 발동하여 정사면체의 백은 결계를 쳤다. 이것으로 언데드들은 쉽게 침입하지 못하므로 다소 시간을 벌 수 있다.

이제 해야 할 일은──.

"…………."

키루키를 힐끗 보자, 그녀는 고개를 크게 끄덕이고 장검을 뽑았다.

"해보자."

키루키의 무기, 저것도 라무네라의 사광과는 상성이 매우 좋다. 언뜻 보기에는 장검이지만, 저것은 빛속성의 힘을 참격에 싣는 특수 효과가 있다.

이 결계는 사광이 중심이므로 이동 자체는 가능하다. 결계 안에서 그들을 향해 참격을 있는 대로 가하면서 후퇴하면 된다. 사광의 지속적 발동에는 정신 집중이 필요하기에 평소처럼 이 동하지는 못하지만, 그래도 착실하게 도망칠 수 있으므로 효과적이다. 후퇴할 장소는 물론 초월자인 카이 하이네만의 곁이다. 이것은 눈앞의 호랑이에게 뒤에 있는 늑대를 마주치게 하는 수 단이기는 하지만, 같은 괴물 카이 하이네만이라면 이 언데드들도 쓰러뜨릴 가능성이 크다.

키루키의 장검에 백은색 오라가 집중되었다.

"핫!"

백은색 참격이 마침 목이 없는 언데드를 향해 날아갔다. 목 없는 언데드는 그것을 성가신 벌레라도 쫓듯이 오른손으로 튕겨 내고 말았다.

"앗?"

"엥?"

두 사람이 놀란 소리를 냈을 때, 눈앞의 목 없는 언데드가 사라졌다.

"라, 라무네라!"

입을 뻐끔거리며 라무네라의 등 뒤를 가리키는 키루키. 라무네라가 얼른 돌아보자 안전 지대일 터인 은백 결계 안에 목 없는 언데드가 있었다.

"이, 이럴 수가──."

경악한 말을 외치려는 순간, 명치 부근에 강한 충격이 느껴지며 라무네라는 어이없이 의식을 잃고 말았다.

그로부터 라무네라가 달콤한 냄새에 얼굴을 찡그리면서도 눈을 뜨자 그들은 접시 위에 있었다. 들은 적 있는 사람의 흐느껴 우는 소리에 고개만 움직이니, 키루키가 어린아이처럼 엉엉 울고 있었다.

새삼 묻지 않아도 안다. 이런 천쪼가리 하나만 걸친 알몸이나 마찬가지인 상태로 접시 위에 놓여 있으니 우는 이유도 예상된다. 덤으로 온몸에 발려 있는 것은 조미료인가.

'아무래도 우리를 먹으려는 듯해.'

언데드 따위에겐 양념을 발라 인간을 먹는다는 발상이 없다.

아니, 애초에 성유물인 사광의 결계를 쉽게 통과하는 것은 일반 언데드는커녕 육기장이라도 불가능하다. 혹시 가능하다면 포 씨 정도일 것이다.

즉, 저 목 없는 언데드는 포 씨와 동급의 힘을 지녔다는 말이다. 저것은 특별히 지위가 대단하게 보이지 않았다. 한마디로 포 씨 수준의 강한 언데드가 널렸다는 것을 의미한다.

'크하하! 이러면 대적할 수 있을 리가 없잖아!'

전희라고도 불리던 키루키가 울 정도다. 지금이라면 확실히 알 수 있다. 이들은 언데드냐 아니냐 하는 차원의 문제가 아니다. 분명히 더욱 고차원적인 무언가다. 그것은 아마 라무네라 같은 인간이 신이라 부를 법한 존재다.

마왕? 용왕? 그런 것은 이들에게 쓰레기 같은 것이다. 만약 저항할 수 있는 자가 있다면, 그것은 바로 **이 세계**의 이치에서 벗어난 존재뿐일 것이다.

그 최악이라고도 할 수 있는 생각은 요리사 같은 복장의 언데드가 주방에 들어온 것으로 가로막혔다. 그리고 요리사는 라무네라와 키루키가 올라간 접시에 덮개를 씌워 어딘가로 운반했다.

그로부터 잠시 이동하여 덮개가 열리고, 라무네라는 진정한 괴물과 대면하였다. 그것은 소인처럼 작으면서도 풍선처럼 동그란 체구의 남자였다.

"헉?!"

필사적으로 비명을 지르려고 하였지만 입이 막혀 있어서 나오는 것은 억눌린 소리뿐이었다.

'뭐야, 이건⋯⋯.'

웃음이 나왔다. 다르다! 이자는 너무 다르다! 이 토할 것 같은 압박감. 이런 녀석, 포 씨도 못 이긴다. 이 피부가 타들어가는 듯한 압도적인 마력은 그 바닥이 보이지 않는다고 생각한 카이 하이네마 이상으로 악질적이고 꺼림칙했다.

'왜 이 짧은 시간 동안 이런 괴물만 마주치는 거야!'

그냥 눈물이 나왔다. 물론 대부분은 무서웠기 때문이지만, 나머지 절반은 분했기 때문이다. 지금까지 라무네라는 자신이 강자라고 믿어 의심치 않았다. 그러나 실제는 어떠한가? 카이 하이네만이라는 인간을 뛰어넘은 괴물과 조우하고, 해도 지지 않은 짧은 시간에 그것조차 뛰어넘은 괴물과 조우하고 말았다. 즉, 강자라고 생각했던 자신은 사실은 그저 길가의 돌멩이 정도의 존재밖에 되지 않았다는 말이다. 그것이 더할 나위 없이 분하고 괴로웠다.

"이 가축들E?"

"정찰을 나갔던 자가 사로잡았습니다. 산 채로 먹을 수 있도록 씻은 뒤, 비법 소스를 발라두면 부왕님도 기쁘게 드시지 않을까 하여."

"그거 좋군YO! 울부짖는 가축 씹어먹GI! 그 절망으로 얼룩진 식감은 최고로 단단하고, 무――척이나 썩은 훌륭한 맛이겠지YO!"

그 너무나 끔찍한 발언과 풍선 같은 남자의 추악하고 욕망으로 물든 얼굴에 등에 벌레가 꿈틀거리는 듯한 강한 불쾌함이 느껴졌다. 피도 얼어 붙을 만큼 강렬한 공포 때문인가 무의식중에 있는 힘껏 비명을 질렀다. 그러나 무정하게도――.

"그럼 어서 가장 맛이 좋은 머리부터――."

풍선 같은 남자의 입이 키루키를 먹으려고 크게 벌어졌다.

키루키와 라무네라는 포 씨에게 거둬지기 전까지는 슬럼가의 고아였다. 의식이란 게 생겼을 때부터 그녀와는 남매처럼 자랐다. 그런데 지금, 아무런 저항도 하지 못하고 괴물에게 먹히는 것을 가만히 볼 수밖에 없다 그것이――

'이럴 수는 없어!!'

용납할 수 없다! 그것만은 절대 용납할 수 없다! 설령 그것이 초월적인 신이라고 해도――.

내장이 떨릴 만큼 격한 분노에 입이 막힌 상태로 짐승 같은 소리를 낼 때 구세주가 나타났다.

그것은 금발 소녀와 대검을 든 이족보행 고양이였다. 그 고양이가 풍선 같은 남자의 머리를 반으로 절단하고, 키루키와 라무네라의 입과 몸을 자유롭게 풀어 해방시켰다.

그리고 스사노오라 불린 고양이와 풍선 같은 괴물과의 싸움이 시작되었다.

"굉장해……."

입에서 나온 감탄사. 저 절망의 화신 같은 존재를 스사노오는 오직 검술로 압도하였다.

"저, 저 초월자를 저렇게 일방적으로!"

키루키도 흥분한 어조로 상기되어 말했다. 라무네라처럼 검의 초보라도 알겠다. 아마 검의 길을 걸어온 키루키에게 스사노오의 행동은 그야말로 위업일 것이다.

스사노오가 풍선 같은 괴물을 끝장내기 위해 대검을 쳐들었다. 바로 그때 하늘에서 목소리가 내려와 풍선 같은 남자가 온몸에 얼굴이 달린 거인으로 변했다.

그 거인의 강함은 그야말로 압도적이었다. 스사노오는 거인 앞에 무릎을 꿇고 금발 소녀를 지키다 목제 인형으로 변하고 말았다.

그야말로 절체절명. 라무네라가 죽음을 각오했을 때, 회색 머리 소년이 나타났다. 그것은 두 사람의 감시 대상, 카이 하이네만이었다.

하지만 틀렸다. 확실히 카이 하이네만은 강하다. 그러나 저 거인에게서는 카이 하이네만을 초월하는 압도적인 힘이 느껴진다. 그것은 카이 하이네만이 발한 투기보다 무섭고 불길한 것이다. 저 거인에게 이길 자는 이 세상에 없다. 그러나 그런 라무네라의 예상은 실로 간단히 배신당했다.

카이 하이네만은 거인을 걷어차고, 기절한 금발 소녀를 노출도가 높은 장신의 여성에게 맡기고, 부패한 고기로 만든 성 자체를 날려버려 빈터로 만들어버렸다.

그 뒤, 카이 하이네만은 빈사가 될 정도로 중상을 입은 얼굴이 몇 개나 달린 거인의 앞으로 가서 수복하기를 기다렸다. 정신이 든 거인은 카이 하이네만이 불러낸 파리 괴물에게 공포에 찬 비명을 지르고, 주위를 둘러싼 괴물들을 보고 완벽하게 전의를 상실하고 말았다.

'어떻게 된 일이지?'

이유를 모르겠다. 지금 카이 하이네만으로부터는 전혀 강함이 느껴지지 않는다. 그런데 저 절망의 화신 같은 거인은 카이 하이네만에게 목숨을 구걸하기 시작했다.

카이 하이네만은 부왕이라 불린 거인에게 일절 자비를 베풀지 않고 압도적인 힘으로 없애고 말았다.

그 뒤, 갑자기 끌려온 짧은 머리 남자와 부왕 두 사람을 촉매로 새하얀 옷을 입은 인상이 나빠 보이는 소년 같은 모습의 존재가 이 땅에 강림했다. 그 소년이 나타나자 나무들이 메마르고, 작은 동물들이 죽어버렸다. 아마 저 소년이 저질렀을 것이다. 무엇보다 부왕에게는 눈썹 하나 까딱하지 않던 카이 하이네만의 부하 초월자들이 저 하얀 옷을 입은 소년을 거창하다고 할 만큼 경계했다. 그것만 보아도 저 하얀 옷의 소년은 부왕과 비교하는 것도 바보 같을 만큼 강하다는 것이 분명했다. 그리고 그것은 그 소년이 몇 명의 사람이 융합하여 몸에 뇌가 노출된 머리를 지닌 괴물로 변화하여 증명되었다. 솔직히 눈을 마주치기만 해도 의식을 잃을 듯한 악몽의 화신 같은 존재. 그것을, 카이 하이네만은 무기조차 제대로 쓰지 않고 쓰러뜨리고 말았다.

현재는 카이 하이네만에게 이끌려 피난소인 바벨 광장을 향해 가는 중이다.

이 사람은 정말 정체가 뭘까? 아니, 물론 포 씨와도 다른 진정한 초월자라는 것쯤은 안다. 그렇지 않다면 저 절망의 화신 같은 존재들을 마치 개미라도 짓밟는 것처럼 없앨 리가 없다. 라무네라가 느낀 의문의 본질은 그런 표면상의 것이 아니라 더욱 본질적인 부분이다.

"저기……."

기어들어가는 목소리를 내자, 카이 하이네만이 멈춰서 돌아보았다.

"응? 왜 그래?"

그는 마치 인간처럼 감정이 풍부한 표정으로 라무네라와 키루키에게 묻는다.

"왜 저희를 구하셨죠?"

"실제로 너희를 구한 건 루미네야. 나중에 감사 인사 정도는 해줘."

"네, 아주 잘 알고 있고, 그럴 생각입니다. 그러나 그대로 방치했다면 저 하얀 옷의 괴물에게 저희는 죽었을 겁니다. 왜 저희를 구해주신 겁니까?"

"응? 그대로 죽고 싶었어?"

눈썹을 찡그리고 되묻는 카이 하이네만.

"아니, 전혀 아닙니다! 구해주신 것에는 정말 감사드립니다."

두 손을 흔들어 부정했다.

"응? 네 질문의 의미를 모르겠는데?"

"제가 묻고 싶은 것은 그 상황에 저희를 보호한 이유입니다."

"뭐, 그냥 죽게 놔두면 뒷맛이 찝찝하니까."

"고작 그것뿐입니까?"

"내가 구해준 게 그렇게 의외인가?"

"아, 아니요, 그런 것은……."

말은 그렇게 했지만, 카이 하이네만은 강력한 여러 초월자들을 이끄는 존재다. 말하자면 사상 최강의 초월자다. 그런 초월자가 뒷맛이 찝찝하다는 이유로 이해관계도 없는 완벽한 타인인 라무네라를 구했단 말인가? 그것은 라무네라의 초월자에 대한 이미지와 전혀 맞지 않는다.

"그래. 구해준 이유를 굳이 말로 표현하자면 인간이기 때문이겠지."

"누, 누가 말이죠?"

전혀 의미를 알 수 없는 말에 무심코 되물었다.

"내가."

"네?"

"내가 인간이니까."

"그거 웃어야 될 부분인가요?"

지극히 당연한 질문에 옆에서 키루키도 거창하게 고개를 끄덕였다.

"또 그건가."

카이 하이네만이 질린 듯이 오른손으로 얼굴을 가렸다.

"나는 머리부터 발끝까지 인간이야. 옛날에도, 그리고 지금도."

그런 도저히 말도 안 되는 사실을 입에 담는다. 그러나 카이 하이네만의 표정과 말에서는 도무지 거짓말을 하는 듯한 느낌이 보이지 않았다. 아니, 애초에 카이 하이네만이 거짓말을 할 이유가 없다. 그렇다면 그것은 무슨 뜻인가?

"설마 정말 인간이라고요?"

떨리는 목소리로 그렇게 물었다.

"그래, 방금 그렇게 말했잖아. 누가 뭐라 하든 나는 인간이야."

이분이 인간? 부왕이나 그 얼굴이 몇 개나 융합된 무서운 절망의 화신 같은 괴물을 일방적으로 유린한 엄청난 힘을 지닌 존재가?

"인간이 맞는 거죠?"

그것이 만약 진실이라면——.

"그러니까 아까부터 반복해서 그렇게 말했잖아."

분명 그는 같은 질문을 몇 번이나 들었을 것이다. 지긋지긋하다는 등 비슷한 대답을 되풀이한다. 이분이 인간. 그렇다면 이분은——.

"당신은, 뛰어넘었군요?"

목소리에 열기가 담기는 것이 느껴졌다. 몸이 떨리며 눈물마저 나왔다.

당연하다. 무를 단련하며 살아가는 자로서 이 사실에 감동하지 않는 쪽이 이상하다. 지금이라면 저 초월자들이 이분에게 존경심을 품는 이유를 똑똑히 알겠다.

그저 강함만이 아니다. 이분은 초라한 인간의 몸으로 인간이라는 울타리를 가볍게 부수고 이 세상에서 최강의 존재에 이르렀으니까.

"뛰어넘었다고? 뭘 말이야?"

"아니요, 이제 괜찮습니다. 알고 싶은 것은 모두 알았습니다."

"그래."

카이 님은 라무네라와 키루키를 힐끗 보고 볼을 굳히며 크게 한숨을 내쉬었다.

"너희마저……."

그건 체념과도 같은 말이었다.

카이 님은 라무네라와 키루키를 광장까지 데려다주고 어디론가 모습을 감췄다.

"라무네라, 앞으로 어쩔 셈이야?"

"그야 당연하잖아?"

지금 라무네라에게 육기장의 지위 따위 허세에 불과하다. 미련 따위 전혀 없다. 그런 것보다 카이 님을 곁에서 모시고 싶은

335

그런 강렬한 갈망만이 있다.

"하긴. 너라면 그럴 줄 알았어."

"그러는 너도 비슷하지 않아?"

"그래, 난 카이 님을 따라가겠어."

물론 지금 상황에서 카이 님이 당장 두 사람을 인정해줄 거라고는 전혀 생각하지 않고, 지금 이탈하면 두 사람은 포 씨에게 숙청당한다. 감시한다는 명목으로 이 학교에 머물며 기회를 노리도록 하자. 게다가 좋은 추억은 없지만, 제국은 두 사람의 조국이다. 멸망을 바라지는 않는다. 그분이 해낸 엄청난 위업을 설명하고 순종하도록 설득하려고 한다.

"그럼 절차를 진행해야지."

"맞아."

서로 얼굴을 마주 보고 킥킥 웃고는 걸음을 옮겼다. 그때 라무네라에게는 볼에 닿는 바람이 왠지 더 신선하게 느껴졌다.

에필로그

──바벨탑의 한 휘황찬란한 방.

"실패했다고? 창왕의 제거에?"

녹색 로브를 착용한 거구의 노인, 부학교장── 크라브 안슈
타인. 그가 이마에 굵은 핏대를 세우며 지금도 완전히 감정을
잃은 얼굴로 서서 같은 녹색 로브를 입은 눈초리가 사나운 남자
에게 물었다.

"네⋯⋯."

이 눈초리가 사나운 남자는 부학교장 크라브의 심복으로, 평
소에는 밉살맞을 만큼 자신감이 넘친다. 설령 실패했더라도 이
렇게 죽은 사람처럼 핏기가 가신 모습이 될 일은 없다.

그런 이 남자와는 너무나 동떨어진 모습에 한쪽 눈을 가늘게
떴다.

"루미네라는 여자애의 처리는 어떻게 됐지?"

"실패했습니다."

역시 생기가 빠진 얼굴로 턱을 내리고 대답할 뿐이다.

"솜니 바렐과 무능은?"

"모두 실패했습니다."

무표정으로 대답하는 측근의 말에,

"바보 자식! 이 건엔 나의 체면도 걸렸어! 차기 학교장 선정에
도 영향을 미친다고! 실패했다는 말로 넘어갈 줄 아나!"

"체면? 넘어갈 줄 아나?"

호통을 쳤지만, 그는 꺼림칙하게 낄낄 웃기만 할 뿐이다.

심복 남자의 이상한 모습에 다른 직원들도 술렁거리기 시작했다.

"네 이놈, 뭐가 웃긴 거냐?!"

측근의 너무나 무시하는 듯한 태도에 분노가 폭풍처럼 일어 고함을 질렀다. 그래도 측근은 계속 웃기만 했다.

——낄낄낄!

"그만 웃어!"

웃는 것을 막기 위해 때렸지만, 그는 벽에 부딪히면서도 마치 인형처럼 덜컹거리는 움직임으로 일어나 춤추기 시작했다.

"벨제바브데부♪ 벨제바브데부♪ 부—부—, 부—부—, 바부 바부♬"

그런 콧노래를 부르며 마치 연체동물처럼 온몸을 꿈틀거렸다. 동시에 울리는 뼈가 어긋나며 살이 찢어지는 소리.

"이, 이봐, 그만해! 멈춰!"

크라브가 제지하였으나, 눈초리가 사나운 남자는 온몸에서 피를 뿜으면서도 기괴한 콧노래를 부르며 계속해서 춤췄다.

"벨제바브데부♪ 벨제바브데부♪ 부부데바부데부♩ 꿈틀꿈틀 냄새나는 파리 중의 파리, 킹 오브 파리, 그것이 바부♬

벨제바브데부♪ 벨제바브데부♪ 부부데바부데부♩ 똥범벅으로 너무나 향기로운, 그것이 바부가 원하는 파라다이스♬ 벨제바브데부♪ 벨제바브데부♪ 부부데바부데부♩"

결국 눈초리가 사나운 남자의 외모는 인간이 아니게 되어 파리에 가까운 생물로 변했다.

"히이이익!"

눈초리가 사나운 남자의 갑작스러운 변모에 크라브의 측근 중한 사람이 방에서 도망치려고 했다.

"어이, 이봐——."

크라브가 떠나지 말도록 명령하려던 소리는 마지막까지 이어지지 못하고——.

"키샤키샤샤!"

괴성인지 웃음소리인지 모를 목소리를 내며 눈초리가 사나운 남자였던 것의 입에서 무수한 촉수 같은 것이 고속으로 뻗어나와 방에서 도망치려던 자의 정수리를 꿰뚫었다. 정수리를 뚫린남자는 움찔움찔 경련하였으나, 갑자기 일어나 죽음의 무도를 추기 시작했다. 피를 토하면서 춤추는 직원이었던 자의 모습에 방에서 비명이 터졌다. 눈초리가 사나운 남자였던 것이 두 손을허리에 댔다.

"선고합니당. 우리 위대한 주인님이 몹시, 모옵시 불쾌해지셨습니당. 따라서 이 거에 깊이 관여한 자에게 벌을 내리겠습니당."

방금과 달리 아주 엄숙한 태도로 그렇게 고한다. 그 발언을 시작으로 방안은 지옥으로 변했다.

순식간에 방에 있던 부하 직원이 모두 낯선 생물로 변하고 말았다.

전혀 흐트러짐 없는 움직임으로 미친 듯이 춤추는, 부하들이었던 것.

"……끔찍해……."

온몸의 혈액이 역류할 만한 공포에 호흡이 제대로 되지 않아서 목을 긁으면서도 뒤에 있는 창으로 물러났다. 필사적이었다. 저기까지 가면 이 지옥에서 해방된다. 그렇게 믿고 바닥을 힘껏 딛어 창을 부수고 밖으로 뛰쳐나갔다. 이제 플라이 마법을 사용해 떠오르기만 하면——.

"앗——?!"

그런 크라브의 희망은 창밖에 무수히 떠 있는 파리 같은 괴물에게 사로잡히며 완벽하게 깨지고 말았다.

"흐아아아아아아아아악!!"

절규 속에서 크라브의 의식은 온통 절망으로 물들었다.

      ***

——중앙교회 바벨 지부.

"지금 뭐라고 말씀하셨습니까?"

마도통신기기 앞에서 항상 철벽같은 미소를 짓던 추기경 판도라가 흥분한 목소리로 되물었다.

『방금 교황 예하께서 붕어하셨습니다. 시 추기경님도 마찬가지입니다.』

"네? 아, 아니, 그런데 어쩌다?"

휘청거리는 발걸음으로 의자에 앉아 애써 평정심을 가장하며 물었다.

『분명 천벌을 받았겠지요.』

그녀와 통신 중인 것은 새하얀 법의를 입은 백발 노인, 디비어스 사제다. 교황 예하 직속 신기병 중 한 사람. 오만불손한 그라고는 생각할 수 없는 생기 없는 모습으로 디비어스 사제는 두 손에 동그란 꾸러미를 들고 무서울 만큼 담백하게 대답했다. 마치 무언가를 확신한 듯한 모습에,

"누구에게 천벌을 받았단 말입니까?"

바로 질문했다. 그러나 원인은 충분히 짐작이 갔다. 십중팔구 루미네 헤르너다. 왜냐하면 루미네 헤르너가 지닌 기프트가 우리 신조차 모욕하는 것이라는 계시를 받은 사람은 시 추기경. 그리고 그 계시에 따라 실제로 제거를 결정한 사람은 교황 예하 였으니까. 타이밍이 이런 걸 보면, 분명히 루미네 헤르너가 얽혀 있다. 그러나 그 두 사람은 신의 서자라고도 칭해지며 사대 주교를 제외하면 중앙교회에서도 굴지의 실력을 자랑한다. 그런 두 사람을 살해하는 것은 웬만한 힘으로는 불가능——.

판도라의 의식은,

"누구~게?"

갑자기 일어난 디비어스 사제의 낄낄거리는 웃음소리에 가로 막혔다.

"왜 그러시죠?"

통신 마도구에서 거리를 벌렸다. 대주교 슈네도 평소의 멍한 모습과는 달리 지금까지 본 적 없는 얼굴로 마도구를 응시하고

있었다.

『벨제바부데부♪ 벨제바브데부♪ 부부데바부데부♩ 꿈틀꿈틀 냄새나는 파리 중의 파리, 킹 오브 파리, 그것이 바부♬』

통신기기 너머에 있는 디비어스 사제의 목이 부자연스럽게 회전하여 그 몸의 뼈를 부수고 살을 찢는 소리와 함께 기묘한 춤을 추기 시작했다. 동시에 그 양손에 쥐어져 있던 동그란 꾸러미가 풀렸다——.

"판도라 님! 이건 위험한 겁니다!"

대주교 슈네가 이마에 구슬 같은 땀을 달고 외쳤다.

"알아요! 즉시 통신 절단을!"

그런 말은 하지 않아도 보면 안다. 그 구체는 중앙교회의 톱, 교황 예하의 머리였다. 그 머리가 눈과 코에서 피를 흘리며 입을 크게 벌리고 노래하고 있으니까.

"통신을 끊어요!"

"안 됩니다! 아까부터 하고 있습니다만, 반응조차 없습니다!"

이상하다. 아까부터 통신기기의 연결을 끊었는데 효과가 없다. 계속해서 통신기기 너머에 있는 디비어스 사제가 죽음의 무도를 췄다.

『벨제바부데부♪ 벨제바브데부♪ 부부데바부데부♩ 바부는 위대한 주인님의 충실한 종♪ 그분의 기쁨은 바부의 기쁨, 그분의 불쾌는 바부의 불쾌애애애♩』

이미 디비어스 사제의 육체는 파리 같은 생물로 변해 있었다. 그리고 노래를 뚝 그치고는 몸을 일으켰다.

『우리 위대한 주인님은 너무나 너무나아 불쾌해지셨습니당. 따라서 이 건에 깊이 얽힌 자에게 벌을 내렸습니당. 이 이상 불쾌하게 하는 일이 생긴다면, 그자에게도 벌을 내리겠습니당.』

그 외침과 함께 통신이 뚝 끊기고 말았다.

"무사한…… 겁니까?"

긴장의 끈이 풀려 바닥에 털썩 주저앉는다. 말 그대로 다리에 힘이 풀리고 말았다.

"그런 것 같군요."

대주교 슈네도 동의하고 한쪽 무릎을 꿇은 채 거친 숨을 몰아쉬고 있다. 이처럼 무참한 모습을 보이는 것은 판도라와 마찬가지로 그도 태어나서 처음일지도 모른다.

"저건 분명 최후통첩이라는 거겠죠."

판도라가 살아남은 것은 루미네 헤르너의 제거에 깊이 관여하지 않았기 때문이다. 그야 판도라가 이 땅을 방문한 이유는 전혀 다른 이유 때문이었으니까. 일에 대해 중앙교회 본부와 연락 역할을 맡았을 뿐이다. 단지 그것만의 이유였기에 살아남았을 것이다.

"아무래도 이 세계, 상당히 수상해진 듯하네요."

루미네 헤르너. 일개 소녀를 왜 그렇게까지 시 추기경님과 교황 예하가 위험하게 보았는지 의문이었지만, 지금은 똑똑히 알겠다. 저 파리가 입에 담은 위대한 주인님, 그가 루미네 헤르너를 죽이려고 한 것에 격노하여 제재할 목적으로 시 추기경과 교황 예하를 죽였다. 아니, 루미네 헤르너의 암살 계획에 깊이 관여한 사람은 모두 사망했다고 보아야 할 것이다.

'오히려 이 정도 손해로 끝난 것을 기뻐해야 할지도 모르겠네요.'

저것은 그야말로 신의 적이며 인류 공통의 적이다. 그만한 악의를 느꼈다. 이번에 중앙교회가 저것의 존재를 인식한 대가로 지불한 것은 교황 예하와 시 추기경의 목숨. 두 사람 모두 얼마든지 교체할 인재가 있다. 전력적으로는 매우 타격이 크지만, 치명적인 손실은 아니다.

그러나 저것은 틀림없이 마왕 이상이다. 아니, 오히려 마왕 따위는 저것과 비교하면 길가에 기어 다니는 개미에 불과하다. 조금이나마 접촉한 자는 그 사악함을 이해할 수 있다. 저것은 결코 이 세상에 풀어두어서는 안 될 존재다. 그러나 그에게 이길 존재라고 하면 우리 신 정도. 애초부터 우리 신이 그리 쉽게 이 세상에 강림할 수 있다면 문제가 생겼을 리가 없다. 그리고 지금 중앙교회의 모든 전력을 쏟아부어도 아마 결과는 같다. 모두 죽을 것이 뻔하다. 그렇다면, 그 계획을 앞당겨야 한다. 판도라와 사대 주교가 진정한 의미로 신력을 얻으면, 분명 저들과 겨룰 수 있을 테니까.

'아니요, 그것만으로는 아마 부족할지도.'

용사팀. 그들이 신력을 얻으면 상당히 강한 힘을 얻게 된다. 마왕 토벌이 끝나면 필요가 없으므로 처분할 예정이었으나, 다소 사정이 달라졌다. 용사만이 아니다. 이용할 수 있는 것은 모두 이용하지 않으면 저들에게 대항하지 못한다.

"용사님에게 연락을 취하겠어요. 그리고 사대 주교를 본부에 소집해주세요."

아마 판도라의 의도는 이심전심으로 통했을 것이다. 이때 평
소라면 불평 하나쯤은 늘어놓았을 대주교 슈네가 실로 순순히
고개를 끄덕이고 방에서 나갔다.

'이 싸움, 우리 신의 아이들이 질 수는 없죠.'

판도라는 오른쪽 주먹을 굳게 쥐고 그렇게 맹세했다.

***

──천군 군령 본부.

이곳은 천군의 두뇌이자 지휘계통을 맡은 군령 본부. 그곳의
넓은 방에선 지금 큰 소란이 일고 있었다. 당연하다. 세계 레무리
아에 보낸 테루테루 대좌의 생명 반응이 소실되었기 때문이다.

천군은 이 세상의 양대 세력 중 하나이며, 어느 세계로 현계하
든 엄청난 강함을 자랑한다. 그렇다. 그 세계 따위는 산산이 부
술 만큼. 따라서 천군은 보통 강림하려면 관리 세계의 관리신이
허락할 필요가 있으며, 또한 엄중한 감시를 받는다. 그리고 그
것은 타나토스의 명령을 받은 테루테루 대좌도 마찬가지다. 정
기 연락을 할 의무가 있으며, 그 영혼과 육체의 건전성을 항상
파악할 수 있게 되어 있다.

테루테루 대좌로부터 통신이 끊긴 지 반나절, 의구심을 느낀
레테가 조사하자 영혼도 육체도 사망이 확정되었다. 테루테루
대좌는 천군의 대좌다. 그를 쓰러뜨릴 세력은 하나뿐. 즉, 악군

이다. 한마디로 레무리아에는 악군, 그것도 대좌급 이상이 머물고 있다는 뜻이 된다.

"아직 못 알아냈나?"

타나토스가 평소의 냉정침착한 모습답지 않게 초조한 목소리로 물었다.

"그게, 강한 방해를 받아 통신기기 전체가 무효화되고 말았습니다!"

이것으로 확정되었다. 천군의 장비를 방해할 수 있는 것은 이 세상에 단둘. 천군 자신과 악군이다. 이 방해가 천군의 다른 세력에 의한 것이라면 이미 오래 전에 테루테루 대좌를 레무리아로 보낸 타나토스에게 무언가 행동을 취했을 것이다. 그것이 없는 이상 악군이라고 생각하는 쪽이 자연스럽다.

그들의 목적도 대체로 예상된다. 그 특이점, 루미네 헤르너의 존재다. 그가 지닌 기프트 '전략신생(神生)'은 이 세상에서 천과 악의 균형마저 흐트러뜨리는 위험성을 숨기고 있다. 그렇기에 최우선 사항으로 루미네 헤르너의 말살을 테루테루 대좌에게 명령하였다. 다만 그 기프트는 천이나 악이 손을 쓰면, 그것을 계기로 폭주할 수 있다. 그러면 큰일이다. 따라서 인간을 이용해 처분을 명하였다. 물론 테루테루 대좌가 레무리아로 내려간 이유는 표면상으로는 아레스 양의 오빠의 요청이며, 내용은 천군에 의한 레무리아의 제압 관리다. 그리고 부왕이라는 상급신을 고의로 부활시켜 천군이 출동하게 하여 다른 봉인되어 있는 두 신도 그대로 없앰과 동시에 지상을 모조리 불태워서 아레스 양이 관리하기 편한 세계로 재구축하는 것이다. 그리고 경험상 루미네 헤르너라는 특이점은 새롭게 두 번째, 세 번째 특이점을 만들어낼 수도 있다. 이 기회를 이용하여 천군이 새로운 특이점까지 모두 철저하게 제거한다. 그것이 레무리아에서 타나토스가 꾀한 주목적이었다. 뭐, 주신인 타르타로스는 또 다른 목적이 있던 모양이지만.

그때 천의 병사가 군령 본부로 허겁지겁 들어왔다.

"타나토스 님, 테루테루 대좌가 귀환하였습니다!"

도저히 믿을 수 없는 말을 지껄인다.

"무슨 소리냐? 테루테루는 죽었다는 보고를 이미 받았는데."

레테가 거칠게 말했다. 그럴 만도 하다. 영혼도 육체도 테루테루가 사망했다고 확정한 것은 레테니까.

"그, 그러나 아무리 보아도 테루테루 대좌로만──."

병사가 말을 끝내기 전에 군령 본부의 문이 산산이 부서지며 테루테루 대좌가 들어왔다.

"테루테루? 너, 무사했었나?"

그렇게 말하면서도 레테가 턱으로 지시를 보내자, 병사들이 일제히 포위하고 각자 무기를 들었다. 평소의 테루테루라면 이런 어리석은 행위, 절대 하지 않는다. 이것이 제정신인 테루테루가 아님은 확실하다.

"무사??"

낄낄 기분 나쁘게 웃는 테루테루.

"뭐가 웃기지?!"

레테가 호통쳤지만, 역시 테루테루는 전혀 대답하지 않고 웃기만 했다. 그 이상한 모습에 주변의 천군 장교들도 술렁거렸다. 그리고 테루테루는 웃음을 뚝 멈추고 오른쪽 옆구리에 끼고 있던 천 꾸러미를 풀었다.

"헉————?!"

그 안에 든 것은—— 주신인 타르타로스의 잘린 목이었다.

"벨제바브데부♪ 벨제바브데부♪ 부—부—, 부—부—, 바부바부♬"

타르타로스의 머리가 눈을 번쩍 뜨고 기묘한 노래를 부르자, 테루테루는 기괴한 춤을 추기 시작했다.

——뿌득! 빠직! 투둑!

군령 본부에 울려 퍼지는 테루테루의 뼈가 부서지고 살이 찢어지는 소리. 지금 당장 멈추게 해야 한다. 그런데 군령 본부의 장교들, 소장 레테, 사천장 타나토스조차 꼼짝도 하지 못했다. 그럴 만도 하다. 지금 노래하는 목은 타나토스 측의 폭군이었던 타르타로스니까.

그리고 죽음의 연무가 이어졌다.

"제바부데부♪ 벨제바브데부♪ 부부데바부데부♩ 꿈틀꿈틀 냄새나는 파리 중의 파리, 킹 오브 파리, 그것이 바부♬"

테루테루의 온몸은 이미 원형이 남아 있지 않을 만큼 뭉그러져 파리 같은 모습으로 변하고 말았다. 타나토스가 간신히 냉정함을 되찾고 외쳤다.

"주모자는 악군이다! 총공격하라!"

마침 그런 지시를 내렸을 때, 테루테루였던 것이 우뚝 멈춰 섰다.

"우리 위대한 주인님은 엄청나게, 어엄청나게———— 불쾌해지셨습니당. 따라서 이 건에 깊이 얽힌 자에게 벌을 내리겠습니당."

옆구리에 안은 타르타로스의 목이 장엄하게 선언하자, 테루테루는 몸에서 힘을 뺐다. 그리고,

"이것은 위대한 주인님께서 보내시는 최후통첩입니당."

무기질적인 말을 내뱉은 뒤 대기를 흔들도록 포효하고, 가까운 장교에게 다가가 네 개의 손으로 양쪽 어깨를 억눌렀다. 그리고 입에서 촉수를 뻗었다.

"히이이익—— 꾸엑……."

촉수에 의해 머리를 뚫린 장교는 움찔움찔 경련하였으나, 갑자기 일어나더니 기묘한 춤을 추기 시작했다. 얼음 기둥에 등을 눌리는 듯한 강렬한 오한이 일었다.

"이미 늦었다! 즉시 죽여라!"

이 자리의 부하 장교들에게 무정한 지시를 내리고 타나토스도 무기를 들었을 때였다.

"성가신 일이 되고 말았구먼."

왠지 능청맞은 목소리가 울려 퍼지더니, 테루테루와 죽음의 연무를 시작한 장교의 머리 위로 하얀 번개가 내리쳐 재도 남기지 않고 태워 소멸시키고 말았다.

"데우스 님!"

349

군령 본부의 입구에서 번개 창을 들고 장엄하게 선 나이든 신은 육천신 중 최강이라 불리는 대신 데우스였다. 데우스는 한쪽 무릎을 꿇은 부하들에게는 눈길도 주지 않고, 타르타로스의 목에 다가가 손에 들고 조사하기 시작했다. 점차 데우스의 표정이 험악해졌다.

"아무래도 진짜인 모양이군."

그는 타나토스에게 믿을 수 없는 사실을 전하였다.

"데우스 님, 저 파리 괴물은?! 왜 우리 주신이 이런 모습으로?!"

레테가 초조함이 가득한 목소리로 물었다. 그것은 그야말로 타나토스가 지금 혼란의 극치에 빠진 사항이기도 하다.

죽음의 신 타르타로스── 지나칠 만큼 비밀주의로 좀처럼 다른 세력에 얼굴을 내밀지 않는 대신, 간계를 선호하고 타인의 목숨을 쓰레기처럼 여기는 극악무도한 성격.

그러나 반면 그 실력만은 육천신 중에서도 손꼽힐 만했다. 적어도 타나토스는 지금까지 그렇게 믿었다. 그런데 이렇게 어이없게 심지어 비참하게 끝나고 말았다. 그것을 도저히 받아들일 수가 없었다.

"글쎄, 한 가지 말할 수 있는 것은 손주의 관리 세계, 레무리아에 무언가 엄청나게 위험한 것이 움직이고 있다. 그것뿐일 테지."

데우스는 일단 말을 끊고 타나토스를 바라보았다.

"긴급 소집이다! 천군 회의를 열겠노라! 즉시 다른 육천신을 이 엘리시온으로 소집하라!"

대신 데우스의 명령에 타나토스를 비롯한 천군도 이때, 명확하게 움직이기 시작했다.

*＊＊

"전락신생, 정신생명체의 영혼을 강제로 이 세계에 떨어뜨려 탄생시키는 기프트인가. 그거 대단하네."

뭐, 억지로 이동된 정신생명체는 억울하겠지만.

"대단하다니, 마스터, 사안의 중대함을 알기는 하는가? 그건 그야말로 인간이 신을 낳는 것에 가까운 위업이오."

어이없다는 듯 말하는 아스타.

"인간이 신을 낳는다니. 다소 과장이 심하네. 확실히 루미네가 만들어낸 그 스사노오라는 정신생명체의 검술은 달인급이지만, 결국 하찮은 언데드에게 졌잖아. 그 정도에 불과해."

나는 그렇게 단언했다. 그 부왕이라는 쓰레기 언데드로부터 고블린 정도의 힘밖에 느끼지 못한 이상, 그것에 지는 존재가 신일 리가 없다. 만약 그렇다면 고블린이 신보다 강하다는 말도 안 되는 일이 벌어지고 만다.

"그거 진심으로 하시는 말씀인가?"

아스타가 움찔움찔 볼을 떨며 물었다.

"응, 그야 당연하지. 안 그래, 애들아?"

크게 고개를 끄덕이며 동석한 네메시스와 기리메칼라에게 동의를 구했다.

"아, 네······."

네메시스는 미묘한 미소를 지으며 나에게서 시선을 피했다.

"과연 우리 신이시여!"

두 손을 모으고 오열하는 기리메칼라. 전혀 영문을 알 수 없는 태도였다.

"아무튼 루미네 양은 앞으로도 틀림없이 노려질 것이오."

"그래, 나도 알아. 상대가 위험하게 여기는 이상, 보호는 필수겠지. 생각해볼게."

루미네가 기프트로 만들어낸 스사노오에게 기회를 보아 말을 걸어보자. 최소한 이번의 말단 마물 정도라면 단독으로 물리치도록 해야 한다. 뭐, 보아하니 검 실력은 상당했다. 단련하면 나름대로 강해질 것이다.

"주인님, 이번엔 멋대로 움직여서 정말 죄송합니다."

네메시스가 나에게 깊숙이 머리를 숙였다.

"흠. 넌 루미네를 위험에 노출시킨 것을 후회해?"

"아니요. 그 시련은 말하자면 그녀의 진정한 바람을 이루기 위한 것입니다. 저는 그 길을 보여준 것을 자랑스럽게 생각합니다."

라무네와 키키를 부왕이라는 괴물로부터 구한 게 루미네의 바람? 루미네가 영웅이라도 되고 싶었단 말인가? 루미네는 그런 타입이 아니라고 생각하는데.

"그럼 사과할 것 없어."

네메시스가 이번에 움직인 까닭은 오로지 루미네를 위해. 루미네의 안전도 충분히 확보되어 있었다. 그렇다면 내가 참견할 일이 아니다. 뭐, 확실히 신경은 쓰이니 라일라의 문병을 가는 김에 자연스럽게 물어보면 된다. 루미네의 성격상 화를 낼지도 모르지만.

  그 뒤로 나는 묵고 있는 숙소에서 나와 라일라가 입원한 바벨의 병원으로 향했다.

  바벨 안의 라일라가 있는 병실로 들어가려고 할 때였다.

  "카이 오빠……."

  누군가 나를 기어 들어가는 목소리로 부른다. 소리가 난 곳을 보니 희미한 저녁놀을 맞으며 루미네가 새침한 얼굴로 서 있었다.

  카이 오빠라. 루미네 녀석, 어린 시절에 부르던 호칭을 쓰다니. 요즘은 카이 하이네만이라고 본명을 부르는 일이 많았는데 무슨 심경의 변화지?

  "음. 루미네, 너도 건강해 보여서 다행이야."

  적당히 대꾸하는 나에게 루미네는 볼을 부풀리고 고개를 돌렸다.

  "구해줬으니까 당연하잖아."

  역시 간신히 들릴 정도로 작은 목소리였다.

  "참. 너에게 묻고 싶은 게 있어. 왜 스스로 라일라를 구하려고 했지? 위험하다고 생각하지 않았나?"

  분명 격노할 거라 생각했지만, 그녀는 나에게서 시선을 피하고 손가락을 꼬물거렸다.

  "……위험해져도 나의 영웅이 구해줄 테니까……."

  정말 솔직하게, 그런 망상으로 가득한 대답이 돌아왔다.

"아니, 그런 편리한 영웅이 세상에 어디 있어. 잘 들어, 다음 엔 절대 혼자 행동하지 말고 우리를 의지해. 알겠지?"

"응."

고개를 끄덕이는 루미네. 아무래도 이상하다. 평소의 루미네라면 여기서 화를 낼 때가 아니었던가.

"흠. 알면 됐어."

조금 뜻밖이지만, 이번에는 조심한다고 했으니 잘된 일이다.

병실로 들어가려고 할 때였다.

"카이 오빠."

"응?"

이름을 불려 돌아보려고 할 때, 루미네가 뒤에서 끌어안고 볼에 키스했다.

나는 갑작스러운 일에 당황했다.

"오빠에 한해서만은 언니에게도 지지 않을 테니까."

그녀는 그런 이해할 수 없는 말을 귓가에 속삭이고, 곧장 달려가 버렸다.

"흐음, 루미네 녀석, 라일라와 싸우기라도 했나? 아니, 라일라를 좋아하는 루미네가 그럴 일은 없나. 그렇다면 저 발언은 무슨 뜻이지?"

루미네의 기행과 말에 답을 찾았지만, 전혀 떠오르지 않는다. 뭐, 루미네는 옛날부터 갑자기 이해할 수 없는 말을 꺼내곤 했다. 생각해봐야 시간 낭비일지도 모른다.

이번에야말로 나는 라일라의 병실로 들어갔다.

"라일라, 나 왔어."

"카이!"

라일라는 얼굴을 환하게 빛내며 침대에서 일어나 나의 품에 뛰어든다.

"흠. 이제 괜찮아 보이네."

사실 상처는 보호하던 데이모스가 이미 완치시켰다. 지금은 사투 때문에 쌓인 피로를 생각해 만약을 위해 입원시킨 것이다.

"우후후, 카이의 냄새가 나요."

옛날에 했던 것처럼 라일라는 나의 가슴에 얼굴을 묻고 킁킁 냄새를 맡았다.

"씻고 왔으니 땀 냄새는 안 날 텐데."

"정말! 그런 뜻이 아니에요!"

그녀는 나에게서 떨어져 손을 뒤로 돌려 모으고 억울한 듯 화를 낸다. 그런 감정이 풍부한 모습에, 묘한 그리움과 함께 가슴 속이 따뜻해지는 것을 느꼈다.

"라일라, 정말 무사해서 다행이야."

나는 그녀를 살며시 안고, 안도하는 말을 건넸다.

***

흐릿하던 의식이 또렷해지며, 눈을 뜨자 낯선 천장이 시야에 들어왔다.

"이곳은……."

아직 제대로 돌아가지 않는 머리를 몇 차례 흔들자 그제야 악몽 같은 현실이 머릿속에 떠올라──.

"라일라!"

솜니는 침대에서 벌떡 일어나 자신의 마지막 긍지를 걸고 구하려던 소녀의 안위를 확인했다.

새하얀 시트를 깐 침대에 후각을 자극하는 독특한 알코올 냄새. 이곳은 의무실인가.

"이봐, 너, 라일라 씨의 이름을 부르며 일어나다니 무슨 생각이야!"

차가운 눈으로 갈색 머리 미소년이 솜니의 멱살을 붙잡았다. 이 소년은 솜니 정도는 안중에도 없을 만큼 유명하다. 로만 하이네만, 창왕의 기프트를 지닌 초인 중 한 사람이다. 솜니와는 비교도 안 될 만큼 압도적인 재능을 지녔다.

"그래! 언니의 꿈을 꿔도 되는 사람은 나뿐이야!"

소녀의 호통이 울렸다. 소리가 난 곳으로 고개를 돌리자 날카로운 눈으로 솜니를 노려보는 금색 단발머리 소녀가 있다. 그리고 그 옆에는──.

"그래, 무사했구나……."

단발머리 소녀 옆에 미소를 지으며 서 있는 웨이브가 진 긴 윌로우그린색 머리의 소녀── 라일라 헤르너. 다행이다. 이 소녀가 무사하다면 왼팔을 희생한 보람이 있다. 보답받았다고 할 수 있다.

"어라? 내 왼팔이?"

절단된 왼팔이 상처 하나 없이 달려 있었다. 그건 꿈이었나? 아니 그것은 꿈이라기에는 너무나 생생했다. 틀림없이 현실이다. 십중팔구 바벨탑의 회복 기술일 것이다. 확실히 자세히 보니 희미하게 절단면 같은 흔적이 있다. 일단 지금은 상황을 파악하는 것이 먼저다.

"우리는 어떻게 된 거야?"

라일라는 고개를 가로저었다.

"저도 정신이 드니 의무실에 눕혀져 있었어요. 그렇지, 루미네?"

"네! 맞아요, 언니!"

단발머리 소녀가 라일라에게 천진난만하게 웃으며 고개를 끄덕였다.

"그 개미 자식, 다음에 만나면 가만두지 않겠어!"

증오하는 표정으로 로만이 왼쪽 손바닥에 오른쪽 주먹을 부딪쳤다.

"라일라, 에그의 유해는 어떻게 됐지?"

설령 목만 남았더라도 유해는 그의 부모님에게 보내주고 싶다. 유해 앞에서 그의 부모님에게 사정을 말하고 사죄하자. 그것이 에그를 끌어들이고 만 솜니의 의무이자 사명이다. 솔직하게 그렇게 생각했다. 라일라는 눈썹을 찡그리고 의아한 듯 고개를 갸웃했다.

"유해라니, 에그는 죽지 않았어요."

그건 말도 안 되는 소리였다. 에그는 목을 절단당하여 숨이 끊어졌을 터. 그것을 솜니는 두 눈으로 똑똑히 보았다. 사망한 것은 틀림없는 사실이다.

"아니, 확실히 내가———."

그렇게 외치려는 순간, 문이 벌컥 열렸다.

"먹을 거 사 왔어!"

체격이 좋은 검은 머리 소년이 오른손에 천 주머니를 들고 방으로 들어왔다. 그 인물을 확인하고———.

"에, 에, 에그?!"

무심코 일어나 손가락질하며 놀란 소리를 내고 말았다. 그럴 만도 하다. 죽었을 터인 에그가 멀쩡하게 서 있었기 때문이다.

"응? 무슨 이야기 하고 있었어?"

"흥! 네가 죽었다고 하더라."

창왕——— 로만이 코웃음을 치며 에그에게 말해주었다.

"너무하네. 저, 안 죽었다고요."

솜니는 입을 삐죽이며 항의하는 에그의 곁으로 휘청거리는 발걸음으로 다가갔다.

"…………."

그리고, 여기저기 온몸을 만져 확인했다.

"뭐, 뭔가요?! 솜니 씨, 너무 징그러워요!"

질색한 표정을 짓는 에그의 모습에 온몸의 모공에서 절망감이 빠져나가는 듯한 안도감을 느끼고 바닥에 털썩 주저앉아 웃음을 터뜨렸다.

그 뒤 라일라와 에그에게 사정을 들었다.

에그의 기억은 그 소녀들에게 공격받은 부분까지고, 라일라의 기억은 대머리 남자를 괴물로 만든 사제에게 패배하여 검은 머리 검사에게 사로잡힌 부분까지였다. 정신이 들자 이곳 바벨의 의무실 침대 위에 눕혀져 있었다고 한다. 그로부터 여러 조직이 이 의무실을 찾아와 자세한 사정을 물었다. 그중 하나는 바벨, 다른 하나는 아멜리아 왕국의 조사부였다. 사실 그들은 사정을 대략적으로 파악하는 듯했고, 대부분 확인에 불과했다고 하지만.

"결국 나는 작은 골목대장에 지나지 않았던 모양이야."

어깨를 으쓱하고 자조적으로 말했다.

"아, 전 알고 있었어요."

에그가 매우 당연하게 솜니에게는 충격적인 사실을 입에 담았다.

"알고 있었다고?"

"네, 그거 꽤 유명할지도. 아니, 솜니 씨가 약하다는 말은 아니에요. 그래도 길버트 전하의 수호기사가 될 정도의 실력이나, 그 신성무도회에서 4강에 들어간 건 좀……."

에그가 집게손가락으로 볼을 긁으며 말하기 거북한 듯 대답했다.

"그렇구나. 다들 알고 있었나……."

정말 우스운 이야기다. 자신의 실력이라고 생각했는데 모두 아버지가 준비해준 덕분이었다. 게다가 그것을 알아차리지 못한 것은 전투의 초보와 솜니 자신뿐. 이만큼 우스꽝스러운 광대는 그리 없을 것이다.

"하지만 저도 비슷해요. 제가 왕국 기사학교에 붙은 것도 부모의 압력으로 평민을 억눌러서, 짜여진 코스를 달린 결과에 불과하니까요. 뭐, 제 경우에는 부모가 나중에 그냥 폭로해버렸지만."

혐오감을 감추려고도 하지 않고 에그가 그렇게 말을 이었다.

"그런가……."

그러고 보니 에그는 기사학교에 입학하고 알게 된 지 얼마 되지 않았을 때, 오로지 검의 길을 걸으며 검만 휘두르는 우직한 소년이라는 이미지였다. 그런데 어느새 제대로 검의 수행도 하지 않고 여자만 밝히는 소년이라는 인상으로 바뀌고 말았다. 에그는 에그대로 여러 가지가 있었을지도 모른다.

"그래서? 솜니 씨는 어떻게 할 건데요?"

아무래도 에그에게도 대략적인 사정은 전해진 모양이다. 저 망할 왕자의 수호기사에서 사실상 파면당한 이상, 바벨에 입학할 의미가 없다.

그러나 이대로 고향으로 도망쳐 돌아가는 것만은 자신의 자존심을 걸고 할 수 없다. 무엇보다 이제 아버지의 비호를 받으며 사는 것만은 절대 허용하지 못하겠다. 따라서——.

"나는 여기 바벨에 남겠어. 올해 떨어지더라도 이 도시에서 일하며 내년에 다시 도전할 거야."

강함을 얻는 방법은 아직 모르겠다. 하지만 이대로 수동적으로 살 수는 없다. 그렇게 생각했으니까.

"…………."

잠시 에그는 조용히 솜니를 바라보았다.

"솜니, 당신도 미련을 버린 모양이군."

그는 에그라고는 생각할 수 없는 어조와 목소리로 나직하게 중얼거리더니, 지금까지 본 적 없는 엄숙한 얼굴로 입을 다물어 버렸다. 그 에그답지 않은 모습에 당황하는 사이, 문이 열리며 노신사가 안으로 들어왔다. 노신사는 쓰고 있던 모자를 벗어 가슴에 대고 가볍게 인사했다.

"솜니 바렐 군, 우리 주인님이 자네와 면회를 원하시네. 따라와 주게."

노신사의 말은 부드러웠지만, 왠지 거부할 수 없는 강한 힘을 느꼈다.

"앗, 네."

동의하고 말았다. 옆에 있는 에그가 심각한 얼굴로 무언가 말하려고 하였다.

"괜찮습니다, 우리 주인님은 아멜리아 왕국의 어리석은 왕자 같은 버러지가 아닙니다. 더욱 더 고귀한 분입니다. 솜니 군의 안전은 약속드립니다."

노신사가 열의가 담긴 말을 하며 오른쪽 손바닥을 보여 그 말을 가로막았다. 그래도 아멜리아 왕국의 왕족인데 버러지라고 부르다니. 그런 말은 아멜리아 왕국 사람에게는 할 수 없다. 언동으로 보아 길버트와 반목하는 것 같고, 그럼 신용할 수 있을지도 모른다. 게다가 이 노신사의 부름은 거부할 수 없다. 그런 느낌이 든다.

"알겠습니다. 하지만 저만 가겠습니다."

아직 무언가 말하려는 에그를 제지하고, 그 눈을 바라보며 선언했다.

"네, 물론이고말고요."

노신사는 두 눈을 가늘게 뜨고 따라오도록 턱짓을 하고는 먼저 걸어갔다.

노신사가 안내한 곳은 일반 학생의 거주구에 있는 낡은 저택이었다. 솔직히 어떤 왕족의 저택에라도 안내받을 것이라 생각했던 솜니는 놀란 눈을 하고 그 저택의 거실 같은 방 앞에 도달했다. 노신사가 문앞에서 돌아보았다.

"잘 들으세요. 이 안에 있는 것은 극히 일부를 제외하면 이 세상의 누구보다도 강하고 무서운 분들뿐입니다. 모쪼록 예의를 잊지 않고 행동하여 주십시오."

그는 몹시 악질적인 미소를 짓고 그렇게 주의를 주었다. 귀까지 올라간 입꼬리에 붉게 물든 두 눈. 그 사람이라고는 생각할 수 없는 모습에 마른 침을 삼켰다.

"네, 넵!"

턱을 당기며 승낙했다. 이것은 동물적인 위기의식이라는 것일지도 모른다. 이때 솜니는 이 노신사에게는 절대 거슬러서는 안 된다. 그렇게 확신하였다. 노신사는 다시 미소를 지으며 만족스럽게 고개를 끄덕이고 목제 문을 두드렸다.

"들어와라."

굵은 남자 목소리와 함께 문이 천천히 열렸다.

"힉?!"

솜니의 입에서 나온 것은 비명. 이때만은 자신을 겁쟁이라고 책망할 수 없었다. 왜냐하면 방에 있는 대부분은 인간이라고는 생각할 수 없는 모습이었기 때문이다.

거대한 코가 긴 괴물에 사자 머리가 달린 괴물, 용 머리가 달린 괴물, 등에 붉은 날개가 달린 빨간 머리 청년, 아홉 개의 꼬리가 달린 아름다운 은발 여성, 이마에 뿔이 난 삼백안에 키가 큰 남자가 위풍당당하게 서 있었다.

'위험해!'

이유가 뭘까? 저들은 분명히 위험하다. 그것만은 뼈저리게 이해했다.

튀어나올 듯이 뛰는 심장에 거친 호흡, 시야까지 흐릿해졌다. 떨리는 다리에 힘을 주어 필사적으로 의식을 유지하려고 할 때였다.

"흠, 인간으로서는 드물게 우리 힘을 파악하는가. 제법 감이 예리해 보이는군."

붉은 날개가 달린 청년이 말했다.

"감이라고? 이 아이, 우리에 대해 꽤 정확하게 이해하고 있어."

이마에 뿔이 돋은 삼백안 남자가 팔짱을 끼며 감탄했다.

"인간은 궁지에 몰리면 특수한 능력을 발현하는 자가 있다고 들었어. 아마 그런 것 아닌가?"

흥미로운 듯 발언하는 사자 머리 괴물에게,

"적어도 그 주제도 모르는 언데드들보단 나아."

삼백안 남자가 맞장구를 쳤다.

"아무튼 이대로 놔둘 수야 없지."

코가 긴 괴물이 두 손을 짝 마주치자 갑자기 지금까지 느껴지던 엄청난 공포가 사라졌다.

"보기와 다르게 재주가 많네요."

은발 여성이 감탄한 듯 말했다.

"흥! 그 녀석은 옛날부터 치졸한 잔재주만 쓸데없이 잘했으니까."

용 머리 괴물이 악담을 퍼부었다.

"힘으로 밀어붙이는 것밖에 못 하는 도마뱀이 할 말은 아닌데."

코가 긴 괴물이 쏘아붙이듯이 외쳤다.

"음흉한 짐승 따위가 우리를 도마뱀이라 부르는가?"

용 머리 괴물이 충혈된 눈으로 노려보며 입에서 작은 불을 뿜었고, 코가 긴 괴물의 세 번째 눈이 수상하게 빛났다.

"벨제바브데부♬ 벨제부부데부♪"

기묘한 콧노래와 함께 방 중심에 홀연히 나타난 이족보행 파리. 동시에 방 안쪽의 문을 향해 이족보행 파리가 무릎을 꿇었다. 지금까지의 험악한 분위기와 달리 이형들도 일제히 같은 방향을 향해 무릎을 꿇었다. 노신사와 검은 해골 남자가 정중하게 문을 열자, 몇 명의 사람이 방으로 들어왔다.

그 중심에 있는 회색 머리 소년을 시야에 넣은 솜니는——.

"앗——?!"

경악하고 말았다. 그럴 만도 하다. 머리에 후드를 쓴 남녀의 중심에 있는 회색 머리 소년은 얼마 전까지 솜니가 가장 큰 배신자라 무시하던 카이 하이네만이었기 때문이다.

카이 하이네만의 기프트는 '이 세상 제일의 무능'이다. 즉, 이 세상에서 가장 재능이 없는 인물이라고 해도 과언이 아니다. 그런데 이형들은 그가 대동한 다른 사람이 아닌 카이 하이네만에게 무릎을 꿇었다. 카이 하이네만은 무릎을 꿇은 이형들을 쭉 둘러보고 뒤에 있는 모노클을 쓴 미녀를 돌아보았다.

"이번 일로 이 멤버가 모일 필요가 있던가?"

그건 어딘가 어이없다는 듯한 질문이었다.

"이 건으로 특수한 다른 세력도 얽힌 모양이니 당연하지 않을까 하오."

"그런가. 알겠어. 너희도 수고했어."

카이 하이네만의 치하하는 말에 다시 머리를 숙이는 이형들. 그 너무나 이상한 분위기 속에서, 카이 하이네만은 함께 방으로 들어온 머리에 후드를 뒤집어 쓴 남녀를 바라보았다.

"보아하니 주근깨 소년이 아직 오지 않은 모양이야. 도착할 때까지 잠시 여기서 쉬고 있어."

입꼬리를 올리며 그런 말을 건네자,

"앗, 네. 알겠습니다."

하얀 로브를 입은 여성이 후드를 벗고 어쩐지 긴장된 웃음을 지으며 고개를 끄덕였다. 동석한 다른 사람들도 차례로 그 뒤를 따랐다. 그 인물들을 확인하고,

"이네아 님! 아르놀트 기사장님!"

무심코 놀란 소리를 내고 말았다. 당연하다. 저 두 사람은 아멜리아 왕국의 기사로, 이곳 바벨에서 시험을 보는 사람이라면 누구나 안다. 저 찰랑거리고 탐스러운 금발에 하얀 로브를 입은 여성은 바벨의 통괄학교장 이네아 렝렝 로렐라이다. 그리고 대검을 멘 푸른 머리에 수염을 기른 남자는 아멜리아 왕국 최강 기사, 아르놀트 기사장이다.

"그럼 일단 차라도 마시고 있어줘."

카이 하이네만이 방 중심에 있는 길다란 목제 테이블로 모두를 이끌며 자신도 그 자리 중 하나에 앉았다.

앞머리를 가지런히 자른 미녀가 과자와 음료 같은 것을 내주었으나, 극도의 긴장감 때문인가 맛은 전혀 모르겠다. 그저 방에는 컵을 접시에 놓는 소리만 달그락달그락 크게 울렸다. 좌불안석인 상황 속에 다시 문이 열리자──.

"늦었습니다. 데려왔어요."

분홍색 머리 여성과 2메르는 될 근육질에 야성적인 외모의 남자가 콧잔등에 주근깨가 난 얌전해 보이는 소녀를 데리고 방으로 들어왔다.

'로제마리 왕녀 전하도?!'

저 분홍색 머리에 아름다운 외모, 잘못 봤을 리가 없다. 저것은 로제마리 왕녀 전하다.

이제 머리가 터질 것 같은 가운데──.

"데려왔습니다!"

"데려왔어!"

"데려왔다고!"

이어서 흰색과 검은색을 바탕으로 한 옷을 입은 금발 여자아이와 은발 수인족 여자아이 두 소녀가 안으로 달려와 카이 하이네만을 끌어안고 그 배에 얼굴을 묻었다. 금발 여자아이의 머리 위에 얌전히 앉아 있던 하얀 강아지도 카이 하이네만의 품에 뛰어들어 그 얼굴을 할짝할짝 핥기 시작했다.

"수고했어. 자, 구운 과자가 있으니 너희도 앉아서 먹어. 펜, 너는 약속한 함박 스테이크야."

카이 하이네만이 두 사람과 한 마리의 머리를 다정하게 쓰다듬고, 옆자리에 앉도록 지시했다.

"와아, 과자예요!"

"과자! 과자!"

"함박 스테이크!"

"예의 바르게 해야지."

두 사람과 한 마리는 자리에 앉자마자 먹으려고 했지만, 카이 하이네만에게 주의받았다.

"네, 입니다!"

"네."

"네, 네, 네!"

두 아이는 나이프와 포크를 이용해 먹기 시작했고, 하얀 강아지는 꼬리를 붕붕 흔들며 고기를 먹었다.

"자, 바로 회의를 시작하자."

카이 하이네만의 말에 모두 자리에 앉았다. 이렇게 솜니에게는 처음인, 세계 수준의 회의가 시작되었다.

"흠, 그럼 이번 건에 얽혀 있던 건 바벨의 부학교장 크라브 안 슈타인파의 사람들이라고?"

카이 하이네만이 집게손가락으로 테이블을 두드리며 그렇게 이네아 님에게 물었다.

"네. 적어도 저의 부하들은 연관되지 않았습니다."

"학교장파는 몰랐으니 책임이 없다. 그렇게 말하고 싶은 건가?"

카이 하이네만이 테이블을 두드리던 것을 멈추고 조용히 물었다.

방에 있는 바벨에서 온 동석자 같은 사람들이 마른 침을 삼키는 소리가 고막을 흔들었다.

"아니요, 저만은 이 건을 알아차리고 당신을 이용하려고 했습니다."

카이 하이네만은 잠시 조용히 이네아를 응시하였으나, 뒤에서 대기하는 코가 긴 괴물을 힐끗 보더니 크게 한숨을 내쉬었다.

"뭐, 됐어. 뒤에서 귀찮은 녀석이 얽혀 있었던 듯하고, 나의 부하가 관여하면서 학생에 대한 안전성은 보장되었어. 무엇보다 나에게 피해가 없었거든. 그러니 이번만은 너희의 행위를 불문에 부치지. 그러나 이번만이야. 나는 이용당하는 걸 정말 싫어해."

"명심하겠습니다."

이네아의 대답을 계기로 바벨의 동석자들로부터 악몽에서 깨어난 듯한 한숨이 새어 나왔다.

그것은 단 한 명의 소년의, 심지어 이 세상 제일의 무능한 자의 말에 불과하다. 그런데 이네아 학교장을 비롯한 바벨의 동석자들이 진심으로 그 결정에 안도한 것이 솜니에게도 느껴졌다.

"우리는 크라브라는 어리석은 자의 제재를 마쳤어. 이 건으로 바벨의 나머지 처리는 너희가 해."

"네. 약속드리겠습니다."

이네아 학교장이 테이블 밑으로 두 주먹을 쥐고 좋아하는 것을 발견하고, 바벨이라는 세계에서도 손꼽히는 거대한 조직의 정점에 군림하는 여성이 카이 하이네만을 진심으로 두려워한다는 것을 실감했다.

"다음은 아멜리아 왕국 건인가. 로제, 미안하지만——."

카이 하이네만이 로제마리 왕녀 전하를 힐끗 보며, 그로서는 드물게 입을 어물거렸다.

"괜찮습니다. 부하 살해는 왕족에게 최대의 금기. 그것을 범하려고 한 자는 동정할 수 없어요. 설령 그것이 피를 나눈 친동생이더라도."

카이 하이네만이 로제마리 왕녀는 눈썹 언저리에 결의의 빛을 띄우고 단호하게 선언했다.

카이 하이네만은 고개를 끄덕이고 솜니에 이어 주근깨 소년에게 시선을 옮겼다. 그 주근깨 소년은 견습 기사 테토루다. 테토루는 아멜리아 왕국에서는 하급귀족 출신이지만, 대대로 왕가를 섬긴 기사 가문이다. 따라서 길버트를 어른 시절부터 쭉 모셔왔다. 바벨에서 다니던 학교가 최악이라고 알려진 오보로 학교인 것도 있어서, 타무리를 비롯한 다른 수호기사에게 무능하다고 경멸당하며 매일 심하게 괴롭힘을 당했던 모양이지만.

"이미 알겠지만, 아멜리아 왕국 제1왕자 길버트 로트 아멜리아가 이번 소동의 주모자야. 적지 않은 사람이 죽은 이상, 무슨 일이 있어도 책임을 져야 해. 아르, 왕국 측은 그래도 상관없겠지?"

"괜찮아. 폐하께도 허락받았으니."

아르놀트 기사장이 씁쓸한 표정으로 고개를 끄덕였다.

카이 하이네만은 테토루와 솜니를 찬찬히 바라보았다.

"너희는 길버트가 미운가?"

단도직입적으로 그렇게 묻는다.

밉냐고? 죽을 뻔했어! 그야 당연하지! 게다가 그 녀석은 라일라와 에그 같이 상관없는 사람까지 한꺼번에 처분하려고 했다. 단순히 솜니가 약하다는, 오직 그 이유 때문에.

"밉습……니다."

입밖으로 나온 것은 스스로도 오싹할 만큼 원망하는 소리.

"나도 이제 믿을 수 없어."

테토루도 테이블에 시선을 고정하고 온몸을 덜덜 떨면서 힘겹게 말했다.

분명 테토루도 길버트에게 버려졌을 것이다. 소꿉친구인 부하조차 처분하려고 한 건가. 정말 그 얼간이는 구제불능이다. 로제마리 왕녀의 얼굴이 비통하게 일그러졌고, 아르놀트 기사장이 씁쓸한 표정을 짓는 것이 보였다. 그래도 안 된다. 무슨 일이 있어도 쉽게 모든것을 배신한 그 남자만은 용서하지 못하겠다.

"그럼 질문하마. 너희는 길버트가 죽는 것을 허용할 건가?"

"뭐?"

목에서 나온 놀란 소리. 바로 카이 하이네만의 얼굴을 확인하자, 진지한 얼굴로 솜니와 테토루를 응시하고 있다.

"잘 들어. 나는 싸움을 걸어온 녀석은 봐주지 않아. 설령 아무리 미숙하고 부족하더라도 나의 소중한 사람을 해치려고 한다면 완벽하게 갚아줄 거야. 길버트는 나의 소중한 사람을 해치려고 했어. 따라서 그의 행선지는 이미 정해졌어. 그래, 이대로라면 말이지."

"이대로라면?"

"그래, 이번에 우리 싸움에 너희 두 사람이 휘말리고 말았거든. 이건 나의 실수야. 그러니 너희 두 사람에게 나를 막을 권리를 주마. 너희는 내가 길버트를 죽이는 것을 허용하겠나?"

그 질문이 농담이나 장난이 아니라는 것은 그의 표정을 보면 자연히 알 수 있었다. 그리고 로제마리 왕녀 전하와 아르놀트 기사장의 모습을 보아도 이 남자는 틀림없이 그것을 실행할 것이다. 그런 확신도 들었다.

"그 녀석을 죽이는 걸 허용한다니……."

죽이고 싶을 만큼 밉다. 그것은 거짓 없는 솜니의 본심이다. 그런 비정한 왕자 따위 이 세상에서 사라지는 편이 오히려 아멜리아 왕국을 위해서는 낫다. 그것도 틀림없는 사실이다. 만약 죽여도 된다고 해도 죄책감 따위는 조금도 느끼지 않을 것이다. 그만큼 길버트를 증오한다. 하지만──.

'그럴 순 없겠지……'

솜니가 신성무도회에서 부정을 저지른 아버지를 미워할 수 없 듯이, 그런 어쩔 도리가 없는 남자에게도 가족이 있다. 로제마리 전하의 이 세상이 끝난 듯한 얼굴을 보면 그것은 일목요연하다. 사이가 나쁘다고 유명한 왕녀 전하도 이럴 정도다. 국왕 폐하를 비롯한 왕족들도 비통하게 얼굴을 일그러뜨릴 것이다. 그것은 솜니에겐 허용할 수 있는 일이 아니다. 게다가── 아니, 지금 그것은 생각할 때가 아니다.

"저는 길버트의 죽음을 바라지 않습니다."

"저는 길버트 전하의 죽음을 바라지 않습니다."

솜니의 결의에 찬 대답은 테토루의 말과 딱 겹쳐졌다.

카이 하이네만은 두 사람을 잠시 조용히 응시했다.

"알겠어. 죽이지 않아. 그러나 그냥 넘어갈 마음도 없어. 길버트는 내가 내리는 시련을 치르도록 할 거야. 그걸로 됐지?"

"무, 물론입니다!"

왕녀 전하는 울먹이며 몇 번이나 솜니와 테토루에게 "고마워요"라고 반복했다.

그 모습에 너무나 가슴이 아팠다. 동시에 솜니에게는 하나의 커다란 마음이 싹트는 것도 느껴졌다.

"그런데 응석꾸러기 왕자에게 제재를 가할 수 없다면, 책임은 누가 지는 거야? 아무리 그래도 일이 커진 이상 아무 처벌도 안 내릴 순 없잖아?"

근육질에 야성적인 외모의 남자가 소박한 질문을 입에 담았다.

"물론 생각하고 있어. 그 타무리라는 바보 기사야. 그에게 모든 책임을 떠넘기고 처단하겠어. 뭐, 처형되어 죽든, 벨제의 장난감이 되어 죽든 그리 차이는 없으니까. 어느 쪽이든 같은 죽음이야."

카이 하이네만은 오싹한 미소를 지으며 그렇게 단언했다.

"여전히 사부는 무섭네."

야성적인 외모의 남자가 진지하게 하는 말에 핏기가 가신 이네아 학교장과 바벨 사람들. 반면 아르놀트 기사장은 어깨를 으쓱하고 쓴웃음을 지을 뿐이었다.

"우리의 문제에 너희 두 사람이 휘말리고 말았어. 미안해. 무언가 바라는 건 없나? 가능한 한 편의를 봐줄게."

바라는 것이라. 솜니에겐 선택의 여지조차 없다. 바로 강해지는 것!

힘이 없으면 아무것도 잡지 못하고, 지키지 못한다는 것을 잘 알았으니까.

"저를 강해지게 해주십시오."

진심으로 바라는 소원을 밝혔다. 이 사람에게 가르침을 구하자. 그것이 강해지는 지름길이다. 지금이라면 왜 솜니의 친구가 카이 하이네만의 시합을 보고 달라졌는지 이해할 수 있다. 이 사람은 강하다. 게다가 분명 이 세상의 누구보다도 압도적으로.

그것은 이 괴물들을 부리는 것을 보아도 확실하다.

"강해지게 해달라……."

카이 하이네만은 잠시 눈을 가늘게 뜨고 솜니를 응시하였다.

"저, 저도 부탁드립니다."

테토루도 카이 하이네만에게 머리를 숙였다. 이형들이 술렁거렸다. 설마 두 사람이 그런 요구를 할 줄은 생각하지 못한 모양이다.

"강해지게 해달라니, 우리에게 말인가?"

"아니, 대화의 흐름으로 보아 주인님께 부탁했겠지."

"안 돼! 안 되는 게 당연해! 주인님께 직접 가르침을 구하다니 너무 부럽── 아니, 바쁜 분께 부담을 주다니 말도 안 돼! 제가 맡겠습니다!"

코가 긴 괴물의 외침에,

"이봐, 기리메칼라, 뭘 혼자 멋대로 앞서가는 거야?!"

뿔이 돋은 삼백한 남자가 이마에 핏대를 세우고 외쳤다. 이형들이 앞다투어 솜니와 테토루의 스승을 자처했다.

"아니, 확실히 이번 책임은 나에게 있어. 내가 해도 괜찮아. 그래도 괜찮겠나? 나는 너희 아버지와 적대하는데?"

"아버지와는 이미 길이 달라졌습니다. 더는 같은 길은 걷지 않겠습니다."

그렇게 단호하게 선언했다.

"너도?"

크게 고개를 끄덕이는 테토루를 보고, 카이 하이네만은 머리를 난폭하게 긁었다.

"좋아. 내가 너희를 단련시켜주마."

그것은 두 사람이 가장 바라는 대답이었다.

"가, 감사합니다!"

솜니와 테토루는 동시에 머리를 숙였다.

"다만 검술만이야. 나는 검사야. 그 외에는 가르칠 수 없어. 그래……."

카이 하이네만이 그렇게 말하고는 잠시 턱에 손을 대고 생각에 잠겼다.

"데이모스, 네가 이 두 사람에게 마술을 가르쳐."

검은 해골에게 그렇게 지시를 내렸다.

"제가…… 맡아도 되겠습니까?"

검은 해골이 다른 이형들을 힐끗 보더니 조심스럽게 물었다.

"불만이야?"

"당치도 않습니다! 단지 저 따위가 그런 큰 역할을——."

"저번 일은 라일라를 구한 걸로 청산했어. 이제 그만 잊어."

"절대 그럴 수 없습니다."

카이 하이네만은 크게 한숨을 내쉬었다.

"미안하다고 생각하면 네가 그 두 사람을 가르쳐! 인간 아이를 가르치는 거니까, 원래 인간이었던 네가 더욱 적절할 거야."

카이 하이네만은 반론을 용납하지 않는 어조로 엄명했다.

"네! 반드시!"

데이모스가 무릎을 꿇고 머리를 숙였다. 지금까지 흥미롭게 상황을 지켜보던 2메르는 될 근육질에 야성적인 외모의 남자가 자리에서 일어나 기뻐하는 얼굴로 두 사람의 자리로 다가왔다.

"잘 부탁해, 제자 후배들!"

등을 난폭하게 두들겨졌다. 이것은 솜니와 테토루가 세계의 명운을 좌우하는 무대에 오른 순간이기도 했다.

***

——바벨 북부의 고급 주택가 개인실.

"무능과 솜니를 제거했다는 보고는 아직 오지 않았나?"

아멜리아 왕국 제1왕자 길버트 로트 아멜리아가 치밀어오르는 짜증을 달래듯이 발바닥으로 바닥을 리드미컬하게 구르며 새로 필두 기사가 된 팔자수염을 기른 수호기사에게 물었다.

"걱정하지 마십시오. 저희는 능력 없는 전임 상급기사들과는 다르니까요."

자세를 바르게 하며 자랑하는 팔자수염을 오른손으로 잡고 대답하는 수호기사.

"당연하지! 엄청난 돈을 지불하고 고용했어! 도움이 되지 않으면 곤란해!"

짜증스럽게 외치는 길버트에게 수호기사들은 조용히 미소를 지었다. 그 태도에 담긴 것은 강렬한 자신감, 그리고 목숨과 긍지를 제물로 삼아 영광을 얻어냈다는 자부심이었다.

그들은 길버트가 거액의 보수를 약속하고 전 세계에서 수호기사로 스카우트한 무사들이다. 헌터, 용병, 그리고 뒷세계의 병사들. 각각 일기당천의 실력을 지닌 용맹한 자들이다.

지금까지는 기사 중에서도 일정한 무공을 획득한 상급기사만 수호기사로 삼았다. 그러나 솜니의 미숙함과 무능에게 쉽게 패배하는 타무리의 터무니없는 나약함에 그 관례를 깨고 현재의 실력을 수호기사 채용의 유일한 기준으로 세웠다.

"네, 충분히 공을 세워보이겠습니다."

"말로는 뭘 못 해. 실제로 공을 세워봐!"

"네, 그럴 생각이고말고요."

역시 미소를 잃지 않고 수염을 잡으며 고개를 끄덕이는 필두기사.

"그런데 둘을 제거한 뒤의 처리는?"

길버트는 방 중심에 있는 호화로운 의자에 앉아 두 눈을 감고 크게 숨을 내뱉은 뒤 물었다.

"무능이 토우코츠를 고용하여 솜니를 살해. 무능을 죽여 솜니의 원수를 갚았지만, 토우코츠와 동시에 타무리는 명예롭게 전사. 그런 시나리오가 되도록 준비하였습니다. 쓸모없는 것들이라고 해도 전하의 전 필두 기사가 간단히 패배하고 말아서는 귀하의 존안에 먹칠을 하게 되니까요."

"그렇게 해. 그런데 정말 문제 없겠지?"

"네, 준비는 완벽합니다. 슬슬 부학교장에게 낭보가 전해질 무렵이겠지요."

"그런가……."

길버트는 의자에 앉아 안도하여 한숨을 크게 내쉬었다. 이것으로 주제도 파악하지 못하고 왕족인 길버트에게 불경을 저지른 무능한 자를 제거했다. 덤으로 도움이 안 되는 솜니와 타무리의 처리, 이어서 무능한 견습 기사도 제거할 수 있었다. 길버트의 수호기사는 큰 폭으로 전력을 강화하였으니 생각보다 좋은 결말이다.

특히 무능을 로열 가드로 삼은 로제를 놀라게 한 것도 크다. 왕위 결정전에서 왕족과 로열 가드는 머리와 손발처럼 결코 떨어뜨릴 수 없는 관계다. 죽었다고 바로 교체할 수 있는 것이 아니며, 그 페널티는 상당히 크다. 적어도 왕위 결정전 승리로부터는 한없이 멀어진다.

"이것으로 로제도 탈락인가."

길버트가 입꼬리를 올렸을 때, 귀청을 찢을 듯이 폭발하는 소리가 울려 퍼지며 건물을 크게 흔들었다.

"무, 무슨 일이냐?!"

자리에서 벌떡 일어나 외치는 길버트의 목소리에 팔자수염을 기른 남자가 아까와는 달리 진지한 얼굴로 부하인 오른쪽 볼에 도마뱀 문신을 한 수호기사를 향해 턱짓을 했다.

"…………."

볼에 도마뱀 문신을 한 수호기사가 허리에서 나이프를 뽑고 신중하게 중심을 낮추며 방 입구로 다가가 문에 몸을 밀착시키고 열려고 할 때——.

"응?"

문에 몇 개나 되는 선이 그어져 도마뱀 문신을 한 수호기사는 인상을 찡그렸다. 그 직후, 문이 그 수호기사와 함께 파편이 되어 분해되고 말았다.

"각자 임전태세! 왕자를 지켜라!"

팔자수염을 기른 남자가 방 전체에 울려 퍼지도록 크게 외치자, 수호기사들이 길버트를 감싸듯이 전면으로 이동하여 각자 무기를 들었다. 그 흔적도 없이 분해된 문으로 회색 머리 소년이 모습을 드러냈다.

"어, 어떻게 네놈이?!"

길버트의 입에서 튀어나오는 경악한 목소리. 그럴 만도 하다. 이국의 옷을 입은 평범한 체구의 어린아이 같은 외모. 그것은 이번에 처분되었을 터인 카이 하이네만이었기 때문이다.

"죽여라."

팔자수염을 기른 남자가 조용히 지시하자, 짧은 빨간 머리의 덩치 큰 기사가 엄청난 속도로 카이 하이네만에게 다가가 대검을 휘둘렀다. 대검이 폭풍을 휘감고 카이 하이네만의 목으로 다가갔지만 오른손에 든 목도로 간단하게 튕겨나갔고, 이어서 남자의 온몸이 산산조각 나고 말았다.

"세, 세상에……."

옆에서 팔자수염을 기른 남자가 간신히 말을 쥐어 짜냈다.

"바보 왕자, 얌전히 따라와. 거부는 용납하지 않으니 저항해도 소용없어."

카이 하이네만이 마치 팔자수염을 기른 남자 따위는 안중에도 없다는 듯 오만불손한 태도로 길버트에게 명령했다.

"허, 헛소리하지 마! 무능 주제에! 저자를 죽여라!"

주위 수호기사들에게 명령하였다.

"…………"

아무도 움직이지 않고 잘게 떨기만 했다.

"말이 안 들리느냐! 왕자인 내 명령이!"

질타하였지만, 역시 아무도 꿈쩍도 하지 않는다.

"소용없어. 그들의 눈은 이미 패배자의 눈이야."

카이 하이네만이 그렇게 혼잣말했다.

"뭐 하는 거냐! 어서 죽여!"

다시 목이 찢어지도록 큰소리로 명령했다.

"못 합니다…… 그에겐 절대로 이길 수 없습니다."

지금까지 밉살스러울 만큼 여유로웠던 팔자수염을 기른 남자가 간신히 대답했다.

"허튼 소리하지 마! 네놈들을 고용하는 데 얼마나 쓴 줄 알아?!"

격노하는 길버트의 모습에 카이 하이네만은 성가신 듯 얼굴을 찡그리고 왼손에 들고 있던 천 자루를 던졌다.

"흠. 그래, 먼저 현재 상황부터 인식해야겠어. 그 자루의 내용물을 확인해. 그건 네가 이번 음모를 맡긴 어리석은 자의 것이야."

위협적인 어조로 지시를 내린다. 그 너무나 무례한 태도에 속이 뒤집어지는 굴욕감을 느꼈다.

"네 이놈, 이 내가 누군 줄 알고――."

목소리를 높였으나, 갑자기 시야가 천장과 바닥을 여러 차례 회전하더니 목제 바닥에 얼굴을 박았다.

"크억?!"

코에 느껴지는 열기. 그것이 강렬한 아픔이라고 깨달은 순간, 길버트는 카이 하이네만에게 머리채를 잡혀 있었다.

"봐, 제대로 네 손으로 확인해. 그건 너의 어리석은 행위 때문에 이 세상을 떠난 남자의 말로니까."

카이 하이네만이 무섭고 차가운 목소리로 그렇게 명령하고는 길버트를 주머니 앞으로 내던졌다.

"나, 날 어서 구해!"

상반신만 일으키고 수호기사들에게 명령하였으나, 역시 고개만 숙이고 움직이는 자는 없다.

"정말 학습 능력이 없는 녀석이네."

카이 하이네만의 한심해하는 말이 끝난 직후, 다시 얼굴에 불꽃이 튀었다. 뒤늦게 엄청난 고통이 밀려왔다.

"다시 한번 말한다. 그 자루를 열어."

"무례한―― 꾸엑!"

역시 바닥에 처박히는 얼굴. 그 버티기 힘든 고통에,

"아, 알겠어! 볼 테니까 이제 그만해!"

길버트는 필사적으로 애원했다. 잡힌 머리채가 풀리며 앞으로 퍽 고꾸라지면서 눈앞의 천 자루를 열었다. 거기서 나온 것을 확인하고――.

"이히이이익?!"

비명을 지르며 바닥에 내던졌다. 바닥에 데굴데굴 굴러가는 것은 노인의 머리다. 아니, 아는 얼굴이다. 그것은 카이 하이네만의 제거를 부탁했을 터인 이곳 바벨의 부학교장이었다. 그 부릅뜬 두 눈과 공포로 일그러진 표정은 길버트로 하여금 싸악 소리를 내며 핏기를 가시게 했다. 이어서 강렬한 구토감이 강하게 일어서——.

"우웩!"

바닥에 토사물을 흩뿌렸다.

"이 정도로 충격받지 마. 애초에 넌 이 수십 배에 달하는 나쁜 짓을 저질러왔잖아?"

눈물을 흘리며 토하는 길버트를 벌레라도 보는 듯한 눈으로 내려다보며, 카이 하이네만은 얼어붙을 듯한 목소리로 물었다. 그 물음에 전혀 대답하지 못하고, 시큼한 것이 치밀어올라 입을 막고 바닥에 토했다.

"사실은 너도 벨제에게 처리시킬 생각이었거든. 그런데 너 같은 쓰레기라도 죽이지 말아달라고 부탁하는 기특한 사람들이 있었어. 물론 국왕이나 로제는 아니야. 가족이 뭐라고 해도 나는 결정을 번복할 마음이 없었으니까."

"그 장소로 끌고 가."

카이 하이네만은 이국의 의복에 모노클을 쓴 아름답고 중성적인 외모의 여성에게 그렇게 명한다.

"알겠소. 그럼 이 녀석들은 어떻게 할 생각이오?"

"어떻게 할까……."

"으아⋯⋯."

카이 하이네만이 시선을 보내기만 했는데, 길버트의 수호기사들이 주인을 버리고 곧장 도주하려고 했다.

"어리석군. 수치심도 없이 아이를 죽이려고 한 바보들을 이내가 봐줄 리가 없는데."

카이 하이네만의 모습이 흐릿해졌다. 이어서 문으로 향했을 터인 기사들의 목이 날아가며 실이 끊어진 인형처럼 바닥에 풀썩 쓰러졌다. 그리고 문앞에서 오른손에 새빨간 피로 물든 목도를 들고 서 있는 카이 하이네만.

"우리는 항복하겠어."

"안 돼. 너희는 너무 지나쳤거든. 미숙한 아이를 죽이려고 한 시점에 너희의 운명은 정해졌어."

"큭!"

핏기가 가신 얼굴로 팔자수염을 기른 남자가 몇 걸음 뒤로 물러나려고 하였다

"마지막 온정이다! 검사로서 죽여주마. 죽을 각오로 덤벼!"

카이 하이네만이 입꼬리를 씩 올리고 그렇게 외쳤다.

"젠장! 젠장! 젠자아아앙!"

남자들은 원통함으로 가득한 목소리로 외치며, 카이 하이네만에게 덤벼들었다. 카이 하이네만은 오른손에 든 목도를 천천히 위로 치켜들었다.

순간 남자들의 온몸에 선이 그어지며 몸이 조각나 바닥에 떨어졌다.

실내에 남은 것은── 엉망이 되어 원형조차 남지 않은 사체와 넓은 피 웅덩이.

"히이이이이이이익!!"

지금까지 최강이라고 생각하여 고용했던 각계의 강자들이, 눈 깜짝할 새도 없이 다진 고기가 되고 말았다. 그 사실에 온몸의 혈액이 역류할 만큼 공포가 밀려와 있는 힘을 다해 비명을 질렀다.

──무섭다.

카이 하이네만의 정체를 알 수 없는 강함이!

──소름 끼친다!

카이 하이네만의 인간을 죽인 것에 아무런 감정도 느끼지 않는 모습이!

이제 길버트에게 카이 하이네만은 인간의 가죽을 뒤집어 쓴 괴물로만 보였다. 따라서 도망치려고 하였지만, 다리에 힘이 들어가지 않아 엉덩방아를 찧었다.

"뒤처리는 바벨한테 맡기자."

카이 하이네만이 혼잣말처럼 그렇게 중얼거렸을 때, 길버트는 모노클을 쓴 여자에게 뒷덜미를 잡혔다. 곧이어 길버트의 의식이 암전되었다.

꿈속을 헤매던 의식이 갑자기 온몸을 덮친 차가움에 급속도로 깨어나 상반신을 벌떡 일으켰다. 그곳은 주위가 녹색 바다로 둘러싸인 밀림이었다. 그리고 길버트의 곁에는 낯익은 얼굴이 세

명 서 있다.

"아버지…… 재상……?!"

그리고 길버트는 마지막 한 사람을 발견하고 강렬한 공포와 경악으로 명치를 맞은 듯이 목소리도 내지 못하게 되었다. 세 사람은 그런 길버트는 개의치 않고 말하기 시작했다.

"이런 모자란 녀석이라도 내 아들이야. 기회를 준 것에 감사를 표하지."

아멜리아 왕국 국왕 에드워드 로트 아멜리아가, 카이 하이네만에게 감사 인사를 했다.

"감사라면 솜니 소년과 그 주근깨 소년에게 해. 그들은 그런 일을 당했으면서도 결국 거기 있는 쓰레기가 극형을 피하기를 바랐어. 내가 거기 쓰레기에게 기회를 준 것은 그들의 뜻을 존중했기 때문이야."

"알고 있네. 죽을 뻔한 두 사람에겐 나중에 내가──."

카이 하이네만이 오른손을 들어 국왕인 아버지의 말을 가로막았다.

"그만둬. 딱히 두 사람은 거기 쓰레기를 용서하지 않았어. 게다가 둘 다 이미 너희 왕족과 얽히는 건 지긋지긋할 거야."

"그런가…… 그렇겠지……."

어쩐지 아쉬운 듯 아버지는 그렇게 혼잣말했다.

"폐하, 시간이 없습니다."

재상이 아버지에게 진언했다.

"그랬지."

아버지는 크게 숨을 내뱉고 길버트를 내려다보았다.

"길버트, 너는 부하 살해라는 왕족이 가장 해서는 안 될 죄를 저질렀어. 네가 이렇게 살아 있는 것은 네가 벌레처럼 다룬 자들의 자비에 불과해. 모쪼록 한 사람의 부모로서 네가 이 고난을 극복하기를 절실히 바라마."

"아버지, 무슨 말인지 모르겠어! 고난이라니 뭐야?!"

길버트는 그 말에 깔려 있는 범상치 않은 불온한 분위기에 강렬한 초조함을 느끼고 목소리를 높였다. 아버지는 길버트의 질문에는 전혀 대답하려고 하지 않고 눈을 크게 감았다.

"시작해주게."

그리고 안타까움이 담긴 어조로 카이 하이네만에게 부탁한다.

"사토리!"

카이 하이네만이 살짝 고개를 끄덕이고 어디선가 오른손으로 책을 꺼내 외치자, 마치 연기처럼 녹색 단발 머리 소녀가 나타났다.

"위대한 주인님, 부르셨습니까?"

카이 하이네만에게 정중하게 무릎을 꿇는다.

"저 녀석의 기억을 일시적으로 봉인해. 그래……."

카이 하이네만은 잠시 턱에 손을 대고 생각에 잠겼다.

"내가 지금부터 말하는 조건을 만족했을 때, 기억을 회복하게 해줘."

그는 그렇게 초록 단발 머리 소녀에게 명령하고 천천히 그 조건을 입에 담았다.

"그런가. 정말 미안하군."

아버지는 카이 하이네만이 입에 담은 조건에 대해 눈을 질끈 감고 있었으나, 그를 향해 깊숙이 머리를 숙였다. 대국인 아멜리아 왕국의 현 국왕이 무능에게 머리를 숙이고 있다. 그 사실은 얼마 전이라면 몹시 기이하게 비쳤을 것이다. 그러나 지금 길버트에게는 카이 하이네만이 정체불명의 괴물로만 보인다. 그 괴물에게 아버지는 길버트를 팔아 넘기려고 하고 있다. 그런 끔찍한 생각이 머릿속에 떠올라──.

"아버지, 싫어! 살려줘!"

아이처럼 아버지인 국왕에게 애원하는 말을 외쳐댔다.

"길버트, 너의 왕위 계승권은 일시적으로 정지되지만, 없어지는 것은 아니다. 만약 네가 진정한 의미로 아멜리아 왕국의 통치자에게 필요한 것을 얻는다면, 다시 왕위 계승전에 복귀하는 것을 허락하마."

"무슨 말인지 모르겠어!"

"그렇겠지. 카이가 내건 조건을 듣고도 모르고 있으니. 그러니 너는 어쩔 도리도 없는 녀석이다. 하지만 아무리 부족해도 너는 내 아들이야. 부탁하마, 카이가 내린 이 시련, 훌륭히 극복해다오!"

그렇게 절박한 목소리로 외치고 아버지는 등을 돌리고 말았다. 국왕인 아버지가 어깨를 떠는 나약한 모습을 길버트는 태어나서 처음 보고 아연실색하였다.

"사토리, 시작해."

카이 하이네만이 지시를 내렸다.

"알겠습니다."

어느새 녹색 머리 소녀가 눈앞에 나타나 손바닥을 길버트의 머리로 뻗었다. 그 순간 길버트의 의식은 깊은 잠으로 빠져들었다.

***

──바벨 최상층.

뷰가 멋들어진 방에서 클로에는 벌써 몇 번째인지 모를 한숨을 내쉬었다.

그 일은 바벨에 충격적인 변화를 가져왔다.

먼저 부학교장 크라브 안슈타인과 그 측근들이 홀연히 실종되었고, 그 뒤 무참한 사체로 발견되었다. 동시에 부학교장이 이번 시험에 몇 가지 세력으로부터 요청을 받아 수험생을 살해하려고 했다는 사실이 폭로되었다. 그야말로 온 바벨에 위로 아래로 엄청난 소란이 일며 대규모 조사팀이 만들어졌다.

그 결과 그들이 어떤 왕족에게 수험생의 말살을 의뢰받았다는 전대미문의 사건이 드러났다.

미공개된 정보이기는 하지만, 어떤 왕족이란 아멜리아 왕국의 제1왕자 길버트다. 아무래도 전에 대중 앞에서 카이 하이네만에 의해 창피한 꼴을 보인 것에 원한을 품고 계략을 꾸몄다고 한다. 물론 그 괴물을 조금이라도 이해했다면 암살하려는 생각은 꿈에도 하지 않았겠지만.

아무튼 작은 토끼가 깨문 정도로 그 괴물이 분노할 리가 없다. 격노한 것은 그 살해에 라일라 헤르너까지 휘말렸기 때문이다. 그리고 솜니 바렐을 비롯한 소년과 소녀 수험생까지 희생시키려고 한 것을 알고 괴물의 분노는 손쉽게 한계를 돌파하여 대규모 숙청이 이루어졌고, 흑막인 부학교장 일파는 무참한 사체가 되고 말았다.

이것만이라면 최근 방약무인한 태도가 눈에 띄던 부학교장 일파를 숙청할 수 있어서 이네아 님을 비롯한 학교장파에 실로 유리한 결과가 되었다고 할 수 있다.

그러나 관측 사상 최강의 초월자, 카이 하이네만을 격노하게 한 책임을 지는 형태로 이네아 님은 학교장의 자리에서 은퇴를 표명하였다. 지금까지 부동의 자리라고 여겼던 학교장의 자리가 갑자기 공석이 되었다. 바벨탑은 일시적으로 혼란의 극치에 달했다.

바벨탑을 둘로 나눈 세력으로, 부학교장파라고도 칭해신 '마도학원회'는 부정에 대한 책임을 모두 크라브 안슈타인의 단독 행동이라 주장하며 떠넘기고, 자신들과는 관계가 없다고 발표했다.

결국 학교장파와 부학교장파 사이에서 격렬한 정쟁이 펼쳐지며 임시 학교장 선거를 통해 결론을 내리기로 했다.

그리고 선거 결과, 학교장파의 압력으로 어쩔 수 없이 입후보한 클로에가 근소한 차이로 승리하여 바벨 학교장의 자리에 앉는 처지가 되고 말았다.

"이네아 님, 은퇴라면 제가 하고 싶었다고요."

이네아 님은 그 일로 완벽하게 독기가 빠졌는지, 대치하기만 해도 피부가 얼얼할 정도의 패기가 없어지며 다른 사람처럼 온화해졌다.

교외에 있는 저택에서 지금까지 하고 싶던 연구에만 집중하는 생활을 하자 묘하게 후련해 보이셨다. 그것은 클로에가 가장 바라던 미래였을 터였다. 적어도 이런 위가 아파오는 결단을 할 필요는 없었다.

종이 하나를 들고,

"카이 하이네만, 실기시험이 0점이기에 D랭크 학교—— 오보로 학교에 입학을 허락한다, 인가요……."

내용을 읽고 테이블에 도로 내던졌다.

본래 카이 하이네만의 실력이라면 '탑'에 재적하는 것이 순리지만, 시험 결과는 실기 시험이 0점. 적성 시험이 비교적 높았기에 간신히 합격한 것에 불과하다. 아무리 애써도 시험 성적만 보면 후진 학교라고도 놀림받는 오보로 학교에 입학시킬 수밖에 없다.

무엇보다 안 그래도 카이 하이네만의 신뢰를 잃은 상황에서 부자연스럽게 시험 결과를 조작하는 것은 너무 무서워서 할 수 없다. 지금은 그에게 기본적으로 바벨이 정상적인 교육 기관임을 이해하도록 하는 것이 우선이다.

뭐, 이 조치에는 브라이와 시그마가 크게 불만인 모양이지만 밀어붙이기로 했다.

그 초월자의 성격으로 보면 이러한 방법을 취하는 것이 가장 무난하고 불쾌하게 만들지 않을 것이다. 그것을 확신했기 때문이다.

게다가 최근 등급을 매기는 학교의 풍조에 질리기도 했다. 애초에 입학 시험 성적으로 장래가 결정된다면, 이 바벨이라는 교육 기관에 존재 의의란 없을 것이다. 따라서 이번 일련의 조치는 일종의 회복제가 될 것이라고 클로에는 판단하였다. 뭐, 지나쳐서 심정지를 일으키지 않도록 세심한 주의가 필요하겠지만.

무엇보다 아직도 카이 하이네만의 악질성을 이해조차 하지 않은 마도학원회의 개입도 있을 테니 전도다난한 것도 사실이다. 그렇기에 클로에에게는 생각이 있다.

"이네아 님, 실컷 휘젓고 다니셨으니 마지막까지 책임은 지셔야겠어요."

아득히 높은 탑 위에서 밑의 거리를 바라보며 입꼬리를 올리고, 클로에는 그렇게 중얼거렸다.

***

──한옥도(寒獄島).

한옥도── 그곳은 아멜리아 왕국 북쪽 지역 노더블록의 최북단에 있는 최대 감옥이다.

모두 종신형 이상의 흉악 범죄자만 유폐된 최악의 감옥이기도

하다.

수감자가 입장할 때만 열리는 거대한 철문이 천천히 열리며, 빨간 머리를 길게 기른 장신의 수염 난 남자가 나왔다.

"응―――!"

남자는 크게 기지개를 켜고 혼잣말했다.

"오랜만에 속세의 공기라니, 제법 감개무량한데."

그리고 문앞에서 가슴에 오른손을 대고 선 두 명의 남녀에게 시선을 보냈다.

"전하, 기분은 어떠십니까?"

근육질에 눈초리가 나쁜 짧은 머리 남자가 수염 난 남자에게 오른손에 든 붉은 로브를 입혔다.

"전하, 이것을."

메이드복에 안경을 쓴 검은 머리 여성이 정중하게 검은 나이프를 건넸다.

"수고가 많군."

빨간 머리에 수염 난 남자가 안경 메이드로부터 검은 나이프를 받아 길고 긴 수염을 깎기 시작했다. 수염을 깎을 때마다 아름다운 청년의 얼굴이 드러났다.

"크누트."

검은 로브에 기발한 가면을 쓴 남자가 빨간 머리 청년 크누트의 등 뒤에 홀연히 나타났다.

"카리브디스인가."

빨간 머리 미청년이 가면 쓴 남자를 힐끗 보고 미소를 지었다.

"나오기까지 제법 오래 걸렸네."

"그러게. 일단 여긴 아멜리아 왕국의 가장 큰 감옥이니까."

"나보다 강한 힘을 지닌 괴물이 무슨 소리지? 너라면 이런 인간이 만든 놀이터 따위 순식간에 파괴해버릴 수 있을 텐데."

"뭐, 이 감옥 정도라면 부정하지 않겠어."

근육질에 눈초리가 나쁜 남자에게서 크누트는 장검을 받아 칼자루에 손을 대고 한옥도를 돌아보았다. 그리고 칼집에서 칼을 뽑아 대충 가볍게 휘두른 뒤, 다시 등을 돌렸다.

곧이어 거대한 요새가 둘로 예리하게 갈라지더니 점차 몇 개의 파편으로 분해되고 말았다.

"괴물 자식! 내가 소환되었을 때보다 존재 강도가 차원이 달라졌어······."

검은 로브를 두른 남자, 카리브디스가 왠지 괴로워하며 말했다.

"자, 형님이라도 만나러 갈까."

장검을 다시 넣고 크누트는 한옥도의 유일한 항구를 향해 걸어갔다.

"이봐, 이 시설을 부수지 않아도 되나?"

"여기에는 중죄를 범한 쓰레기와 사리사욕을 채우는 돼지밖에 없어. 내가 다스릴 세계에는 불필요한 존재야."

"그럼 왜 지금까지 얌전히 투옥되어 있었지?"

반쯤 어이가 없는 듯 어깨를 으쓱하는 카리브디스.

"나에게 걸린 요하네스의 결계술은 상당히 강력해. 나라도 그리 쉽게 깨지 못하거든."

크누트가 두 손을 위로 향하며 어깨를 으쓱했다.

"흥! 터무니없는 소리. 그의 술법이 상식에서 벗어난 건 인정해. 하지만 너라면 깨뜨리지는 못 하더라도 탈출 정도는 가능했을 텐데."

"나를 너무 높이 평가하네."

"아니, 지극히 온당한 판단이야. 대체로 진짜 이유는 지금 너의 그 힘이지? 악감정을 먹고 성장한다는 기프트였던가. 확실히 여기라면 악감정이 넘쳐나겠지. 넌 나의 소환 당시부터 이미 나조차 초월했었잖아? 그 이상 강해져서 어쩔 건데?"

"강함을 원하는 이유인가. 카리브디스, 그야 뻔하잖아?"

"나 참, 너는 어떤 악신보다 악랄해. 너 같은 괴물을 동생으로 둔 이 나라의 국왕이 진심으로 불쌍하군."

크누트의 꾸밈없이 웃는 얼굴을 보고, 카리브디스는 고개를 가로젓고 크누트의 뒤를 따라 걸어갔다. 크누트의 신하 두 사람도 그를 따르며, 왕위 계승전은 새로운 국면을 맞이했다.

***

──아멜리아 왕국 옥좌의 방.

평소 각 부처의 대신들이 열석하는 그 휘황찬란한 옥좌의 방에는 지금 단 두 사람만이 존재했다.

"요하네스, 왜 크누트의 유폐를 해제했지? 게다가 그 녀석을 왕위 계승전에 참가시키다니, 무슨 생각이냐?!"

거칠게 외치는 에드워드에게 재상은 미소를 지었다.

"저는 왕위 계승전의 규칙에 따라 결정한 것에 불과합니다. 혈맹 연합 분들이 원하는 요구는 규칙에 저촉되지 않으므로 허가했습니다. 그것뿐입니다."

담담하게 대답한다.

"허튼 소리! 지금까지 완고하게 크누트의 해방을 인정하지 않던 네가 이제 와서 무슨 소리냐!"

지금까지 재상 요하네스는 어떤 요구에도 응하지 않고 에드워드의 친동생 크누트를 한옥도에 계속 유폐해왔다. 그런데 이번에 길버트의 탈락을 이유로 왕위 계승전에 참가를 허락하며 그에게 행사하던 결계를 스스로 풀어버렸다. 그 결과 한옥도가 파괴되어 수감인과 간수들이 막대한 피해를 입고 말았다.

"폐하, 본래 저 따위가 전하를 유폐하는 것은 불가능합니다. 지금까지 속세로 전하가 나오지 않으신 까닭은 저와 전하의 이해가 완전히 일치했기 때문에 불과합니다."

"그리고 이번 한옥도의 파괴에 대한 이해도 일치했단 말인가?"

아까부터 부글부글 끓어오르는 뜨거운 감정이 솟구쳐 도저히 억누를 수 없다. 에드워드조차 예상이 되었을 정도다. 이 상황에 결계를 풀면 저 크누트가 어떻게 할지 정도는 요하네스라면 확신에 가까운 형태로 판단할 수 있었을 터. 즉, 요하네스는 수감인과 간수들을 처음부터 희생시킬 생각이었다는 뜻이다.

"그건 너무 지나친 억측입니다, 폐하."

역시 평소처럼 철벽의 미소로 예상한 대답을 하는 요하네스.

"죄를 지었다고 해도 수감인들도 아멜리아인! 게다가 무고한 백성인 간수들까지 희생시키다니 무슨 생각이냐?!"

에드워드의 말에 요하네스의 미소가 한층 짙어졌다.

"아무래도 폐하는 다소 착각하신 듯하군요."

그가 에드워드의 잘못을 지적한다.

"착각이라고?!"

"폐하, 애초에 그 섬에 무고한 백성은 하나도 없습니다. 있는 것은 반성도, 후회도 제대로 하지 못하는 짐승과 자신의 욕망을 충실하게 따르는 짐승뿐."

"그게 무슨 뜻이지?!"

"이 이상은 직접 알아보시는 것이 좋을 겁니다."

요하네스가 다시 미소를 지었다. 이렇게 되면 이 괴물 재상은 무슨 일이 있어도 에드워드가 바라는 대답을 하는 일이 없다. 진정해야 한다. 이 재상에게 감정론을 말해도 소용없다. 그것은 지금까지 경험으로 보아 확실하다. 크게 숨을 들이마시고 내뱉었다. 그것을 몇 차례 반복하여 머리 끝까지 치민 화를 가라앉혔다.

"그럼 하나만 대답하겠나?"

강한 어조로 물었다.

"제가 대답할 수 있는 것이라면."

"크누트를 왕위 계승전에 참가시킨 이유는?"

"왕위 계승전의 규칙에 합치하였으니까요. 그렇게 말씀드렸을 텐데요."

"표면적인 이유는 됐다. 그 녀석에게 왕좌를 물려주면 이 나라가 어떻게 될지 너라면 쉽게 판단되겠지? 왜 이런 무모한 도박에 나선 거냐?"

처음으로 요하네스의 얼굴에 다른 감정이 섞였다. 즉—— 낙담, 실망.

"폐하, 그것은 실로 엉뚱한 질문입니다."

예상대로 요하네스는 에드워드가 어린 시절 몇 번이나 해왔듯이 차분히 설명하는 어조로 대답했다.

"엉뚱하다고?"

"네. 이 왕위 계승전, 이미 취지는 물론이고 승리 방법 자체가 크게 달라지고 말았습니다. 무모한 도박이라는 말이 나온 것은 이 게임의 본질을 보지 못했다는 증거입니다."

"어떻게 달라졌는데?"

신경질적으로 옥좌의 팔걸이를 집게손가락으로 톡톡 두드리며 물었다.

"…………."

요하네스는 미소를 지을 뿐 대답조차 하지 않는다.

"대답할 마음은 전혀 없다는 건가……."

적어도 에드워드가 바라는 대답에 가까워질 때까지는 요하네스가 대답할 일은 없다.

왕위 계승전의 취지와 승리 조건 자체가 달라지고 말았다……라. 무슨 뜻이지? 계승권자의 영지 경영과 공적을 수치화하여 계산한다. 그런 조건이었을 터였다.

크누트의 일 외에 왕위 계승전에 큰 변화가 있다면 물론 하나 뿐이다.

즉, 카이 하이네만의 존재. 그는 확실히 이질적이다. 파프라에서 토우테츠 토벌을 시작으로, 바르세에 갑자기 나타난 괴물 집단을 소탕하고, 에르딤 민중군을 이끌고 귀족 연합군을 패배시키고, 그 악룡 데보아마저 토벌했다. 이어서 이번에는 바벨의 절대적인 지배자 중 한 명일 터인 부학교장 크라브가 카이 하이네만의 역린을 건드려 허무하게 이 세상에서 사라졌고, 카이를 이용하려고 한 것에 불과한 이네아 전 학교장마저 은거 생활로 쫓겨났다.

최근 로제에 대한 불법이 눈에 띄던 길버트가 계승전에서 떨어진 것도 그렇다.

길버트는 국왕이 되기 위해 어린 시절부터 제왕학을 철저하게 배웠다. 그러나 그것을 가르친 사람은 혈맹 연합의 간부들. 길버트는 통치자로서 가장 중요한 것을 배우지 못하고 여기까지 와버렸다. 그 결과 백성과 부하에 대해 갖가지 죄를 저질렀고, 같은 왕족인 로제를 제국에 팔아넘기려고까지 했다. 로제를 케처라는 돼지 자식에게 팔아넘기려고 한 시점에 수청해야 한디는 생각은 굳어져 있었다.

그러나 일단 길버트는 왕위 계승전에 있어서 선두를 달리며 차기 국왕이 될 가능성이 컸다. 뒤에 혈맹 연합이 있는 것도 있어서 확실한 증거도 없이 처분할 수 없다. 길버트 측이 좀처럼 꼬리를 드러내지 않아서 에드워드도 골머리를 앓던 즈음, 바벨의 시시한 싸움에 카이 하이네만이 얽히며 왕위 계승전에서 허무하게 퇴장하고 말았다.

당초 에드워드도 카이 하이네만을 로제의 한 로열 가드로 보았으나, 이제 그런 어리석은 생각은 전혀 하지 않는다. 특히 길버트에게 내린 마지막 조건을 듣고 그것은 확신으로 바뀌었다.

카이 하이네만은 틀림없이 왕의 그릇이다. 게다가 에드워드 같은 가짜가 아닌 진짜 왕. 그것은 분명히 이 괴물 재상이 바라는 이상적인 왕의 모습일 것이다. 그렇기에 재상은 카이 하이네만을 태풍의 눈처럼 다루는 것이다. 이 언동을 보아도 그 괴물 동생 크누트조차 굴복시킬 수 있다고 믿고 있는 듯 보인다. 아멜리아 왕국에서 크누트의 존재는 내부에 쌓인 고름이다. 이 재상이라면 이번 기회에 제거하고 싶다고 생각할 터.

그러나 그 생각은 너무나 섣부르다. 친동생 크누트는 진짜 괴물이다. 인간이라고는 생각할 수 없는 각별한 카리스마. 그리고 타인의 악감정을 먹어 점점 강해지는 기프트. 현재 얼마나 강함을 얻었을지 평범한 에드워드는 상상조차 되지 않았다.

만약 크누트가 극도의 인격 파탄자가 아니었다면, 틀림없이 지금 이 의자에 앉은 사람은 크누트였을 것이다.

"네가 카이 하이네만을 상당히 높게 평가하는 건 안다. 그래도 나는 지금의 크누트에게 이길 수 있을 것 같진 않다."

과거 크누트의 짓을 실제로 보면 당연히 도달할 결론이다. 그의 힘은 더 이상 인간이 아니라 자연재해 같은 것이다. 하찮은 인간의 힘으로는 재해에 대항하지 못한다.

카이 하이네만은 우리 아멜리아 왕국의 미래에 반드시 필요한 인재. 마족 멸망에 맹목적인 용사 일행보다 더욱 더 그렇다. 그렇기에 그 괴물에게 망가지는 일은 결코 없어야 한다.

"크누트 전하에게 승리하는 광경이 떠오르지 않는다고요."

요하네스가 재미있다는 듯 에드워드를 응시하였다.

"좋습니다. 이것은 제가 폐하께 드리는 **마지막** 숙제로 하겠습니다. 직접 이 게임의 결말을 보시고 이 게임을 실시하는 의의에 대한 결론을 내려보십시오."

요하네스는 인사를 하고 에드워드로부터 등을 돌려 퇴장해버렸다.

"마지막 숙제인가⋯⋯."

요하네스는 지금까지 한 번도 에드워드에게 무의미한 말을 하지 않았다. 그 요하네스가 그런 의미심장한 표현을 썼으니, 이번 계승전은 그저 강함이나 영지 경영의 수완을 겨루는 단순한 것이 아니라는 뜻이다.

"좋아. 바라는 대로 지켜보마."

에드워드의 그 무거운 결의의 말이 아무도 없는 옥좌의 방에 울렸다.

***

──바벨 북부 고급 주택가.

"아아, 우리 스폰서가 없어지고 말았어."

투블록 스타일의 빨간 머리에 단정한 외모의 히지리가 의자에 기대며 양손을 뒤통수에 대고 멍하니 말했다.

히지리의 말에 모두 미묘한 표정으로 검은 머리 미소년 사토루에게 시선을 집중했다.

"뭐야?! 난 몰라! 아마 그 바보 왕자가 멋대로 폭주했겠지!"

짜증스럽게 외치는 사토루의 얼굴에는 체면이 손상된 것에 대한 분노의 빛이 어렸다.

"실제 경위는?"

탐스러운 검은 머리를 길게 기른 미소녀 마시로가 예쁜 턱에 오른손을 대며 뒤에 있는 하얀 갑옷을 입은 기사에게 물었다.

"길버트 왕자는 바벨 입학 시험에서 수험생이었던 수호기사 솜니와 견습 기사 테토루의 살해 미수 용의로 왕국 조사부가 신병을 구속하였습니다."

왕국 조사부라는 말에 방에 일종의 긴장감이 흘렀다.

"조사부 주도라는 건 그 괴물 재상이 움직였단 말이야?"

히지리가 아까의 장난스러운 모습과는 달리 엄숙한 얼굴로 질문했다.

"그런 듯합니다. 이유 없이 부하에 대한 살인 미수라는 왕족 최대의 금기를 저지른 것으로 길버트 왕자의 왕위 계승권은 무기한 동결되었다. 그렇게 보고를 받았습니다."

"정해졌네. 길은 아무래도 그 남자의 역린을 건드렸어. 충고를 무시했으니 당연한 결과이기는 하겠지만."

"그런 것 같네. 그럼 마시로, 이제 길은——."

마시로의 말에 히지리도 맞장구를 치며, 길버트의 안위에 대해 입에 담았다.

"아니, 그 재상의 성격상 길이 죽었다면 계승권의 소실 및 박탈이었을 터. 무기한 연기라는 걸 보면 죽은 건 아닐 거야."

마시로의 말에 안도하는 분위기가 흘렀다.

"하지만 어떡하지? 길이 없으면 우리는 제대로 움직일 수 없게 되잖아?"

사토루가 발로 신경질적으로 바닥을 차며 마시로에게 물었다.

"그건 걱정할 거 없어. 길버트파의 고위 귀족들과 이번에 길의 탈락에 대한 대체안을 제시해왔거든. 그걸 일부 받아들이려고 해."

"대체안?"

사토루가 눈썹을 찡그렸다.

"그래. 아무래도 아멜리아 왕국에는 또 다른 왕위 계승권자가 있는 모양이야."

"왕위 계승권자? 국왕의 아이는 확실히 세 명이었을 텐데?"

"그래, 다른 왕위 계승권자는 현 국왕과 나이 차이가 나는 친동생이야. 계승전 규칙에 의해 남자 왕위 계승권자가 존재하지 않을 때에 한하여 현 국왕의 형제도 참가할 수 있다는 추가 조항이 있다고 해."

"아, 그렇구나. 길이 탈락했으니 현 시점에 남자 왕위 계승권자는 없어졌어. 그래서 그 누군가를 받들라고?"

마시로가 살짝 턱을 당겼다.

"물론 이 규칙은 왕위 계승전이 시작되기 전에 적용된 거야. 원래는 이미 시작된 본 계승전에서 주장하는 것은 불가능해야 하거든. 게다가 애초에 길의 왕위 계승권은 동결이지 소실되지 않았어. 이번 케이스에 적용될 거라고는 도저히 생각할 수 없어. 그럴 터였거든. 하지만——."

"인정되었다고. 고위 귀족들의 압력이라는 건가?"

"그것만으로 그 재상이 이만큼 노골적인 주장을 인정할 것 같아?"

"아니. 전혀. 그럼 무슨 뜻이지?"

히지리가 눈썹을 찡그리며 되물었다.

"글쎄, 나도 몰라. 하지만 아무래도 숨겨진 게 있을 듯해."

마시로가 어깨를 으쓱하며 대답했다.

"숨겨진 거라니? 마시로, 너 너무 돌려서 말하잖아!"

짜증을 내며 결론을 재촉하는 현자 사토루.

"그 누군가가 과거에 범한 몇 가지 죄로 오래 유폐 상태였다고 해. 고위 귀족들의 요청을 받아 아멜리아 왕국은 그를 해방했고."

마시로가 담담하게 그 정보를 밝혔다.

"몇 가지 죄? 구체적으로는?"

"하나는 점령한 타국의 포로 병사 1만 명을 생매장했다는 죄인 것 같아."

"대량 학살이란 거네…… 그래서? 어떤 사람인데?"

히지리가 주변 기사들을 빙 둘러보며 물었다.

"그건······."

모두 얼굴을 마주보며 입을 어물거렸다. 그 얼굴에 드러난 것은 긍정과 부정이 뒤섞인 복잡하기 짝이 없는 감정이다.

"누구에게 물어도 이런 식이야. 과거에 재상과 함께 아멜리아 왕국을 일대 군사 대국으로 만든 공로자이기도 한 모양이니 좀처럼 방심할 수 없는 사람 같아."

어깨를 으쓱하며 고개를 가로젓는 마시로.

"그런 엄청난 인물이 이 타이밍에 왕위 계승권에 참가하는 이유는? 아니지. 참가시키는 이유는?"

히지리가 일의 본질에 대해 물었다.

"그거야말로 내가 알 리가 없지. 재상의 행동 지침을 예상할 수 있다면, 이렇게 뒷북을 치는 일은 없을 테니까."

"그것도 그런가. 애초에 길의 탈락도 재상의 시나리오 중 하나일 테니."

"뭐, 길이 경고를 위반했을 때 후임으로 이용할 수단일지도 모르지만. 그래도 이 강압적인 방식, 평소 재상의 방식과는 달라. 그렇다면······."

팔짱을 끼고 마시로가 생각에 잠겼다.

"아아, 이제 그만해! 자꾸 옆길로 새는 건 그만둬! 어차피 우리가 이 세계에 오기 전의 강자가 기준이니 아무런 참고도 되지 않잖아! 솔직히 재상의 의도 따윈 아무래도 좋아! 그보다 앞으로 우리가 할 일이 더 중요해! 마시로는 어떻게 될 것 같아?!"

사토루가 자리에서 일어나 건설적인 제안을 했다.

마시로도 크게 숨을 내쉬고,

"맞아. 이야기를 되돌릴게. 그 소문의 대공 크누트는 왕위 계승전에 참가하였고, 그에게 고위 귀족 대부분이 붙는 것이 정식으로 결정됐어."

지금 모두가 가장 듣고 싶던 정보를 밝혔다.

"그래서? 이번엔 너희 두 사람이 그 대공의 로열 가드가 될 셈이야? 참고로 나는 이미 길의 로열 가드라 불가능한데?"

사토루의 당연한 지적에 마시로는 고개를 가로저었다.

"설마. 우리가 그 괴물 같은 재상의 의도에 일부러 놀아날 이유는 없어. 이쪽은 지금까지 해왔듯이 대공측에 지식면으로 협력을 약속하고, 그 대신 마족 멸망을 위한 전면적인 협력을 받을 거야. 그쪽도 흔쾌히 승낙해줬고."

마시로의 말에 환희라는 이름의 열기가 방에 솟구쳤다.

"아니, 그거 좋아할 일이 아니잖아! 우리에게 스폰서가 없는 건 다를 바 없어. 길의 영지 웨스트랜드는 어떡하고? 이제 와서 버릴 셈이야? 그건 너무 제멋대로인 것 아냐?"

그런 사토루의 비난에 마시로, 히지리, 그 외 기사들이 의외라는 얼굴로 조용히 응시했다.

"왜, 왜 이래?!"

"아니, 너에게서 그런 양심적인 말이 나온 게 너무 뜻밖이라."

마시로가 진심으로 말했다.

"맞아, 맞아. 사토루는 이럴 때, 왜 내가 해야 하는 건데! 귀찮아! 그렇게 말할 것 같잖아?"

히지리도 놀리듯이 맞장구를 쳤다.

"너희——."

눈썹을 꿈틀꿈틀 떨며 고함을 치려고 하는 사토루에게 마시로는 두 손을 몇 번 위아래로 움직였다.

"알겠어, 알겠어. 사토루의 말도 일리 있어. 이미 그 영지 웨스트랜드는 우리 땅이야. 마족 박멸 후, 우리의 행동 거점이 될 곳이지. 지구로 돌아갈 방법도 찾아야 하니까. 그러니 대공측과는 이미 말해두었어."

"왕위 계승전에서 크누트에게 협력하면 웨스트랜드의 통치를 인정한다고? 그 대공을 신용해도 될까? 헛일이 될 가능성은?"

히지리가 어딘가 부정적인 감정을 담아 물었다.

"그럴 일은 없어. 왜냐하면 우리에게는 이 세계에서 최고의 권력과 재력을 지닌 스폰서가 붙어 있으니까."

마시로가 좌우 입꼬리를 올리며 그렇게 선언했다.

"흐음, 최고 권력과 재력을 지닌 스폰서라. 대체로 예상은 되네. 잘도 그들이 협력을 해줬구나? 솔직히 마족을 없애면 우리를 제거할 생각인 줄 알았는데?"

"응, 아무래도 그쪽에도 우리와 반목할 여유가 없는 사정이 생긴 모양이야. 아무튼 대공측도 중앙교회를 적으로 돌릴 만큼 어리석지 않아. 왕위 계승의 방해만 하지 않으면 웨스트랜드의 지배권은 우리에게 양보할 거야."

"뭐, 세금은 확실히 국가에 내고 있으니까. 그럼 귀족이 지배하는 것과 다를 바 없어. 그들도 인정하지 않을 수 없다는 건가."

히지리의 말에 안도하는 소리가 나왔다.

악몽의 도미노 쓰러뜨리기. 그만큼 그들이 지금 놓인 상황을 명확하게 표현하는 말은 없다. 추기경 판도라로부터 시작된 악몽은 마시로의 이 결단으로 용사팀으로 이어졌다.

그렇다. 이 장소, 이 시간, 용사팀도 이 세계에서 가장 무서운 괴물과의 전쟁에 나무 막대를 들고 참전했다.

***

이곳은 아멜리아 왕국 북서부 도시 햄스트 북쪽으로 펼쳐진 광대한 습원 지대, 미로의 습원.

이 습원에는 짙은 안개가 깔려 있어서 설령 숙련된 헌터라도 방심하면 조난당할 수 있는 자연의 미궁이 있다.

그 가장 깊은 곳에 있는 유적 앞에는 흐물흐물한 살덩어리가 된 신입 헌터들의 사체가 널려 있었다. 그리고 그 제단 위에 있는 불길한 빛을 발하는 칠흑 같은 보석.

"이것으로 끝인가……."

사대 마왕 애쉬메디아의 최측근 중 한 사람, 네일이 제단에서 보옥을 들어 바라보며 중얼거렸다. 네일은 지금도 주기적으로 드는 강렬한 죄책감을 억지로 억누르고 있었다.

네일 일행은 본국에 있는 돌체가 지정한 일곱 개의 유적으로 인간들을 교묘하게 선동하여 유적의 봉인을 풀고 보옥을 확보

하였다. 그 결과 일곱 개의 유적 중 여섯 개에서 이 검은 보옥을 얻을 수 있었다. 유일하게 입수하지 못한 유적은 아멜리아 왕국에 있는 고위 귀족이 주둔하는 사우로픽스다.

당초 네일 일행은 사우로픽스에 있는 유적에 잠입하기 위해 인근 도시에서 정보를 수집하였으나, 주둔군과 함께 유적 자체가 깔끔하게 소멸하는 불가사의한 사건을 목격하였다.

본국에 그것을 있는 그대로 보고했지만 예상대로 돌체는 좀처럼 그 말을 믿으려고 하지 않고, 다른 여섯 개의 유적 중 하나라도 보옥을 획득하지 못하면 대신 강림 의식을 위해 백성을 희생하겠다고 협박했다.

그로부터 네일 일행은 혈안이 되어 여섯 개의 유적으로 향하여 인간들을 교묘하게 꼬드겨 유적의 봉인을 차례로 풀고 보옥을 획득하였다. 그리고 드디어 마지막 유적에서 보옥을 입수한 참이다.

"증오스러운 인간이라고 해도 무고한 자를 속여 희생하고 자신의 목적을 달성하다니. 지금 우리는 정말 그들이 말하는 사악하고 구원의 여지가 없는 나쁜 존재 같군……."

가슴에서 솟구치는 강렬한 양심의 가책을 토로했다. 당연하다. 지금 시체가 된 인간들은 이런 일을 당할 만한 죄라고는 전혀 범하지 않았으니까. 그래도 네일은 애쉬 님의 백성인 어둠의 백성을 지킬 책임과 의무가 있다.

물론 지금 돌체는 동포를 아주 쉽게 희생하겠다고 협박하는 자다. 이 보옥을 건네더라도 완전히 안전하다고는 말하기 어렵다. 그래도 지금 네일에게는 이것 외에는 방도가 없다.

"네일 님, 정말 저희의 대신이 강림하면 인간의 세상을 끝장낼 수 있을까요?"

측근 한 사람이 네일이 항상 자문자답하는 의문을 던졌다.

"그 강림하는 대신님이라는 신이 정말 우리를 구해줄 신이라면."

신이란 아직 마족 중 누구도 만난 적 없는 초월적인 존재다. 누구도 본 적 없는 존재를 마족들은 신앙하고 있을 뿐이다. 그 신이 정말 마족들을 도와줄지는 완전히 미지수다. 마족을 멸하려고 하는 용사 마시로라는 위협에 대해 이판사판으로 걸어본 것이나 마찬가지다. 그래도——.

"우리는 믿을 수밖에 없다는 말입니까……."

"그래, 그나저나 애쉬 님에 대한 새로운 정보는?"

"아니요, 전혀 없습니다."

측근이 고개를 가로저었다.

"그래……."

몸에서 힘이 빠져나가는 기분을 느끼며 간신히 말했다.

"그런데 네일 님, 인간의 고위 귀족 군대를 구한 마족 소녀에 대한 소문에 관해서——."

"알아. 하지만 안 돼. 협력은 구할 수 없어."

에르딤을 습격한 아멜리아 왕국의 고위 귀족, 에스터 공작가의 군세를 사악한 마물로부터 구한 마족 소녀. 현재 그녀는 마족과 화평을 원하는 아멜리아 왕국 일부 고위 귀족의 기치가 되었다.

고위 귀족의 군대는 강력하다. 그 군을 괴멸시킬 법한 마물 군세를 그 마족 소녀는 오직 혼자서 섬멸했다. 상당히 강한 자임은 의심의 여지가 없다. 어쩌면 사대 마왕에게도 필적할지도 모른다. 만약 협력을 얻을 수 있다면 네일 쪽에게 매우 큰 전력이 될 것이다.

그러나 그것만은 불가능하고, 해서는 안 될 일이다.

"이유가 뭡니까! 그래도 신의 군세조차 쓰러뜨린 동포 소녀입니다! 만약 협력을 얻을 수 있다면 이 의미 없는 전쟁을 종결시키는 것도 가능하다고요!"

"그래도 안 돼."

그녀는 그 행동으로 본래 불구대천의 원수지간인 인간족의 신뢰를 얻은 마족 소녀다. 그것은 애쉬 님이 바란 이상적인 방법이다.

네일은 이미 인간족에게 돌이킬 수 없을 만큼 악행을 저지르고 말았다. 그런 네일이 협력을 구하면, 반드시 그녀를 지지하는 인간족 사이에 균열이 발생하게 된다.

그것은 절대 할 수 없다. 그런 짓을 하면 애쉬 님의 이상마저도 배신하는 꼴이 되니까.

"그럼 이 보옥을 갖고 바로 본국으로 귀환하자."

여전히 납득하지 않은 듯한 측근에게, 자신을 격려하듯 강한 어조로 선언했다.

측근은 잠시 아무 말 없이 네일을 응시하였으나,

"네!"

곧 경례를 하고 종종걸음으로 다른 부하들에게 지시를 내리러 갔다.

"애쉬 님, 무사하시기를."

네일도 벌써 몇 번째인지 모를 바람을 중얼거리며 걸음을 옮겼다.

후기

안녕하세요! 리키스이입니다.

드디어 5권을 발매할 수 있었습니다. 이것도 구입해주신 독자 여러분의 따뜻한 응원 덕분입니다. 정말 감사드립니다!

이번 5권은 바벨의 입학 시험에 관한 이야기였습니다. 드디어 악군과 쌍벽을 이루는 천군의 육천신 중 하나, 타르타로스가 나왔습니다. 뭐, 암약한 기리메칼라 등에게 마음대로 이용되었고, 결국 최강의 괴물 카이의 역린을 건드려 바로 퇴장하고 말았습니다만.

5권의 히로인은 라일라와 루미네 두 사람입니다만, 실제로는 루미네가 메인입니다. 루미네는 카이의 부하 아자젤처럼 특이점이며 천과 악 두 개의 세력의 파워 밸런스를 깨뜨릴 만한 잠재능력이 있으므로 앞으로 라일라와 마찬가지로 이야기에 깊이 읽히게 됩니다. 아자젤의 과거에 대해서는 인터넷에서 연재하는 중이므로 관심 있는 분은 부디 읽어 주십시오.

그럼 다음 6권에서는 3권에 나온 어둠의 나라와 그 밑에 있는 '노스그랜드'에 사는 마물의 이야기가 나옵니다. 6권에서는 카이가 계획한 게임이 개최됩니다. 본래 상식에서 벗어난 카이가 주최하는 게임입니다. 어둠의 나라를 제압하여 막대한 힘을 얻었다고 착각한 마왕 프로키온도 이 세계에서 악과 천의 전쟁에 대비하여 암약하는 악군과 천군 양쪽도 모두 카이의 게임에 휘말려 불쌍한 장기 말로써 우습게 놀아나게 됩니다.

6권은 인터넷판에서 내용을 크게 수정할 예정입니다. 장황하던 부분은 깔끔하게 정리하고, 주인공인 카이의 활약을 늘리고 싶은 마음입니다.

그럼 마지막 인사를.

먼저 일러스트레이터 루나 리아 님, 항상 가슴이 뛰게 하는 캐릭터 디자인을 제안해주셔서 정말 감사드립니다! 그림 하나하나에 대단하다며 감탄하기만 하게 됩니다. 완성된 일러스트는 정말 언제나 감사드리고 있습니다.

편집 담당 N님에게는 이번에도 전혀 타협하지 않는 시나리오 수정안을 제안받았습니다. 덕분에 당초 원안과 비교하여 스스로도 만족스러운 결과가 나왔다고 생각합니다. 정말 감사드립니다.

5권도 세상에 내보내주신 후타바샤 출판사에 진심으로 감사드립니다.

그리고 무엇보다 이 책을 1권부터 5권까지 직접 읽어주신 독자 여러분. 정말 감사드립니다!

다음 권도 전혀 타협하지 않고 지금까지 이상으로 가슴이 뜨거워지는 이야기를 쓰겠습니다!

그럼 다음 권에서 다시 여러분과 만나뵙기를 진심으로 기대하겠습니다.

CHONANKAN DUNGEON DE JUMANNEN SHUGYOSHITAKEKKA SEKAISAIKYO NI
~SAIJAKUMUNO NO GEKOKUJO~ Vol.5
© Rikisui 2022
All rights reserved.
Original Japanese edition published in Japan in 2022 by Futabasha Publishers Ltd., Tokyo.
Republic of Korean version published by Somy Media,Inc.
Under licence from Futabasha Publishers Ltd.

초난관 던전에서 10만 년 수행한 결과, 세계 최강 ~최약 무능의 하극상~ 5

2024년 8월 15일 1판 1쇄 발행

저   자 리키스이
일 러 스 트 루나 리아
옮 긴 이 이서연
발 행 인 유재옥
담 당 편 집 박차우
부 사 장 이왕호
이   사 조병권
출판본부징 빅굉윤
편 집 2 팀 정영길 조찬희 박차우 정지원
편 집 3 팀 오준영 이소의 권진영
디자인랩팀 김보라 박민솔
디지털사업팀 박상섭 김지연 윤희진
라이츠사업팀 김정미 맹미영 이윤서
영업마케팅팀 최원석 박수진 이다은
물 류 팀 허석용 백철기
경영지원팀 최정연
인쇄제작처 ㈜코리아피엔피
발 행 처 ㈜소미미디어
등   록 제2015-000008호
주   소 서울시 마포구 토정로222, 502호 (신수동, 한국출판콘텐츠센터)
판매 및 마케팅 (070) 8822-2301

ISBN 979-11-384-8385-8
ISBN 979-11-384-7957-8 (세트)